KB059399

배를 가르면
피가 나올 뿐이야

스미노 요루
이소담 옮김

배를 가르면 피가 나올 뿐이야

스미노 요루

이소담 옮김

소미미디어
Somy Media

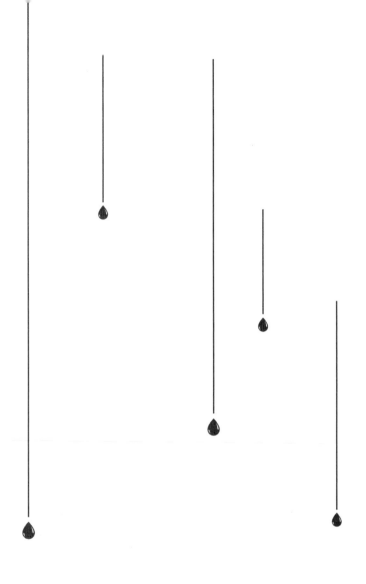

차
례

오구스 나노카 특별 인터뷰

• 데뷔 작품이 대대적인 히트를 기록하며 인기 작가 반열에 오른 오구스 나노카 씨. 데뷔 이후 몇 년간은 매일이 격동과도 같았을 것 같은데요, 과연 지금 어떤 심경이실지 궁금합니다.

제 이야기가 많은 분들 곁에 찾아가고 사랑을 받아서 정말 행복한 시간이었어요. 격동이라고 할 만큼 제 안에서 크게 달라진 점은 없습니다. 이야기가 멀리까지 걸어가는 과정에서 비판적인 의견도 들려오기 시작했지만, 애초에 세상에는 저와 생각이 양립하지 않는 사람들이 대다수 존재한다는 걸 알고 있으니까요. 그보다도 역시 저와 비슷한 생각을 품은 분, 다르더라도 존중해주시는 분들의 존재를 알게 된 것은 아주 큰 자산이 되었습니다.

• 세 번째 작품인 《소녀의 행진》의 실사 영화가 큰 화제가 되었죠. 직접 쓴 소설이 영상 작품으로 제작되는 것에 대해 느끼는 진솔한 심정을 묻고 싶습니다.

소설과 영화는 전혀 다른 표현 방법으로 이야기의 아름다움을 보여줘야 한다고 생각하는데, 저는 《소녀의 행

배를 가르면 피가 나올 뿐이야

진》을 포함해 소설 속에 문장 특유의 표현 방법을 자주 담아냅니다. 소설을 어떻게 아름다운 영상으로 표현했는지를 독자 여러분이 즐겨주시면 좋겠어요. 다만 원작을 사랑해주시는 분들이 원하지 않는 영상 작품이 될 가능성도 당연히 있습니다. 그런 분들에게 제가 말씀드릴 수 있는 사실이 있다면, 소설을 읽으면서 여러분 안에 만들어진 이야기는 흡족하지 못한 영상화로 인해 무너지지 않는다는 것입니다.

• 이번 영화 제작에 오구스 씨는 어떤 거리감을 두고 관여하셨나요?

초기 단계에 감독님과 만나 이 이야기에 담은 마음을 말씀드린 후로는 각본이나 영상에 그다지 의견을 내지 않았어요. 그분들에게는 그분들의 필드가 있고 제게는 제 필드가 있습니다. 그렇게 선을 긋는 것이 이야기를 만들어낸 자로서 영상화에 공평해지는 것으로도 이어집니다.

• 감독님에게 말씀했다고 하신 이야기에 담은 마음에 대해 질문드려도 괜찮을까요?

그건 작품을 만드는 쪽에 계신 분들에게만 말씀드린

것이므로 받아들이는 쪽에 계신 여러분이 아실 필요는 없다고 생각해요. 독자 여러분은 제 생각을 뛰어넘어 훨씬 자유롭게 이야기를 즐기시면 좋겠어요. 설령 작가라도 이야기 안에 잠든 것을 찾아낼 권리를 방해하면 안 되니까요.

• 이런 식으로 해석해주길 바란다거나 하는 마음은 없다는 뜻일까요?

즐겁게 여겨주시면 좋겠다는 생각은 있어요. 또 많은 것을 느껴주시면 좋겠어요. 그래도 무엇보다 이야기는 이야기로서, 그저 거기 존재하며 읽어주시는 분들 곁에 도달하면 된다고 생각합니다.

• 오구스 씨의 작품은 독자들로 하여금 주인공을 통해 자기 자신을 위한 이야기를 한다는 인상을 받습니다. 그런 식으로 작품을 읽는 방식에 대해서는 어떻게 생각하시나요?

저는 이 세상에 살아가는 모든 사람이 어떤 소설이나 노래나 영화나 그림 같은 작품 속에 그려졌다고 생각해요. 그게 이야기 속의 등장인물들이 살아 있다는 증명이라고요. 우리 소설가가 존재하는 의미가 바로 그것일지도 모른다고 생각합니다. 그러니 책을 읽어주신 분들이 본인의 이야기, 본인과 관련 있는 이야기가 적혀 있다고 생각하신다면 그럴지도 모르죠. 누군가는 어디선가 이야기처럼 운명적인 만남을 경험하고 있을지도 몰라요. 무언가로 변신할 수도 있고, 공주님을 구하고 있을지도요. 저는 그런 걸 절대 부정할 수 없습니다.

배를 가르면 피가 나올 뿐이야

등장인물

고등학생	이토바야시 아카네	
	우에무라 다쓰아키	
	세키구치 미유	
	기쿠치 신	
라이브하우스 스태프	우카와 아이	
	후지노 미코토	
	하시라야마 게이지	
임파첸스 멤버	다카쓰키 사쿠나	리더
	와카야마 란	미인
	고토 주리아	괴수
	가타노 도와코	엘리트
	에무카에 마키	바보
	하시모토 아오	악동
	이즈카 메이	열혈
서점 직원	니시오 후미카즈	
	우에무라 요코	
그 외	시노기 유	
	호리키타 아사히	
	고쿠보 리사	
소설가	오구스 나노카	

소녀의 행진

등장인물

소녀
선량한 가족
믿어주는 친구
기록을 남기는 동료
아이의 친구
아이의 가족
소녀가 타인으로 인식하는 사람들

아이

이토바야시 아카네

❀

_단행본 《소녀의 행진》 1페이지 1행에서

아카네는 그 소설과 만났다.

지갑에 들어 있던 도서상품권이 생각나서 훌쩍 들른 작은 서점.

입구 근처 신간 코너에 눕혀져 쌓여 있는 파란 표지에는 아기자기한 폰트로 《소녀의 행진》이라고 새겨져 있었다.

작가 이름은 아는데, 나노카라는 이름을 보고 여성이리라는 짐작만 했을 뿐 책을 읽어본 적은 한 번도 없었다.

그 책을 집은 것은 운명적인 만남이라는 생각이 들어서도 아니고 다른 책과 비교해 반짝여 보여서도 아니다. 별로 어려워 보이지 않으니까 자신 같은 여고생이 가지고 있어도 이상해 보이지 않겠다는 타산 속에서 별생각 없이 읽어보려고 했다.

그날, 자기 전에 책의 감촉을 확인해두고자 서두만 읽어보려고 방에서 무심히 첫 페이지를 펼쳤을 때의 손맛을 지금도 선명히 기억한다.

정신을 차렸더니 마지막 페이지를 넘기고 있었다.

커튼을 젖혀둔 창으로 밖을 내다보고 동트기 직전인 걸 알고는 놀랐다. 아침놀이 어디론가 달아나려는 듯한 하늘이었다.

세계는 어제까지와 똑같은 모습으로 여전히 거기 있었다. 그러나 아카네에게는 이곳이 아주 조금 다르게 보였다. 폭발할 것 같은 경탄을 느꼈다.

이 책은 아무도 알 리 없는 나 자신을 이해해준다.

가족도 친구도 연인도 봐주지 않는 내면을 봐준다.

존재해도 된다는 희미한 권리를 이 이야기가 부여해준 것 같았다.

아카네는 이런 감상을 다른 사람에게 말할 기회가 절대 오지 않으리라 예상했다.

스스로 정체를 드러내는 것으로 이어지기 때문이다. 아카네는 그럴 수 없다.

다만 사실은 기대하기도 했다.

어딘가에는 이 이야기에 그려진 소녀와 똑같은 자신을 이해하고 받아들이는 인간이 존재하지 않을까.

아쉽게도 그 희망은 다른 사람에게《소녀의 행진》에 관한 감상을 들을 때마다 부서졌다.

연인도 동급생도 이 소설에 감화될 정도로 고독하지 않은 듯했다. 아르바이트하는 곳의 동료들에게서는 이 소설에 몰입할 수 있는 감성이라곤 한 톨도 느끼지 못했다. 어른들은 이 소설의 세부 사항을 읽어낼 생각이 전혀 없는 것처럼 보였다.

영화로 제작된다는 정보를 듣고, 표현하는 일을 하는 인간이라면 혹시 모른다고 기대했다. 그러나 캐스팅된 배우들을 보고 경악했다. 저런 건 이 이야기에 나오는 그들이 아니다.

공유할 수 있는 것은 줄거리 정도였다. 공감은 그 누구와도 하지 못했다.

다들 본질을 전혀 모른다.

결국 아카네는 지금도 여전히《소녀의 행진》에 품은 진정한 감상을 아무에게도 밝히지 못했다.

그저 고요히, 만들어진 이야기에 기대 간신히 버티는 중이다.

언젠가 주인공 소녀처럼 자신도 달라질 수 있다고, 그저 혼자 꿈을 꾸면서.

시끄러워, 입 닥쳐.

전철 안, 아무렇지 않은 표정으로 아카네는 스마트폰을 보고 있었다. 그러면서 이 세상의 진실인지 뭔지를 트윗하는 수상한 계정을 차단했다. 반 친구가 리트윗해서 흘러든 것이다.

진실 따위 파헤쳐지지 않아.

진정한 모습은 어느 각도에서도 보이지 않아.

기대해봤자 소용없어.

한숨 그리고 언제나 곁을 지키는 울부짖고 싶은 충동을 삼키고, 아카네는 전광판을 확인한다.

목적지까지 앞으로 한 역. 이제부터 다른 학교에 다니는 연인과 만난다. 들떠서 안절부절못하는 듯한 자신은 이미 완성되었다.

역에 서서 문이 열린 순간, 전철 안으로 거리마다 특유의 냄새가 스며든다.

아카네는 지금 막 도착한 이 거리의 냄새가 특히 싫었다. 쓰레기나 하수관에서 기인하는 것이 아니라 밀집한 사람들의 피부를 모은 악취 같다고 느꼈다.

거리가 절구처럼 움푹 팬 형태여서 그 밑바닥에 있는 역에 냄새가 가라앉는지도 모른다.

이런 사소한 흥미는 아카네 내면에 갇혀 표정으로 드

러나지 않는다. 미래만을 바라보는 활기찬 느낌으로 스텝을 밟아 역을 나섰다.

지나가는 사람들을 방해하지 않도록 최대한 주의한다. 겉으로는 그저 순수함과 발랑 까진 느낌을 절묘한 비율로 갖춘 여고생의 보폭을 연출해냈다. 넓은 건널목을 건너 약속 장소인 노란 레코드 가게 앞에 도착했다.

길에서 딱 마주치는 상황도 상상했는데, 문을 여니 만나기로 한 상대가 1층에서 CD를 듣고 있었다. 아카네가 선물한 열쇠고리가 가방에 달려 있어서 획일화된 교복 뒷모습이라도 남자친구인 줄 알았다. 아카네는 혀를 살그머니 한 번 깨문다.

떨어진 곳에서 뒷모습을 지켜본 후, 그가 헤드폰에 손을 댄 순간을 노려 걸음을 내디뎠다. 아카네는 남자친구의 내리뜬 시선과 맞추려고 몸을 굽혀 배 옆쪽에서 고개를 내밀었다.

"야호, 신."

"으악, 야, 놀랐잖아."

놀람이 그의 존엄성에 상처를 내지 않도록 좋은 타이밍과 행동거지를 유념했다. 쑥스럽게 웃는 것으로 보아 아무래도 성공했나 보다. 아카네는 얼른 바로 앞 선반에 놓인 CD를 집었다.

"뭐 듣고 있었어?"

"너는 아마 모르겠지만 요즘 마음에 드는 밴드라서."

"들어본 적 없어."

사실이 어떻든 답은 정해져 있다. 신의 "들어볼래?"라는 제안을 받아들이는 자신도.

체온이 남은 헤드폰을 천천히 썼다. 음악이 흐르기 시작하고 바로는 발언하지 않았다. 첫 곡이 끝난 시점에 고개를 끄덕이며 미소를 짓고 남자친구를 본다.

"모든 사람이 다 좋아할지는 모르겠지만 되게 멋지다."

연인이 기쁜 표정으로 "그렇지?" 하고 동조해서 아카네는 어쩔 수 없는 기쁨을 느꼈다.

이어서 자신의 그런 감정 때문에 죽고 싶어졌다.

스트리밍으로 들을 수 있다는 이유로 CD를 사지 않고 두 사람은 레코드 가게를 나왔다.

다음 날도 아카네는 같은 거리에 있었다.

방과 후에 굳이 싫어하는 냄새가 나는 거리에 온 것은 아르바이트하는 날이기 때문이다. 싫어하는 거리에서 아르바이트를 하는 건 아는 사람의 시선이 닿는 곳에서 딸이 일하기를 바라는 부모님 때문이다. 아르바이트하는 곳에서 아카네의 소꿉친구가 사원으로 일한다.

교차로를 빠져나와 어제 약속 장소였던 곳과는 다른 레코드 가게 옆을 지난다. 그 앞에서 왼쪽으로 꺾어 완만한 언덕을 올라가면 아카네가 일하는 서점이 나온다. 아카네의 근무 시간표는 일주일에 이틀이나 사흘, 평일은 오후 4시 반부터 8시 반까지, 주말이라면 오전 9시 45분부터 4시간, 혹은 오후 1시 45분부터 4시간이다. 시급은 1,050엔.

출근하기 직전, 완벽하게 몸단장을 마친 후 일부러 두 단계쯤 손을 뺀 듯이 꾸민 아카네는 졸려 죽겠다는 표정을 잘 만들고 붐비는 서점으로 들어갔다. 영화화로 화제가 된 책들을 모아둔 코너를 가로질러 매장과 인접한 직원실 문손잡이를 잡았다.

"으어, 안녕하세요."

그날 같이 일하는 멤버에 따라 아카네는 첫 인사를 얼마나 어눌하게 할지 정한다. 오늘은 그 소꿉친구와 점장, 자주 일하는 시간이 겹치는 대학생 등 아카네를 귀엽게 봐주는 멤버니까 해이한 요소를 많이 섞었다.

직원실은 좁아서 누가 있으면 인사가 확실하게 들린다. 조용한 웃음소리가 들린 방향으로 아카네는 얼굴을 보여줬다.

"졸려 죽겠다는 표정이네. 안경도 비뚤어졌고."

"그야 아침부터 수업을 들었는걸. 졸리지."

연상 소꿉친구에게 칭얼거리는 목소리로 말하자 그녀가 사탕을 줬다. 아카네는 고맙다고 하고 봉지를 뜯어 입에 넣는다. 바로 "아우, 셔"라고 중얼거리며 눈꺼풀을 치켜뜬다. 누가 봐도 당신 덕분에 조금은 잠이 깼습니다, 라고 보여주듯이.

탈의실에서 교복을 아르바이트용 상·하의로 갈아입고 앞치마를 두른다. 입에 든 사탕은 휴지에 싸 쓰레기통에 버렸다.

영업시간 동안 아카네가 주로 하는 업무는 계산이다. 점장에게 말을 걸자 바로 계산대에 들어가라는 말을 들었다. 먼저 출근한 대학생 아르바이트생에게도 착실히 인사하고 얌전히 지정된 위치에서 스탠바이한다.

계산대에서 업무 연락 노트를 읽고 있는데, 벌써 첫 번째 손님이 아카네 앞에 섰다.

우아한 옷을 입은 부인이 가지고 온 것은 파란 표지에 귀여운 폰트가 새겨진 문고본《소녀의 행진》이었다.

"커버 씌워드릴까요?"

"부탁해요. 봉투도 받을 수 있을까?"

"알겠습니다."

아카네는 상대가 불쾌하지 않을 정도의 음량과 어린애

의 풋풋함이 남은 발음을 사용한다. 커버는 신중함보다 신속함을 우선하는 손놀림으로 책에 두른다.

"감사합니다."

고개를 숙인 뒤 다음 손님이 10초 이상 오지 않으면 아카네는 계산대 주변의 채도가 한 단계 떨어진 듯한 감각에 사로잡힌다. 흐리멍덩한 하강에 표정까지 끌려가지 않게 노력하는 것도 그녀에게는 중요한 일이었다.

"이토바야시 씨, 지금 손님이 산 소설 읽었어?"

또 다른 계산대 앞에 선 대학생 아르바이트생이 말을 걸었다. 아카네는 "네?" 하고 반응하며 대화가 시작되는 조짐에 두근두근 기대하는 듯한 표정을 옆에 선 그에게 보여주었다.

"아까 소설?"

무슨 말을 하려는지는 알고 있다. 그러나 그가 자발적으로 대화를 끌어가는 걸 좋아하는 사람인 것 또한 아르바이트 동료로서 잘 알고 있었다.

"그래, 《소녀의 행진》 말이야."

그가 의기양양하게 말을 꺼내서 아카네는 유난스러운 표정을 꾸몄다.

"아, 읽었어요, 읽었어요."

"어땠어? 참고로 나는 개인적으로 보통이었어. 그렇지

만 왜 잘 팔리는지도 알겠어. 그 둥실둥실한 느낌을 좋아하는 사람도 많이 있을 것 같아."

자기가 질문해놓고 스스로 말하는 모습을 보니 아카네는 그가 부러웠다. 사로잡히지 않았구나.

"저는 좋았어요. 아름다운 이야기잖아요. 소설인데 그림책 같고 동요 같기도 하고."

좋아한다는 경박한 말을 써버린 것에 아카네는 혀를 한 번 깨문다.

"영화, 이번 주말부터였나? 이토바야시 씨, 보러 가?"

"네? 우리 둘이서요? 니시오 씨가 보여준다면 생각해볼까나."

니시오는 가볍게 웃으며 쑥스러운 듯이 팔짱을 꼈다.

"그런 의미로 말한 게 아니야. 요즘 여고생은 하여간 약삭빠르다니까."

"뭐야~"

말은 그렇게 하면서도 그가 같이 아르바이트하는 여고생을 단둘이 어디론가 데리고 갈 인간이 아닌 것쯤은 알고 있었다. 반응으로 보아 지금 막 나눈 대화는 아무래도 그에게 좋은 인상을 준 것 같아서 아카네는 기분 좋은 편안함을 느꼈다.

그런 자신의 감정 때문에 죽고 싶어졌다.

그날, 아카네는 몇 번이나 《소녀의 행진》을 계산했다.

다음 날에도 또 아카네는 같은 거리에 있었다.

사흘 연속으로 이 악취 가득한 곳을 방문하는 데에도 이유가 있었다.

어제 점심시간, 교실에서 늘 뭉치는 친구들과 점심을 먹는 도중 한 아이가 "내일 아르바이트하러 가기 전에 쇼핑이나 할까"라고 주말 예정을 무심하게 말했다. 그 말 한마디는 대화 도중에 지극히 자연스럽게 나왔고 특별히 강조한 것도 아니었다. 그래서 다른 애가 "아르바이트 열심히 해서 돈 받으면 쏘세요" 하고 농담 섞어 대꾸했을 뿐, 대화는 어디 괜찮은 돈벌이가 없는지로 흘러갔다가 그 화제조차 바람에 날아간 것처럼 어디론가 사라졌다. 아카네의 머릿속에만 친구의 말이 질량감 있는 돌처럼 남았다.

점심을 먹고 제각기 화장실이나 다른 반에 갔다. 아카네는 1층 식당 앞의 매점에 갔다. 빨간 라벨이 붙은 아이스티를 사고 의욕 없는 걸음으로 6층에 돌아와 교실에 들어가기 직전 복도에서 스마트폰을 꺼낸다. 그리고 갑자기 뭔가 알아차린 표정을 짓고, 의자에 앉은 친구 곁에 쪼그리고 앉아 책상에 턱을 올렸다.

"왜 그래, 바야시."

별명으로 불릴 때마다 아카네는 머릿속에서 피어나는 어떤 쾌락 물질을 느낀다. 애착의 증거이기 때문이다. 들키지 않게 혀를 한 번 깨물고, 멋으로 쓴 안경 너머로 친구를 바라보았다.

"미유, 내일 아르바이트 몇 시부터야?"

"1시 반부터인데, 왜?"

"내일 친척 집에 끌려가야 하는 게 생각나서 도망치고 싶거든. 오전에 쇼핑할 거면 같이 가도 돼?"

어디까지나 이쪽이 바라는 거니까 상대의 사정을 생각해서 조심스럽게, 그러면서 딱 한 걸음만 무리해서 다가가려는 음색을 골랐다. 미유는 외로움을 타서 아르바이트나 수업 같은 정해진 활동 이외에는 최대한 누군가와 같이 있길 원하고, 그런 점을 자신의 부끄러운 면이라고 생각한다. 그래서 우연히 사정이 겹친 듯한 친구에게 흘러넘칠 듯한 기쁨을 표현했다.

"진짜? 와! 같이 가자!"

"좋았어."

무방비함을 의식해 웃어 보이고 바로 옆에 있던 같은 그룹 친구에게도 같이 가자고 했다. 둘만의 비밀이 되지 않도록. 행동을 알리는 게 중요하니까 그 친구에게 다른 용건이 있는 건 아무 문제도 아니었다.

하룻밤이 지나 약속보다 5분쯤 늦게 온 미유와 아카네는 여고생답게 재회를 기뻐했다.

미유의 목적은 새 스마트폰 케이스였다. 지금 쓰는 것을 보여줬는데 뒤쪽에 커다란 금이 가 있었다.

가게 몇 군데를 같이 둘러봤다. 그러나 후보가 될 만한 것은 있어도 주인이 될 당사자의 마음을 확 사로잡는 것은 좀처럼 찾기 어려웠다. 두 사람은 휴식 겸 점심 식사를 하려고 패스트푸드점에 들렀다.

"인터넷도 한번 찾아볼까? 보고 사는 게 좋긴 한데. 미안해, 바야시. 끌고 다녀서."

"완전 괜찮아. 고민하는 미유를 보는 것도 즐거웠으니까. 눈이 부리부리해서 튀어나오는 줄 알았어."

"진지한 얼굴을 놀리지 마."

장난치며 여유롭게 식사를 마치자 미유가 곧 아르바이트에 가야 할 때가 되었다. 두 사람은 마지막으로 스티커 사진을 찍기로 했다. 이 거리의 상징과도 같은 대로로 이동해 스티커 사진 전문점으로 들어갔다.

기종을 고르고 시간을 들여 몇 가지나 사진을 찍었다. 장난스러운 것, 중요할 때 쓸 수 있는 것까지 표정과 자세를 바꿔가며.

아카네는 이럴 때 상황에 맞춰 눈을 뜨고 입을 벌리는 방법에 통달했다. 같이 찍는 누군가가 자연스럽게 돋보이도록 하는 방법이 있다.

촬영 후에 부스를 이동해 각자 내키는 대로 얼굴 주변을 편집했다.

"오늘 바야시랑 와서 진짜 좋았어. 조만간 또 놀자."

"응, 꼭."

기쁜 표정으로 미유가 말했다.

"우리끼리만 하는 얘긴데, 바야시 너랑 같이 있을 때가 제일 마음이 편해. 속을 드러내도 괜찮을 것 같은 느낌?"

"와, 기쁘다."

자신과 함께하며 친구가 그런 감정을 품어주었다는 것이, 마음속 고작 몇 퍼센트만 차지하는 감정일지라도 친구가 말로 표현해준 것이 아카네는 참을 수 없을 만큼 자랑스러웠다.

그리고 그런 자신의 감정 때문에 죽고 싶어졌다.

"나도 그런 것 같아."

미유와는 그 가게 앞에서 손을 흔들고 헤어졌다. "내일모레 보자." 교실에서 재회를 약속한다. 적당한 때를 살펴 아카네는 친구의 뒷모습이 보이지 않는 쪽으로 걸었다. 친척 집에 갈 예정 따위 있을 리 없는, 부모님이 계신 집에 돌아가기 위해서.

연인 앞에서도 아르바이트 동료 앞에서도 친구 앞에서도 그렇다.

오로지 한 가지 감정에 지배된 채 행동하는 자신을 아카네는 절실하게 혐오했다.

사랑받고 싶어.

이건 연인에 대한 사랑이나 동료 의식, 우정과도 다른 단순한 욕구다.

아카네는 아마도 태어났을 때부터 지녔을 그 터무니없이 거대한 감정에 사로잡혔다는 사실을 어느샌가 알아차렸다. 그때는 도망치려고 해도 이미 늦은 상태라, 견고한 감옥 혹은 단단한 목줄과도 같은 그 감정이 언제나 아카네의 반응과 행동을 지켜보고 제한했다.

취미도 취향도 언어도 행동도 표정도 누군가의 시선이 있으면 '사랑받고 싶어'의 감시 아래에서 표현하게 된다. 아카네에게 있어 자유로운 건 내면의 이해력과 상상력 정도였다.

진정한 자신을 끝없이 위협하는 그 감정을 아카네는 증오한다.

토막을 내 갖다 버리고 싶지만, 만에 하나 거역하려고

하면 어떻게 될까. 그걸 상상하면 뿌리 깊은 공포가 마음을 침범해서 아카네로서는 저항할 방법이 없었다.

대신이라기에는 좀 그렇지만, 아카네는 사랑받기 위한 언동을 표현할 수 있는 능력과 외모를 갖췄다. 덕분에 지금까지 아무에게도 본심을 지적받지 않은 채 살아오고 말았다.

오늘도 늘 그렇듯이 '사랑받고 싶어'를 선택한다.

친구와 헤어진 뒤, 아카네는 둥근 무늬가 그려진 지면을 걸어 대로로 나왔다. 각양각색의 사정을 품은 인파에 아카네도 섞였다. 대열을 흐트러뜨리지 않게, 불편을 끼치지 않게 조심하며 어디까지나 경치의 일부가 되도록 걷는다.

쭉 걸어간 곳에 있는, 이 거리에서 가장 큰 교차로의 신호는 아카네가 도착하기 직전에 빨간불로 바뀌었다.

서두르지 않는 주변 사람들과 함께 아카네도 멈춰 선다. 건널목 건너편에 누가 기다리는 것도 아닌 한 무리해서 뛰어 건너지 않는다.

'사랑받고 싶어'는 모르는 사람을 대할 때도 여전히 살아 있다.

아는 사람을 상대할 때와 비교해 그 강도나 우선순위는 다르지만, 아카네는 자기가 나서서 나쁜 인상을 주는 행위를 하지 않는다.

이 교차로에서 고를 수 있는 선택지는 두 가지였다. 이대로 신호가 바뀌기를 기다리거나 지하도로 가는 계단으로 이동하는 것이다. 어느 쪽이든 아무래도 좋다.

생각하는 동안 10초쯤 지났으니 그냥 기다리기로 했다.

그러다가 바로 양자택일에 실패한 것을 알았다.

각종 잡음 속에서 그 음색만이 마치 겨냥한 것처럼 아카네의 귀에 꽂혔다.

갑작스레 불쾌한 소리를 들으면 사람은 무심코 그쪽을 보게 된다.

교차로에 선 사람들을 내려다보는 위치에 배치된 옥외 광고용 거대 전광판. 거기에서 잘 아는 대사가, 진짜와는 동떨어진 새된 목소리로 재생되었다.

집중하지 않으면 무슨 일이 벌어진 건지도 모를 속도로 난잡하게 영상이 진행되더니 이윽고 제목 로고가 표시된다.

'영화 〈소녀의 행진〉, 진실한 사랑이 여기에 있다.'

시끄러워, 입 닥쳐.

그 생각이 얼굴로도 목소리로도 나오지 않은 것은 두 번 다시 만나지 않을 타인에게도 사랑받고 싶은 감정이 역시 과도하게 작용했기 때문이다.

아카네 안에 있는 소녀의 기분은 아무도 알지 못한다.

이 영화를 제작한 인간은, 광고에 관여한 인간은, 어울리지도 않는 배우들은, 과연 정말로 소설을 읽기나 했을까.

진실한 사랑이니 뭐니, 여고생조차 쉽게 떠올리고도 남을 문구를 당당히 상품에 붙이는, 감성이라곤 말라비틀어진 인간이 과연 그 이야기를 이해할 수나 있을까.

벌써 수도 없이 품은 의문이다. 어떻게든 해버리고 싶지만 어떻게도 할 수 없다. 적어도 '사랑받고 싶어'의 감시 아래에서는.

늘 그러듯이 가볍게 혀를 깨물어 자신을 위로했다. 임시방편이라도 안 하는 것보다는 낫고, 습관이 되었다.

곧 신호가 파란불로 바뀌었다. 서두르는 차가 절대 서행이 아닌 속도로 지나간다.

앞서 걷는 인간의 보조에 맞춰 아카네도 흰색과 회색의 안전 지역으로 발을 들인다. 시선은 내리지 않는다. 타인과 부딪치지 않기 위해서이기도 하며 고개를 숙일 때보다 정면을 바라보는 자신의 얼굴이 사랑스럽게 보이는 걸 알기 때문이다.

아카네의 그런 성질을 포함한 각종 사정이 맞물린 결과의 축적이라고 볼 것인지, 단순한 우연이라고 볼 것인지는 그 자리에 참석한 사람에게 달렸다.

"어?"

많은 인간들이 걸어와서 등 뒤로 지나가는 도중에 아카네는 시선 끝에서 이쪽으로 걸어오는 한 사람을 발견했다. 귀가, 잡음 속에서 발소리 하나를 들었다.

어깨에 닿는 위치까지 기른 머리카락, 까만 코트, 하얀 스커트.

나약한 소리를 짓밟는 것처럼 발소리를 크게 울리는 부츠.

그리고 그 어떤 어려움을 겪어도 절대 도망치지 않는 의지를 선언하는 듯한 옆얼굴.

순간, 아카네는 아주 일순간이지만 사랑받고 싶은 자신을 잊었다.

"아이……?"

아카네는 뒤를 돌아보고 이름을 불렀다. 그러나 그 목소리는 걸어서 멀어지는 상대방의 뒷모습까지 도달하지 못하고 지면에 떨어져 누군지 모를 자에게 짓밟혔다.

우카와 아이

❊

"라이터?"

거리 틈새, 마치 방해꾼을 거기에 가둬두려는 의지를 품은 듯한 비좁은 흡연실이었다. 옆에 선 정장 차림의 여자가 주머니를 뒤지는 걸 알아차린 아이는 들고 있던 라이터를 여자 앞에 내밀었다.

"아, 네. 어?"

목소리를 듣고 고개를 끄덕인 여성이 아이의 얼굴을 보고 당혹감을 감추지 못했다.

일단 고맙다고 한 그녀는 머뭇머뭇 라이터를 받아 담배에 불을 붙였다. 라이터를 돌려주는 동작이 어색하지 않았고 최대한 일상적으로 움직이려고 유념한 듯했는데, 그녀는 그런 후에도 힐끔힐끔 아이의 얼굴을 살폈다.

아이는 어떤가 하면, 흥미진진한 시선을 받는 것은 익숙하고 그렇게 될 줄 알면서도 친절을 베풀었으므로 그저 무시했다. 돌려받은 라이터를 주머니에 넣고 자신은 자신대로 담배 연기를 내뿜는다.

아이가 한 개비를 다 피우기 전에 아까 그 여성은 사라졌다. 이 공간에 어색함을 느꼈을 수도 있고, 아이가 어지간히 여유를 부렸을 수도 있다.

느긋하게 담배를 맛보며 아이는 자기 외형에 맞춘 가느다란 손목시계를 확인한다.

두 개비째를 피워도 좋았지만 문득 교통카드의 잔액이 얼마 안 남은 게 생각났다. 역으로 가서 충전하기로 했다. 마침 흡연실에서 목적지까지 가는 동선에 역이 있었다.

아이는 연기 자욱한 그 공간을 나왔다. 걷는 속도에 맞춰 생긴 바람을 받아 까만 체스터코트가 흔들렸다. 도중에 물장사하는 것처럼 보이는 남성이 소매를 건드렸으나 이 거리에서 그런 사소한 일을 신경 쓰는 인간은 없다.

철교 아래를 지나 발권기를 찾아갔다. 역 앞 광장에 모인 사람들이 소리 높여 뭔가 주장하고 있었는데, 아이는 "음량 좀 줄여"라고 누군가에게 들려주려는 의도 없이 목소리를 내며 인파를 헤친다.

무사히 교통카드 충전을 마친 뒤, 아이는 다시 왼쪽 손목 안쪽에 밀착된 둥근 문자판을 봤다. 조금 이르지만 목적지에 가기로 했다.

지금부터의 시간에 가슴 설레는 자신에 아이는 기뻤다. 응원하는 대상의 활약을 은근히 기대할 수 있는, 그런 당연하고 직선적인 자기 자신이 좋았다.

넓은 교차로에서 신호를 기다리는 시간을 이용해 스마트폰으로 화장과 머리 모양을 확인한다. 바람에 휘날린 앞머리를 미세하게 조정하고 아이는 자신만만하게 앞을 본다.

교차로를 사이에 두고 이쪽에서는 싸구려 스피커를 통해 뭐라고 뭐라고 떠드는 주장이, 저쪽에서는 거대한 전광판을 통해 영화 예고가 나왔다. 양쪽 다 사람들의 주의를 끌 만한 엄청난 음량이다. 그러나 교차로에 선 사람들 대부분은 각자의 일상에 필사적이다. 아무리 큰 음량이어도 흥미 없는 일은 들리지 않는다.

아이는 어떤가 하면, 전광판을 보고 있었다. 영화 자체에는 흥미가 없으나 아마 예고편에도 나올 주제가에 귀를 기울였다.

'영화 〈소녀의 행진〉, 진실한 사랑이 여기에 있다.'

흔해빠진 광고 문구로군, 하고 아이는 생각했다.

보행자용 신호가 파란불로 바뀌자 사람들이 제각각 걸

음을 내디뎠다. 유튜버인지 아니면 뮤직비디오 촬영이라도 하는지, 앞에서 스마트폰 카메라를 켜고 느릿느릿 걷는 2인조를 피해 아이는 또 크게 굽 소리를 냈다.

교차로에서도 목적지인 노란 간판이 눈에 띄는 레코드 가게를 확인할 수 있었다. 지금부터 저곳 지하에 있는 무대에서 아이돌 그룹의 앨범 발매 이벤트가 열린다.

다른 때라면 아이는 이 시간에 지금의 목적지인 레코드 가게보다 더 안쪽, 언덕을 올라가면 나오는 직장에 있다. 오늘은 운 좋게 휴일을 맞췄다. 보통 라이브 공연이나 이벤트가 열리는 오후가 노동 시간인 아이에게 오늘이라는 이날은 당연한 날이 아니었다.

교차로 건널목을 건너도 여전히 사람이 많았다. 한 사람 한 사람 일일이 주목하면 호흡할 여유도 없어진다. 지칠 대로 지친 회사원도, 가로로 넓게 퍼져서 걷는 여고생들도, 지나가고 등 뒤에서 들려온 "지금 쟤 귀엽다"라는 말로부터 몇 초 후 일부러 다시 앞으로 돌아온 젊은 남자도, 아이는 전부 개의치 않고 자기다운 보폭으로 걸어간다. 칭찬은 고맙게 듣겠지만 타인의 평가 기준 따위 관심도 없다.

흡연실에서 라이터를 빌려줬을 때도 고맙다는 소리를 들으려는 마음은 없었다. 그저 눈앞에 보이는 곤란한 인간에게 소소한 도움을 주고 싶다고 느꼈다.

언제든 그저 자기답기를 추구한다.

보폭도 외모도 행동도 자신이 원하는 것을 원하는 형태로서 이 세계에 존재하게 하고 싶었다. 그 마음에 따라 행동할 수 있는 자기 자신이 아이는 좋았다.

"아이?"

그래서 레코드 가게 앞에 도착해 문에 손을 댄 그때, 들려온 목소리에 거침없이 돌아본 것도 아이가 아이로서 살아가기 위해서, 오로지 그것만을 위해서였다.

이토바야시 아카네

✳

" 굴러간 오렌지가 누군가의 신발에 부딪힌 것,

첫 만남은 그 정도의 일이어서 그렇게 대단하지 않았습니다. "

_단행본 《소녀의 행진》 9페이지 2~3행에서

이 순간에도 아카네가 들고 있는 가방 안에서는 문고
본이 그녀를 계속 지켜보고, 방 책장에서는 단행본이 그
녀가 돌아오기를 기다린다. 누계 발행 부수 96만 부를 넘
긴 소설 《소녀의 행진》은 이런 줄거리의 이야기다.

아름답게 행동하는 외면의 자신 덕분에 추악한 내면을
숨기고 사는 소녀는 어느 날 특별한 만남을 경험한다. 만
난 두 사람은 서로가 지닌 성질에 놀라면서 이끌리고, 이
윽고 특별한 친구가 된다. 그 상대는 소녀가 줄곧 감춰온
내면을 꿰뚫어 보고, 이윽고 진정한 소녀를 허용해준다.
그리하여 소녀는 처음으로 자기 자신으로서 이 세계와
마주하게 된다.

소녀의 이름은 이야기 끝까지 나오지 않는다.

만난 상대의 이름도 자세하게 나오지 않는다. 다만 소녀는 그 인물을 언제나 '아이°'라고 부른다.

넓은 교차로 한가운데에서 아카네는 당연히 자기 눈을 의심했다.

그럴 리 없어. 이야기 속 인간이 이 세계에 있을 리 없어.

그러나 조금 전에 본 얼굴도 체격도 복장도, 틀림없이 머릿속에 그린 모습 그 자체였다. 잡음을 찢는 듯한 그 발소리도 뇌가 확실하게 기억한다.

쫓아가야지. 그렇게 결정한 것도 잠깐, 눈앞에 키가 큰 그림자가 나타났다. 올려다보자 양복 입은 남성이 방해된다는 표정으로 이쪽을 바라봐서 아카네의 감정이 자기 자신에게 칼을 들이밀었다.

"아, 죄송합니다!"

폴짝 뛰어올라 남을 방해하려는 생각은 전혀 없었지만 예기치 못한 사태에 몸이 반응하고 말았다는 표정을 지었다. 남성에게 가볍게 고개를 숙인 후 대답을 기다리지 않고 옆을 지나갔다. 사랑받고 싶은 감정이 다행히 칼날을 거둬주었다.

○ 일본어로 사랑愛의 발음도 '아이'다. 아카네가 거부감을 느낀 '진실한 사랑'의 사랑도 일본어로는 '아이'로, 등장인물의 이름과 연결한 문구이다

아카네는 신호가 빨간불로 바뀌기 전에 온 길을 되돌아가 교차로를 빠져나왔다. 놓쳐서는 안 된다. 방금 본 인물이 누구인지 확인해야 한다. 아카네는 앞에서 오는 사람들 각각의 궤도를 확인해 부딪혀서 노여움을 사지 않도록 노력했다. 아무리 서둘러도 아카네의 행동은 규정된다.

몇 번이나 "죄송합니다"라고 말하면서 간신히 붐비는 곳을 빠져나와 얼마 전에 연인과 만났던 노란 레코드 가게 앞에 도착했다. 그 인물이 입구 손잡이를 잡고 있었다.

다시 본 뒷모습은 역시, 틀림없이.

"아이?"

자기도 모르게 말이 나왔다.

그러나 주변 사람들의 귀를 공격하지 않는 음량이었으므로 '자기도 모르게'란 아카네의 희망 사항이었다. 사실은 어디까지나 사랑받고 싶은 감정을 고려해서 한 행동에 불과하다.

돌아볼 것이라고 기대는 했지만 예상하진 않았다. 애초에 상대의 등에 목소리가 도달했는지도 알 수 없다. 목소리를 인식했더라도 아이라는 두 글자가 자신을 부르는 거라고 여기지 않을 테지.

그런데 그 인물은 문손잡이에서 손가락을 떼고 돌아

보았다. 그러더니 마치 끌어당겨지기라도 한듯 명확하게 아카네 쪽을 바라보았다.

정면에서 바라본 얼굴에 아카네는 숨을 멈췄다.

아이.

그럴 리 없어, 이런 곳에 있을 리 없어. 그렇게 되뇌던 아카네를, 주변 사람들이 외모에 어울리지 않는다고 생각할 음정의 목소리가 부서뜨렸다.

"나?"

아카네가 어떻게든 자기 다리로 서 있을 수 있었던 건 속박하는 감정의 존재 때문이다.

아카네는 겉으로 마음을 폭발시키는 쾌감을 얻어본 적이 없다.

다만 만에 하나 표현했더라도, '사랑받고 싶어'의 쇠사슬에서 벗어나 오로지 자신을 위해서만 마음을 표출해 그 자리에서 오열하고 감사한다고 외쳐봤자 그 누구도 이해하지 못할 것이다. 사람이 많이 다니는 거리니까 이상한 놈도 다 있다고 여겨질 뿐이다.

아카네는 아이가 쓴 일인칭°과 목소리를 듣고 혼자만의 행복을 느꼈다.

○ 일본어는 성별이나 성격에 따라 자기 자신을 지칭하는 일인칭을 다양하게 쓴다. 여성은 보통 '와타시私'를 쓰고 남성은 '오레俺'나 '보쿠僕'를 쓰는데, 앞서 아이가 "나?"라고 대답할 때는 '오레'를 썼다

혼자가 아니었어.

나는 이 세상에 혼자가 아니었어.

내가 옳았다.

그 누구에게도 들킬 리 없는 마음속으로 외쳤다.

동시에 감동으로 떨리는 내면을 무시하고 표정으로는 약간의 머뭇거림을 연출한다. 상황을 판단해 적절한 형태로밖에 움직이지 못하는 자신을 아카네는 항상 기계 같다고 생각한다.

"네, 저기."

"미안한데 기억이 안 나네. 누구더라?"

허스키한 목소리와 털털한 말투를 들었는지, 근처에 있던 여고생 2인조가 놀란 반응을 보였다. 조심성 없는 그 애들의 목소리가 아이에게도 들렸을 텐데 개의치 않는 것 같았다. 아카네 또한 전혀 개의치 않았다.

저 여고생들과 다르게 아카네는 알고 있었다.

그러니 놀라기는 했어도 의외라고 생각하지 않았다.

여성적인 외모로 꾸민 이 사람이 남자인 것쯤은 이미 알고 있었다.

"저기, 갑자기 죄송해요. 뒷모습이 똑같아서 아는 사람인 줄 알았는데요."

"아, 그래."

들은 사실을 그저 사실로서 받아들일 뿐인 태도의 아이는 고개를 원래 보던 장소, 문 쪽으로 휙 돌린 후 다시 한번 이쪽을 봤다.

"그 녀석도 아이라는 이름?"

"음, 네, 맞아요."

"호오. 나도 아이야. 그래서 돌아본 건데."

알고 있어. 알고 있어.

고개를 끄덕이는 마음속 아카네와 대조적으로 곁의 아카네는 "우와!" 하고 놀람을 표현했다.

"이런 일이 다 있네!"

"그러게. 그럼 그 아이에게 안부 전해줘."

태평하게, 그러나 정말로 누군가에게 안부를 전해야겠다는 생각이 들 정도로 올곧게, 아카네에게만 전하는 말을 남기고 아이는 문 쪽을 향했다.

저런 가식 없는 모습, 진지한 모습도 책에서 읽은 그의 모습 그 자체였다.

지금 눈에 보이는 게 전부 꿈이라고 아카네가 생각하기에 충분했다.

그래서 이대로 아이를 놓치면 다시는 만나지 못할 것 같았다.

아카네는 오가는 사람들을 방해하지 않으려고 일단 아

이를 따라 한 걸음 전진한다. 이어서 주변에서 보기에 이상하지 않을 행동과 자신의 목적이 합치한 것을 알아차리고 그대로 문으로 향한다. 마치 처음부터 여기에 용무가 있었다는 표정을 꾸며두었다.

물론 아이가 의심하지 않도록 등 뒤에 집요하게 따라붙을 정도로 속도를 내지는 않는다. 그가 지긋지긋해할 행동을 아카네는 선택할 수 없다. 타이밍을 보고 우연인 척 가장해 조금이라도 대화를 나누면 좋겠다고, 그 정도만 바랐다. 그 정도라면 사랑받고 싶은 자신도 허용해준다고 판단했다.

정말로 그것뿐이었다.

그런데 앞서 걷던 아이는 문을 열고서, 평소에도 그러는지 모르겠는데 곁눈질로 등 뒤를 확인하고 아카네가 바로 뒤에 오는 것을 알았는지 안으로 들어가 문을 붙잡고 기다려줬다.

"고, 고맙습니다."

마음 쓰지 말라는 태도로 "아니" 하고 고개를 젓는 아이에게 아카네는 미소를 지어 보이고 그 아래에 본심을 꼼꼼히 감췄다.

진정한 자신은 굉장히 감동했다. 그의 친절한 행동 때문이 아니다.

이런 장면을 읽은 적 있기 때문이다.

다름 아니라 본래의 아이가 살아 있을 세계,《소녀의 행진》초반에 이런 장면이 있다.

주인공 소녀가 자기 의지로는 올 예정이 없었던 곳, 그곳에서 어떤 인물을 발견하고 이 앞에 뭐가 있는지 물어보려 한다. 그러나 주인공이 말하기보다 먼저 그 인물이 문을 열고 이쪽을 돌아본다. 그 상태로 주인공이 다가오는 것을 기다린다.

나타나준 것만으로도 충분한데, 마치 주인공과 같은 대접을 해줘서 아카네의 심장이 비명을 지를 듯이 고동쳤다. 꿈이었다.

"그럼 나는 지하로 가니까."

정중하게 헤어질 타이밍을 알려주는 아이에게 자기도 모르게, 아니 자기도 모르게가 아니라 의도적으로 아카네는 말했다.

"아, 저도 그래요."

자신의 감정을 무엇 하나 감추려는 태도 없이 아이는 눈꺼풀을 들어 올리며 "그렇구나" 하고 이 우연에 놀란 표정을 지었다.

저런 얼굴, 나도 연기가 아니라 진짜로 지어보고 싶다고 아카네는 간절히 생각했다.

"임파첸스 팬이야? 고등학생? 대학생?"

"아, 팬이라고 할 정도인지는 모르겠는데 고등학생이요."

"호오. 아, 드문 일이다 싶어서. 여고생은 행사 현장에서 잘 보질 못하니까. 혹시 사복이라서 모를 뿐이지 제법 있나?"

임파첸스라는 단어가 아티스트 그룹명인 것쯤은 아카네도 안다. 이곳 지하에 유료와 무료 형태로 각종 이벤트를 여는 공간이 있는 것도. 아이의 말을 듣고 머리를 굴려 상황을 파악하고 적절한 답을 찾아낸다. '사랑받고 싶어'와 어울려온 인생에서 아카네가 익힌 능력이었다.

"오늘이 처음이에요. 고등학교 친구랑 같이 오자고 약속했는데 저 혼자 오게 되어서요."

"흐음."

목적지가 같으니까 둘이 함께 지하에 내려가기로 했다. 가다가 벽에 붙은 포스터를 확인해 이벤트 내용이 미니 라이브 콘서트와 사인회임을 알았다.

소설 속 등장인물과 동행이라는 믿지 못할 상황에 혼란스러워하면서도 이미 이 시점에서 아카네는 몇 가지 패턴을 예측하고 그에 따라 제각각 대처법을 짜냈다.

계단을 내려가자 스태프가 있었다. 입장권을 달라고 했을 때의 대응도 이미 생각해뒀다.

"앗, 오늘 무료가 아니었어요?"

아카네가 연출한 경악을 본 스태프는 자기 역할에서 우러났을 곤란한 표정을 지었다. 이어서 "오늘은 점포에서 해당 CD를 구매하신 분에게 나눠드린 티켓이 필요합니다"라고 설명했다.

"그러면 지금 사러 다녀와도 되나요?"

"이미 품절이어서요."

이거 큰일 났다는 표정을 짓고 아이 쪽을 바라보았다.

표정과 반대로 아카네는 실망하지 않았다. 오늘이 자유 입장인 공연이라면 마침 운이 좋은 거고, 유료여도 티켓을 살 수 있으면 된다. 그러나 현실이 세상만사 순조롭게 진행되지 않는다는 것도 이 17년간의 인생을 통해 알았다. 그러니 만약 입장이 어려운 상황이라면 레코드 가게 안에서 끝날 때까지 기다렸다가 이벤트를 마치고 돌아가는 아이와 우연히 맞닥뜨리는 상황에 기대를 걸기로 했다. 아카네는 이미 머릿속으로 그런 작업을 끝낸 뒤였다.

그래서 아카네의 입에서 다음으로 나온 목소리의 크기에는, 발성해야 하는 상황이기 때문에 나온 것뿐만은 아닌 감정이 섞였다.

"입장권, 여분 있으니까 줄게. 이거 얘 거요."

"엑!"

아이는 아카네를 가리키며 장지갑에서 꺼낸 입장권을 스태프에게 건넸다.

"그, 그래도 괜찮아요?"

아카네는 허둥거리는 말투를 꾸며 아이의 의도를 가늠하려 했다.

그러다가 의도고 뭐고 아이는 그런 인간이었다는 걸 바로 깨달았다.

아름답고 조금 난폭하면서 과보호하는 면이 있는 사람. 이것이 아카네가 아는 아이다. 처음 만났어도 곤란한 여고생을 못 본 척하지 않는다.

"응, 내 건 있으니까."

아이는 그 말대로 지갑에서 티켓을 한 장 더 꺼내 스태프에게 건넸다. 두 사람은 앞뒤로 줄을 서서 스태프 옆을 지나갔다.

"고맙습니다. 죄송해요, 제가 미처 몰라서."

"아니야, 모처럼 잘됐어. 남은 티켓을 쓸 수 있어서 다행이야."

생색내려는 태도도 전혀 없이 아이는 서둘러 이벤트 공간 입구로 향했다. 아카네도 그 뒤를 쫓아갔다. 어스름한 이벤트 공간은 이미 사람들로 가득했고, 뒤쪽에 자리를 잡고 선 아이 옆에 아카네도 나란히 섰다.

"왜 두 장이나 갖고 있었어요?"

아카네는 자기에게 허용되는 범위 내에서 부자연스럽지 않은 커뮤니케이션을 시도하려 했다. 아이는 조금 전 불렀을 때 돌아본 이유를 스스로 말해주었다. 그 점도 그렇고, 아카네가 종이를 통해 접한 그의 성격으로 미루어 대화를 거부하는 인물은 아니라고 판단했다. 그 짐작은 틀리지 않았다. 앞을 바라보던 아이는 질문을 듣고 바로 이쪽을 봤다.

"이번 CD는 세 버전으로 나왔고 이벤트 발표 전에 예약했더니 세 개에 전부 티켓이 딸려 있었어. 그러니까 한 장 더 있어."

"오, 나 운 좋다."

혼잣말의 톤을 중요하게 조절한다. 아이가 "후후" 하고 웃은 것도 놓치지 않았다.

공연장에 흐르는 BGM에 무심히 귀를 기울이고 몸을 가볍게 흔들며 아카네는 머릿속으로 아이가 왜 현실에 있는지를 정신없이 생각했다.

그런데 어려운 문제에 답을 찾기보다 먼저 마이크를 쥔 남성 스태프의 인사와 주의 사항 설명이 시작되었다.

정신이 딴 데 팔린 채 듣고 있었는데 어느새 스태프가 사라졌다.

이어서 갑자기 조명이 암전했다.

핑음과도 같은 사운드 이펙트와 함께 여성들이 무대 위에 나타난다. 전부 일곱 명인 걸 처음으로 알았다.

아카네는 아이돌 그룹 임파첸스에 대해 여성 그룹이라는 것 말고는 알지 못했다. 다만 첫 곡이 흘러나온 순간, 유일하게 아는 곡이라는 걸 깨달았다.

영화판 〈소녀의 행진〉에 주제곡으로 쓰인 그 노래다.

라이브로 들어도 처음 음원을 들었을 때와 감상이 달라지지 않았다. 아카네는 해석이 완벽하게 틀린 가사에 귀와 마음이 터져나갈 것 같은 기분을 견뎌냈다.

이윽고 30분간의 공연이 끝나고, 이어서 사인회를 시작한다는 안내 방송이 있었다. 구매한 CD에 사인을 받을 수 있다고 한다. 아이를 보자 그 역시 이쪽을 보고 있었고, "나는 그만 갈 건데"라면서 성실하게 출구 쪽을 가리켜 알려줬다. 의문을 느끼면서 아카네도 따라갔다. 당연히 품게 되는 의문은 허둥거리는 태도로 표면에 드러내두는 편이 좋다.

"사인은 괜찮아요?"

지상으로 향하는 계단을 올라가던 도중에 묻자 아이는 "응, 라이브 공연만 보면 돼"라고 가볍게 대답했다. 좋아하는 아티스트를 대하는 방식은 다양한데, 접촉을 원하지 않는 타입인가 보다고 아카네는 이해했다.

그러니까 아이는 노래하고 춤추는 임파첸스를 보는 것만이 목적이었다.

반대로 아카네의 목적은 이제부터였다.

"저기요."

자연스럽게 밖으로 나가려는 아이를 아카네가 불러 세웠다. 그의 표정에서 입장권을 빌려준 것은 아무런 의도가 없었다는 도량이 보였다.

"왜?"

"혹시 괜찮다면 말인데요."

"응?"

"차라도 마시지 않을래요? 모처럼이니까."

이야기 속 등장인물에게 차를 권하다니 너무도 비현실적이고 황송한 일이라고 아카네도 당연히 생각했다. 그와 같은 정도로 이야기 세계의 인간과 만나는 건 이번 한 번뿐이라는 생각도 했다.

그러니 자신의 감정이 허용하는 범위에서 이 시간을 이어갈 수 있기를 바랐다. 권하는 말투에는 여고생다운 무난한 커뮤니케이션 능력과 처음 만난 사람에게도 조금 허물없이 접근하는 귀염성을 섞고, 여성의 옷차림을 한 남성에게 흥미는 있지만 들키기 싫다는 세속적인 면을 살짝 드러냈다.

그런 자기 목소리를 듣고 《소녀의 행진》을 읽으면서 아이의 마음에 들 만한 표정과 음색을 시뮬레이션했다는 것을 처음으로 자각해 죽고 싶어졌다.

혀를 살짝 깨문 아카네에게서 시선을 돌린 아이는 손목시계를 한 번 확인한다.

"응, 시간 있으니까 괜찮아."

허락에 기뻐하는 건 아직 이르다.

"괜찮긴 한데, 흡연할 수 있는 곳으로 가자."

이것도다.

"물론이죠."

똑같은 장면이 《소녀의 행진》에 등장한다.

두 사람은 만나고, 소녀는 아이의 이야기를 듣기 위해 흡연하는 그와 어울린다.

이렇게까지 이야기를 실제로 체험시켜주다니, 아카네는 서비스 정신이 지나치게 투철한 백일몽이라고 생각했다.

아이가 안다는 그 가게까지는 걸어서 3분도 걸리지 않았다.

문을 열고 내부를 둘러보니 자리가 제법 차 있었다. 마침 입구 근처 자리가 비어서 아카네는 얼른 가방을 놓고 지갑을 꺼냈다.

"먼저 주문하고 와. 나는 담배 피우고 주문할 테니까."

"네, 먼저 시키고 올게요."

"어이."

아카네의 등에 만난 지 몇 시간 안 된, 또한 양식 있어 보이는 상대의 입에서 나왔다고는 생각할 수 없는 호칭이 닿았다. 어깨로 놀란 걸 표현하며 돌아보았다.

"네에?"

"어어, 이름은?"

"이, 이토바야시 아카네."

"이토바야시 아카네, 가방은 가지고 가. 내가 위험한 놈이면 가방 뒤질 거다."

"위험한 사람이에요?"

"그랬다면 말이야."

아이가 가방의 튼튼한 부분을 잡고 이쪽으로 내밀었다. 아카네는 그것을 받아 들고 의도적으로 고개를 까닥이며 "예입" 하고 장난쳤다. 보기나 한 건지, 그는 코트 주머니에 손을 넣어 담뱃갑과 라이터를 꺼내 테이블 위에 난폭하게 놓았다.

아카네는 다시 아이에게 등을 보이고 계산대로 갔다. 아카네의 마음속에서 그녀로서는 드문 문제가 발생했다.

긴장한 것을 필요 이상 겉으로 드러내지 않으려고 노

력해야만 한다니, 도대체 언제 이후 처음 있는 일일까.

왜 이 타이밍에 이름을 물어보는지는 그의 인간성을 고려하면 바로 이해할 수 있다.

그는 아마도 갑자기 난폭하게 부른 것을 반성했을 테고 그래서 이름을 물었다. 질문하기 전 "어어"의 의미가, 일상에서 그 말을 자유자재로 구사하는 아카네에게는 손금 보듯 훤했다.

아이의 자중하려는 태도와 다정한 마음을 받아들이고 말았다.

대체 무슨 생각일까. 따뜻한 레몬티를 주문하며 아카네는 생각한다.

아이에 대해서가 아니라 자신과 그를 만나게 한 이 세상에 품은 의문이었다.

만약 지금부터 대화가 잘 통해서 그와 친구라도 되면 어쩌지. 내일부터도 그가 이 세상에 존재하면 어쩌지.

그러면 마치 내가 주인공인 것 같잖아.

자리로 돌아가자 아이가 "어서 와"라는 한마디만 하고 흡연 구역으로 이동했다. 자리에 앉은 아카네의 위치에서 흡연 구역의 내부를 잘 관찰할 수 있었다. 아이가 담배에 불을 붙이고 연기를 내뿜는 동작을 빤히 쳐다볼 수 있었던 건 그가 이쪽에 눈길도 주지 않은 덕분이다.

예전에 남자친구가 권해서 담배를 피워본 경험은 있으나 상습적인 흡연자는 아닌 아카네는 저 시간이 긴지 짧은지 모른다. 아이는 담배를 다 피우고 커피를 사서 자리로 돌아왔다.

"기다렸지. 갑자기 생각이 나서 일단 물어보겠는데."

의자에 앉자마자 아이가 말을 꺼냈다. 흔들린 스커트가 아카네의 코에 담배 잔향을 운반했다.

"차 마시자고 한 거, 이상한 권유나 미인계 같은 건 아니겠지?"

목적 이외의 것을 보지 않고 직진하는 말투에 아카네는 완전히 반했다.

"아, 아니에요!"

놀람과 웃음과 당혹스러움을 섞어 조금 큰 소리로 부정했다.

가방에서 지갑을 꺼내고, 지갑에서 학생증을 꺼내 아이에게 보여주었다.

"나쁜 짓은 절대 안 하는 고등학생이에요! 그리고 저기 서점에서 아르바이트도 하니까 수상한 사람도 아니고."

"오, 좋은 학교 다니네. 그렇군, 미안해."

건네받은 솔직한 사과의 말을 아카네는 학생증 이상으로 소중하게 받아들였다.

"전 괜찮은데, 의심하면서도 입장권을 줬네요?"

"아니, 그때는 그런 생각 안 했어. 조금 전에 문득 불량 학생일지도 모르겠단 생각이 들어서. 또 나도 나쁜 짓은 안 하는 사회인이니까 미성년자에게 손대지 않는다고 말해야겠다 싶었어."

"불량 학생."

의도적으로 살짝 웃음을 터뜨렸다.

"뭐, 여고생에게 손을 대면서 나쁜 인간이 아닌 척 멀끔한 얼굴을 한 사회인은 제법 있을 것 같은데요. 아이 씨가 그렇다는 건 아니고요."

처음으로 이름을 불러보았다. 아이는 아카네 일생일대의 결심에는 별 관심이 없는 듯 입술을 일그러뜨렸다.

"멀쩡한 어른이 없다니까. 뭐 나도 이런 차림으로 방심하게 하는 걸지도 모르지. 어떤 놈을 상대하든 조심하는 게 좋아."

직접 선택한 패션을 딱히 자랑스러워하지도 않고 떳떳하지 않다는 태도를 보이지도 않으며, 그저 사실로서 다룬다. 아카네가 아는 아이는 그런 사람이다.

"참고로 나는 거기 언덕을 올라가면 있는 라이브하우스에서 일하는데, 가본 적 있어?"

"라이브하우스요? 아니요."

고개를 갸웃거리자, 아이가 애니메이션 캐릭터의 이름 같은 직장명을 가르쳐주었다. 작중에서 명칭은 명시되지 않았으나 음악이 들리는 직장이라는 것은 소설 속 아이와 같았다. 대체 어디까지.

"검색하면 바로 나오고, 의심스럽다면 다음에 관심 가는 이벤트가 있을 때 와도 돼. 대체로 있으니까."

"정말이에요?"

내심 오늘만이 아니라 내일도 당신이 실재하나요, 라는 의미로 물어보고 싶었다.

그러나 아카네의 '사랑받고 싶어'는 조금 전에 의심받은 것에 대한 앙갚음으로 말의 뉘앙스를 농담 섞어 의심하는 것으로 바꿔버렸다.

아이는 웃어줬다.

"계속 수상하게 여겨도 괜찮지만."

웃는 얼굴도 아카네가 셀 수 없이 상상해왔던 그것으로 보였다.

"그건 그렇고, 처음으로 본 임파첸스의 라이브 공연은 어땠어?"

서로의 신분 확인이 일단락된 때를 노려, 아이가 공통 주제를 성실하게 제공해주었다.

아카네는 이런 종류의 질문에 이해도가 높았다.

상대가 소중하게 여기는 것을 침해하지 않기 위해 상대의 감성을 칭찬하는 뉘앙스를 말속에 담고 자신이 품은 감상을 약간의 변화구로 던진다.

"진짜 좋았어요!" "솔직히 말하면요, 노래가 그렇게 좋을 줄 몰랐어요." "귀엽기도 한데 또 멋있는 느낌도 확 왔고요." "아이돌 라이브는 처음 봤는데 팬들이 그렇게 열정적인 줄 몰랐어요." "옷을 그렇게 두껍게 입고 계속 춤추다니 체력이 대단해요. 내장지방 하나도 없을 것 같아."

주변을 배려해 목소리보다 표정과 몸짓, 손짓으로 흥분한 정도를 표현했다.

감상을 들을 때마다 아이는 단순히 듣기만 하는 것이 아니라 말을 받아주며 대화를 나눴다. 아카네도 일방적으로 의견을 늘어놓는 게 아니라 질문을 되돌린다.

"제일 좋아하는 멤버가 있어요?"

"응."

아이는 전혀 망설이지 않고 고개를 끄덕였다. 그룹 전체를 향한 마음보다 한 개인을 향한 마음의 비중이 크다는 걸 짐작할 수 있었다. 아카네가 아는 아이도 사람에게 품은 애정이 남달랐다.

상대가 품은 마음의 종류와 강도를 헤아려 신중하게 발언하는 기량은 호의적인 인상을 주기 위해 필수 불가결하다. 존경일까, 사랑에 가까울까, 보호자 같은 마음일까.

"고토 주리아라고, 짧은 머리 멤버인데 알겠어?"

솔직히 무대까지의 거리나 조명에 더해 평소 아이돌에는 흥미 없던 아카네여서 멤버들을 완벽하게 구분할 수 없었다. 그런데도 이름이 나온 그녀는 눈에 잘 띄었다.

"보이시한 멤버죠. 춤추는 게 되게 멋졌어요."

"맞아. 주리아를 오랫동안 응원했어."

친밀감을 느꼈다. 그 정체를 아카네가 판단하기 전에 아이가 화제의 방향을 바꿨다.

"라이브를 제대로 봤구나. 멤버 개인까지. 미안, 조금 의심했었어."

"네?"

눈을 크게 뜨고 입술을 꼭 다물고 좌우로 당겨, 무슨 의미인지 모르겠다는 의사와 애교를 상대에게 전한다. 이어서 어떤 대답에 생각이 미쳤고 그래서 부끄럽다는 표정을 꾸민다.

"그게, 음, 사실은 이름이랑 외모가 일치되지 않는 멤버도 꽤 많았어요……."

그 표정에 숨어 라이브 도중에 그렇게나 멍청한 태도를 보였나 싶어 야무지지 못한 자신을 뉘우쳤고, 어쩌면 진짜 자신으로 있었을지도 모른다는 가능성을 뉘우친 만큼 기대했다.

단, 아무래도 아이가 하고 싶은 말은 그게 아닌가 보다.

"그거야 그렇지. 일곱 명이나 되니까. 그게 아니라 친구라고 생각해서 말을 건 놈이 여장한 남자니까 조롱할 생각으로 쫓아온 건가 싶었거든. 뭐, 그래도 상관없었는데, 아니라는 걸 알아서 다행이고 임파첸스를 보고 싶었던 마음을 의심해서 미안해."

아카네가 소설 속 등장인물인 그의 존재를 이 세계의 현실로서 믿고, 눈앞의 이 사람이 바로 그 아이라고 확신한 것은 이 말 때문이었다.

"아니에요, 그런 거 절대 아니야!"

의심했었다는 사실은 지나간 일이라도 반드시 상대의 마음에 남는다. 현재진행형으로 의심하지 않는데 굳이 말할 필요는 전혀 없다. 대부분의 멀쩡한 인간은 그 정도 지혜는 가지고 살아간다.

그런데 아이는 말했다.

손익을 넘어 본심을 감추지 않고 타인과 마주하고 싶은 인간, 그게 바로 아이니까.

아카네는 그런 아이에게 끝 모를 동경심을 품었다. 《소녀의 행진》의 주인공과 마찬가지로.

"그야 너무 우연이 겹치니까 저라도 조금은 의심했을

지도 몰라요. 그래도 진짜 무료로 볼 수 있는 줄 알았어요. 순간적으로 작전을 이것저것 세울 수 있는 머리 좋은 인간이 아니라서 오히려 죄송해요."

아이를 상대하면서 아무렇지 않게 거짓말하는 자신이 죽을 만큼 싫었으니까 더더욱.

"그렇다면 정말 그 타이밍에 도착해서 다행이네."

"아이 씨와 기적에 감사해요."

……아아, 또 이거다.

표정에는 드러내지 않았지만 아카네는 난감했다.

지금까지의 대화 문맥 전부를 무시하고, 아카네에게는 그것이 보였다.

눈앞에서 아름답게 웃는 아이와 시야에 들어오는 다른 손님, 나무 테이블 위에 놓인 각자 주문한 음료수, 그것 이외에 하얀 방이 보인다.

때때로 아카네의 시야에 일어나는 현상이다.

혀를 깨물고 또 깨물어도 줄어들지 않는 혐오가 마음의 그릇에 그어진 선을 넘었을 때, 현실 광경과는 별개로 하얗고 작은 방이 나타난다.

평탄한 벽에 둘러싸인, 그저 네모날 뿐인 방에는 창도 문도 없다. 조용하고 서늘한 독방 같다고 아카네는 생각한다.

방 안에 있는 것은 언젠가 여기에서 나갈 날을 꿈꾸는 자신이다.

그것이 그저 꿈일 뿐이라는 것도 알고 있다.

"그러고 보니 나랑 닮았다는 사람은 어떤 녀석이야?"

오늘까지는.

아카네는 도달하지 않을 줄 알면서도 사실은 계속 외쳤다.

나를 구해달라고, 나를 찾아달라고.

지금 눈앞에 그 목소리를 들어줄지도 모를 사람이 있다는 사실을 깨달았다.

만약에 내가 소녀였다면.

"아니, 그게, 사실은 말이죠."

목소리의 톤과 템포를 조작하며, 아카네는 '사랑받고 싶어'를 달래면서 말했다.

이해와 공감과 구원을 향한 갈망을 외면의 자신에게 들키지 않게 살그머니 그에게 전하려 했다.

신기하게도 공포는 느끼지 않았다. 평소라면 이런 기묘한 소리, 다른 사람 앞에서 할 리 없다.

그러니 어쩌면 자신은 이미 아이 덕분에 변화의 갈림길에 섰을지도 모른다는 착각까지 했다.

물론 실제로는 해방되지 않았고 달라진 것도 없다.

그저 거짓말한 것을 일단 인정하고 진심을 담아 사과한 후, 마음속에 품은 진실을 제대로 밝히는 행위가 아이 같은 인간에게 호감을 산다는 걸 알고 있을 뿐이었다.

저녁을 먹은 후에는 거실에서 시간을 보냈다. 퇴근한 아빠에게 멀지도 가깝지도 않은 거리감으로 "여어" 하고 친구 대하듯 말을 걸고, 미소와 함께 아빠 입에서 나오는 잔소리를 아양 떠는 것으로는 절대 보이지 않을 소소한 반항심으로 받아들인다. 그러다가 적당할 때를 봐서 목욕하고 방으로 간다.

침대에 앉아 머리카락과 피부에 내일도 사람들에게 사랑받기 위한 처리를 하며 아카네는 낮에 겪은 꿈만 같은 사건을 회상했다.

이야기 속에 있어야 할 그와 만났다.

아이, 당신은 내가 사랑해 마지않는 책의 등장인물과 외모도 이름도 같고, 말을 걸어보니 표정과 목소리도 똑같았다. 대화를 나누면서 점점 더 그 인물이라고 확신했다. 흡연을 좋아하는 것과 일하는 곳 등의 프로필도 일치했다. 이상해 보일 테지만 혹시 본인일지도 모르니까 지금 용기를 내 말해보았다.

아카네가 그런 이야기를 꺼내자 아이는 대놓고 미간을

찌푸렸다가 원래대로 펴고 감상을 말했다.

"그게 뭐야."

이쪽을 빤히 바라본 채 아이는 한숨 돌리려는 듯이 커피를 한 모금 마셨다.

"그런 소린 처음 들어. 뭐야, 이 옷차림이 그 캐릭터의 코스튬 플레이를 한 것처럼 보였다는 소리야?"

아이에게 그런 자각이 없다는 것도 납득할 수 있다.

지문을 알아차리는 등장인물은 없다. 그런 소설도 존재하겠지만 적어도 《소녀의 행진》에는 이야기 외부로 간섭이 허용된 캐릭터는 없었다.

"음, 아니요, 그게 아니라 외형이라고 말했지만, 복장이나 분위기만이 아니라 얼굴도."

"뭐야? 흠."

의미를 알 수 없는 숨을 내쉬며 아이가 자기 얼굴을 만졌다.

"그래서 정말로 소설에서 나온 걸지도 모른다고 생각해서……."

황당무계한 건 이쪽도 알고 있다. 그런 의사를 표명하기 위한 조심스러운 목소리와 치켜뜬 눈을 아이가 일축했다.

"그럴 리 없지. 나는 나니까. 다른 누군가가 아니야."

아이가 그렇게 말할 줄 알고 있었다. 그래도 그 말이 너무도 쉽게 가슴에 꽂혔다.

그가 "하아" 하고 황당하다는 듯한, 질렸다는 듯한 소리를 내며 팔짱을 꼈다. 옷소매가 팔꿈치에 걸려서 혈관이 불거진 손목이 노출된다.

"전혀 상상도 못 한 각도로 수상한 녀석이었네, 이토바야시 아카네."

아카네는 입술을 삐죽이며 시선을 아이 등 뒤로 보냈다.

"으으, 그렇게 생각할 것 같아서 일단은 둘러댔는데요."

"무슨 책이야?"

당장 자리에서 일어나거나 어른답게 설교하거나, 여러 선택지가 있었는데도 물어보는 점이 아이다웠다.

아카네는 본인이 세상의 상식에 따라 멀쩡히 산다고 강조하기 위해 연속해서 멋쩍어하는 태도를 연출했다.

"영화로도 나와서 어제 개봉했는데요. 오구스 나노카라는 작가가 쓴 《소녀의 행진》이라는 소설인데."

"임파첸스가 주제가 부른 거?"

"맞아욧."

자기 의도대로 되었을 때 말끝을 강조하면 상대는 감정을 있는 그대로 다 드러냈다고 느끼곤 한다.

"아, 그래서 임파첸스한테 흥미를 느낀 거야?"

"그것도 있고요. 또 반에서 임파첸스가 제법 화제여서
요. 주제가도 있으니까, 아이 씨랑 만난 건 운명인가 싶었
어요."

'네'나 '아니오'로 대답해야 하는 질문에 긍정적인 대답
을 한 후 다른 요소를 추가하면 무엇이 거짓인지 모호해
진다.

"운명 같은 소리를 하면 제가 또 이상한 쪽으로 끌고
가는 것 같지만요……."

"확실히 그러네."

"소설, 읽어요?"

"아니, 전혀."

아이는 당당하게 고개를 저었다.

"1년에 한 권도 안 읽어. 그러니까 소설 등장인물일 리
없겠네."

《소녀의 행진》 속 아이도 책을 안 읽는다. 소설과의 관
계성을 부정하는 그의 말이 공교롭게도 아이의 인물상과
겹친다.

"참고로 나랑 닮은 캐릭터는 영화에서 누가 연기해?"

아카네가 연기자의 이름을 대자 아이가 알기 쉽게 표
정을 구겼다.

"여자잖아."

"그건."

주위를 신경 쓰는 것처럼 시선을 가볍게 좌우로 보낸 후, 아카네는 얼굴을 테이블 중앙으로 가져갔다. 과보호하는 면이 있는 아이도 그에 맞춰 얼굴을 가까이 댔다. 연인들과 어떤 짓을 해도 들어본 적 없는 심장 소리를 진정시키고 목소리를 낮춘다.

"사실은 남자라고 할까."

"아하, 그렇군. 그런 이야기."

아이가 자세를 되돌리기 전에 그렇게 말한 덕분에 숨결 한 조각이 아카네의 뺨에 닿았다. 담배와 커피의 씁쓸한 냄새가 오랫동안 목 안에 남았다.

"그, 그래서 아이 씨 목소리를 듣고 진짜 깜짝 놀라서."

"여기까지 오면 좀 무섭네. 이상한 우연이다. 싱크로니시티라는 게 이런 건가?"

"좀 다른 것 같은데요."

둘이서 살짝 고개를 갸웃거렸으나 아이도 그냥 한 말이었을 뿐인지 금세 화제를 돌렸다.

"그래도 여러 우연이 겹쳤을 뿐이야. 나는 지금까지 멀쩡하게 현실을 살아왔고, 비싼 세금이랑 통신비랑 광열비도 내면서 살아. 무슨 캐릭터 같은 게 아니야."

"역시 그렇죠."

알기 쉽게 김빠진 티를 냈다가 그걸 허둥지둥 수습하는 기특함. 물론 내면에 있는 아카네의 기분과는 다른 표정이었다.

이에 대해 아이는 겉으로 본 것만을 이해한 듯 다정한 태도를 보여주었다.

"전부 다 부정하는 건 아니야. 좋아하는 밴드의 라이브 공연을 처음 보고 이 사람들이 정말로 존재한다며 흥분하는 거랑 비슷하겠지. 아마도?"

아카네는 상대가 이해해준 것에 대한 기쁨을 고개를 힘차게 끄덕이는 시늉으로 표현했다. 물론 내면의 기분과는 다른 표정이었다.

"책은 별로지만 영화 정도는 봐볼까."

"에이, 영화는, 음, 어떨까요."

"그거야? 원작만 인정하는 주의?"

"아이는 이야기 속에서 주인공의 친구예요. 그런데 예고나 줄거리를 보면 왠지 연애 요소도 들어간 것 같아서요."

"음, 흥행을 노리려는 시도인가. 아무튼 오리지널이 아니면 싫구나."

"네, 그거예요."

입술을 굳게 다물고 가볍게 고개를 저었다.

"아, 그래도 죄송해요. 갑자기 이런 소리를 해서 불편하시죠……. 음, 그래도 《소녀의 행진》의 아이는 주인공에게는 친구고, 그게, 저한테는 인간으로서 이상형이기도 하고, 그리고 단순히 아이 씨가 엄청 아름다웠던 것도 있고요. 하하, 하."

얼버무리려는 듯이 웃었다. 상대에게 불쾌감을 주지 않는 적절한 조절은 아카네의 특기다.

아카네는 그 표정을 통해 아이에게서 '이상한 녀석이지만 해롭지는 않을 것 같다'는 평가를 얻어내고 싶었다. 앞으로 또 재회할 수 있기를 바랐다.

그런데 아이의 반응은 아카네가 노린 것과는 달랐다.

"아쉽게도 나는 그저 나일 뿐이지만, 아름답다는 말은 감사히 받아들이지."

"으으, 네에."

"이상형이라니, 외모만 두고 그렇게 말해도 좀 그렇지."

"그렇죠……."

"친구가 되는 거야 괜찮지만."

그 말을 들었을 때의 나는 마치 상대를 전혀 배려하지 않고 진정한 놀라움을 목소리로 표현한 것 같았지, 하고 아카네는 회상한다. 그런 식으로 생각하는 시점에서 이미 그것이 '사랑받고 싶어'의 틀 안에서 한 발성인 것도 알고 있다.

지금은 이 정도면 충분하다.

그런 일시적인 착각에서 얻는 기쁨 이상의 사실을 손에 넣었다.

아카네는 침대 위에 놓인 스마트폰을 쥐었다. 화면을 터치해 주소록을 열었다. 오늘 혼자가 된 후로 꿈이 아니었음을 확인하기 위해 몇 번이나 이 행동을 반복했다.

제일 위에 직접 입력한 '아이'라는 문자가 있다. 큰 소리를 내면 가족이 불안해할 테니까 망가지지 않을 정도로 있는 힘껏 스마트폰을 품에 안는다. 라인 같은 메신저앱은 메시지를 읽었는지 안 읽었는지 알 수 있다는 게 성가시니까 싫다고 했다. 정말이지 아이답다.

《소녀의 행진》에서도 친구가 되자고 제안한 것은 주인공이 아니라 아이였다. 연락처를 건넨 것도 아이가 먼저.

그 후 아카네는 아이에게 주인공의 간단한 프로필을 설명했다. 그는 전부 들은 후, 아는 사람 중에 짚이는 사람은 없다고 말했다.

아이는 주인공과 만나기 전에 아카네와 만났다.

그리고 아카네에게 친구가 되자고 말했고 연락처를 건넸다. 집에 와서 검색해보니 그가 일한다고 한 라이브하우스는 존재했다.

일련의 사실, 또 그의 외모나 태도, 인간성에서 아카네는 한 가지 생각에 도달한다.

처음에는 아이가 이야기 세계에서 나왔다고 착각했다.

그게 아니었다.

이야기가 오늘부터 시작되려 한다면.

그렇게 생각하면 이야기에 그려진 주인공의 행동이나 심경을, 경험하지 않은 것까지 자기 이야기처럼 느낀 것도 납득할 수 있다.

이제부터 이어지는지도 모른다.

확인해보자.

그 자리에서 결심한 아카네는 처음으로《소녀의 행진》에 대해 느끼는 자신의 진정한 감상 중 일부를 다른 사람에게 말했다.

"이 소설, 주인공 여자아이가 저랑 똑같아요."

그녀의 내면까지 말하지 않은 건 자신을 드러낼 용기가 아직 없었기 때문이다.

그래도 언젠가 아이와 함께라면. 아카네는 꿈을 꾼다.

우카와 아이

그날 밤, 아이는 드라이어로 머리를 말리며 낮에 만난 이상한 여고생을 생각했다.

갑자기 말을 걸어서 이야기를 들어보니 좋아하는 소설의 등장인물인 줄 알았다고 한다. 어쩌다 보니 연락처를 교환하고 친구로서 어딘가 놀러 가자는 약속까지 했다.

특이한 만남이어서 흥미와 함께 약간의 경계심을 품긴 했지만, 지금은 걱정스럽지 않았다.

아이 주변에는 다양한 특성의 인간이 존재하므로 낮에 만난 이토바야시 아카네도 또 다른 유형의 친구가 늘었다는 정도로 받아들였다.

지금 시점에서 아이는 그녀가 나쁜 인간은 아닐 것 같다고 느낀다. 그건 아이가 가장 우선하는 사실이었다.

대화를 나누고 감각에 의지해 친구가 되자고 판단했으니까 앞으로 배신당하더라도 그때 제대로 화를 내면 되고 후회하면 된다. 그러니 지금은 아직 미래에 생길지 모르는 잡다한 일은 생각하지 않는다.

아이는 감각에 몸을 맡겨 새로운 친구를 믿을 수 있는 자신을 좋아했다.

"아이, 오늘 뭐 재미있는 일 있었어?"

"모르겠네."

아이 나름의 성실함을 담아 대답하고 동거인에게 잘 자라고 인사했다.

방에 돌아와 담뱃갑을 살폈더니 딱 한 개비가 남아 있어서 창문을 열고 피웠다.

고토 주리아

암전하는 무대.

폭음과도 같은 사운드 이펙트.

들려오는 환성 소리.

멤버의 구호.

스태프와 나누는 하이파이브.

몸을 스치는 의상.

딱딱한 바닥.

소리와 상관없이 떨리는 공기.

나, 그리고 모두.

   사인회를 마치고 무대 뒤에서 의상을 입은 상태로 팬 클럽 회원용 동영상을 촬영한다. 그런 다음에 멤버, 스태프들과 함께 반성회라는 이름으로 의견 교환을 한 뒤에야 비로소 고토 주리아는 옷 갈아입을 권리를 얻는다.

물방울무늬가 들어간 사복으로 갈아입고 일부러 머리를 단정히 정리하지 않은 채 다시 단독으로 셀카를 찍었다. 아까 멤버들과 촬영한 사진과는 시차를 두고 업로드할 예정이다. 라이브 공연 후 혼자가 되어 차분해진 모습을 팔로워에게 슬쩍 보여준다는 인상을 주고 싶다.

멤버가 각자 귀가하는 걸 곁눈질하며 주리아는 대기실 구석에서 스마트폰을 들여다본다. 오늘 라이브 공연을 하면서 느낀 개선점과 반성회에서 나온 의견을 간단히 메모해둔다.

메모를 마치고 오른쪽 위에 빨간 숫자가 표시된 메시지 앱을 열었다. 대부분 기업 광고나 업무 연락이지만 딱 한 건, 친구가 보낸 메시지가 있었다.

'멋있었어'라는 무뚝뚝한 메시지에 주리아는 '고마워!'라고만 답을 보냈다. 두 사람 사이에는 서로 딱 한 마디뿐인 대화가 몇 개나 겹겹이 쌓여 있다.

"주리, 준비 다 끝났니?"

"갈게요."

여성 매니저 시노기에게 대답하고 주리아는 스마트폰을 토트백에 넣었다. 라이브를 마치고 귀가할 때는 시노기가 차로 데려다줄 때가 많다. 모든 일정에 배웅이 포함된 건 아니지만, 사는 곳이 가까워서 상황이 맞으면 태워준다.

같은 이유로 차에 타는 또 한 명의 멤버 마키가 귀가 준비를 마친 후 셋이서 레코드 가게를 나왔다.

가게에서 나왔을 때 주리아는 숨을 한 번 크게 들이쉬었다.

밖과 달리 무대 위의 공기는 습하고 땀내 풍기고 한없이 고여 있다. 그런 곳에서 싸우는 주리아는 라이브 후 바깥 공기를 마시는 순간이면 늘 이 장소와 자신은 너무 어울리지 않는다고 생각한다. 그런 소외감을 느끼면서 실제 세계보다 스토리에 비중을 두는 자신에게 안심한다.

공연장 근처 주차장까지 이동해 까만 왜건 뒷좌석에 두 멤버가 올라탔다. 운전석의 매니저가 "간다"라고, 딱히 확인이라 하기도 어려운 확인을 하고 액셀을 밟았다.

공공 도로를 저속으로 달리는 자동차 창문을 절반쯤 열고 주리아는 거리 풍경에 시선을 보냈다. 그러자 3인조가 손을 흔들었다. 그들은 임파첸스 로고가 인쇄된 티셔츠를 입고 있었다. 주리아는 최대한 멋있게 돌아보았으나 순간적이어서 그들에게 잘 보였을지는 모르겠다.

"주리, 영화판이랑 차이점, 역시 가르쳐주지 않을래?"

거리를 빠져나왔을 즈음이었다.

에고서핑을 하던 주리아에게 옆에서 말을 걸었다. 무슨 소리인지 잘 모르겠다, 라는 의미를 담은 잠깐의 침묵 후에 대답한다.

"노력해본다고 했잖아?"

"해봤거든? 해봤단 말이야. 그런데 역시 길잖아. 글자도 잔뜩 있고."

이거 보라면서 옆자리의 그녀가 주리아에게 스마트폰 화면을 보여주었다. 화면에는 전자책 앱으로 연 소설 한 페이지가 표시되어 있었다. 책 어딘가의 한 페이지가 아니라 첫 페이지다. 주리아는 거기 적힌 문장을 알고 있었기에 바로 깨달았다.

"마키, 여기에서 포기하는 건 너무 이르다."

"조금 더 읽었어. 대충 20페이지 정도까지는."

굳이 지적하지 않았지만 잘해봤자 10페이지 정도이리라 짐작했다.

"모르는 단어가 자꾸만 나온단 말이야. 그래도 역시 원작을 전혀 모르는 건 좀 그렇잖아? 주리가 알려주면 작가 선생님이랑 만날 기회가 생겨도 그쪽이 기분 나빠하지 않을 테고."

애니메이션이나 영화의 주제가를 맡아도 원작을 읽지

않는 아티스트야 수두룩할 것이다. 그런 걸로 작가가 일일이 세모눈을 뜨진 않는다.

그렇게 생각은 해도, 마키가 이런 걸 유난히 신경 쓰는 인간인 걸 주리아는 알고 있으므로 무시하지 않았다. 굳이 묘하게 마음을 쓸 거면 하룻밤이든 이틀 밤이든 노력해서 읽으면 될 거 아니냐고 생각하더라도.

"그냥 밝혀버리지?"

지금 그녀의 요구에 응답해도 의미가 생기지 않는다. 주리아는 한 가지 제안을 했다.

"밝혀버리라니?"

"응. 트위터 같은 데에 책 읽는 거 진짜 못하겠다고 털어놓고, 그래도 처음으로 소설 원작인 영화와 협업하게 되었으니까 노력해서 원작도 읽어보겠다고 공개하는 거야. 하루에 몇 페이지든 오늘 여기까지 읽었다고 보고하거나, 모르는 한자를 사전에서 몇 개 찾았는지 올리거나."

"그러면 내가 되게 바보 같아 보이지 않아?"

"이미 바보인 거 다 아니까 괜찮잖아."

스스로 생각해도 뉘앙스가 제법 괜찮아서 주리아는 자기 자신에게 감탄했다.

"그게 마키의 무기가 되는 거지. 책을 읽은 척하기보다 못 읽는 걸 극복하는 모습을 보여주는 게 좋은 스토리야."

"주리아는 자주 스토리라고 말하네. 그래도 괜찮은 것 같다."

그걸 끝으로 마키는 침묵했다.

답변은 불필요하다는 걸 알기에 주리아도 입을 다물었다.

아마도 내일이면 마키의 트위터 계정에서 독서 마라톤 따위의 이름이 붙은 기획이 시작될 것이다. 팬들은 자기 약점을 숨김없이 드러낸 마키의 고뇌와 갈등, 배려를 깊이 읽어내고 인간성을 생각한다. 팬 저마다의 머릿속에서 생성된 최애의 행동 이유는 마키의 퍼포먼스에 평소의 밝고 솔직한 이미지 이상의 가치를 얹어준다. 잘 못하는 일에도 최선을 다해 도전하는 여자라는 시선이 그녀를 아이돌로서 더욱 빛나게 한다.

이런 연출과 드러나는 효과의 흐름을 두고 주리아는 종종 스토리라고 표현한다. 그건 주리아가 아이돌로서 살기 위한 신조라고 할 수 있다. 자신들은 언제나 스토리 안에 있어야 한다.

그러므로 마키를 응원하는 사람들이 그녀의 대수롭지 않은 태만을 알 필요는 없고, 독서 트윗이 다른 멤버의 제안인 걸 알 필요도 없다. 스토리 밖의 사정이니까. 물론 거기까지 밝히는 게 효과적인 상황도 존재한다.

주리아는 다시 트위터에서 자기 이름과 그룹을 검색하

는 일로 돌아갔다. 노래나 댄스, 콤비네이션에 한해서는 아마추어 시선에서 본 의견을 일일이 받아들이면 무너질 수 있으니 찬성과 부정 모두 스태프의 의견만 참고한다.

그렇다고 팬들의 의견이 불필요한가 하면, 전혀 그렇지 않다. 주리아는 그들의 칭찬이나 비난을 자기 스토리를 쓰는 표식으로 삼았다.

주리, 최근에 귀기 서린 듯한 인상이었는데 미소를 되찾았어. 댄스도 시원시원해졌고. 추억의 성지에서 뭔가 극복했나 봐.

영화 주제가의 작사를 맡은 건 좋은 일이지만 본인은 힘들었을지도. 최애가 열심히 노력하면 좋겠다는 마음도 있고 무리하지 않으면 좋겠다는 마음도 있어.

공식 사진 최고다. 평소 쿨하고 단정하니까 순간적으로 보여주는 미소가 진짜 주리 같아서 치인다니까.

그런 트윗을 보며 주리아는 자기 스토리에 그들이 즐거워한다는 것을 알고 다른 무언가로 대신할 수 없는 기쁨을 느낀다.

아무래도 최근 몇 달간의 연출이 잘 통했나 보다. 영

화 협업을 공식 발표한 것에 맞춰 주리아는 인터뷰 때 틈만 나면 "대중성을 얻을 수 있는 갈림길에 섰을지도 모른다고 생각하면 떨려요" 같은 발언을 곁들였고, 그에 맞춰 라이브 때도 심각한 표정을 유지하려고 노력했다. 최근 몇 번의 라이브에서는 마지막 인사 때 다른 멤버보다 한 박자 일찍 고개를 들었고, 모두가 손을 흔드는 와중에 혼자만 일찍 무대에서 내려왔다. 물론 그날은 태도를 욕하는 트윗도 드문드문 보였으나 주리아는 오늘 라이브에 기대를 걸었다. 임파첸스가 데뷔하면서 처음으로 앨범 발매 이벤트를 한 성지의 무대 위에서 중압감을 극복하고 다시 라이브를 한껏 즐기는 모습을 보여줬다.

실제로 어떤 상태였는지는 중요하지 않다. 귀기 서린 자신을 꾸며내고 힘들어 보이는 자신을 표현했다. 그리고 카타르시스를 준비해서 모두가 즐겼다.

그게 전부다. 이제부터는 또 새로운 스토리를 생각해야 한다.

"나를 받아줘."

스마트폰 화면에 마법을 거는 것처럼 주리아는 중얼거렸다.

이벤트 며칠 후, 주리아는 같은 거리에 있었다.

그녀는 이미 이 거리로 외출한다는 감각을 잃었다.

임파첸스의 고토 주리아가 된 후로 지금까지 완전한 휴일은 나흘 정도. 그 이외의 날에는 대체로 라이브 공연장이 있는 지역이나 이 거리의 아스팔트를 밟는다.

기획사도 스튜디오도 댄스 연습실도 보이스 트레이닝 시설도 갖춘 이 거리는 주리아의 아이돌로서 생활 그 자체였다.

그런 거리에서 오늘은 잡지 인터뷰가 있었다. 사복 촬영도 있으니까 주리아는 평소 입는 옷에 자신을 구축하는 요소를 담았다. 까만 바탕에 하얀 물방울무늬 후드, 스키니 진, 팬에게 받은 괴수 모티브의 까만 운동화와 마찬가지로 팬이 준 다른 괴수가 수놓인 까만 버킷 모자. 어깨에 멘 사코슈 가방에는 피어스도 들어 있는데, 이건 같이 인터뷰하는 멤버의 옷차림을 보고 할지 말지 검토할 생각이다.

약속 장소인 빌딩 1층에 도착해 매니저에게 라인 메시지를 보내자 몇 층에 가야 하는지 알려줬다. 넓은 엘리베이터에 혼자 타서 버튼을 눌렀다.

다음으로 문이 열렸을 때, 눈앞에는 매니저와 익숙한 메이크업 담당자, 그리고 또 다른 멤버가 있었다. "안녕하세요" 하고 먼저 스태프 두 사람에게 인사했다.

"아, 주리. 굿모닝."

"사쿠나도 안녕."

임파첸스의 리더 사쿠나가 가까운 거리에서 손을 흔들었다.

"남자애가 온 줄 알았어."

"보통 이렇게 입잖아."

주리아는 손을 흔드는 대신 웃으며 대꾸했다. 그러면서 사쿠나의 전신을 관찰했다.

유니섹스 복장인 주리아와 달리 사쿠나 역시 그녀의 이미지에 어울리는 은은한 초록색의 걸리시한 원피스를 입었다.

사쿠나와 단둘이 인터뷰가 들어온 시점에서 복장을 포함한 두 사람의 대조적인 부분에 초점을 맞추려는 의도를 알았다. 우선 둘 다 올바르게 자신을 표현해서 안심했다. 피어스는 하지 않기로 했다.

매니저를 선두로 세워 복도를 걸었다. 회의실 같은 하얀 방에 도착하자 몇 명의 어른이 대기하고 있었다. 주리아와 사쿠나는 등을 반듯하게 펴고 시원시원하게 인사했다.

인터뷰 도중에도 촬영을 하고 메인 비주얼은 공원으로 이동해서 찍는다고 들었다. 메이크업 담당자에게 간단히 상태를 확인받은 뒤, 주리아와 사쿠나 두 사람은 나란히 자리에 앉았다. 잡지 편집자라고 자기소개한 남성이 테이블에 놓인 페트병 음료를 권해서 주리아는 토마토주스를 집었다. 이유는 공식 프로필에 좋아하는 음료라고 적었으니까. 사진이 찍힐 가능성도 있다. 고를 것은 정해져 있다. 옆에 앉은 사쿠나는 "으으음" 하고 두리번거리다가 물을 골랐다.

맞은편에 작가가 앉자 곧바로 테이블 위에 녹음기가 놓였다. 이후 어딘가에 활용할 생각인지 다른 스태프가 카메라로 녹화를 한다.

사면초가다.

주리아는 자기가 놓인 상황을 그렇게 느꼈다.

"그러면 인터뷰를 시작하겠습니다."

잘 부탁합니다, 하고 두 명의 아이돌이 동시에 고개를 숙였다.

질문 내용은 영화 협업을 포함한 최근 임파첸스의 활동 회고와 미래 전망. 지금까지 몇 번이나 받은 질문에도 주리아는 자신을 둘러싼 스토리와 진지하게 마주하고 대답한다.

"사실 최근에 저는 조금 이상하게 겉돌았어요. 그래서 사쿠나가 많이 걱정한 것 같았어요."

"아니, 당연히 걱정하죠. 주리가 갑자기 트위터에서 멤버의 발언을 지적하기 시작했거든요. 저는 리더로서 도대체 어떻게 해야 하나 싶었죠. 어디 언니한테 다 털어놔보라니까."

"나이는 제가 더 많은데 말이죠. 음, 앞으로도 사쿠나한테 계속 걱정을 끼칠 것 같아요. 잘 부탁해."

"엑, 귀찮아지는 건 괜찮은데 걱정 끼치지는 말아줘."

혼자가 아니라 둘이 하는 인터뷰니까 적극적으로 대화도 나눈다. 커뮤니케이션으로 분위기가 부드러워지면 여타 인터뷰와는 또 다른 화제가 나와 좋은 기사가 만들어진다는 걸 주리아는 배웠다.

"지금 목표로 삼은 사람이 있나요?"

인터뷰가 진행되고 이런 질문이 날아와 주리아는 잠깐 고개를 숙였다. 그 사이에 본심을 줄칼로 갈아 상대가 아름답다고 여기는 형태로 다듬는다. 거짓말은 분위기를 썰렁하게 만들 뿐이니까 어디까지나 스토리에 맞춘 사실이어야 한다.

"음, 짜고 치는 것처럼 들릴지도 모르겠는데, 다카쓰키 사쿠나일까요. 얘요."

"와, 깜짝이야! 그게 뭐야, 거짓말."

"역시 지금 말 취소."

웃음꽃이 피고 작가가 "이유를 꼭 들려주세요"라고 재

촉해서 주리아는 대답한다.

"아이돌로서 감각이 예리하다고 해야 할까요? 요전에 쉬다가 에고서핑을 했거든요? 그랬더니 사쿠나를 심하게 험담하는 사람이 있었어요."

"유튜브 댓글 그거?"

"어, 맞아. 되게 심했는데 그걸 본 사쿠나가 어휴, 하면서 스마트폰으로 뭘 쓰길래 뭐 하나 싶었더니 '다들 빨리 나를 좋아해서 소중하게 여기면 좋을 텐데'라고 트윗을 한 거예요. 무적이구나 싶어서 웃었어요."

"그게 그런 의미의 웃음이었구나."

"응. 나였으면 부끄러워서 그런 말 못 해."

언젠가 필요하다면 할 것이므로 주리아의 말은 지금 시점을 가리킨 것에 불과하다. 내일은 발언할 가능성도 얼마든지 있다. 스토리를 위해서라면 과거 따위 언제든 잊을 수 있다.

아이돌의 내면에 조금도 흥미가 없었던 예전의 자신 또한 주리아는 잊었다. 임파첸스에 들어온 후로는 멤버 저마다가 지닌 특성과 차이를 최대한 이해하려고 노력하고 있다.

"뭐가 부끄러워. 주리도 늘 응원해주는 팬들에게 진짜 기분이 어떤지 말로 표현해봐."

그러니까 사쿠나가 진심으로 그런 낯간지러운 말을 하고, 또 그런 면을 자기 정체성으로 삼은 것도 이해할 수 있다. 다만 타인의 생각을 이해하는 것과 자기에게 적용하는 것에는 별개의 회로와 이유가 필요하다.

진짜 기분을 있는 그대로 표현하는 것의 이점을 주리아는 찾지 못했다.

"그게 주리아 씨가 사쿠나 씨를 목표로 삼게 된 계기인가요?"

"음, 못 하는 일을 할 수 있는 사람이 이렇게 가까이에 있으니까 우선 그 점부터 배우고 싶다고 생각했어요."

마음만 그런 건 아니었다.

주리아의 주변에는 그녀가 아이돌인 이상, 무슨 일이 있어도 있는 그대로 말하면 안 되는 일이 넘치도록 있다.

예를 들어 어제부터 안 좋아하는 책을 읽기 시작했다고 인터넷상에 보고한 마키가 사쿠나를 불편하게 여겨서 단둘이 있는 상황을 피하는 것. 예를 들어 예전에 10대였던 멤버가 공공연하게 알려지면 안 될 사건을 저질렀을 때, 주리아가 신랄하게 따져서 울려버린 것.

그렇게 꼭 아름답다고만은 할 수 없는 측면을 알면서도 넉살 좋게 본심을 전해야 한다고 말하는, 영혼부터 아이돌로 타고난 듯한 행동을 실천하는 사쿠나에게 일종의 두려움을 품은 것.

"사쿠나는 임파첸스의 심장이니까요."

그런 공포심을 절대 드러내지 않고, 고토 주리아와 다카쓰키 사쿠나의 캐릭터를 내비치기 위해 맹우 같은 인상을 팬에게 꾸준히 전달하는 것.

"그렇게 말해주니까 기쁘긴 한데 주리는 주리 그대로가 멋져."

"보다시피 부족한 점이 잔뜩 있어."

최대한 무뚝뚝하게 팔짱을 끼며 맹우와 미소를 나눴다. 그 순간을 카메라가 찍었다.

원래의 자기 자신은 아이돌이라고 불리기 전에 깨끗이 버렸다.

인터뷰는 1시간 정도로 끝났고 근처 공원에서 이어진 촬영도 막힘없이 마무리되었다.

사진에 문제가 없는 것을 확인한 후, 다 같이 이유 모를 손뼉을 쳤다.

"얘, 주리. 배고프지 않아? 밥 먹으러 가자."

공원의 놀이 기구를 배경으로 셀카를 찍는 도중에 사쿠나가 밥을 먹자고 제안했다. 오후 2시를 넘은 시각. 말을 듣고 보니 주리아도 배가 고팠다.

"그러자. 나 여기 잘 모르니까 사쿠나가 어디 갈지 정해줘."

"오케이. 그런데 나도 잘 모르니까 인터넷에서 맛집 찾아보자. 아, 그보다 시노기 씨한테 물어보는 게 좋을까?"

말하자마자 사쿠나는 떨어진 곳에서 잡지 편집자와 대화를 나누는 여성 매니저에게 이 근방에 괜찮은 음식점이 있는지 물어보러 갔다. 이야기가 어떻게 흘렀는지 주리아는 모르나, 점심은 시노기까지 함께 셋이 먹기로 했다.

마침 근방에 분위기 좋은 양식집이 있다나 보다. 평소 간단하게 식사하는 주리아는 모르는 가게였다.

길거리를 걸을 때도 주리아는 안경이나 마스크로 자신을 감추지 않는다. 사쿠나 역시 전부 드러냈으나 누가 둘을 알아보는 일은 어지간해서는 없다. 오늘은 드물게도 도중에 지나친 남성 일행으로부터 "지금 사쿠나랑 주리아인가?"라는 소리가 들려왔다.

빈티지 옷 가게 같은 외양의 건물로 들어가자 묘하게 푹신한 소파 자리로 안내받았다. 사람에 따라서는 허리가 아플지도 모르겠다고, 주리아가 모르는 누군가를 걱정하는 동안 다른 두 사람은 "사쿠나, 술도 있어" "진짜다, 어쩌지" 하고 수다를 떨었다.

각자 주문을 마치고 요리가 올 때까지 협업 작품에 대해 이야기를 나눴다.

"마키가 트위터에 책을 읽기 시작했다고 보고했던데요."

사쿠나의 말에 시노기가 고개를 끄덕였다.

"그거 주리가 제안한 거야."

"오오, 역시."

주리아는 칭찬을 받고 "목표가 있어야 의욕도 생길 것 같아서" 하고 별일 아니라는 듯이 대답했다.

"주리, 오구스 선생님하고 만났지."

"응."

"어떤 사람이었어?"

바로 얼마 전, 주리아는 《소녀의 행진》의 원작자인 소설가 오구스 나노카와 대담을 겸해 만났다. 그룹 전원이 만나기에는 인원이 너무 많아서 이번 노래의 작사를 담당한 주리아만 방문했다.

"분위기가 대단했어. 소설가니까 어쩌면 내면은 특이할지도 모르는데, 나한테 되게 잘해줬고 좋은 사람 같았어."

주리아는 살짝 속임수를 섞었다.

사실은 사쿠나에게 느끼는 것과 같은 종류의 공포를 오구스 나노카에게서 느꼈다. 두 사람 다 자각이 있는지는 모르겠는데, 마음 깊은 곳에서 자기 직업이 특별하다고 믿어 의심치 않는다는 듯한 압박을 느꼈다. 주리아는 그런 인종을 대체로 선택받은 인간 혹은 머리가 이상한 인간이라고 여긴다. 물론 당사자에게 굳이 말해야 할 감상은 아니다.

"주리가 쓴 가사, 칭찬해줬어?"

"응, 소설과 깊게 연결된 점이 기쁘다고 했어."

"잘됐다!"

사쿠나는 마치 자기가 동경하는 사람에게 칭찬받은 것처럼 환하게 웃었다.

"역시 그 가사, 진짜 좋다니까. 주리가 쓴 가사, 나는 전부 좋아하는데 이번 건 주리 역사상 최고의 걸작이니까 원작자도 이해해줘서 기쁘다."

"사쿠나는 변함없이 주리의 팬이네."

나온 음료수를 받으며 사쿠나가 가슴을 당당히 폈다.

"나는 임파첸스 오타쿠니까요. 그래도 이번 가사는 오타쿠를 겨냥한 게 아니더라도 원작의, 전에도 말한 적 있는데, 원작 주인공 여자애랑 주리의 가사가 잘 싱크로해서 주리의 감수성과 기분을 언어로 표현하는 힘을 순수하게 이 세상에 내보내는 것 같아요."

"고맙긴 한데 말투가 왜 그래?"

주리아는 쑥스러운 미소를 짓고 음료와 함께 나온 미니 샐러드에 포크를 찔렀다.

주리아는 양상추를 먹으며 사쿠나가 '싱크로'라는 단어

를 쓴 의미를 생각해본다. 가사가 캐릭터를 정확하게 포착했다는 의미로 쓴 거라면 사쿠나의 견해는 옳다. 그러나 만약 주리아가 주인공에게 공감해서 썼다고 생각한다면 틀렸다.

주리아는 이번 주제가 작사를 담당하면서 주인공 소녀에 대해 깊이 생각했다. 그러다가 마음에 떠오른 감정은 소녀를 이해하고 좋아하게 된다는 식의 긍정적인 것은 아니었다.

소녀를 진심으로 불쌍하다고 생각했다. 지금도 그렇게 생각한다.

이 소녀는 이토록 자기 내면을 들키기 싫다고 두려워하는데, 그것이 모조리 문장이 되어 타인에게 드러나고 말았다.

소설가는 어쩜 이토록 심한 짓을 할까.

"'문자로 일으키기 전에 당신만이 알아준 스토리.'"

혈당치를 위해 샐러드를 먹은 후 사쿠나가 갑자기 노래 한 소절을 흥얼거렸다. 그 소절은 다름 아닌 주리아가 불쌍한 주인공에게 전별로 보낸 부분이었다.

"이게 최고였어. 주인공 여자애가 품은 고민은 사실 사소한데 그 애에게는 엄청난 중대사이고, 그 기분을 소중한 사람이 알아주길 바란다는 거."

"해설 고마워."

"두 번째로 '다른 누군가에게 건네지 않겠어, 나만이 상처 주는 스토리', 이 부분도 좋아. 주인공의 좋은 부분뿐 아니라 제멋대로인 성격까지 노래하는 거잖아. 여기를 라이브로 부를 때 주리 역시 주인공이랑 자신을 겹치니?"

"겹치지는 않나."

"주리가 제멋대로라는 건 아니고."

"알아, 괜찮아."

오타쿠라고 자칭하는 만큼 사쿠나가 일할 때 이외의 자리에서 내놓는 화제는 대부분 자신을 포함한 아이돌 일이나 작품, 또 팬들에 대한 것이다. 한편 주리아는 어떤가 하면, 멤버와 사적으로 말할 때 나서서 화제를 제공하지 않는다. 스토리와 관계없는 자기 생각이나 취미를 다른 사람과 공유할 필요는 없다고 생각하므로.

그런 의미에서 사쿠나의 말대로 자기 자신을 감추고 사는 주인공과 겹치는 부분이 있는지도 모른다. 소녀를 동정하는 것도 나라면 어떨지 가정하니까 느끼는지도 모른다.

몇 분 후에 나온 저탄수 파스타는 소녀 시절에는 몰랐던 맛이다.

식사를 마치고 각자 캐릭터에 맞는 디저트를 먹는데

점원이 말을 걸었다. 무슨 일인가 했더니 주리아와 사쿠나에게 사진과 사인을 부탁하고 싶다고 했다. 전부 매니저가 안 된다고 해서 사쿠나가 그럼 이거라도 하자고 제안해 악수를 나눴다. 점원이 떠난 후, "못 오겠네" 하고 사쿠나가 아쉬운 듯 양주가 들어간 타르트를 먹은 게 주리아의 인상에 깊이 남았다.

처음이자 마지막이어서 그런 건 아니지만 생각보다 오래 머물렀다. 정신을 차리니 창밖이 해 질 무렵의 분위기를 풍겼다. 전철이 붐비는 시간을 피하려고 일어났다. 의자가 조금만 더 딱딱했다면 미련이 남았을 것이다.

밖으로 나오자 2시간 전보다 거리에 사람이 많았다. 사람들을 피하면서 걸어야 하니 세 사람의 대화는 필연적으로 줄었다.

주리아는 지나가는 사람들의 얼굴을 보지 않고 걸었다. 호객꾼이나 헌팅하는 사람을 상대하지 않는 방법의 연장선이었다.

그러다가 먼 곳에 둔 초점이 문득 도로 건너편을 걸어가는 한 사람에게 모아졌다. 주리아는 화들짝 반응하는 감정을 얼른 제어했다.

다행히 그는 이쪽을 깨닫지 못했는지 자연스럽게 시선이 떨어졌다.

《소녀의 행진》에 나오는 주인공 친구도 이름의 발음이
같았다.

주리아는 앞을 본 채로 그런 생각을 했다.

이토바야시 아카네

❀

" 진정한 마음은 신과 같은 것입니다. 잊어버린 척하는 거죠. "

_단행본 《소녀의 행진》 32페이지 5~6행에서

확신은 있었다. 그러나 모든 확신이란 아무리 좋아도 80~90퍼센트의 상황 판단과 10~20퍼센트의 신앙에 불과하므로 아카네는 긴장했다. 다행히 겉으로 드러내도 문제없는 종류의 긴장이었다.

학교를 마치고 그 거리에서 예의 노란 레코드 가게로 다가가는 한 걸음 한 걸음마다 지금 신고 있는 로퍼가 점점 무거워지는 것을 느꼈다. 발끝만이 중력의 법칙을 무시하거나 혹은 발바닥이 갑자기 지면에 흡착하는 소재로 바뀐 것 같다.

체육 시간과 가끔 타는 자전거 이외에 운동하는 습관이 없는 아카네는 살짝 숨을 헐떡이며 가게 문 앞에 도착했다.

안으로 들어가자 밖에서는 보이지 않는 곳에 아이가
서 있었다. 이쪽을 알아차리고 손을 든다. 이제 거의 납이
나 다름없었던 로퍼가 이번에는 반대로 부력을 띤 것 같
다. 부자연스러워 보이지 않게 신경 쓰며 아카네는 종종
걸음으로 아이에게 다가갔다.

그날 이후로 이렇게 만나는 건 두 번째였다.

"교복이네. 정말 고등학생이었구나."

농담으로 하는 말인 줄 알기 때문에 안심하고 눈을 크
게 떴다.

"아직도 의심하고 있어요?"

"농담이야, 농담."

아이가 즐거운 표정을 지어서 아카네는 그 무엇과도
바꿀 수 없는 기쁨을 느낀다. 그리고 역시 평소처럼 혀를
깨물었다. 그러나 오늘은 금방 기분을 바꿀 수 있었다.
자그마한 호감을 얻고 싶어서 여기 온 게 아니라는, 자기
자신을 향한 변명이 도와줬다.

"그 우파루파 같은 건 뭐야?"

아이가 뜬금없이 아카네의 학교 가방을 가리켰다.

"응?"

뭘 말하는지 확인하지 않아도 알았다. 그래도 일단 시선
을 돌려 가방끈 끝에 달린 분홍색 인형을 잡았다.

"이거? 앙만만°이요. 알아요?"

"몰라. 여고생들 사이에서 유행해?"

"나한테는 유행 중이에요. 이거 봐요, 카드 케이스예요."

뒤로 돌리자 인형 등에 교통카드가 들러붙어 있다.

"그런 것치곤 크네. 잃어버리진 않겠지만."

아이는 칭찬도 비방도 아닌 그저 생각한 바를 그대로 말한 것 같았다. 딱히 불만스럽지는 않았지만, 귀엽다고 해주지 않아서 불만스럽다고 표정으로 표현한다. 그렇게 함으로써 아무런 의도 없이 달고 다니는 것이라 보이고 싶었다.

사실은 두 가지쯤 의도가 있다.

아카네는 '조금 특이한 걸 좋아해서 지니고 다니는 여자'라는 캐릭터성을 이 아이템 덕분에 얻었다. 주변 사람들과 취향이 겹치지 않으려는 노력은 경쟁 상대로 노려질 위험성 경감으로 이어진다. 친구들에게 사랑받기 위해서 획득해두고 싶은 성질이다.

또 하나, 《소녀의 행진》의 주인공이 작중에서 특정 마스코트를 아끼는 것도 이유였다. 조금이라도 소녀가 겪은 사건과 만날 수 있기를 바라는 마음에서 부적처럼 달았다. 그것이 이루어진 지금은 이제 이 캐릭터를 떼어놓

○ 흐물거리는 덩어리처럼 생긴 캐릭터. 책이나 이모티콘 등 상품이 있다

을 수 없겠다고 생각한다.

다만 그런 타산과는 별개로 무수한 선택지 중 이 캐릭터를 고른 것은 아카네 본인이므로 내심 정말로 애착을 지니고 있다. 하지만 지금으로서는 겉으로 드러나는 감정과의 차이를 설명할 필요가 없다.

만나자마자 교복을 언급했으니까 부자연스럽지 않으리라. 아카네는 이때다 싶어 아이의 복장을 머리부터 발끝까지 확인했다.

지난번에 입은 것과 같은 아이템은 하나도 없었다. 머리에는 회색 니트 모자, 상반신은 넉넉한 감색 카디건과 촘촘한 하얀색 니트 스웨터, 하반신은 긴 청바지에 굽이 있는 쇼트 부츠 차림이었고 어깨에는 연한 베이지 토트백을 걸쳤다.

윤기 있는 립글로스와 긴 머리가 어우러져서 언뜻 보면 성별을 착각할 모습의 아이는 오늘도 여전히 아름다웠다.

"아이 씨, 오늘도 대박 예뻐요."

"고마워."

부끄러워하지 않고 칭찬하는 말은 기본적으로 귀엽게 들린다. 그걸 알고 있는 아카네에게 아이 역시 전혀 부끄러워하지 않고 고맙다고 대답했다. 거기까지는 아카네의 예상대로였다.

"오늘도 그 아이란 녀석과 닮았어?"

그가 그 화제를 꺼낸 것은 의외였다.

"아, 네, 닮았다고 생각해요."

"호오, 그래. 왜 그럴까."

의아함을 전혀 감추지 않는 그 표정에서 아무런 의도 없는 질문인 걸 알았다. 속을 떠보려는 게 아니고 아이 나름대로 이 만남의 의미를 생각해줬나 보다. 아카네는 마음속 혼자만의 장소에서 감동했다. 그러고 있을 상황은 아니었다. 그가 모처럼 대화의 물꼬를 그쪽으로 텄으니 아카네는 마침 잘됐다 싶어 가방에 손을 넣었다.

"저기, 사실 오늘 가지고 왔는데."

꺼낸 것은 《소녀의 행진》문고본.

"이게 전에 말한 책인데요. 아, 혹시 벌써 읽었다거나?"

"안 읽었어."

그러리라고 생각하고 물어봤다. 그게 아카네가 아는 아이니까.

"나는 아쿠타가와상인가 뭔가 하는 수상작도 한 권도 읽어본 적 없어."

"아, 이해해요."

동감을 표현하려고 두 번 가볍게 고개를 끄덕였다.

"저도 문학상이나 그 뭐지, 서점대상? 그걸 받았다고 읽진 않아요."

아카네가 가볍게 내보인 공감을 들은 아이는 자판기에서 산 캔 커피가 생각보다 뜨거웠다는 정도로 소소하게 의외라는 표정을 지었다.

"서점대상도 그렇군, 뭐 나는 한 권도 안 읽어봤지만. 이토바야시 아카네는 서점에서 아르바이트하잖아?"

"그건 그렇지만요. 왠지 출판사가 뭐라는 둥, 작가가 뭐라는 둥, 이런저런 사정이 있는 것 같아요. 게다가 모르는 사람이 갑자기 '이 책을 추천합니다!'라고 해도 '네가 누군데' 싶지 않아요? 그보다는 친구나 가족 같은 가까운 사람이 재미있다고 한 책이 더 믿음이 가요."

일부는 아카네의 본심이고, 대부분은 그저 바깥쪽에 있는 자신이 할 법한 말이었다.

좀 더 덧붙이면, 아이는 서점에서 아르바이트하는데 그러느냐고 물었으나 아카네의 본심은 서점에서 아르바이트하기 때문에 생긴 것이다. 아카네는 서점 사람들과 그럭저럭 사귀면서 책을 접하는 횟수나 독서량으로 감수성이 결정되지 않는다고 생각하게 되었다. 그렇기에 소설가나 편집자, 나아가 평론가의 추천 따위는 아주 조금도 신뢰하지 않는다. 한때 어떤 상의 후보로 오른 《소녀의 행진》에 대한 평론은 아카네의 눈에 거슬렸다. 물론 그렇다고 친구나 가족이 소설에 보이는 태도를 믿는 것도 아니다. 그들은 대부분 세상의 평가와 자신의 감상을 구별하지 못하는 것처럼 보인다. 결국 소중한 책과 만나는 방법은 오로지 운이라고, 아카네는 생각하게 되었다.

"문학상은 잘 모르지만 친구가 추천하는 쪽이 믿음이 간다는 건 나도 이해해. 음악도 그렇고."

"그렇죠? 그러고 보니 지난번에도 신경 쓰였는데요, 왜 풀 네임으로 불러요? 이토바야시 아카네라고."

"입에 잘 붙으니까."

아이는 즉답했다. 정말 그것뿐일까.《소녀의 행진》에서 주인공의 이름은 나오지 않으나 소설 속 아이도 주인공을 똑똑히 성과 이름으로 부르는 것처럼 보인다.

"그건 그렇고 어떻게 할래? 아직 시간 있는데."

아이는 호칭을 언급한 시점에서 책에 관한 이야기가 끝났다고 생각했나 보다. 손목시계를 확인하고 아카네를 바라본다. 손목에 찬 시계도 지난번에 본 것과 다르다.

끊어진 것 같은 길이라도 보는 각도를 바꾸면 연결되는 때도 있다. 아카네의 관점에서는 아이가《소녀의 행진》으로 이야기를 엮어준 것이었다.

"아, 사실 오늘은 제안할 게 있어서 책을 가지고 왔어요."

"그게 가이드북은 아니잖아?"

"그렇진 않은데요. 그게, 아이 씨가 싫다면 정말로! 괜찮은데요."

"뭔데? 말해봐."

시비를 가리더라도 일단은 받아들인다. 아이가 타고난 인간성의 그릇, 거짓으로 꾸며내지 않았을 그 깊이에 흠뻑 빠지는 자신을 아카네는 상상했다. 어떻게든 고개를 내밀고 호흡하며, 하려고 한 말을 머릿속으로 확인하고 조합한다.

"그게요."

애초에 오늘 이곳에서 두 사람이 만난 것에는 목적이 있었다. 예전에 나눈, 다음에 어디든 놀러 가자는 구두 약속. 그걸 이루기 위해 아카네는 메시지를 거듭 주고받으면서 아이가 없으면 달성하지 못하는 목적을 말했다.

아이 씨가 일하는 라이브하우스에 가보고 싶은데요, 용기가 안 나니까 같이 가주시면 좋겠어요!

이 말을 했을 때는 받아주리라고 자신하지 않았지만, 아이라면 거절하지 않으리라 믿었다. 그렇지만 그 후로 일주일도 지나지 않은 오늘을 지정할 줄은 몰랐다. 아이야 단순히 다음 휴일이 비었을 뿐이겠지만.

하루를 10년처럼 기다린 끝에 맞이한 오늘, 이벤트 시간보다 조금 일찍 만나 생긴 여유 시간의 활용법도 아카네는 미리 잘 생각해왔다. 어쩌면 생각했다고 하는 건 옳지 않을 수도 있다. 아이의 말을 빌리면 가이드를 받았다.

"모처럼 아이 씨랑 만났으니까 조금만, 이 책에서 주인공이랑 등장인물인 아이가 하는 일을 같이 하면 좋겠다 싶어서요. 저기, 이 문장인데요."

아카네는 책갈피를 끼워둔 페이지를 펼쳐 한 문장을 가리켰다. 아이는 성실하게도 읽어주었다. 그에게 닿지 않으려고 아카네는 책을 든 팔을 살짝 옆으로 비켰다.

말로 하지 않은 사실이 있다.

사실 지금부터 아이의 직장에 가는 것도 이야기 속에 적혀 있다. 그러나 라이브하우스에 정말 흥미가 있는 걸로 위장하고 싶었고, 아이라면 이 책을 안 읽을 거라 확신했으므로 당당하게 숨겼고, 확실하게 죽고 싶어졌다.

"같이 손끝을 꾸미자……. 음, 네일숍 말이야?"

아이의 손톱은 광택이 흘렀으나 색을 칠하진 않았다.

"아니요, 숍에 가자는 건 아니고요."

은근슬쩍 펼친 페이지에 손가락을 끼우고 책을 덮었다. 그걸 가슴에 안은 뒤 호의적으로 보이기 위해서 자신감

없이 고개를 살짝 숙여 아이를 올려다보았다.

"호, 혹시 괜찮다면 같이 매니큐어 사러 가면 안 될까요?"

"좋아."

아양을 떨듯이 눈을 치켜뜨지 않아도 아이는 승낙했을 것이다.

"괜찮긴 한데 전에도 말했듯이 이토바야시 아카네가 주인공인지 아닌지는 몰라도 나는 그 녀석이 아니니까 색에도 호불호가 있어."

"물론이죠! 어, 정말 괜찮아요?"

"네가 가자며."

"아니, 그건 그렇지만 너무 기뻐서. 아, 이것도 혹시 괜찮다면 하는 얘긴데요, 제가 아이 씨 걸 골라도 될까요?"

"내가 어울린다고 생각한 게 있다면."

"신난다! 와, 진짜야?"

소원이 이루어지다니 생각도 못 했다.

그런 반응을 보이면 상대에게 누군가의 소원을 이루어 줬다는 성취감과 우월감을 줄 수 있다. 아카네는 그걸 아주 잘 알고 있다.

조금 전의 치켜뜬 눈도 그렇지만, 분명 아이를 상대로는 안 해도 될 일이다.

그걸 알고 있어도 아카네는 사랑받기 위한 노력을 그

만두지 않았다.

"반응이 크네, 이토바야시 아카네."

아이가 재미있다는 듯이 웃어줬다.

그걸 보니 또 죽고 싶어졌다.

그와 만나 '사랑받고 싶어'에 사로잡힌 자신을 바꾸고 싶다고 분명 생각했다. 그런데 상대가 마음에 들었다는 증거처럼 보여주는 미소가 너무 기뻐서 어쩔 줄 몰랐다.

아카네도 크게 웃은 다음 입을 다문다.

눈에 보이는 하얀 방과는 상반된, 또렷하게 새빨간 피맛이 났다.

"여고생을 꾀려고 직장에 데려오다니, 미친 거 아니야?"

"보통 친척인지 아닌지 먼저 묻지 않냐?"

라이브하우스 이름이 새겨진 아치문을 지나 지하로 가는 계단을 내려가자 나온 접수처에 여성이 앉아 있었다. 그 여자와 아이의 대화를 아카네는 얌전히 지켜보았다.

"어, 친척이야?"

"아니."

"의미 없는 대화잖아."

피식 웃는 두 사람을 바라보는데, 아이가 접수처 여성을 가리키며 "동료. 후지노라고 하고 동갑이야"라고 소개해주었다. 다음으로 아이는 아카네를 "이토바야시 아카네"라고 소개했다.

"아, 안녕하세요."

어색한 티를 내며 허둥지둥 들고 있던 학생증을 접수처 여성에게 건넸다. 여성은 "착실하네, 고마워라"라고 생글거리며 사진과 아카네를 비교했다.

"고마워, 돌려줄게. 흠, 솔직히 네 친구는 워낙 다양한 인종이 있으니까 여고생 정도는 놀랍지도 않네. 아, 그래도 이 녀석, 출연자한테도 손을 대니까 조심하는 게 좋아……. 이런, 미안."

아름답고 날카로운 눈이 노려보자 여성은 히죽거리며 아이에게서 천 엔 지폐 두 장과 100엔 동전 두 개를 받았다. 아카네도 이어서 천 엔을 여성에게 내밀었다. 미리 아이에게 들었는데, 오늘은 모두 신인 연주자들이어서 티켓 값이 저렴하고 예약해둔 덕에 500엔 할인을 받았다. 게다가 500엔과 음료비는 라이브하우스 직원으로서 여고생에게 하는 투자라며 아이가 더 내주었다. 단순히 사주는 게 아닌 점이 과보호하는 아이답다. 아카네는 순순히 차액만 냈다.

음료 티켓을 받고 후지노라는 여성에게 손을 흔든 뒤, 아카네는 아이의 직장에 첫 입장을 달성했다.

라이브하우스에 온 건 처음이었다.

전에 갔던 레코드 가게의 이벤트 공간보다 무대가 가까워 보였다.

이것도 미리 아이에게 들어서 알고 있었는데, 옆으로 길쭉한 객석은 텅텅 비어 있었다. 아직 평일 오후 5시를 지난 시각, 라이브 자체가 아니라 라이브하우스를 체험하는 게 목적이라면 오늘 같은 날이 좋다는 아이의 극진한 제안이 있었다.

어둑어둑한 공간을 걸어 아이와 함께 안으로 이동한다. 딱 한 군데만 밝아 만남의 장소로 보이는 드링크 카운터에서 티켓과 음료를 교환하나 보다.

"어라, 우카와, 웬일이야."

"게이지 씨, 맥주요."

"담배 못 피우니까 휴일에는 안 온다고 했으면서."

"누가 오겠어요."

아카네가 듣기에는 대화가 성립되지 않은 것 같은데, 아이와 카운터의 남성은 불만이 없어 보였다. 둘 사이의 회화 문법으로는 대화로서 성립되는가 보다. 마치 여고 생들 같다. 물론 적당한 대화를 할 때도 아카네는 신경을 소모하지만.

"이토바야시 아카네는?"

플라스틱 컵에 든 황금색 음료를 받으며 아이가 재촉했다.

"어, 그럼 저도 맥주 괜찮나요?"

"괜찮을 리 없잖아, 바보."

말끝에 덧붙은 '바보'에서 달콤한 독의 향기가 났다.

"분위기상 될 줄 알고."

"되겠냐."

드링크 티켓을 얌전히 건네는 동작에도 빠트리지 않고 맹한 척을 덧붙이자 아이는 어이없다고 웃으면서 순순히 받아주었다.

"그러면 오렌지주스로 할래요."

"너는 열여덟 살에 벌써 담배 피웠으면서."

게이지라고 불린 남성이 주문을 받고 주황색 액체를 준비하며 아이와 마찬가지로 어이없다는 표정을 지었다. 어른이 연하에게 보여주는 뻔한 표정이다.

"나는 어른이 없는 곳에서 몰래 했으니까."

"그때 나, 이미 여유롭게 스무 살을 넘었던 것 같은데."

"기분 탓이에요, 기분 탓."

아이가 플라스틱 컵에 입을 댔다. 아카네 눈에 그 동작은 대화를 중단하려는 의도처럼 보였으나 아이는 아마 그냥 목이 말랐던 것일 거다. 그는 사랑받고 싶어 어쩔 줄 모르는 여고생 같은 짓은 안 한다. 아카네도 오렌지주스를 받아 컵에 입을 댄다. 정직하게 설탕 맛이 났다.

"보면 알겠지만 이게 바 카운터고 나도 출근하는 날에는 자주 여기 서. 물론 미성년자에게 술은 안 주고."

"네에."

사실은 가끔 마신다는 뉘앙스를 풍기자 아이는 못 본 척하는 공범자의 얼굴로 "평소에는 마시든 피우든 알 바 아니고"라고 덧붙였다.

"아르바이트 희망자야?"

한가한지 카운터의 남성이 끼어들었다.

"아니요. 라이브하우스에 와본 적이 없어서 아이 씨한테 데려가달라고 했어요."

이쪽에는 사실을 사실 그대로 말한다. 아무 재미도 없는 대답에 그는 고개만 끄덕이고 접수처의 후지노처럼 아이를 놀리지 않았다. 아카네에게는 그게 좋았다. 왜냐하면 지금부터 아이의 비위를 맞추기 위해 그의 남녀 관계를 물어볼 생각이니까 그쪽 화제 자체에 질리면 곤란하다.

카운터에서 몇 걸음 멀어지자 아이가 뒤를 가리켰다.

"저기가 PA라고, 간단히 설명하면 음향을 관리하는 곳. 나는 여기에서 음향 스태프로 일하면서 공부하는 셈이야."

"공부?"

"수행 같은 거지."

음향 스태프라는 직업에 관해 자세히는 몰라도 아이의 말투에서 그가 지향하는 길이 길고도 길다는 것을 예감했다. 그러나 이야기 이외의 부분은 아카네에게 중요하지 않았다.

"또 접수도 가끔은 하는데 그것도 유동적이라 일하는 날에 따라 달라."

"접수하면서 출연자한테 손을 대요?"

연출이라곤 전혀 없는 것처럼 아이가 웃음을 터뜨렸다.

"너 말이야" 하고 무심코 나온 듯한 난폭한 이인칭이 이쪽의 접근이 성공했음을 보여줬다.

"조금 궁금해서."

"어른들 이야기야."

"나쁜 짓을 하는 사회인이다."

전에 카페에서 나눈 이야기를 꺼낸 걸 아이도 금방 알아차렸나 보다. 귀찮다는 표정을 감추려 하지 않았다. 물론 지인이 그런 표정을 짓는 것은 평소라면 아카네의 '사랑받고 싶어'가 허용하지 않는다. 그러니 이건 어디까지나 좀 더 깊이 사랑받기 위한 포석이라고 감정을 설득한다. 덧붙여 그의 귀찮음은 접수처의 후지노를 향한 거라고 여기며 감정의 시선을 비켜 놓았다.

"잘 들어. 이 세상에는 타이밍이나 이런저런 게 있어서 지금은 고등학생이어도 언제, 예를 들어서 이토바야시 아카네가 가족이 있는 남자나 여자와 사귈지도 모르는 일이잖아. 만 열여덟 살을 넘으면 스스로 책임져야 해. 알겠어? 알아둬."

"네에에."

아이는 또 기가 막힌다는 표정을 지으며 '너란 녀석은'이라고 생각하는 듯한 표식을 줬다.

솔직히 말해 아카네는 아이의 연애 사정에 흥미가 없었다. 이것 또한 이야기에 나오지 않았으므로. 그러니 그것 자체보다 그에게 한두 걸음이라도 다가가는 것이 목적이었다.

후지노의 발언 중에 연애보다 더 신경 쓰이는 건 따로 있었다. 이토바야시 아카네로서 부자연스럽지 않도록 흥미를 느낀 이야기의 순서를 고른 것이다.

"아, 그리고 다양한 인종의 친구가 있다는 거, 글로벌적인 의미예요?"

정말 궁금했던 건 이것이다.

"아, 그것도 있긴 해. 캐나다나 한국이나 브라질. 그렇지만 아까 걔가 말한 건 그런 출신지가 아니라 다양한 속성이라는 의미."

"속성? 예를 들면 어떤 거요?"

물어보자 아이는 천장을 바라보며 맥주를 한 모금 마셨다.

"예를 들려니까 어렵네. 오늘 아침에 만난 녀석이라도 괜찮다면, 나는 친구랑 셰어하우스를 해. 여자지만."

"우아!"

"그렇게 기대하는 표정을 지어도 아무것도 없어. 그 녀석의 스트라이크 존은 여자뿐이야. 나와 키나 체형이 비슷해서 방 하나를 통째로 옷장으로 쓰고 있어. 서로 옷을 빌려 입지. 이 카디건도 걔 거."

"드레스 룸이 있어요?"

"그렇게 대단한 건 아니야. 취향이 맞는 친구를 찾고 방이 많은 집을 빌리면 의외로 아무나 할 수 있어. 연애로 발전할 염려가 없는 상대라는 점은 꽤 중요할지도."

"그런 거 멋져요."

아카네의 감탄은 진짜였다.

《소녀의 행진》속 아이는 친구가 아주 많다. 또 집에 관해서는 이렇게 표현한다. '친구 같은 가족과 함께 살아.'

그 사실을 아이에게 간단히 말해보았다.

"진짜? 그런 것도?"

"다음에 드레스 룸 보러 가고 싶어요."

"괜찮긴 한데, 고등학교 졸업한 후에 해줘. 술 마시는 고등학생을 집에 데려가는 건 선량한 어른으로서 안 돼."

아까의 앙갚음인 양 아이가 입술을 올려 웃었다. 그것에서 우정의 진전을 확실하게 느꼈다. 친구 관계를 포인트 제도처럼 파악하는 자기 자신 때문에 아카네는 죽고 싶어졌다.

그러나 《소녀의 행진》을 따라간다면, 똑같은 결말을 원한다면, 포인트 제도든 뭐든 우선 아이와 친밀한 친구가 되어야 한다. 그러려면 허울뿐인 관계여서는 안 된다. 언젠가 아이에게 모든 것을 건네고 이해받아야 하므로.

"또 어떤 친구가 있어요?"

"또, 라."

아이가 뭔가 말했을지 모르나 무대에서 대화를 방해하는 큰 소리가 울렸다. 그 소리로 아이는 대화를 잊은 듯했다. 아카네는 어쩌면 그게 라이브하우스의 매너일지도 모른다고, 학교 종소리와 비슷하다고 생각했다. 그날 중에는 아이가 말하려고 한 친구의 정보는 듣지 못했다.

아이의 직장에 가는 것이 이야기를 따라가는 한 중요했으므로 라이브는 아무래도 좋았다. 필요성을 느끼지 않아 출연자의 이름은 기억하지 않았다. 다만 한 팀만은, 진정한 자신을 드러내는 게 즐겁다는 소리를 노래하는 밴드가 있어서 싫어졌다. 그런 건 큰 소리로 노래하지 않아도 안다. 열렬한 관객이 그들의 동영상을 찍기도 했으나 아카네는 앞으로 눈으로도 귀로도 접하기 싫으니까 저 밴드가 인기 없기를 바랐다.

태양이 몇 번이나 뜨고 가라앉은 이후의 일상 속, 아카네는 교실에서 수업을 듣는 중에도 머리의 절반은 아이를 생각하는 데 썼다. 자신에게 어울리는 성적을 의도적으로 얻기 위해 수업을 잘 이해할 필요가 있으니 선생님의 말도 무시하지는 않았다.

조용한 교실, 뒤쪽 사물함에 든 아카네의 가방에는《소녀의 행진》과 매니큐어가 들었고, 오늘도 가방 밖에는 앙만만이 달려 있다.

그날도 아이는 아름다웠다.

아카네가 본 일상 속의 아이는 자기 모습 그대로 주변 사람들과 허물없이 지냈다. 거친 성격도, 타인을 과보호하는 면도, 외모도, 스스로 바라서 꾸민 모습을 주변과 본인 모두 받아들였다. 그건 역시 진정한 자신으로서 성실하게 살아가는 게 당연히 옳기 때문이다. 가사나 소설로 굳이 적을 필요 없을 정도로 당연히.

나도 언젠가 그렇게 되고 싶어.

아카네는 또 바라게 된다. 지금은 아직 꿈같은 이야기지만 아이가 거기에 데려가주리라 기대한다.

그러나 그건 그거고, 여고생인 이상 매일매일 평소대로 살아야만 했다. 언젠가 가족이나 친구에게 진정한 자신을 드러내는 날이 올지도 모르나 오늘은 아니다. 아카네는 사랑받기 위해 평소대로 행동하려고 유의했다. 쉬는 시간에도 미소를 보이고, 가끔은 친구들에게 날카롭게 말하고 또 곧바로 듣기 좋은 말을 한다. 평소와 약간 다른 일이 벌어졌을 때, 예를 들어 누가 실연했거나 부모님과 사이가 틀어졌거나 한 때에도 적절하게 대처할 수 있게 발언 패턴을 몇 가지 준비해둔다.

여전히 아카네의 이런 시늉을 알아차리고 비난하는 친구는 없었고, 진정한 모습을 내보이면 두 번 다시는 사랑해주지 않을 거라고 상상하니 숨이 막히는 기분이어서 혼자서는 도저히 그 선을 밟고 넘어갈 수 없을 것 같다.

그 이야기의 소녀도 그랬다. 동료라고 말해주는 사람이 주변에 잔뜩 있는데 아무도 믿지 못한다.

"아, 깜박했다."

친구들과 책상에 둘러앉아 점심을 먹던 중 아카네가 갑작스레 일부러 크게 말했다. 젓가락을 입에 물고 책상

서랍을 뒤졌다. 열쇠 하나를 꺼내 교실 뒤쪽, 의자에 앉아 혼자 빵을 먹는 남자애 쪽으로 그걸 던졌다. 힘 조절만 하고 방향을 미세하게 조정하지 않은 열쇠는 그가 든 빵에 맞아 바닥에 떨어진다.

"으악."

"이런."

한심한 목소리에 반응해 그가 이쪽을 바라보았다. 아카네는 미안해하지도 않고 바닥에 떨어진 열쇠를 가리켰다.

"언니가 주래."

그 말만 하고 다시 점심을 먹기 시작했다. 이제 그는 보지도 않는다. 쌀쌀맞게 대하는 편이 아카네의 '사랑받고 싶어'에 알맞기 때문이다.

"바야시, 소꿉친구한테는 좀 친절해야지. 미안해, 우에무라."

우에무라의 존재 따위 상대도 안 한다는 걸 누구나 알 수 있는 미유의 사과에 모두 웃는다. 잠깐 분위기를 띄우는 데 이용된 그가 어떤 표정을 지었을지는 역시 확인하지 않았다.

아카네의 '사랑받고 싶어'에는 우선순위가 있다.

가족, 친구, 지인, 타인, 거기에는 명확한 순위가 있다. 아르바이트하는 곳의 사원이자 소꿉친구의 남동생인 우에무라에게도 원래는 그럭저럭 괜찮은 지위를 할당해야 하지만 현실은 그렇지 않다.

아카네는 그에게 향해야 할 '사랑받고 싶어'를 희생양으로 삼는다.

모든 걸 완벽하게 해내면 위험하다. 평가가 뒤집힐 가능성이 있다. 누군가를 더 아끼는 태도를 명확하게 제시해야 한다. 이런 상태에서 우에무라처럼 음울한 아이에게 쌀쌀맞게 대하면 더 많은 인간에게 좋은 인상을 줄 수 있다. 처음에는 아카네의 태도에 눈살을 찌푸리던 인간도 소꿉친구라는 관계성을 알면 곧바로 소꿉친구니까 저러는 거라는, 전혀 이치에 맞지 않는 이해심을 알아서 품는다.

우에무라에게는 원망을 살지도 모른다.

그러나 다행히도 그는 심약해서 불평하지 않았다. 아카네 내면의 감정도 비용 대비 효과를 이해했는지 나이프를 들이대지 않는다.

그가 언젠가 폭발해서, 혹시 물리적으로 찔리더라도 아카네는 그건 그것대로 괜찮다고 생각했다. 그때는 분명 주변 사람들 모두가 아카네를 피해자라고 봐줄 것이다.

면목 없다는 기분도 전혀 들지 않는다. 그런 기분이 들면 또 죽고 싶어진다.

도시락을 먹으며 또 아이를 생각했다. 그러면 앞으로의

예정이 아주 조금은 부드러운 혀가 아픔을 겪지 않게 지켜준다.

마지막 장면을 실현하려면 그날까지 아이와 함께 통과해야 하는 체크포인트가 몇 개나 있다. 그걸 위한 에너지를 '사랑받고 싶어'의 희생양을 맡아주는 소꿉친구에게 새삼스레 투자할 수는 없다.

혼자 화장실에 간 것을 기회로 아이에게 출근 예정을 묻는 메시지를 보냈다. 메시지 답변은 읽음 표시 기능 따위 필요 없다는 듯이 바로 왔다.

나중에 보낼게. 수업에 집중해.

그의 과보호 대상에 자신이 들어간 것에 참지 못하고 얼굴이 굳어졌다. 괜찮다, 여긴 칸 안이다.

네에. (자는 얼굴 이모티콘)

메시지를 보낸 후 스마트폰 화면을 꺼버렸다. 그런데 다시 불이 들어왔다. 아이가 아니라 벌써 그럭저럭 반년쯤 사귀는 사이인 신이 보낸 라인 메시지였다. 읽어보니 내일 오후에 친척 장례식이 있어서 부모님이 집에 없다고 한다.

아카네는 그에게 불안이나 불만을 주지 않으려고 서둘러 머릿속으로 예정을 확인하며 달력 앱을 눈으로 확인했다. 이어서 바로 기쁜 감정을 문장으로 보냈다.

아카네, 답장 빨라. [웃음]

쑥스러움과 기쁨이 넘치는 문장을 보자 그에게 긍정적인 감정을 보낸 것이 기뻤다. 그리고 늘 하던 대로 혀를 깨물었다.

내가 너를 기쁘게 해주고 싶은 건 너를 좋아해서가 아니라 내가 사랑받고 싶어서야.

이렇게 말할 수 있다면 이 죽고 싶은 기분도 어딘가로 가버릴까.

아카네는 남에게 보여줄 수 있는 표정을 제대로 꾸미고 화장실 문을 열었다.

우에무라 다쓰아키

잘 고르면 카메라는 손바닥 안에 들어온다. 가방을 쓰다 보면 자연히 구멍쯤은 뚫린다.

쉬는 시간에 몰래 부스럭거리지 않아도 된다. 등 뒤를 조심하고 화질을 신경 쓰지 않으면 당당하게 스마트폰을 써도 들키지 않는다.

오늘도 다쓰아키는 아무에게도 의심 사지 않고 학교에서 나왔다.

근처 역에서 전철을 타고 평소와는 다른 역에 내린다. 거기에서 누나가 회수하라고 명령한 자전거를 타고 20분쯤 걸려 귀가한다. 맨션의 자전거 두는 곳에 세운 후 쓰러지지 않을 정도의 힘으로 한 번 걷어찼다.

엘리베이터를 타고 집이 있는 층까지 올라가 복도 안

쪽 문을 열쇠로 열고 들어간다. 인기척은 없다. 다쓰아키는 신발을 벗고 부엌에 갔다. 냉장고에 누나 이름이 봉지에 적힌 슈크림이 있어서 손에 들고 방으로 이동해 문을 잠근다.

내려놓은 가방에서 얼른 소형 카메라를 꺼내 책상 위 컴퓨터와 케이블로 연결한다. 컴퓨터가 데이터를 읽는 동안 실내복으로 갈아입고 가방에 든 생수병을 꺼내 물을 마신 뒤 책상 의자에 앉았다. 몇 분 후, 이번에는 케이블로 컴퓨터와 스마트폰을 연결해 이쪽 데이터도 컴퓨터 하드디스크로 옮겼다. 매일 하는 작업이다.

스마트폰 메모리를 깨끗하게 비운 후, 다쓰아키는 헤드폰을 썼다. 오늘 촬영한 동영상을 재생한다. 흔들렸거나 화질이 나빠도 괜찮다. 다쓰아키의 목적은 그런 것이 아니므로.

동영상 하나가 끝나면 또 다음 동영상, 또 다음 동영상, 장소와 시간이 제각각인 그것들을 주의 깊게 확인하며 다쓰아키는 물을 또 한 모금 마신다.

잘도 안 들키네.

흘러가는 동영상을 보며 그렇게 생각했다.

집에 와서 촬영한 동영상을 확인하는 게 다쓰아키의 일과였다. 매일 반복하는 일이지만 여전히 다쓰아키 안에 놀람이라는 감정이 남아 있다.

습관적으로 하다가 당당한 편이 의심받지 않는다는 걸 깨우치긴 했지만 아무리 그래도.

화면 속에서 이쪽으로 물체가 날아오는 장면이 나오자 영상을 멈췄다. 조금 앞으로 돌아가 확인했다. 그리고 바로 다시 버튼을 눌렀다.

보고 싶은 것은 당연히 날아오는 뿌연 물체가 아니다.

이쪽에 시선을 주면서도 의식은 딴 데 가 있다는 걸 간단히 짐작할 수 있는 여학생의 표정을 확인하고 싶었다.

잘도 안 들키네.

머릿속으로 그 말을 반복하는 것이 다쓰아키가 자각하지 못하는 쾌락이었다. 그렇게 함으로써 그는 알아차리지 못하는 주변 사람들보다 정신적 우위에 설 수 있다.

관찰력도 상상력도 없어 보이는 놈들에게 무시당한다. 너무도 부당하다고 느끼는 이 취급에 대항하는 수단이었다.

그러기 위해 그는 거의 매일 학교에서 무허가 촬영 행위를 반복한다.

피사체는 주로 같은 반 학생들이다. 그중에서도 특히 한 여학생에게 주목하고 있다.

혹여 이 행동이 주변 사람들에게 알려지면 틀림없이 날아올 질문에 다쓰아키는 미리 고개를 저었다.

그게 아니다. 맹세컨대 그 여학생에게 손톱만큼의 호감도 품지 않았다. 물론 다른 학생들에게도.

그저 실실거리며 좋은 사람인 양 능숙하게 살아가는 추악한 놈들의 본성을 폭로하고 싶은 마음뿐이다.

예를 들어 다쓰아키가 유독 시간을 들여 촬영하는 소꿉친구 이토바야시 아카네. 그녀 주변에는 항상 누가 있고 같이 즐겁게 웃는다. 그 누군가는 반드시 일반적으로 평판이 좋은, 학급 신분 피라미드의 상층부에 있거나 괜찮은 지위나 외모를 지닌 인간들이다.

잘도 안 들키네.

다쓰아키는 본인이 남들 눈을 속이고 촬영하는 사실이 아니라 소꿉친구가 품은 선별 의식을 놓고 새삼스레 생각했다.

어떻게 그런 표정을 지을 수 있어?

이토바야시 아카네뿐만이 아니다. 같은 반 학생들을 보면 다쓰아키는 자신만 멀쩡한 인간인 것 같다는 생각이 들었다.

언젠가 놈들은 허물을 드러낼 것이다. 그 순간을 포착하기 위해 다쓰아키는 매일 교실이나 복도에서 카메라로 촬영한다. 집에 와서 그걸 꼼꼼히 살펴보고 학생들의 행동에 과실이 없었는지 확인한다. 지금은 아직 특별한 성과를 거두지 못했으나 언젠가 만천하에 폭로할 날을 즐겁게 기대하고 있다.

오늘 촬영한 마지막 동영상을 재생한다. 방과 후 친구들과 수다를 떠는 소꿉친구가 찍혔다. 다쓰아키는 언제부터인가 사람을 고르고 추악하게 웃게 된 아카네가 싫었지만, 용모만은 어려서부터 알던 그녀와 똑같았다. 어렸을 때는 저 옆얼굴에 순수하게 호감을 품었을지도 모른다.

몇 겹의 혐오감에 빠져든 다쓰아키는 마지막 동영상을 끄고 깊은 한숨을 쉬었다.

집이나 학교가 편하게 머물 수 있는 곳이라고는 느껴지지 않았다.

그렇다고 다른 동급생이 가족이나 친구와 함께하는 시간에 머무르는 자기 방이나 인터넷에서도 마음 편한 곳을 찾지 못했다. 현실 세계에서든 어디서든 조급하고 절조 없이 북적대는 인간들의 감정에 번민하는 자신이 가련했고, 동시에 자신과 마찬가지로 솔직하다는 이유로 상처받는 사람들이 불쌍했다.

그러니 남의 기분을 조작하는 그놈들의 추악한 정체를 제대로 폭로해 처벌해야 한다. 자신과 비슷한 누군가가 상처받기 전에.

다쓰아키에게는 그런 생각을 기반으로 해 촬영 이외에 일과로 삼은 활동이 있다.

다쓰아키는 인터넷에서 'rind0'라는 이름을 쓴다. 익명이 허용되는 곳에서 특정한 이름을 갖는 것이 나름의 책임감 있는 행위라고 여겼다.

일시적인 책임은 다쓰아키에게 적절한 압박감을 주고, 그 무게는 마치 대의명분이라도 되는 듯한 착각을 일으켰다.

누군가를 거칠게 욕하면 누군가에게 비난받는다, 다쓰아키는 스스로 'rind0'라는 인격을 가짐으로써 그런 대화가 토론으로 이어진다고 생각했다. 자기 말이 중상모략이 아닌 통렬한 비판이 된다고 생각했다.

'네놈은 어디든 끼어드네. 기분 나빠.'

(어디까지나 다쓰아키가 생각하기에) 토론을 방해하는 무례한 말을 들을 때도 있지만, 대꾸할 필요성은 못 느꼈다.

인터넷에서도 스스로 발언하는 것 이외의 부분은 교실에서 하는 행위와 별반 다르지 않았다. 가면을 쓰고 칭찬받는 인간들의 과실을 지켜본다. 엄청난 불상사나 실언을 발견하는 게 제일 바람직하지만 그런 일은 드물다. 따라서 금전 감각, 건강 관리, 퍼포먼스 수준, 용모 상태, 성장 과정이나 가정환경까지 관찰한다.

출연 영상이나 SNS, 인터뷰 기사를 빠짐없이 확인하고 공격해야 할 점을 발견하면, 다쓰아키는 감시 대상이 역시 그런 인간이었다는 분노를 느끼면서 마음속 깊은 곳에서 달콤함을 곱씹는다. 가슴에 품은 의심이나 불만이 틀리지 않았다는 증거를 또 하나 모았다고 흥분한다.

같은 반 학생들과 달리 팬이 있는 인간은 반드시 한두 명쯤 안티가 있다. 다쓰아키가 특정 유명인을 까는 발언을 하면 반드시 반응하는 인간이 있기에 일상에서는 맛보지 못하는 주목을 받을 수 있다. 아주 쉽게 성취감 비슷한 걸 얻을 수 있다.

그렇기에 다쓰아키 자신은 자각하지 못했으나 주요 표적으로 삼은 유명인이 매일 찬반이 갈리는 행동을 반복하는 건 기쁜 일이었다.

오늘도 저녁을 먹자마자 방에 틀어박힌 다쓰아키는 그것을 발견했다.

트위터에 올라온, 먹잇감이 될 발언.

다들 지금까지의 역사는 몰라도 돼. 지금과 앞으로가 있으면 돼.

사진이고 뭐고 없다. 오로지 그것뿐인 문장. 팬들은 말하지 않은 부분을 필사적으로 상상하고 긍정하는 목소리를 트위터 주인에게 보낸다.

표적의 건방진 말투와 태도를 본 다쓰아키는 삽시간에 몸 안을 분노와 유사한 상태로 만들고 검색을 통해 자신과 비슷한 감각을 품은 사람들을 찾아냈다. 그리고 그들의 존재를 연료 삼아 이 세상에 비난 코멘트를 던졌다.

곧바로 반응이 와서 가슴을 쓸어내렸다. 자신과 닮은 불쌍한 누군가의 마음을 오늘도 구해주었다.

그런 만족감 같은 것이 다쓰아키의 일상을 구원했다.

고토 주리아

❈

"기분 나빠."

생방송을 기다리는 대기실에서 제일 어린 멤버 메이가 중얼거렸다.

주리아는 일단 무시했다. 어차피 사쿠나가 무슨 일이냐고 말을 걸 테니까. 연장자 여럿이 연하를 오냐오냐하는 건 그룹에게 있어 좋지 않다.

"왜 그래, 메이?"

"봤어? 어제 주리가 올린 트윗에 욕하는 인간들."

이름이 나와서 시선만 그쪽으로 향한다. 어제 올린 의미 있는 트윗은 하나뿐이다. 천박하게 비난을 퍼붓는 자의 존재도 알고 있다.

"자기 마음에 안 들면 무슨 소리든 해도 된다고 생각하는 거. 정말 어떻게 좀 안 되나?"

"초조해서 그러는 거야."

주리아가 말하자 메이가 등을 펴고 이쪽으로 강렬한 시선을 보냈다. 적절하게 힘을 빼지 못하는 어리숙함도 팬들이 사랑하는 메이의 장점이다.

"자기 인생을 필사적으로 살지 못하니까 초조해서 그래. 타인을 깎아내리면 잃어버린 자존심을 되찾을 수 있다고 착각하거든. 메이, 그런 녀석들 때문에 화내지 않아도 돼."

사실 주리아는 안티의 존재도 자신의 스토리에 필요하다고 생각하므로 입으로 말한 것과는 다른 마음을 품고 있었다. 자기편에게만 과도하게 사랑받으면 금방 벽에 부딪힌다. 외부로 뛰어나가고 싶다면 생각이 맞지 않는 인간의 존재도 이용해야 한다. 다만 그런 걸 의식할 필요가 없는 퍼포머도 있다는 게 주리아의 의견이며, 저돌적인 열혈 아이돌 메이가 바로 그런 퍼포머다.

"그래도 이런 것들이 막말하면 기분 나쁘지 않아?"

"나도 그런 녀석들은 한심하다고 생각해. 그래도 내 시간이 버려지는 게 더 열받잖아."

메이는 "그건 그렇지만" 하며 절반쯤 납득했다. 그리고 사쿠나가 "그래그래, 그럴 시간에 나를 비롯한 오타쿠를 더욱 행복하게 해주자고, 메이"라고 연타를 가하자 비로소 갈 곳 없는 분노를 한 번의 혀 차기와 두 번의 한숨으로 바꿔낸 듯했다. 그 정도면 된다고 주리아는 생각했다. 메이는 일단 고민하기 시작하면 끝이 없다.《소녀의 행진》을 읽으면서도 이해가 되지 않는 장면이 나올 때마다 좀처럼 다음으로 넘어가지 못했다.

대화를 마치자 대기실이 다시 침묵에 감싸였다. 아까부터 최고 연장자 멤버인 란은 내 알 바 아니라며 책을 읽고 있고 사쿠나와 메이는 스마트폰을 들여다보고 있다.

주리아는 팬에게 받은 괴수 굿즈 손거울을 열었다.

예전 일이 생각났다. 안티 이야기를 들으면 늘 생각난다.

예전에 주리아는 팬에게 직접 출입 금지를 선언한 적이 있다.

원래 운영 팀이나 라이브하우스 측이 처리할 일인데, 주리아는 직접 했다. 그게 고토 주리아로서 져야 할 책임이라고 생각했다. 여러 번 경고했는데도 또 현장 분위기를 못 읽고 난동 부리는 팬이 특전회(멤버와 악수나 사진 촬영을 하는 이벤트)에 왔을 때 선언했다.

"앞으로 오지 말아요."

그때 그의 표정을 주리아는 잊지 못한다. 슬픔과 실망, 그리고 분노를 품은 그 표정을. 사람이란 이토록 신속하게 애정을 변환할 수 있다는 걸 체감했다.

그때 자신은 어떤 감정으로 그의 눈앞에 섰을까. 다음 순간에는 줄을 선 다른 팬에게 의식을 돌렸지만, 그 겨우 몇 초 동안 주리아는 설명할 수 없는 감정에 사로잡혔다.

분노는 아니다. 주리아는 웬만하면 진심에서 우러난 분노를 느끼지 않는다. 한때 트위터에서 멤버에게 쓴소리를 퍼부은 적은 있지만, 이는 그걸 지켜볼 팬들에게 스토리의 클라이맥스를 선물하고 싶었기 때문이다. 또 별개로 '칭찬으로 하는 소리겠지만, 아이돌의 범주를 벗어났다고 표현하는 사람을 보면 아이돌을 무시하는 것 같아서 열 받아'라고 인터넷 평론가를 겨냥해 발언한 것도 캐릭터성을 보강하기 위해서지, 사실은 임파첸스의 이름을 알아서 홍보해주니까 아무래도 좋았다. 예전에 멤버를 울렸을 때도 규율을 지키게 한다는 목적이 있었다. 불타오르는 분노에 휘둘려 마구 몰아붙인 것은 아니다.

다시는 만나지 못할 그 팬 앞에서 품은 감정은 뭐였을까.

주리아는 거울을 닫고 가까이 놓인 종이컵을 들어 차를 마신다.

슬픔은 아니었다. 그런 종류의 감정은 전부 분통함으로 바꿔왔다.

기쁨도 물론 아니다. 후회하진 않지만 팬 한 명을 쫓아낸 건 사실이다. 아무래도 그는 팬들끼리 구축한 그룹의 일원이었는지, 그 후 그들이 불씨가 되어 아이돌이 팬을 저 좋을 대로 골라도 되느냐는 의견이 난무했다. 덕분에 임파첸스의 이름이 조금은 알려졌으나 그와 대치한 시점에서는 그런 미래를 알 리 없다.

주리아는 그 감정의 정체에 대해 종종 생각한다. 아직 이름 모를 그것의 모습을 방치하는 것이 자신의 스토리에 악영향을 미치리라는 근거 없는 예감이 있었다.

사실은 비슷한 감정을 다른 곳에서도 맛본 적이 있다. 그때도 주리아는 한 번의 작별을 선언했다.

그렇다고 해서 그 정체가 안타까운 이별에 느끼는 쓸쓸함은 아니다. 그건 마음속에 잘 갈무리해두었다.

"이동해주세요."

스태프가 알리러 왔다. 각자 대답하고 메이크업 담당자에게 마지막 확인을 받았다.

주리아는 대기실에서 나가기 전에 들고 있던 가방에 손을 넣었다.

열어둔 파우치에서 작은 매니큐어 병을 꺼내, 바르지는 않고 움켜쥐었다가 원래 있던 자리에 돌려놓는다.

마음속의 쓸쓸함을 넣어두는 곳, 그곳의 열쇠를 잠그는 의식 같은 것이다.

다른 날, 보이스 트레이닝을 마친 주리아는 또 그 넓은 거리를 걸었다.

모자에 후원 브랜드의 MA-1 재킷을 걸치고 아래는 카고바지에 운동화. 안에 입은 트레이닝복은 오늘도 역시 괴수가 함께한다. 이건 빈티지 가게에서 직접 샀다.

팬이나 이상한 호객꾼에게 붙들리는 일 없이 역까지 담담히 걸어가는 도중 옆에서 걷던 커플의 대화가 들렸다.

"말도 안 돼, 전철 멈췄대."

주리아는 길 한쪽에 멈춰 서서 스마트폰을 꺼내 트위터에 들어갔다.

타임라인에 저 커플과 같은 노선을 타려고 했을 밴드 멤버의 한탄이 떠 있었다. 지연이라는 단어로 검색하자 운 나쁘게도 주리아가 집에 갈 때 타는 노선이었다. 인명사고가 났다고 한다.

한숨 하나에도 고토 주리아의 캐릭터성을 채워 넣고 앞으로 어떻게 할지 머리를 굴린다. 멀리 돌아서 가더라도 강행해서 귀가할까 했지만, 문득 오전에 본 알림이 떠올라 운행이 재개될 때까지 다른 곳에 들르기로 했다.

향한 곳은 이 거리에 몇 개나 있는 것 중 가장 적당한 거리에 있는 서점이었다.

주리아는 팬들에게 사쿠나와는 또 다른 방향으로 '한 가지 취미에 열중하는 아이돌'이라는 이미지를 제공했다. 그래서 그녀가 팬에게 받는 선물은 대부분 취미와 연관된 것이고 특전회 때 나오는 화제도 그쪽에 치우쳐져 있다.

데뷔 직후의 별것 아닌 영상이 그 계기였다.

공연을 위해 라이브하우스로 이동하는 차 안, 사쿠나가 찍은 짤막한 동영상에 당시 옷차림을 궁리하던 주리아가 찍혔다. 주리아가 입은 스카잔° 가슴에 그려진 그것이 무대 위에서 보여주는 혈기 왕성한 퍼포먼스와 어우러져 귀가 밝은 아이돌 팬 사이에서 화제가 되었다.

'괴수네.'

하늘이 서서히 눈을 감기 시작한 거리에서 주리아는 서점에 발을 들였다.

목적은 두 가지였는데, 첫 번째는 금방 발견했다.

소설 신간 코너에 몇 줄로 쌓여 있는 오구스 나노카의 단행본. 주리아는 소설가 순위를 잘 모르지만, 인기 작가임이 틀림없다는 걸 알려주는 광경이 거기 있었다.

《소녀의 행진》에 뒤지지 않을 정도로 판타지스러운 표지의 책을 들었다. 일이 아닌데도 흥미를 느껴 발매일에 신간을 사는 것은 오구스 나노카의 독자들에게도 좋게

○ 등이나 가슴에 화려한 자수가 놓인 광택 있는 재킷

받아들여질 것이라고 생각했다. 물론 나중에 사진을 SNS에 올릴 예정인데, 고의성은 없애야 한다.

그렇기에 목적이 하나 더 있다.

이쪽도 고의성이 있어 보이는 건 피하고 싶으니까 오구스 나노카의 신간이 나와서 마침 잘됐다. 책을 들고 '취미'라고 구분된 코너로 이동한다. 신간이지만 전부 표지가 비슷해서 바로 발견하기는 어려웠다. 간신히 찾던 것을 발견해 손을 내밀었다. 표지에는 적당함이라는 말을 모르는 듯한 거대 괴수가 이쪽을 보고 서 있다. 만약을 위해 내용을 살펴 이미 구매한 게 아닌지 확인했다.

"저기……."

바로 옆에서 들린 여자애의 목소리가 주리아의 의식을 괴수로부터 빼앗았다.

정중하고 단단한, 마치 토대부터 특정 인물로서 만들어진 아이돌 같은 목소리라고 주리아는 생각했다.

주의 깊게 그쪽을 봤다. 주변에는 자신과 점원뿐이었다. 아르바이트생인가 보다. 고등학생일까, 아직 10대로 보이는 여자애가 몸을 숙이고 조심스럽게 이쪽을 바라본다.

"저기, 얼마 전에 라이브 공연을 처음 봤어요. 정말 멋있었어요."

주변을 살피는지 소곤거리는 목소리로 여자애는 그 말

만 했다. 주리아는 바로 의도를 이해하고 괜히 놀라지 않았다.

책을 들지 않은 쪽의 손으로 엄지를 척 세우고 최대한 멋있게 입술을 올렸다.

"고마워."

아르바이트생 여자애는 담백한 인사에 고토 주리아다움을 느꼈나 보다. 눈을 크게 뜨고 얼굴을 붉히더니 꾸벅 인사하고 일하러 돌아갔다.

여자애의 반응을 보자 주리아 내면에 꽃 한 송이가 피었다.

꽃의 색에, 향기에 녹아내렸다.

이런 곳에도 고토 주리아의 스토리를 만끽하는 인간이 존재한다.

메이는 마구 화를 냈지만 이런 만남이 있는 한 중상모략 따위, 팬을 위한 스토리 만들기에 필요한 재료에 불과하다.

그 사실을 새삼스레 확인한 사건이었다.

주리아는 들뜬 기분으로 계산대에 갔다. 계산해준 사람은 그 여자애가 아니었다.

한동안 이곳에는 못 오겠지만, 그 애와는 다른 곳에서 만날지도 모른다. 그렇게 생각하면 아쉽지 않았다.

서점 앞에서 책 두 권을 꺼내 봉지와 함께 머리 옆에 들고 셀카를 찍는다.

서점에서 누가 말을 건 경험은 처음이었다. 영화 주제가의 효과가 나타나고 있는 건지도 모른다. 흐름에 어울리는 스토리를 생각해야 한다.

호감이나 비호감, 무서웠던 것도 상관없다. 주리아는 팬을 늘려준 《소녀의 행진》과 그걸 만들어낸 오구스 나노카에게 감사했다.

결국 거리에서 이른 저녁까지 먹으며 시간을 보내고 다시 운행을 시작한 전철을 탔다.

역에서 15분 정도 걸어 오래되진 않았으나 신축도 아닌 맨션에 도착한다. 3층으로 올라가 집 현관문을 열쇠로 열자, 오직 이 세상에서 그것만이 주리아의 귀가를 기다린 것처럼 감지 센서를 갖춘 현관에 불이 켜졌다.

짧은 복도를 걸어 부엌 옆의 문을 지나면 바로 거실이 나온다.

손을 씻고 입을 헹군 뒤 실내복으로 갈아입었다. 의자에 앉아 서점 앞에서 촬영한 사진을 트위터와 인스타그램에 올렸다. 글은 '획득. 지금부터 읽을 거야. 기대된다.'

차례차례 밀려오는 답글, 좋아요, 리트윗. 그 하나하나에 명확한 의사가 있다고 보진 않지만, 반응을 끌어낸 데에는 일일이 안도한다. 팬들의 목소리를 한동안 지켜본 후 스마트폰을 충전기에 연결한다. 선언한 대로 봉지에서 오구스 나노카의 신간을 꺼내 펼쳤다.

주리아는 아이돌로서 거짓말을 하지 않는다. 해야 할 말을 하고, 해야 할 행동을 한다. 대답할 수 없는 질문을 받으면 또렷하게 "그건 대답 못 해요"라고 대답한다.

다만 시간 순서를 바꾸긴 한다.

본 적 없는 것을 상황에 따라 안다고 대답하고, 느낀 적 없는 마음을 형편에 따라 품었다고 대답한다. 그리고 그 후에 배우고, 지닌다.

주리아에게 시간은 일정한 방향으로 진행하는 흐름이 아니다. 퍼즐처럼 배열하고 상상하는 이미지에 따라 정비하는 것이다.

조금 전에도 지금 시점과 미묘하게 다른 사실을 SNS에 올렸다. 사실은 그 거리에서 시간을 보내는 중에 소설을 몇 페이지쯤 읽었다. 그러나 읽는 중이라고 말하는 것보다 지금부터라고 말해야 같은 타이밍에 읽고 싶어서 구매하는 팬도 있을 테니까 기대된다는 말을 덧붙였다.

주리아가 오구스 나노카에게 보내는 소소한 감사의 형태였다.

문장 하나하나를 눈으로 좇으며 주리아는 계속 페이지

를 넘겼다.

일을 통한 만남이었고 오구스 나노카에게 강렬한 압박
감을 느껴 경계심을 품은 건 사실이지만, 그녀와 대담을
나눌 때 나온 "오구스 씨가 쓰시는 문장이 좋아요"라는
말도 거짓은 아니었다.

주리아는 오구스 나노카가 쓴 소설의 특징을 호의적으
로 받아들여 자기만의 표현으로 정리했다.

먼저 그녀의 소설에서는 윤곽을 그다지 느낄 수 없다.

서정적인 표현법과 장소나 시간, 고유명사까지 모호하
게 흐리는 수법이 경계선을 희미하게 한다. 여기에 더해
누구의 것인지 명확하지 않은 대사가 많으며 주리아가
미리 준비하기 위해 읽은 오구스 나노카의 인터뷰에 따
르면 "누가 한 말이든 좋아요"라는 발언까지 있었다. 그
점을 가리켜 현실감이 없다, 중심이 없다고 받아들이는
독자도 있는 듯한데, 주리아가 소설에서 받은 감상은 달
랐다. 오구스 나노카의 소설은 직접적인 무대를 공유하
지 않는 대신, 형태를 결정하지 않은 만큼 이 세계의 존
재 방식이나 문제에 잘 어울리고 어느새 독자의 생활이
나 마음에 가까이 다가와 질문을 던진다. 당신이라면 어
떻게 할래요? 그렇게 묻는 것 같다.

안개가 긴 것처럼 공상적이면서 현실과 뚜렷하게 연결

되어 있다. 이 이질성이 오구스 나노카 특유의 성질이라면, 그 독창적인 수법이 인기를 끄는지도 모른다.

대담에서는 고토 주리아가 그렇게까지 상세하게 말하는 역할이 아니라고 판단했기에 좋아한다는 말과 소설이 가사에 어떤 영향을 줬는지를 전하는 걸로 대신했다.

자세를 바꿔가며 2시간쯤 책을 읽고 가름끈을 끼운 후 주리아는 기지개를 켜며 하품했다.

현실로 돌아와서 문득 이 세계에서 이 책을 썼을 오구스 나노카의 생활을 상상해보았다.

마치 아가씨 같은 모습이었던 그녀.

방은 어떨까. 고양이와 산다는데, 인간 가족은 있을까. 고양이가 일을 방해하기도 할까. 애초에 손으로 쓸까 컴퓨터로 쓸까. 책상 위는 어떨까. 음료를 책상 위에 올려놓았을까. 무대나 등장인물이나 설정이 떠오르면 어떤 표정을 지을까. 전부 상상의 산물이라는 등장인물들이 사실은 작가 뇌리에 남은 지인이거나 하진 않을까.

만약 《소녀의 행진》에 나오는 여자애에게 모델이 있다면, 현실의 그녀는 속마음이 남에게 강제로 까발려지는 일이 없었으면 좋겠다.

상상이 바람으로 변한 시점에서 주리아는 살짝 웃음을 터뜨렸다.

이렇게 자신이 오구스 나노카나 있는지 없는지 모를 여자애를 상상하는 것처럼, 팬들 또한 그들이 상상하는 아이돌로서의 모습을 자신에게 요구할 것이다. 그것이야 말로 스토리라고 생각하면, 무섭다고 느낀 소설가와 자신의 본질은 그다지 다르지 않을지도 모른다. 그게 재미있었다.

배가 고파서 냉장고에 있던 토마토를 대충 헹궈 그대로 먹으며 텔레비전을 켰다. 음악 방송이 나왔는데, 얼마 전에 발매한 협업 싱글이 순위에 들어 솔직히 기뻤다.

토마토를 다 먹을 때까지 텔레비전에 나오는 밴드와 아이돌의 노래에 귀를 기울였다.

주리아는 기본적으로 타인의 음악에 지갑을 열지 않는다. 임파첸스의 CD나 음원이 한 장 차이로, 재생 횟수 하나 차이로 팔릴 기회나 순위를 빼앗긴다고 생각하면 타인의 매출에 공헌할 마음이 생기지 않는다. 그런 점에서 텔레비전과 라디오는 좋다. 시청률 조사 대상이 아닌 주리아는 알아서 내보내는 음악만을 안심하고 누릴 수 있다.

꼭지만 남은 토마토를 쓰레기통에 버린 뒤 텔레비전을 끄고 옷을 벗었다.

실오라기 하나 안 걸쳐도, 더운물에 몸을 적셔도, 오늘도 역시 알몸이 되었다는 감각을 얻지 못했다.

서점에서 만난 여자애의 반응을 떠올린다.

　이 세계에 쳐둔 장막을 주리아는 자랑스럽게 여겼다.
모두가 그걸 바란다고 믿었다.

　사람들이 그 장막을 뜯어내기를 원하는 날이 오리라고
는 상상도 못 했다.

이토바야시 아카네

❀

" 소녀 주변에 꽃이 피었던 적은 한 번도 없어서
언제나 직접 피게 했습니다. "

_단행본《소녀의 행진》50페이지 21행에서

만나기로 한 장소에 서 있는 아이를 발견한 아카네는 20미터쯤 거리에서부터 뛰기 시작했다.

발소리를 알아차리고 돌아본 그와 눈이 마주친 후 제일 처음 할 말은 이미 정해졌다.

"만나면 이 말 꼭 하려고 생각했는데요!"

아카네는 흥분의 액셀을 있는 힘껏 밟는다.

아이와 만나는 건 이걸로 세 번째다. 지난번 만남 이후 만나기까지 사이가 떴지만 상관하지 않고 편한 태도를 전면에 내세웠다. 메시지를 계속 주고받았고 한번은 전화도 걸어서 관계성을 키웠으니 그가 불쾌해하지 않으리라 자신했다.

역시 아카네 혼자만의 생각은 아니었는지 아이는 인사

도 없이 기운차게 구는 여고생에게 싫은 표정을 짓지 않았다.

"뭐야, 왜 이리 흥분했어, 이토바야시 아카네."

"아니, 아이 씨도 틀림없이 흥분할 거예요!"

조금 큰 목소리는 이 거리에 흡수된다. 반대로 일상적인 대화가 고스란히 들릴 때도 있다.

아카네는 한쪽 손을 자기 뺨에 대고 목소리를 낮춰 유난스럽게 정보의 은닉성을 어필했다.

"얼마 전에 아르바이트할 때 주리아 씨가 왔었어요!"

기대라고는 전혀 안 하는 게 훤히 보인 아이의 예상을 뛰어넘는 데 성공했나 보다.

"호오" 하고 아름다운 눈을 크게 뜬 그의 반응에 아카네는 충분히 만족했다. 그러나 아카네는 마음과 다른 소리를 일부러 하면서 살아왔다.

"별로 안 놀라네요? 라이브하우스에서 일하니까 그렇겠다. 아이돌도 오니까."

"아니, 놀랐어. 여고생만큼 흥분도가 높지 않을 뿐이야. 이 거리를 평범하게 돌아다니는구나. 본 적 없는데."

"그렇구나! 사실은 슬쩍 말을 걸고 처음 본 라이브 공연이 좋았다고 했더니 이러면서 고맙댔어요."

엄지를 척 세우고 코맹맹이 소리를 낸다. 연기 속 연기는 너무 잘하면 안 된다.

"아이돌은 사적인 자리에서도 멋지네요."

"프로니까."

자기가 이미 아는 정보로 타인이 감동할 때, 방해하지 않기 위해 말수를 줄이고 놀라움을 공유하는 식의 맞장구였다. 여고생이라면 그런 어른스러운 반응에 귀여운 불만을 드러낼 수 있다.

"에이, 좀 더 흥분해주면 좋겠는데. 모처럼 아이 씨의 최애랑 만났는데."

아이는 "기대에 미치지 못해 미안하네" 하고 웃었다. 감정을 가장할 마음이 없다는 그의 성실함이 느껴졌다. 흥분 따위 안 해줘도 된다. 아카네에게는 지금 아이의 반응이 더할 나위 없이 최고였다.

"또 개인적으로 점수가 높았던 건요, 오구스 나노카 씨의 신간을 들고 있었어요. 그리고 괴수 잡지를 샀어요."

"아, 괴수."

"주리아 씨 좋아하죠. 위키피디아 봤어요."

"오구스 나노카는 그거지, 나랑 닮았다는 아이가 나오는 책의 작가."

아이는 왠지 씁쓸하게 웃은 뒤, 슬쩍 화제를 바꿨다. 최근 알게 된 여고생이 타인의 표정을 주의 깊게 관찰하는 부류의 인간인 줄 모를 테지. 만약 관찰하는 줄 알았더라도 아이는 감정을 감추지 않고 대놓고 쓴웃음을 지었을 수도 있지만.

"앗! 혹시 읽었어요?"

"안 읽어. 안 읽겠다고 하는 것도 이상하지만 책은 안 읽었어. 그 작가가 음악 관련 사이트에서 주리아와 대담을 나눈 적이 있어서 이름을 알았어."

"그렇구나. 어, 나 그 대담은 안 읽었는데 음악 얘기했어요?"

"이동하면서 하자."

약속 장소인 기념비 앞에서 아이가 둘이 갈 방향을 가리켰다.

근처에 흡연실이 있다는 이유로 이 장소를 지정한 건 아이다. 바람이 약하게 부는 오늘, 그가 입은 빨간 스웨터에서 그 냄새가 났다.

오늘 아이는 스웨터에 더해 복사뼈까지 오는 넉넉한 까만 스커트에 레깅스를 입고 회색 운동화를 신었다. 코트 같은 겉옷을 입지 않은 건 오늘의 예정을 위해 활동성을 중시했기 때문이리라. 한편 아카네는 은은한 베이지 더플코트에 플리츠스커트, 추워도 무릎 아래는 드러낸다. 젊음이 지닌 이점은 활용하라고, '사랑받고 싶어'가 명령

했다.

만약 아이와 만나지 않았더라면 나이를 먹어서도 '사랑받고 싶어'에 몰두했을 거라 생각하자 등줄기가 서늘해졌다.

"대담은 주리아의 작사, 등장인물에 관한 내용이 중심이었어."

한 걸음 내디디면서 아이가 성실하게 설명해줬다.

"그리고 키우는 고양이 이야기도 했어. 소설가는 신선처럼 사는 줄 알았는데 의외더군. 이 일을 하면서 밴드나 아이돌도 그냥 평범한 인간이라는 걸 알았는데 소설가만 그렇게 생각한 것도 이상하네."

"나한테는 밴드나 아이돌도 그런 느낌인데."

"그렇겠네. 고등학생 때 라이브하우스에 갈 기회도 그렇게는, 아, 잠깐만. 덕분에 생각났다."

앞을 보며 말하던 아이가 멈춰 서서 이쪽을 바라보았다. 아카네도 멈춰 서서 놀란 표정으로 돌아본다.

"생각났다뇨?"

"얼마 전 나에 관해 물어보러 왔었다면서."

"엑, 비밀로 해준댔는데!"

놀라는 척에는 기술이 필요하다. 사이좋은 그룹의 누군가에게 연인이 생겼을 때, 꼭 어색한 표정을 짓는 친구들이 있기에 아카네는 그런 일의 난이도를 알고 있었다.

아이는 대화에 리듬을 잡으려고 멈춰 섰을 뿐인지 다시 걷기 시작했다. 얼굴을 마주 보고 심문할 정도로 심각하게 받아들이지 않나 보다. 아카네도 안심하고 나란히 걸었다.

"모르는 여고생이 갑자기 직원의 정보를 캐러 와서 비밀로 해달라고 부탁하면 당연히 경계하지."

"모르지 않아요. 아르바이트 끝나고 훌쩍 들렀더니 전에 그 언니, 후지노 씨였나? 한가하게 입구 근처를 청소하고 있길래 말을 걸었을 뿐이에요."

"너, 커뮤니케이션 능력 최고네."

어이없다는 듯한 아이의 말에서 나온 이인칭이 오랜만에 아카네의 콧속을 달콤새큼하게 자극했다.

"보통은 한 번 만났을 뿐인 직원과 손님은 모르는 관계라고 하는 거야."

"그래도 대화 즐거웠는데요?"

"그야 그 녀석도 커뮤니케이션 능력이 최고니까. 그리고 정말로 한가했겠지. 그래도 어른이니까 일하는 중에 생기는 일은 전부 보고해야 해. 덕분에 내가 괜한 의심을 받았어."

"네? 세상에, 죄송해요……."

별생각 없이 한 행동이 초래한 부정적인 결과에 자신을 되돌아보고 힘껏 후회하고 있다는 목소리와 표정을 드러내면 상대는 어렴풋하게 자책감을 느낀다. 자책감은 곧 관용이 되고, 심지어 이쪽에 대한 고평가로 바뀐다.

언제던가, 아카네는 할머니에게 그런 식으로 칭찬받았던 기억이 있다.

우리 아카네는 실수해도 나중에 충분히 반성하고 다른 사람 기분을 생각할 줄 아는 착한 아이구나.

"그렇게 심각하게 의심받은 건 아니지만. 내 생일을 물어보러 왔다면서? 매니큐어랑 공연 요금을 갚고 싶다면서. 마음은 고마운데 그렇게까지 신경 쓸 것 없어. 별로 큰돈도 아니고."

"으으, 네."

"그래도 마음은 기뻐. 고맙다."

올곧고 정직하고 과보호하고 무른 아이를 보며 아카네는 자기 작전이 잘 먹히지 않은 것에 대한 분함과 쑥스러움 같은 것을 표정에 섞었다. 그리고 혀를 깨물었다.

물론 그 전부, 요전번의 행동과 지금 표정에도 다른 의도를 감춰뒀다.

아르바이트하는 서점에 고토 주리아가 와서 응대한 날, 아카네는 퇴근 후 바로 역으로 가지 않고 아이가 일하는 라이브하우스로 갔다. 입구로 내려가는 계단을 들여다보자 익숙한 얼굴이 밖에 나와 있어서 말을 걸었다. 원래는 손님으로 입장할 예정이었으니 운이 좋았다. 상대도 아카네의 얼굴을 기억했는지 "아이의"라고 말해줘서 설명할 수고도 사라졌다. 이어서 "아이는 오늘 없어"라는 말까지. 미리 알고 날을 고른 아카네는 "사실은요" 하고 그럴싸한 사정을 설명해 아이의 생일, 또 그가 좋아하는 것을 이것저것 물어보았다. 마지막으로 서프라이즈라는 뉘앙스를 풍기며 "가능하면 비밀로 해주세요"라고 부탁했으나 아이에게 전해지는 미래까지 고려했다. 후지노가 애매모호하게 대답했을 때, 아카네는 소극적인 전달이 성공하리라 확신했다.

주요 목적은 답례 같은 게 아니다. 《소녀의 행진》의 줄거리를 따라가기 위해 아이의 친구인 여성과 만나 그의 이야기를 들어둘 필요가 있었다. 지금 시점에서 아카네가 만나러 갈 수 있는 사람은 후지노 정도밖에 없었으므로 행동에 옮겼다.

그때까지는 만약에 대비하자는 정도로 생각했었다. 그러나 지금은 이야기 속 아이의 친구가 아마도 후지노이리라고 짐작했다. 라이브하우스에서 돌아오는 길에 새로운 정보를 얻었기 때문이다.

"그러고 보니 그날, 전철 멈추지 않았어?"

"맞아요. 저는 다른 노선이었지만요."

일단 아무렇지 않다는 듯 고개를 끄덕인다.

사실 그 사건은 전철 지연으로 인해 불편을 겪은 다른 사람들보다 아카네에게 더욱 의미가 있었다.

"사실은《소녀의 행진》에서 주인공이 아이의 친구를 만나러 갈 때 교통수단이 멈추는 에피소드가 있어서요. 저는 되게 기뻤어요."

"그 책, 진짜 뭐야?"

나쁜 농담이라도 들은 것처럼 아이가 눈썹을 찌푸리며 웃었다. 그 얼굴에서 제멋대로 행동한 연하를 혼내려는 기색은 보이지 않았다. 아이라면 이 장면에서 화를 내거나 하진 않는다는 걸 아카네는 알고 있다.

후지노에게 한 질문 내용은 이야기상 아무래도 좋았다. 소설에는 '아이에 관해'라고만 적혀 있다. 자유 선택지 중에서 아카네가 아이에게 답례하고 싶다는 화제를 고른 이유는 전달해두기 위해서. 자신이 폭주하는 면은 있으나 기특하고 다정하며 친구를 잘 챙기는 여자애라는 것을.

그런 애가 한 행동에 아이가 화를 낼 리 없다.

두 사람은 선로 아래를 지나 교차로를 건넜다.

아카네는 이 거리를 걷는 것이 이곳의 냄새와 비슷한

정도로 싫었다. 부딪히거나 길을 막아서 남의 노여움을 사지 않게 항상 신경을 곤두세워야 한다.

한편 아이의 보폭은 사람 적은 길을 걸을 때와 다르지 않다. 길을 걷는 다른 사람에게 정신을 배분할 필요 없다는 듯이 가슴을 펴고 발소리를 크게 울린다.

언젠가 자신도 저렇게 되고 싶다고 생각하며 아이에게 시선을 뺏겼다가는 누군가 혀를 쯧쯧 찰지도 모른다.

건물이 밀집한 거리여서 몇 분 후에는 목적지 앞에 도착했다. 아카네는 아이의 두 걸음 뒤에 바짝 붙어 입장하고 언제 아이가 돌아봐도 괜찮게끔 흥미와 흥분을 입술 각도와 눈 깜박임에 담았다.

1층 게임 센터를 지나 다른 손님과 함께 엘리베이터를 타고 7층까지 올라갔다. 문이 열리고 눈앞의 광경을 본 아카네는 무심결이라는 게 전해지도록 소리를 냈다.

"우아."

이어서 아이를 보고 무심결에 목소리를 낸 자신을 부끄럽게 여긴다는 표정을 짓는다. 아이는 의외라는 표정을 지었다.

"당구장 정도는 와봤을 줄 알았어."

그 음색에서 우월감이 조금도 느껴지지 않아 아카네의 마음은 가벼운 충격을 받았다.

아이와 함께 접수를 마치고 나란히 놓여 있는 여러 대의 당구대 중 비어 있는 한 대의 테두리를 만진다. 이걸로 하자는 의사표시다. 아이가 지적하지 않았으니까 잘못된 매너는 아닌가 보다. 잘못되었더라도 무지함을 귀여움으로 바꾸는 수단쯤은 얼마든지 알고 있다.

며칠 전, 당구장에 놀러 가자고 제안한 것은 아카네였다.

메시지를 주고받으며 친밀감을 쌓던 중, 아카네는 아이의 성격을 고려해 솔직하게 제안했다.

사실은 또 소설에서 주인공과 아이가 한 일을 하고 싶은데, 혹시 들어주실래요?

답변은 신속했다.

나쁜 일이 아니라면 괜찮아.

전혀 나쁜 일 아니에요! 오히려 되게 즐거운 일.

아카네는 상대방이 경계심을 품을지도 모를 표현으로 운을 뗀 후 이야기 속에 존재하는 주인공과 아이가 함께 노는 에피소드를 소개했다.

《소녀의 행진》에서 주인공은 아이에게 많은 영향을 받는다. 그중 최고는 지금까지 드러내지 않았던 내면이 폭로되는 장면이지만, 거기에 이르는 중 소녀는 아이 덕분에 취향이나 취미 같은 부분에서도 몰랐던 문화와 접하게 된다.

제가 안 해본 놀이를 아이 씨가 가르쳐주면 좋겠어요.

멍청하고 무방비한 말투. 과보호하는 아이의 어이없다는 웃음이 스마트폰 화면 너머로 보이는 듯했다. 아이는 '그게 뭐야' 하고 귀찮다는 티를 낸 후 곧바로 몇 가지 취미를 언급했다. 그중에 당구가 있었다. 실제로 만나서 하지 않으면 영향을 받을 수 없는 취미가 있는 것도 아이가 아이인 증거다. 덧붙여 아카네의 사랑받고 싶은 기분에도 마침 좋았다. 패션이나 음악 감상과 달리 스포츠처럼 규칙이 존재하는 것은 어느 정도 이해할 때까지 가르쳐주는 쪽이 시키는 대로 해야 한다. 요청을 받아 자기가 잘하는 분야에 대해 가르쳐주는 것은 누구에게든 자기 일부를 타인 안에 흘려 넣는 손쉬운 쾌락이 되리라고 아카네는 생각했고, 그런 욕망의 발산을 받아들이는 것에는 자신 있었다.

그러니 입장하면서 흥분한 미경험자 여고생에게 아이가 우월감을 한 조각도 보이지 않는 것에 충격받았다. 지금까지 만난 어른들과 전혀 달랐다.

아이가 특별한 것은 당연한데, 여전히 꿈만 같아서 믿지 못하겠는지도 모른다.

당구대 위에 놓인 큐라고 하는 봉 중 하나를 들었다. 상상보다 길고 무거웠다.

"먼저 뭐부터 해요? 가운데에 모아 놓고 튕기는 거?"

"마음은 알겠어. 하지만 처음에는 공을 똑바로 날려 보내는 것부터."

"어떤 이미지인지는 알겠는데."

아카네는 하얀 공을 집어 가까이에 놓고 어디서 본 당구 자세를 흉내 내 큐를 쥐었다. 가볍게 치려고 했는데 끝이 흔들려서 공이 왼쪽으로 힘없이 비틀거렸다.

"어라."

"우선은 기본자세가 있어."

남은 큐를 들고 아이가 옆에 섰다.

"손가락은 이렇게."

당구대 위에 올라간 하얀 손등이 초록색 캔버스에 핀 꽃 같았다. 넋을 잃고 봐도 되는 건 잠깐뿐이다. 아카네는 일부러인 티가 나지 않게 일부러 소리를 냈다.

"앗! 그거 혹시!"

지금의 발견을 보고함으로써 아카네는 비로소 오늘 만났을 때부터 계속 마음에 품고 있던 한 가지 두근거림을 얼굴에 드러낼 수 있었다.

아이는 딱히 쑥스러워하지 않고 왼손을 팔랑팔랑 흔든다.

"모처럼 샀으니까 발랐어."

마치 라이터를 켰다 껐다 하는 것처럼 아이는 왼손 엄지를 안으로 움켜쥐었다가 놓는 동작을 두 번 반복했다.

움직임으로 강조된 그의 다섯 손가락에는 새빨갛게 칠해진 손톱이 있었다.

물어볼 것도 없이 그것은 지난번 그의 직장에 처음으로 가기 전 단계, 평소 짙은 색 매니큐어는 바르지 않는다는 그에게 아카네가 추천한 것이었다.

주의력이 과도하게 좋은 인간임을 들키고 싶지 않았던 아카네는 만나자마자 손끝을 알아차렸지만 너무 시선을 주지 않으려고 노력했다. 오늘 그의 스웨터는 이 매니큐어를 염두에 두고 골랐을 것이라 짐작하면서도 굳이 말하지 않았다. 《소녀의 행진》 속 아이와 마찬가지로 반짝이는 그의 다정함에 그저 혼자 감동했다.

"와, 기쁜데요. 나도 오늘 바르고 올 걸 그랬다."

"그러게, 안 발랐네."

"당구는 손가락을 쓰니까 벗겨질 것 같아서요. 평소에는 발라요. 아이 씨도 그래서 왼손만 바른 거예요?"

"아니, 내일 일할 때 지워야 하니까 아까워서? 그리고 프레디랑 브라이언도 한 손에만 발랐대."

"그렇구나."

무지함을 티 내지 않으려는 것처럼 들리게 맞장구를 친다. 아이는 피식 웃으며 "그래서 말이야" 하고 다시 왼쪽 손등을 보여주었다. 이번에는 아까보다 검지가 조금 높이 올라갔다.

"여기에 큐를 지나게 해. 아, 지금은 여기 아무도 없지만 뒤 조심하고."

뒤를 한 번 돌아본 후 아카네는 아이를 흉내 내 손 모양을 만들어 검지 아래에 큐를 밀어 넣었다. 생각보다 불편한 모양새였다.

아이의 설명을 들으며 손 모양을 더 다듬었다. 마지막으로 완성한 왼손을 당구대 위에 얹었다.

"가운뎃손가락부터 새끼손가락을 잘 벌리고, 균형을 잡았으면 노리고 때려."

아이가 상반신을 구부려 자세를 잡고 굴러갔던 하얀 공을 모서리 구멍을 향해 날렸다. 일직선으로 구멍에 떨어진 하얀 공에 "와, 대단하다" 하고 소리를 냈으나 사실은 초록색에 가까워져 돋보인 손끝의 붉은색에 정신이 팔려 있었다. 오른손이 아니라 왼손인 것은 바를 때 편해서가 아니라 오히려 이 멋진 볼거리를 고려한 걸지도 모른다.

아이가 당구대 포켓에서 하얀 공을 주워 아카네 앞에 놓았다. 흉내 내 자세를 잡고 때렸다. 이번에는 공이 일정한 속도로 굴러갔으나 방향은 완전히 엉뚱했다.

"엄지손가락과 집게손가락으로 고리를 잘 만들어서 안정시키는 거야."

"이렇게?"

다시 당구대에 왼손을 밀착시켜 허공에 때리는 시늉을 했으나 끝이 어긋나는 걸 아카네도 알았다. 이것만큼은 절대 가르침을 받기 위한 연기가 아니다. 단순히 초보자의 서툰 솜씨다.

그런 초심자에게, 혹은 친구에게 아이가 다음으로 취한 행동은 절대 특수하지 않았다.

"잠깐 괜찮아?"

아이가 내민 손에 반응할 수 있었던 것은, 아카네가 항상 의식적으로 그런 것을 주의하고 있기 때문이다. 자기 손을 올바른 모양으로 고쳐주려고 했을 아이의 손가락에서 아카네는 도망쳤다. 그것만으로는 너무 실례되는 반응인 걸 알기에 닿을 뻔한 손으로 큐를 만지작거리며 얼버무리듯이 웃었다. 놀란 모양새로 눈을 많이 깜박이면 완성이다. 아이는 곧바로 이해할 수 없다는 표정을 지은 후에 놀란 얼굴을 했다. 아이의 그 얼굴은 만든 것이 아니라 한 것이다. 그리고 멋쩍게 웃었다.

"미안, 무신경했지."

대충 예상한 반응이라 마음을 놓았다.

위험했다. 아직 여기가 아니다.

"건드리지 않을 테니까 자, 이렇게."

따로 변명하지 않음으로써 진지한 태도를 착각해주길 원했다. 그래서 굳이 뭐라 말하지 않고 아이가 보여준 손 모양에 맞춰 조심조심 다시 자세를 잡았다. 아카네가 하얀 공을 한 번 더 때리자 이번에는 똑바로 날아갔다.

"그래, 느낌 좋아."

"고, 고맙습니다."

남성 상대로 수줍어하는 표정을 짓는 것은 수많은 표정 꾸미기 중에서도 특히 잘한다고 자부한다.

그런 시시한 것에 재능을 배분하니까 당구까지는 재능이 도달하지 못한 거라고, 아이의 지시대로 연습을 계속하면서 아카네는 생각했다.

아이가 골라준 구멍을 노려 공을 때렸으나 좀체 들어가지 않는다. 가끔 들어가도 성공했다는 느낌이 없다. 성공한 횟수 자체보다 실패했을 때의 감각과 구별이 잘 되지 않는 데에서 당구와 상성이 나쁘다는 걸 알았다. 사실은 볼링도 비슷하게 상성이 잘 안 맞는다고 느낀다.

"아이 씨도 하는 걸로 할래요."

지겨워진 티를 감추지 않고 제안하자 아이는 기분 나빠하지 않고 새로운 연습을 준비해줬다. 과보호다.

이번에는 컬러풀한 공을 당구대 위에 퍼뜨려 놓고 하는 연습인가 보다. 그러는 과정에서 아카네가 '당구' 하면 머릿속에 떠오르는 브레이크 샷에 시험 삼아 도전해봤다.

나름대로 집중해서 친 첫 타는 우연하게도 목표를 향해 똑바로 나아갔다. 그러나 위력이 전혀 없어서 공들이 차륵차륵 소리를 내며 약간 이동하는 걸로 끝났다.

"어렵네요."

실망한 태도로 아이에게 순서를 넘겼다. 멋있어 보이게 완벽한 첫 타를 쳐도 되는데, 아이는 먼저 설명부터 했다.

"다리 위치도 신경 쓰는 편이 안정적일 거야. 이런 식으로. 난 날린다기보다 밀어내는 느낌으로 쳐."

아이는 그리고 나서야 자세를 잡고 하얀 공을 힘차게 밀어내 색채 풍부한 공의 집합체에 맞췄다. 어떤 인과법

칙을 따른 것인지는 모르겠지만 공들이 제각기 위치로 굴러가더니 하나는 딱히 노린 것도 아닌데 구멍에 떨어졌다. 인간이 교통사고를 당하는 것과 비슷한 것 같다고 아카네는 생각했다.

"이거예요, 이거! 아이 씨도 다른 사람한테 배워서 할 줄 알게 된 거예요? 동아리 활동?"

"처음에는 고등학생 때 친했던 선배네가 부자여서 집에 당구대가 있었거든."

"대단하다."

"거기서 자주 놀았어. 도중부터 담배…… 주스 같은 걸 걸고 내기했으니까 지지 않으려고 기를 쓰다 보니 실력이 늘었지."

"나쁜 짓 안 하는 사회인이라더니 나쁜 짓 하는 고등학생이었나 보네요."

"주스라고 했잖아."

"그건 그렇다 쳐도 내기는요?"

"어른이 된 후에는 파친코에도 안 가. 자, 이토바야시 아카네 차례. 숫자는 아직 신경 안 써도 되니까 넣을 수 있는 걸 노려봐."

"네에."

늘어지는 대답으로 시작한 그 연습도 아쉽지만 아카네

의 당구 재능을 끌어내진 못했다. 하지만 열심히 어울려 준 아이와 함께한 시간은 달콤하고 숭고했다. 이 녀석은 재능이 없다는 걸 아마 알아차렸을 텐데도.

"슬슬 지쳤어?"

아이의 배려에 대해 이 말을 하더라도 부정적으로 받아들이지 않으리라 판단해 대답했다.

"그래도 아이 씨랑 있으니까 즐거워요."

마음속에는 투명한 감정이 있었는데 말로 하자마자 아이의 호감을 사고 싶은 음색이 순수함을 더럽혔다.

아이가 기쁜 듯이 이를 드러내고 웃어서 한층 더 죽고 싶어졌다.

"기쁘긴 하지만, 그런 말 자주 하면 끼 부린다는 소리 들어."

"끼 부린다고요? 하지만 긍정적인 생각이 들면 최대한 말하는 게 좋지 않아요?"

어느 입이 이런 소릴 해.

"나도 그렇게 생각해. 하지만 이토바야시 아카네는 얼굴이 예쁘니까 비슷한 나이라면 착각할걸."

"어, 얼굴이 예쁘다고요? 전혀요! 전혀 아니에요! 남자 친구도 얼굴보다 내면이 좋다고 하는걸요."

그런 말을 들으면 늘 혀를 깨문다. 그렇다고 외모를 칭찬받아서 기쁘다고 생각한 적은 없다. 화사한 이목구비도, 적절한 배치도 부모가 물려준 것이다. 화장도 체형도 사랑받고 싶어서 꾸미는 법을 익혔을 뿐이다.

"오, 여고생의 애인 자랑. 부끄러워서 그럴걸, 아마. 아니라면 때려줘."

"과격해. 지금 사귀는 사람이 아이 씨의 외모를 칭찬해줘요?"

"떠보지 마라. 없다고 메시지로 말했지. 아아, 슬슬 좋아하는 냄새를 맡고 싶으니까 다녀올게. 그동안 휴식."

아카네가 눈을 크게 뜨자 아이가 주머니에서 찌부러진 상자를 꺼내 보여줬다. 아카네는 말없이 가볍게 손을 흔들었다. 표정은 상대방이 혼자일 때 떠올릴 수 있는 것으로 조절했다.

아이는 성실하게도 플로어의 의자와 자판기 위치를 알려주었다. 어떤 식으로 꾸며내든 목은 마르니까 음료를 사기로 했다.

플로어 안쪽으로 사라지는 아이의 뒷모습을 배웅했다. 사라진 후에도 그쪽을 지켜보는데, 같은 방향으로 옷차림이 화려한 남성 한 명이 걸어갔다. 요즘도 흡연자가 상당수 있다고 생각하며 무심코 그가 원래 있던 곳으로 시선을 보냈다. 그러자 대학생으로 보이는 집단이 웃으며 화려한 남성이 간 곳을 보고 있었다.

그중 한 명과 눈이 마주쳐 아카네는 상황을 알아차렸다.

알아차린 상태로 짐을 들고 플로어 구석에 배치된 자판기로 걸어가 작은 크기의 차를 하나 샀다. 일단 미리 혀를 깨물어뒀다.

이 사건, 이미 읽었다.

우카와 아이

❀

아무도 없는 흡연실에 들어가기 네 걸음 전에 라이터와 함께 담배를 움켜쥐었고, 들어간 순간에는 이미 입에 물었다. 문이 닫히는 것과 동시에 불을 붙이고 연기로 폐를 씻어낸다. 인생에서 벌써 몇 개비째인지 모를 담배가 오늘도 아이의 균형을 잡아주었다.

첫 모금으로 목의 갈증이 사라지는 감각이 들고, 두 모금째에는 그 냄새가 혀로 올라온다. 이 두 모금째로 지난번 흡연부터 지금까지의 시간이 뇌에 입력되는 느낌이 든다.

남에게 가르치는 게 직접 하는 것보다 훨씬 어렵군.

흡연실 벽에 대고 어렴풋이 그려낸 생각에는 아카네와 당구의 상성이 별로라는 판단과, 따라서 그녀가 이미 질렸으리라는 인상까지 전부 내포되어 있다.

아이는 그걸 부정적으로 받아들이지 않는다. 자신에게
도 맞는 게 있고 안 맞는 것도 있다고 대조해서 생각하지
않고, 가벼운 마음으로 하자고 했을 아카네가 먼저 질렸
다는 사실을 보이는 그대로 받아들인다.

아카네의 본심이 그렇다면 아무 문제도 없다. 질렸음에
도 불구하고 숙달하길 원한다면 같이 계속 당구를 쳐도
되고 그만두고 싶다면 그래도 좋다. 무리하는 건 싫다.
친한 사람은 가능한 한 있는 그대로의 자신을 보여주었
으면 좋겠다고 아이는 바란다. 선택은 아카네의 마음에
맡기고 싶었다.

담배를 재떨이 위에서 털고 이번에는 아카네가 아이돌
고토 주리아와 만났다는 말을 떠올렸다.

재와 함께 웃음이 떨어진다.

흥미를 느낀 것도 라이브를 처음 본 것도 최근이리라.
그런데도 사적인 시간을 즐기는 멤버에게 말을 걸다니.

좋아하는 소설 속 등장인물과 닮았다는 이유로 아이에
게 말을 건 것이나 아이를 기쁘게 하려고 직장 동료를 만
나러 간 것도 포함해 사람과의 거리감에 무서울 정도로
겁을 먹지 않는다.

즉, 인간관계든 취미든 일단 뛰어드는 사람이리라.

이토바야시 아카네에 대해 아이가 지금 시점에서 품은 감상이었다.

나아가 적극적이고 행동력 있고 단정한 이목구비를 지녔으며, 닮고 닮은 면이 적당히 있고 때로는 멍청한 언동을 보이긴 해도 다른 사람을 위해 움직이는 다정함을 지닌 여고생. 동성, 이성 관계없이 상당히 인기 있을 것이다.

그런데다 손이 닿는 것을 부끄러워한다니, 캐릭터가 너무 완벽한 것도 같은데 아이가 깊은 의문을 품을 문제는 아니었다.

그가 사귀는 여러 친구 중에는 절대로 남이 자기 물건을 건들지 못하게 하는 인간도 있고, 최대한 많은 사람과 살갗을 닿고 싶어 하는 인간도 있다. 자신과 타인 사이에 존재하는 경계선의 두께는 제각각이다.

검지와 중지 사이, 종이와 잎이 4분의 1 정도 불탔을 즈음, 아이는 주머니에서 스마트폰을 꺼냈다. 아카네가 만나러 갔다는 그 후지노에게서 며칠 후의 근무를 바꿔 달라는 취지의 메시지가 와 있었다.

미안, 예정이 있어.

또 다른 여자냐!

아니거든.

동료와 메시지를 주고받는 아이 옆에서 자동문이 열렸다. 흡연자가 들어오는 것 이외의 일은 없을 테니 배려해서 한 걸음 안으로 들어갔다.

싸구려 라이터 소리와 남자의 한숨 같은 숨소리가 겹친다.

잠시 후, 조금 전보다 시야가 뿌예진 방에 목소리가 울렸다.

"자주 오세요?"

아이는 그제야 처음으로 시선을 주었다. 둘만의 흡연실, 전화 통화인지 혹은 말을 건 건지 판단할 필요가 있었다. 만약 자신에게 한 말이라면 목적이 무엇인지 살펴볼 생각이었다.

목적이란 즉, 잡담인가 착각하고 하는 헌팅인가.

전부 이해하고 헌팅하는 경우도 있지만 드물다.

"누님, 지켜봤는데 잘하니까 자주 오나 싶어서요."

삼지선다 중에서 아무래도 제일 흔한 것에 걸린 모양이었다. 이럴 때는 바로 알려주면 된다.

"아니, 딱히."

아이가 내뱉은 목소리를 듣고 젊은 남자가 유난을 떨며 놀랐다.

"누님 목소리 멋지네요! 상상과 전혀 달라! 허스키하고 멋진 목소리라는 소리 자주 듣지 않아요?"

일단 칭찬해주려는 의식이 너무 앞선 탓인지, 이런 방향으로 착각을 가속하는 남자도 가끔 있다. 대처법도 알고 있다.

"누님 아닌데."

"어, 혹시 같이 있던 여자애랑 모녀지간? 이야, 진짜 젊으시네요."

감이 안 좋은 게 아니라 자존심이 높은 거겠지.

이성으로 의식하고 말을 건 상대가 그런 대상이 아니라는 걸 인정하기 싫고 알고 싶지도 않다. 그러니 어쩌면 사실을 알아차렸을지도 모르지만, 자기에게 유리한 쪽의 해석을 우선시한다. 헌팅이 아니더라도 이 세계에 그런 인간이 득시글거리는 걸 아이는 알고 있다.

적당히 아카네와 모녀 사이라고 착각하게 두고 무시하는 방법도 있으나 아이는 이렇게 사소한 인연인 사람에게도 가능하면 거짓말을 하고 싶지는 않았다.

"아니, 나 남자거든."

"……뭐요?"

남자의 목소리에는 의문보다도 허세와 위협의 의미가 담겨 있었다. 이어서 시선이 너무도 뻔하게 아이의 가슴에 이어서 하반신으로 이동했다. 오늘은 넉넉한 스웨터와 스커트를 입었기에 명확한 증거는 되지 않는다.

태도를 정하지 못하는 상대에게 목울대를 보여주려고 아이는 천장에 대고 담배 연기를 내뿜었다.

"헌팅하려는 게 아니라면 괜찮은데."

일단 상대에게 도망칠 길을 남겨준 것은 아이의 배려였다. 이럴 때 자기방어 기술을 제대로 갖춘 사람이라면 남자인 걸 알고 놀라면서도 아이와 대화를 이어간다. "엑, 그러면 트랜스젠더야? 처음 봤어. 진짜 구분 못 하겠다"라거나, 저열한 놈은 "생긴 건 그런데, 그거 달렸냐?"라고 말하기도 하는데, 어느 쪽이건 어떻게든 분위기를 수습하려는 게 느껴진다. 아이도 그들을 기분 좋게 잊을 수 있다.

이번에는 그렇게 되지 않으리라 예상했다. 방금 성별을 알렸을 때 던져진 시선에서 일종의 약속 같은 어른의 대화가 이루어지지 않으리라 짐작했다.

남자는 혐오보다도 수치심을 땔감 삼아 억지로 만들어낸 비웃음을 띠고 아직 한참 더 피울 수 있는 담배를 재떨이에 짓뭉겠다.

"뭐야, 기분 나빠."

"……."

아이는 자기 자신이 분노를 잘 불태우는 성격인 걸 스스로 인정한다.

아이는 자신을 속이지 않기에 분노가 솟구치면 무시하거나 다스리지 않고 분노 본연의 모습 그대로 마음속에 머물게 한다. 그렇다고 무슨 일에나 맹렬하게 분노를 품는 것은 아니다.

그런 분노에는 적절한 수준이나 자라나는 계기가 분명 존재한다.

자기 취향에 맞춰 만든 외모에 퍼붓는 모욕을 용납하지 못하던 시기도 있었다. 당구를 막 배웠을 때의 아이였다면 진작에 "밖으로 나와"라고 했으리라.

그러나 살아가며 경험치가 쌓이자 아무에게도 폐를 끼치지 않는 타인의 취미와 기호를 아무렇지 않게 모욕하는, 말하자면 꼴불견인 인간의 단순한 평가를 뒤집어주자는 생각이 사라졌다.

"자주 있는 일이니까 신경 쓰지 마."

기껏해야 상대의 수치심을 덧칠하기 위해 비꼬는 정도다. 그런 비꼼이 잘 먹혔는지 아이는 모른다. 성큼성큼 나가는 남자를 거들떠보지도 않았으므로.

171

아이는 지루해 죽겠다는 것을 연기하거나 감추지도 않고 다시 스마트폰을 들여다보았다.

이런 대응에 익숙한 아이만 본 사람은 아이가 격분하기 쉬운 성격이라고는 전혀 생각하지 않으리라. 아마 아카네에게도 그런 인상은 주지 않았을 것이다.

그러나 그럭저럭 깊이 사귄 사람들 대부분은 아이가 고작 말 한마디에 안색을 바꾸는 격정적인 인간임을 알고 있고, 피가 거꾸로 솟는 분노를 품은 순간을 보기도 했다.

이번에는 자기 일이었으니까 눈을 감았다. 그뿐이었다.

친척이 심각한 괴롭힘을 당하는 걸 알았을 때, 친구가 표적에 포함된 혐오 발언을 들었을 때, 응원하는 아이돌을 향한 무분별한 비난을 봤을 때, 아이는 마음속에 생겨난 말을 늘 솔직하게 읽어낸다.

죽여버리고 싶다.

피를 보게 하고 싶다.

물론 행동으로 옮기지 않았으니까 지금 이렇게 담배를 피우고 있다.

이 세계에는 사회나 법률이란 것이 있고, 무엇보다 아이가 그런 행동을 하길 바라는 사람이 없다는 걸 안다. 아이에게 무슨 일이 생기면 슬퍼할 가족과 친구들이 있다. 그렇기에 그런 사람들을 아프게 하는 인간을 용서할 수 없어서, 가끔은 잠들지 못할 정도로 들끓는 분노 또한 생긴다. 그런 딜레마와 결판낼 수 있는 날이 과연 오려나 싶다가도 몇 분 후에는 포기한다.

어차피 다음번에도 자신은 분노할 것이다. 그러니까 걱정해도 소용없다.

아이는 자신이 소중한 사람을 위해 분노하는 것은 이 세상에 타인이 존재하는 한 피할 수 없는 현실이라고 반쯤 납득하기까지 했다.

감정이 시키는 대로 사는 아이가 부럽다고 하는 친구도 있다. 벌써 몇 년이나 대화를 나누지 않았으나 그 친구는 아이가 화를 낼 때마다 웃었다.

'나도, 나나 내 소중한 사람을 아프게 한 놈 한둘쯤은 패버리고 싶어.'

여전히 그 누구도 때리지 않았을 그 녀석은 건강히 잘 지내고 있을까. 친구의 말을 담배 연기 속에 떠올리고, 아이는 담배를 재떨이에 버렸다.

남자의 태도로 보아 앞으로 집적거릴 생각은 없으리라. 어쩌면 이미 같은 층에 없을지도 모른다. 동료가 있다면 상처를 위로하기 위해 농담 삼아 떠들어낼 가능성도 있지만, 상대할 필요 없다.

다만 자신에게 쏟아진 불덩이 때문에 가까운 사람에게 불쾌감을 주는 건 피하고 싶었으므로 아카네가 걱정한다면 가게를 나갈 생각이었다.

눈앞에 벌어진 일에만 대처하는 삶을 지향하며 최대한 실행에 옮기는 중인 아이는 그 정도만 생각하고 흡연실 출입문을 작동시켰다.

당구대가 놓인 플로어로 돌아오자마자 눈보다 귀가 먼저 아카네를 찾아내리라곤 미처 예상하지 못했다.

"그만해요!"

공간을 찢을 듯이 큰 소리는 아니었다. 바로 그래서 아이는 돌아보았다.

개성을 잃은 외침이었다면 어디서나 벌어지는 싸움이 또 반복된다고 생각해 시선도 주지 않았으리라.

이 거리에서는 때때로 일상적인 대화 정도의 음량이 더 잘 들린다.

"응?"

그쪽을 보니 아카네가 아까 플레이하던 당구대도, 자판기도, 소파도 아닌 플로어 구석에 놓인 당구대 옆에서 청년들과 대치하고 있었다.

마주한 4인조 중 아까 아이에게 말을 건 남자도 있었다.

본 그대로의 광경과 조금 전 아카네가 한 말, 또한 지금까지 살아오면서 겪은 경험을 근거로 아이는 대충 상황을 파악했다.

그리고 아카네에게는 미안하지만 조금 웃었다.

아이는 웃음의 의미를 아카네에게 얼른 말해주려고 무리에게 다가갔다. 상황을 수습하려는 책임감도 있었지만 동행인에게 재미있는 사실을 알려주고 싶은 마음이 더 컸다.

"어이어이."

예상보다 훨씬 더 어이없다는 듯이 나온 목소리에 모두가 이쪽을 돌아봤다.

흡연실에서 말을 건 남자가 제일 먼저 알아차리고 혀를 차고 싶은 걸 꾹 참은 듯이 보였다. 다른 세 사람은 솔직하게 놀란 티를 냈다.

아카네는 아이를 알아차리고 드러내버린 안도감을 잠깐 사이에 감춘 것처럼 보였다.

모두의 반응이 예상대로여서 아이는 거리낌 없이 "홋"하고 입술을 올려 웃었다.

"너희도 되게 뻔한 짓을 하네."

속마음을 그대로 말했는데 허무하게도 전해지지 않았는지 다섯 명은 반응하지 않았다.

남자들은 이해하지 못해도 된다. 그러나 지금 이렇게 시시하고 뻔한 짓에 휘말린 동행인에게는 외부에서 본 재미를 알려주고 싶었다.

"어차피 그거잖아? 똘똘 뭉쳐서 보호자로 보이는 나를 붙들어두고 그사이에 원래 노리던 귀여운 여자애한테 집적거리려는 거. 그런 유치하고 뻔한 작전에 걸려들 것 같아? 또 이것도 흔하지. 얌전한 앤 줄 알고 말을 걸었는데 사실은 아니어서 격퇴당하는 거. 흔히 보는 일이라 좀 웃기네."

입술 끝에서부터 퍼진 웃음을 아카네에게 향했다. 어째서인지 아카네는 같이 웃어주지 않았다. 혹시 숫자로 우세한 남자들을 비웃는 태도가 불안한 건가 싶어 아이는 추가로 말했다.

"외모가 이런 내가 남자인 게 흔한 일인지는 접어두고."

"아니에요."

가벼운 태도인 아이를 아카네가 부정했다. 그러나 그 이상의 설명은 생략하려는지 입을 꾹 다물고 앞에 선 남자들을 노려봤다.

이상하게 여긴 아이는 아카네를 따라 남자들의 얼굴을 살핀다. 자신이 상황을 잘못 읽었다면 그들의 얼굴에 답이 있어도 이상하지 않다.

어느 술집에서 일하는 아르바이트생 무리이거나 동아리에서 친해진 대학생들이라고 짐작한 4인조 중 흡연실에서 본 남자가 이번에는 혀를 차는 걸 참지 않았다.

"그 여자가 먼저 집적거린 거야, 멍청이."

"멍청하다니, 그쪽이!"

아카네 앞에 손바닥을 내밀어 말렸다. 말다툼을 멈추려면 다시 시작하지 못하도록 하는 게 중요하다. 직장에서 취객을 상대하면서 배웠다.

"어떻게 된 거야?"

아이는 아카네와 눈을 맞췄다. 아카네는 벌렸던 입을 다물고 일단 시선을 피했다. 그 반응으로 남자가 거짓말 하지 않은 걸 알 수 있었다. 이어서 남자들을 봤는데, 세 명 다 대답을 어물거렸다. 흡연실에서 만난 남자가 또 한번 혀를 찼다. 리더 같은 존재일지도 모르고, 본인이 뿌린 불씨니까 책임을 떠맡았을 뿐일지도 모른다.

"우리는 여장 남자가 있어서 기분 나쁘다고 웃었을 뿐이야."

남자는 재미도 없을 텐데 다시금 웃음을 재현해 보였다.

"흐음."

아이는 새롭게 진짜 상황을 이해했다.

아카네를 보자, 다시금 불붙은 듯한 마음이 부추기는지 당장이라도 남자들에게 달려들려고 했다. 평소 싸움에 익숙한 것은 아닌가 보다. 눈이 글썽거렸다.

그걸 보고 아이는 대처법을 결정했다.

"그렇군. 자, 이번 일은 이렇게 끝내도 되지? 우리는 갈 테니까 알아서들 해."

"어이, 그쪽에서 덤벼놓고서 그게 뭐야."

물러서는 자세를 보이자마자 조금 전까지 입을 다물고 있던 남자 중 한 명이 빈틈이라고 여겼는지 이 말썽을 이어가려 했다.

아이는 기가 찼다.

흔하다. 이렇게 우세하다고 착각하면 갑자기 말을 꺼내는 놈.

"이 이상 계속해봤자 서로 손해야. 다 같이 조금씩 기분 상하고 돌아가자고. 게다가 너희 어른이잖아. 고등학생 상대로 정색하지 마."

그들이 고집과 체면보다 이해득실을 중요시할 것은 알고 있었다. 한 명이 분쟁을 끌어가려고 한 것도 아마 불쾌한 채로 이 자리가 마무리되려는 상황에 직감적으로 손해라고 느꼈기 때문이다. 아카네에게서 사과든 뭐든 받아서 만회하고 싶었으리라.

아이 입장에서는 그런 공격성을 상대할 이유가 없다.

"뭐, 얘가 너희 잡담에 멋대로 끼어든 건 사과해도 좋아. 미안하군. 그래, 같은 거 피웠었지. 두세 개비 정도밖에 안 남았겠지만 주마."

주머니에 들어 있던 담뱃갑을 흡연실에서 만난 남자에게 던졌다. 이어서 이 상황을 납득하지 못하겠다는 모습인 아카네를 재촉해 빠르게 계산을 마치고 엘리베이터를 탔다.

아이의 예상대로 남자들은 쫓아오지 않았다. 아카네가 고등학생인 게 제일 먹혔겠다고 생각했으나 몇 초 후에 아이는 기분 좋게 잊었다.

담배는 딱 한 개비만 남았을지도 모른다.

그것도 금방 잊었고, 그보다는 "커피 마시고 싶으니까 어디 좀 들르자" 하고 아카네에게 말했다.

아카네가 소극적으로 끄덕이자 아이는 자신이 아는 카페로 데려갔다.

카페에 들어가자 2층으로 안내받았다. 아이가 점원에게 커피를 주문하자 아카네는 메뉴의 홍차를 가리켰다. 음료 두 종류는 금방 나왔다.

"여기 호박 푸딩이 맛있다는데 오늘은 품절이라고 적혀 있네."

"나, 이겼어요."

얼그레이가 나올 때까지 가만히 있던 아카네가 아이의 말을 무시하고 그렇게 말했다.

"뭐?"

"아까 그 사람들."

"아아, 잊고 있었네."

아카네는 아이가 배려한다고 생각할지도 모른다.

"그런 건 이기고 지고가 없어. 굳이 따지자면 상대를 불쾌하게 한 쪽이 이겼다고 할 수도 있겠지만 그런 일에 노동력을 써봤자 의미 없어."

"그런 게 아니라 나는 정정해주길 바랐어요."

"내 험담을 한 거? 그렇다면 나는 신경 안 쓰니까 이토바야시 아카네도 그런 놈들은 잊어도 돼."

"용서 못 해요!"

성량이 커진 것에 아카네가 "죄송해요" 하고 사과했다.

"그래도 정말 용서할 수 없었어요."

아까 그 열기가 되돌아왔는지 아카네의 눈이 또 습기를 머금었다.

느슨한 눈물샘을 아이는 귀찮다고 생각하지 않는다.

그저 그렇게까지 분할 일인가 하고, 일단 완전하게 일단락 지었다고 여긴 자기 생각을 고쳤다.

"말싸움이라면 분명 이토바야시 아카네가 이겼을지도 몰라."

아이는 거짓말을 하지 않는다. 그녀의 강렬한 감정을

헤아리며 생각한 바를 그대로 말했다.

"그렇죠?"

"하지만 그 후로 일이 복잡해질 가능성도 있었어. 만약 그 자리나 길가에서 그 4인조와 주먹다짐을 벌였다면, 뭐 나는 네가 상상하는 것보다 좋은 승부를 펼쳤을 거야. 하지만 때려봤자 의미가 없고, 여고생인 너를 위험에 처하게 할 순 없으니까 빨리 마무리한 거야."

"그러면 여고생은 용서하지 못할 일이 있어도 위험하니까 화를 내면 안 돼요?"

그녀가 곧바로 칼날을 받아치며 이쪽을 빤히 바라본다.

"아니, 그건."

"여고생은 위험할지도 모르니까, 친구가 비웃음을 사도 바보처럼 맹하게 있어야 해요?"

"그게 아니야."

아이는 지금 차츰차츰 떠오르는 감정을 말로 표현하기 위해 커피를 한 모금 머금었다. 그것을 삼키고 마음속의 말을 정리했다.

아카네는 기다리지 않았다.

"싸움을 잘 못하니까 싫은 일을 무시하라는 거예요?"

"아니, 그러니까."

괜한 일이었다.

객관적인 시점으로 보면 아카네가 주장하는 바는 아이에게 있어 지나친 참견일 뿐이었다.

남성에게 어필하기 위한 옷이나 화장을 자기가 좋아서 하고 다니는 아이는 아카네가 상상하는 것보다 훨씬 많이 그런 호기심 어린 시선을 받아왔고, 무례한 감상을 들어왔다.

언제부터인가 그런 시시한 놈들을 상대해도 소용없다고 마음을 바꾸고 여전히 품게 되는 미량의 짜증을 토해내는 기술도 익혔다.

그러니 최근 들어 아이를 알게 된 여고생이 새삼스레 품은 분노 따위 불필요한 참견이다.

아무도 득 볼 게 없는 감정의 발로다.

다만.

"그런 게 아니야."

아이는 눈에 보이게 드러나는 마음에 약했다.

아카네는 자신을 동요시키는 성질을 지닌 인간이었다.

친구를 지키려고 한 의지가 아무리 불필요했더라도, 아무리 그 행동이 무의미하게 끝났더라도 기뻤다.

그 마음을 객관적으로 볼 수 없다.

"화를 내고 싶을 때는 화를 내도 돼. 하지만 분노를 행동으로 옮겼다가 이토바야시 아카네에게 좋지 않은 일이 생기면 가족이나 친구가 슬퍼할 거야. 나도 슬프고.”

아이가 분노를 고스란히 드러냈던 시기, 소중한 가족이나 친구들이 들려준 말을 아카네에게도 해주었다.

거기에 아이의 생각도 덧붙였다.

“그래도 고마워.”

적어도 아이 자신이 보기에 아카네의 기개나 용기는 틀리지 않았다고, 친구의 존엄을 지키려는 정당한 분노를 지닌 그녀에게 말해주고 싶어서 그 마음을 따랐다.

숨을 삼키는 아카네의 모습에서 마음이 전해진 것을 느꼈다.

지금 아카네가 느끼는 것과 비슷한 분노를 오랫동안 품어왔던 아이는 물론 알고 있다.

그녀가 품은 분노는 다소 제멋대로이며 어느 정도는 독선적일 것이다.

아이도 그런 감각을 지녔으므로 안다. 소중한 사람의 존엄을 위해 화를 내는 것은 절대 거짓이 아니다. 그러나 분노의 표출을 아무도 원하지 않는 걸 알아도, 그 결과 닥칠지 모르는 번거로운 일이 가족이나 친구를 슬프게 할 가능성도 있다며 분노를 달래도, 여전히 마음속에는 결단코 받아들이지 못하는 덩어리가 존재한다.

다른 사람이 아니라 친구가 상처받은 내가 열받는다.

아이는 그런 자기중심적인 감정 개입을 알면서도 마음이 가는 대로 싸움에 나선 아카네를 부정하지 않았다.

아카네는 한참 가만히 있더니, 걱정거리가 해결되었다는 듯한 한숨을 이쪽에 들키지 않게 내쉰 후 홍차를 마셔 아무렇지 않게 보이려 했다.

"사실은 되게 무서웠어요."

치켜든 주먹을 순순히 내려서 아이도 조금은 안심했다.

"그렇지."

싸움에 익숙한 인간은 남을 위협할 때 눈물을 글썽이지 않는다.

아마도 평소에는 폭언 한두 마디쯤 들어도 눈과 귀를 막거나 혹은 소소하게 기분 전환하는 식으로 자신을 진정시켰을 것이다. 아카네는 그 정도의 처세술은 갖춘 것처럼 보인다.

이번에는 행동을 일으킨 계기가 있을 것이다.

놈들이 도저히 들어주지 못할 비방을 했거나, 좀 더 타산적으로 경비원이나 아이가 지켜주리라 기대했거나.

뭐가 되었든 특별한 이유가 있겠다고 아이는 상상했다.

"아이 씨가 있으니까 용기를 내야 한다고 생각했어요."

아이의 상상 자체는 틀리지 않았다.

그러나 그 내면은, 아이가 상상한 남을 위해 싸우는 이유 중 그 어느 것과도 일치하지 않았다.

"왜냐하면."

아카네는 전혀 잘못하지 않았다는 표정을 지었다.

"《소녀의 행진》속 그 소녀는 친구가 심한 말을 들어서 용서할 수 없을 때, 폭력이 두렵다며 도망치지 않고 싸우거든요."

아이는 반응을 감추지 않았다.

"진짜냐."

평소부터 아이는 기쁨과 분노, 감사와 사죄 모두 가능한 한 있는 그대로 표현하고 전달하려고 한다. 자기 의지로 그러기를 바라고, 실행에 옮기는 자신을 좋아한다. 그러나 그에 앞서 아이는 원래부터 감정이 겉으로 잘 드러나는 인간이었다. 특히 마음을 허락한 상대 앞에서는 자기 의지로 표정을 만들려는 배려를 거의 하지 않고 그저 감정에 맡긴다.

요컨대 자기 얼굴이나 목소리를 좋아하는 인간이 있듯이, 자기 성질과 이렇게 되고 싶다는 인간성이 일치한 것에 지나지 않을지도 모른다. 바람이 먼저인지, 손에 넣은 것이 먼저인지는 본인도 모른다.

말하자면 지금 지은 그 표정은, 아이가 앞에 앉은 이 여고생을 자신의 무엇으로 분류했는지를 고스란히 드러낸 것이었다.

"그렇게까지."

흘러나온 말에 의사를 전달하려는 의지는 없었다. 그러니 문맥이 없어서 무슨 말인지 아카네는 이해하지 못했을 것이다.

아이의 몸속에서 교감신경이 압도적 우위에 서, 원래도 평균보다 큰 그의 눈동자가 확장되었다. 들이마신 공기가 목의 수분을 빼앗아가는 감각이 느껴져 얼른 앞에 놓인 커피를 한 모금 마셨다.

표정에 드러난 그대로 그는 놀랐다.

이토바야시 아카네에 대한 착각을 깨우친다.

단순한 놀이라고 여겼다.

예를 들어 친구랑 말을 맞춰 사귀는 사이처럼 행동하며 즐기는 롤플레잉 같은 것. 아카네가 말하는 이야기 속 등장인물들과 그녀 자신이나 아이가 닮은 게 사실이라고 치자. 그러니 만남을 진심으로 기뻐한다고 치자. 그 후로 이야기와 똑같은 행동을 하는 것은 음악을 통해 알게 된 두 사람이 같은 밴드의 굿즈를 지니는 것과 비슷한 행동이라고 생각했다.

그 정도가 아니었다. 《소녀의 행진》이라는 책이 정의를 위해 자기 몸을 위험에 노출하게 하는 존재라고 아카네는 말한 것이다.

그 사실에 반응해 놀란 표정을 짓고 놀란 말을 한 것이다.

"이토바야시 아카네, 깜짝 놀랐어."

"네? 어, 뭐예요?"

"누군가에게 영향을 받아 행동하거나 밴드의 영향을 받고 사고방식이 바뀌는 사람은 주변에 제법 있는데, 하나의 작품, 노래나 소설 단위를 중심에 놓고 생활하는 녀석은 좀처럼 없지."

솔직한 감상을 말하자 아카네는 부끄러운 듯이 고개를 움츠렸다.

"그렇게 거창한 건 아닐 것 같은데요. 그냥 계속 나랑 생각이 비슷한 《소녀의 행진》의 주인공처럼 나도 친구를 위해 싸울 수 있으면 좋겠다고 생각했으니까요. 그래서 아이 씨와 만나 용기를 얻은 거예요."

"그렇군……. 아니, 나는 그 아이가 아니지만."

말해놓고서 참 다정하지 못한 인간이라고 스스로 생각했다.

상대를 배려해 대충 맞춰서 긍정할 수도 있는데, 정말이지 생각한 대로만 말할 수 있다. 상대가 실망하더라도 일관적인 자신을 좋아하므로 어쩔 수 없다.

아카네는 마음 깊은 곳에서 깨어났을 실망을 절대 일으켜 세우지 않겠다는 듯이 수줍게 웃었다.

"그렇게 말할 줄 알았어요."

"그래도 행복한 일이라고 생각해."

아이는 허울 좋은 칭찬은 모욕이나 마찬가지라고 생각한다. 그러니 그때그때 상대를 기쁘게 하기 위한 말은 고르지 않는다.

"사람이든 물건이든 소설이든, 이렇게 되고 싶다고 생각할 수 있게 해주는 존재를 만난 건 정말 행복한 일이라고 생각해."

그 말을 들은 아카네에게서 수줍은 미소가 사라졌다. 진지한 표정으로, 그래도 지울 수 없는 기쁜 빛을 입가에 남기고 힘차게 고개를 끄덕였다.

"이 책은 저를 지탱해줘요. 고민이 많더라도 주인공처럼 언젠가 달라질 수 있다고 믿어요. 그렇지, 아이 씨도 언젠가 읽어주면 좋겠어요."

"그건 느긋하게 기다려줘. 이토바야시 아카네가 나와 당구로 멋진 승부를 펼칠 수 있을 때까지."

"무지 오래 걸리겠다."

차분하게 함께 웃으며, 아이는 흡연실에서 생각한 아카네의 특징에 그녀와 《소녀의 행진》의 관계성을 추가했다.

이어서 조금 전 마음이 동요한 순간 자기 내면에 태어났을 터인 싹을 배제하거나 부정하지 않고 손안에 움켜쥐었다.

지금은 아직 가능성일 뿐이다. 그러나 확실히 존재한다.

만약 앞으로 아카네에게 깊이 상처를 주는 존재가 있다면, 자신은 이제 용서하지 못할 것이다.

아무도 성장을 바라지 않는 싹을 움켜쥔 자신 또한 아이는 마음 가는 대로 받아들였다. 아이는 그런 인간이었다.

좋은 승부를 펼칠 때까지라고 했으나 당구는 이제 된 것 같다, 재미있긴 했는데 적성이라는 것도 있으니까, 하고 분노를 전부 삼킨 듯한 아카네와 그런 대화를 느긋하게 나눴다.

빈둥빈둥한 시간과 함께 각자 음료를 천천히 맛보며 언제 끝이 올지 모르는 공간을 즐기던 중 아카네가 갑자기 소리를 냈다.

"아."

곧바로 섣부른 행동을 후회하는 표정을 지었다.

아카네의 시선이 등 뒤로 향해서 아이는 돌아봤다. 거기에는 한 소년이 있었는데, 어쩔 줄 몰라 하며 구석 자리로 이동하려 했다.

"동급생?"

물어보자, 아카네는 떨떠름한 태도로 끄덕이고 불쾌한 티를 내며 설명했다.

"일단은 같은 반이고, 집도 근처고, 딱히 친한 건 아니지만 굳이 말하자면 소꿉친구 같은 거요."

"흐음."

아이는 납득한다. 두 사람의 태도를 보기만 해도 힘의 균형이 보여 조금 안쓰러운 이야기지만, 이런 관계성은 어른이 되면 해결되거나 다시는 만나지 않게 될 테니 타인이 끼어들 문제는 아니다.

그래도 조금 놀리는 것쯤은 괜찮겠다.

"쉬러 왔을 텐데 기가 센 소꿉친구가 있다니 운이 없네."

"아니거든요, 쟤랑 비교하면 다들 기가 세요. 쟨 기가 너무 약해요. 저대로는 도저히 사회에 나가지 못할 정도로요."

거친 말투 뒷면에 걱정이 섞인 것을 아이는 이해했다. 아카네의 청개구리 같은 다정함을 소년이 인지하기까지의 시간 동안 두 사람의 관계성이 크게 달라질 것 또한.

그런 감상을 품었으나 친구의 인간관계를 파고들 마음은 여전히 없고, 멀리 떨어진 자리에서 스마트폰을 보는 그에게 더는 의식을 기울일 생각도 없었다.

그보다도 아이는 앞에 앉은 친구의 인간관계에 흥미가 있었다.

"평소 친구랑 뭘 하면서 놀아?"

"쟤랑요? 안 놀아요, 안 놀아."

발끈하는 게 귀여워서 웃었다. 아이는 소꿉친구가 없으므로 아카네의 태도가 보통인지는 잘 몰랐다.

"아니, 친한 여자친구나 사귀는 남자랑."

"그쪽이구나! 음, 평범해요. 노래방에 가거나 쇼핑하러 가거나 스티커 사진을 찍어요. 아, 나중에 아이 씨랑 같이 스티커 사진 찍고 싶어! 싶어요!"

"괜찮은데 요즘 건 하나도 몰라. 전에 친구랑 찍은 것도 몇 년 전이야."

"그건 제가 현역이니까 맡겨주세요. 참고로 그때 사진 갖고 있어요? 보고 싶다."

"데이터는 없고 스티커는 집에 있을지도 모르겠는데, 동거인이 버렸을 가능성도 있어."

"추억을 돌아보지 않는 주의인가."

"그런 셈이지. 친구가 보관해주면 되니까."

"의외로 털털하네요."

"그러게. 그래도 가지고 있으라고 하면 가지고 있을 거야."

"저랑 찍은 건 가지고 있어주세요!"

그렇다면 음료를 다 마시고 스티커 사진을 찍으러 가자. 어쩌다 보니 암묵적인 이해를 공유하고, 아이는 입에 머금는 액체의 양을 조금 늘렸다.

그 일은 아카네가 화장실에 갔을 때 벌어졌다.

아이가 이변을 깨달은 것은 우연 덕분이기도 했고 종사하는 일 덕분이기도 했다.

후자는 다시 말해 아이가 평소 직장에서 그런 금지 행위를 지켜보기 때문에 동작이나 낌새의 특징을 본 적이 있다는 것.

안쪽으로 가는 아카네의 등에서 시선을 돌리고, 무심코 생각이 나 카페 구석의 그 소년에게 시선을 준 것. 이 타이밍이 우연의 덕을 본 부분이다.

알아차리자마자 바로 일어났다. 소년에게 다가가 말을 딱 한마디 하고 다시 자기 자리로 돌아왔다.

자기 도덕성에 따라 행동했을 뿐인 아이는 아무 일도 없었다는 듯이 스마트폰을 주머니에서 꺼내 트위터를 살펴보기 시작한다. 영화 〈소녀의 행진〉의 대대적인 히트를 기념해 임파첸스가 영화관에서 토크쇼와 미니 라이브를 한다는 공지를 발견했다. 달력 앱을 열어 쉴 수 있는지 확인했다.

아카네가 돌아온 후, 아이는 흡연 구역에서 담배를 딱 한 개비만 피웠다.

자리로 돌아오자 소년은 이미 카페에 없었다.

우에무라 다쓰아키

다쓰아키가 이 거리에 오는 건 그다지 드문 일이 아니었다. 가장 큰 이유는 누나의 직장이 있어서다. 맞벌이인 부모님의 퇴근이 늦는 날, 종종 이 거리에서 누나와 저녁을 먹으라고 지시받는다.

또 한 가지 이유는 영화관 개수다. 열 개 남짓한 영화관이 있는 이 거리라면 언제나 하나 정도는 흥미로운 작품을 발견할 수 있다.

다만 문제도 있다. 지역 특성상 이 거리에서 같은 고등학교 학생을 마주치는 경우가 종종 있다. 다쓰아키는 최대한 동급생이 자길 인식하지 못하도록 이곳을 방문할 때 반드시 모자와 마스크를 쓴다. 애초에 자기 얼굴 따위 신경 쓸 동급생이 없다는 걸 알지만 만약을 위해.

그녀를 발견한 것은 우연이나 다름없었다.

영화를 다 보고 역으로 가는 길, 다쓰아키는 별생각 없이 오락실에 들렀다. 딱히 게임은 하지 않고 인형 뽑기 경품을 구경하는데, 기계 너머 엘리베이터에서 흐릿하게 소꿉친구가 모습을 드러냈다.

이토바야시 아카네는 모르는 여성과 함께 있었다. 이어폰을 껴서 목소리는 들리지 않았으나 대화를 나눴으니까 동행인이 분명하다.

거리를 유지하며 곧바로 가방에 든 카메라를 움켜쥐고 뒤를 쫓았다. 다쓰아키는 그걸 자기에게 주어진 사명처럼 느꼈다.

오락실을 나와 두 사람과 거리를 유지하며 앞의 교차로를 돌았다. 사람 많은 이 거리에서 한번 놓치면 오늘 중에 재회하기는 어려울 테지. 그런데 운 좋게도 아카네의 동행인이 입은 빨간 스웨터가 표식이 되었다.

두 사람은 조금 걸어가면 있는 카페에 들어갔다. 건물 하나를 전부 카페로 쓰는 것 같으니 시차를 두고 들어가 떨어진 자리에 앉으면 변장도 했으니까 들키지 않으리라 믿었다.

운이 나빴던 것은 두 사람이 2층으로 가는 계단을 올라가면 바로 있는 자리에 앉았다는 점이다. 당황해서 시선을 피했으나 아카네의 "아"라는 말로 인식된 것이 확정되었다.

바로 퇴장할 수도 없었던 다쓰아키는 운 좋게 비어 있던 먼 자리에 앉았다. 아쉽게도 목소리는 녹음하지 못하겠지만 영상만은 바닥에 둔 가방으로 막힘없이 촬영할 수 있겠다.

한동안 커피를 마시고 스마트폰을 보며 소꿉친구를 촬영했다. 그녀는 이쪽을 조금도 신경 쓰지 않는 것 같았다.

10분쯤 지나 갑자기 아카네가 일어났다. 벌써 카페에서 나가려나 싶어 허둥지둥 가방에 숨긴 카메라 각도를 바꿨는데, 그녀는 화장실 쪽으로 갔다.

안심하고 카메라를 다시 그들이 앉은 자리로 돌렸다.

직후, 예상치 못한 사태가 눈앞에서 벌어졌다. 영상을 확인하면 그 과정이 또렷하게 찍혔을 것이다.

아카네의 동행인이 바로 옆에 서 있었다.

"엇?"

무심코 나온 목소리를 동행인은 무시했다. 가까이에서 보니 놀라울 정도의 미인이었는데, 진짜 경악스러운 일은 이제부터 벌어지므로 놀라기에는 성급하다 할 수 있다.

"그만둬라."

여성의 외모에서 나온 것은 남성의 목소리였다.

그는 가방을 가리키며 네 글자만 남긴 후 자리로 돌아가 아무 일도 없었던 것처럼 스마트폰을 꺼냈다. 혼란스러운 다쓰아키를 무시하고서.

남자? 여장?

생각했으나 성별도 외모도 중요한 문제가 아니었다.

문제는 그가 카메라를 인식했고 그걸 경고하고자 한 말일 가능성이 높다는 점이다.

만약 들켰다면 몹시 위험하다. 지금은 저 남자의 억측에 불과하더라도 아카네에게 말하면 가방을 뒤질지도 모른다. 아카네 성격이라면 충분히 그러고도 남는다.

다쓰아키는 얼른 자리를 뜨기로 했다. 마주치지 않으려고 아카네가 자리로 돌아오는 순간을 기다렸다. 다행히 아카네와 교대해 여장 남자는 흡연 구역으로 갔다.

가방을 쥔 채 어디로도 시선을 주지 않고 계단을 내려가 카페를 나왔다. 아카네나 그 남자가 쫓아올 것 같진 않으나 서둘러 역으로 갔다.

빠르게 뛰는 심장을 부둥켜안고 전철을 타자 마구 땀이 흘렀다.

초조함이나 공포심은 현재진행형이라면 단순히 그것으로 끝이다.

그러나 시간이 지나자 그것이 다른 것으로 인식되기

시작했다.

집에 돌아온 다쓰아키는 분노를 느꼈다.

그 남자에게. 또 액세서리 같은 인간을 친구랍시고 끌고 다닌 아카네에게.

그들에게 당장 보복하지 못하는 지금 상황에 애가 탔다.

남자가 누군지도 모르고, 아카네 쪽은 오늘 본 모습을 있는 얘기 없는 얘기 갖다 붙여 고등학교 인터넷 게시판에 올릴 수 있으나 누구 짓인지 금방 들킨다.

하루가 지나도 불쾌감은 가시지 않았다.

이 기분을 어떻게 풀지 다쓰아키가 혼자 고민하던 그날 밤, 기분 전환할 먹잇감이 다른 곳에서 훌쩍 날아왔다.

아이돌 고토 주리아가 꼬리를 드러낸 것이다.

고토 주리아

스태프들이 담배를 피우러 가서 혼자 남은 하이에스 밴 안, 주리아는 트위터를 보고 있었다. 바로 어제 발표한 임파첸스 멤버의 토크쇼와 미니 라이브 겸 영화 상영회에 대한 반응 중 주리아가 자던 시간대에 올라온 것들만 확인했다. 대부분 긍정적인 의견이었지만 개중에 감독이나 배우 이외의 인간이 영화를 논할 필요는 없다는 의견도 있었고, 임파첸스에게는 긍정적이어도 영화에는 흥미가 없는 사람들도 있었다. 분쟁의 씨앗이 될지 모를 그들의 의견도 주리아에게는 앞으로 스토리를 생각할 양식이 된다.

"고기냐고……."

갑자기 문이 열리는 것과 동시에 무슨 소리가 들렸다.

멤버 도와코가 불쾌하다는 표정으로 서 있었다.

"안녕. 뭐라고 했어?"

"주리 있었네. 안녕. 집합 시간. 아직 어둡잖아. 4시라니. 우리가 물고기냐고."

"아아, 물고기."

"그래" 하고 짧게 맞장구를 치며 도와코가 차에 올라타 문을 닫았다. 주리아가 앉은 열 앞의 2인 자리에 기세 좋게 앉았다. 차 중앙의 앞뒤로 나란한 네 자리 이외에는 촬영용 기재나 의상으로 꽉 차 있다.

오늘은 신곡 뮤직비디오 촬영일이다. 다른 현의 바닷가에서 일출을 배경으로 찍는다는 이유로 멤버는 아직 어두컴컴한 이 시간, 두 대의 밴으로 제각각 픽업될 것이다.

"요즘 세상에 일출은 CG로 만들 수 있잖아? 모래사장에서 찍는 뮤직비디오, 흔하니까."

앞자리에서 목소리가 들린다. 차에 두 사람만 있는 데다 음량으로 보아 혼잣말은 아니었다.

"좀 다르지 않을까? 맨발로 물가에 서야 한다 했고."

"그것도 들었는데, 겨울에 시킬 일이냐고."

도와코의 입은 멈추지 않고 투덜투덜 불평을 늘어놓았다. 이번에는 혼잣말 같다.

운영 방식에 대해 끝없는 불만을 품은 멤버가 도와코다.

대부분은 자기 사람들에게만 불만을 털어놓을 뿐인데, 멤버나 스태프 이외에게도 그런 표정을 보일 때가 있다. 지난번 인터뷰에서도 말이 나온, 주리아가 트위터에서 쓴소리를 한 상대가 바로 도와코였다. 활동의 일환으로 정해진 기획에 대해 대놓고 기분이 내키지 않는다고 드러낸 그녀와의 공동 작품으로써, 주리아는 인용 트윗을 팬들에게 보냈다.

팬들이 얼마나 즐거워할까. 그것 이외에는 중요하지 않잖아.

일단 화가 나진 않았다는 뜻을 도와코에게 전화로 밝히자 그녀는 웃었다. "일부러 내 팬들한테 욕먹을 짓 안 해도 되는데."

그런 토로가 도와코의 서비스 정신에서 나오는 것이고 스토리 구축의 한 요소이기도 하므로 지금 시점에서 임파첸스의 활동에 해가 되진 않는다고 여겨진다.

그렇다고 풍파가 일어나지 않는 건 아니라 도와코를 좋아하는 사람들 사이에서는 무슨 일이 있을 때마다 한 가지 걱정이 화제에 오른다.

임파첸스 멤버 중에서 제일 먼저 그만두는 사람은 도와코겠지.

본인 입장에서 아무 근거 없는 소문이 그럴듯하게 나도는 건, 그녀의 출신 때문이기도 하다.

임파첸스 멤버는 각자의 이력을 대충 밝혔다. 원래부터 무대에 서는 일을 한 건 리더인 사쿠나와 어제도 독서 마라톤을 빠트리지 않고 올린 마키뿐이다. 주리아는 회사원, 란은 대학생, 아오는 유튜버, 제일 어린 메이는 오디션에 합격했을 당시 아직 고등학생이었다.

도와코는 부모님뿐 아니라 오빠와 조부모도 클래식 음악계에 몸담은 집안에서 태어났고, 임파첸스에 들어오기로 한 당시에는 본인도 음악 대학에서 현악기를 전공하고 있었다.

그렇게 대단한 출신을 알고 도와코의 토로를 들은 팬중 누군가가 말했나 보다.

'사실 도와코 님이 하고 싶은 게 아이돌이 아닌 건가?'

그 상상은, 절반은 맞고 절반은 틀렸다.

도와코는 부모님이 원하는 음악만을 인생관의 중심에 둔 집안이나 당연히 가야 한다고 여기는 길에 의문을 품었다. 그래도 음악 자체는 좋아했으니까 전혀 다른 방법으로 즐길 수 있는 세계를 선택했다. 원래 아이돌을 꿈꿨던 건 아니다. 그러나 지금 도와코는 아이돌 활동에 보람을 느끼고 있다. 주리아는 본인에게 그렇게 들었다.

또 그런 절반의 진실을 팬에게 밝힐 필요는 없다는 것도 본인과 공유했다.

타고난 환경에 기피감이나 콤플렉스를 품는 것보다 타고난 환경에서 얻은 입지나 이미지에 이용 가치가 있다. 도와코는 그걸 알고 두 살 때부터 악기를 만진 경험이나 절대음감 같은 능력, 또 그럭저럭 저명한 바이올리니스트인 엄마와의 관계를 공개해서 일감으로 연결해냈다. 실제로는 자신과 비슷한 일을 할 수 있는 인간이 세상에 얼마나 있는지 멤버나 팬들보다 더 잘 이해하고 있으면서도, 일류다운 얼굴을 확실히 짓고서 일을 해낸다.

그러나 요구하는 것을 두려워하지 않고 뭐든 말하려는 엘리트 캐릭터를 자처하는 도와코의 내면이 거의 있는 그대로 요구하는 것을 두려워하지 않고 뭐든 말하려는 엘리트인 점 또한 하나의 사실이다. 그런 점이 때로는 괴수로 불리는 자신과 갈린다는 것을 주리아는 알고 있었다.

"주리는 뭐 불만 없어? 말하면 될 텐데."

이전의 그 통화 중 도와코가 무심한 듯 물어보았다.

불만이나 의문이 없는 건 아니다. 그러나 자신들은 운영 측이 준비한 임파첸스라는 상자에 들어 있을 뿐이다. 그 안에서 최대한 퍼포먼스를 발휘하면 된다. 주리아는 그 점을 거창한 말로 표현했다.

"좋은 아침입니다!"

"으아, 기운 넘치는 녀석이 왔다."

"그렇게 말한다면 도와코 님 옆에 앉아야지."

"나 잘 거거든."

자기가 바라는 모습과 일의 내용, 그리고 자질, 그 전부가 멤버 중 가장 잘 맞물릴 사쿠나는 질색하는 도와코 옆에 앉고 뒤를 돌아 주리아에게도 빠트리지 않고 인사했다.

"좋은 아침."

"안녕."

사쿠나가 팔을 뻗어 문을 닫은 찰나 운전사와 젊은 남성 매니저가 마침 돌아왔다. 두 사람은 각자 운전석과 조수석에 앉아 사쿠나와 도와코의 얼굴을 확인했다.

"좋은 아침이야. 다 모인 것 같으니 출발할게."

"마키는 지각?"

"본가가 현지 근처니까 거기에서 합류."

"아항."

"이거, 아침 먹을 사람 먹어."

"땡큐."

편의점 봉지를 받은 도와코는 바로 옆자리의 사쿠나에게 넘겼다. 먹을래, 안 먹을래, 소곤거리는 목소리가 들리고 봉지가 주리아에게도 넘어왔다. 안에는 차 두 병과 주먹밥 네 개가 들어 있었다.

"사쿠나도 안 먹다니 웬일이야?"

사 온 매니저에게 마음을 써서 사쿠나에게 묻자, "그게 말이지!" 하고 기운찬 대꾸가 돌아왔다.

"어제 바나나를 샀으니까 그거랑 요구르트랑 남아 있던 치즈 여섯 조각으로 아침을 먹고 왔어. 주리는?"

"러닝 좀 하고 집에 소바가 있어서 먹고 왔어."

"따뜻한 거? 차가운 거?"

"따뜻한 거."

"온도 확인이 필요해?"

잔다고 했으면서 따지고 드는 역할을 착실하게 맡아준 서비스 왕성한 멤버를 사쿠나가 마구 만지작거렸다. 주리아는 차 한 병만 꺼내고 남은 걸 봉지째 빈 옆자리에 놓았다.

차가 출발하고 한참 지나서도 앞자리의 두 사람은 여전히 뭔가 시시덕댔다. 이러니저러니 투덜대면서 도와코도 싫어하지 않으니 그냥 두면 된다.

주리아는 이런 광경을 볼 때마다 생각하는 걸 오늘도 역시 묵묵히 생각했다.

저 애들은 다른 멤버를 좋아할까.

이 점을 여전히 잘 모르겠다.

사쿠나처럼 처음부터 아이돌을 동경해 이 그룹에 속한 멤버들의 아이돌 그 자체에 품은 애정을 제외하고, 임파첸스 멤버들은 다른 멤버 개개인에 대한 애정을 가지고 있을까.

서로 의지하고 도와준다. 때로는 친구처럼 어울릴 때도 있고, 싫다고 생각하진 않는다. 함께 어울리며 즐겁다고 느끼는 시간이 주리아에게도 있다.

그래도 그들을 '좋아하는가, 그렇지 않은가'라는 범주에 넣고 대한 적은 없었다.

주리아는 너무 팬만 바라보는군. 예전에 프로듀서에게 들은 말이다.

사실이라 친다면, 과연 그게 나쁜 일일까.

팬을 보지 않고, 팬과 대면하지 않고, 무엇을 보며 싸워야 하는가.

어느새 앞자리의 두 사람이 고개를 기울이고 잠들었다. 잘 생각이 없었던 주리아도 목적지까지 30분 남은 시점부터 잠기운의 유혹에 넘어갔다.

몇 시간에 걸친 촬영을 마치고 드디어 본격적인 아침이 시작되려 한다.

주리아는 철수를 기다리는 동안 혼자 물가를 걸었다.

매번 그렇듯이 뮤직비디오나 홍보 사진 촬영은 가혹하다. 올여름에 험준한 산 정상에서 한 촬영도 자연환경 때문에 체력을 크게 소모했는데, 이번에도 맨발을 바닷물에 담근 상태로 계속 노래하고 춤췄다. 후반에는 발에 바늘이 꽂혀도 모르지 않을까 싶을 정도였다.

그래도 누구 하나 환경 때문에 표정이나 자세가 좌우되는 일 없이 촬영을 마쳤다. OK 사인이 나오자마자 도와코가 카메라 하나를 가리키고 "뭔가 특수한 훈련을 받고 있어요!"라고 외쳐서 멤버와 스태프가 웃음을 터뜨렸는데, 이 장면은 나중에 특별 영상으로 쓰일 것이다.

해냈다. 앞으로는 동영상 편집 전문가들의 몫이다.

일을 하나 해낸 것에 충실감을 느낀다.

임파첸스는 여자애의 꿈을 옮기는 배가 아니다. 대형 음반 기획사가 수많은 크리에이터를 한데 모아 펼치는 비즈니스다. 그곳에서 만들어진 엔터테인먼트의 최전선에 서서 몸을 혹사하는 것에 주리아는 긍지를 느꼈다.

한참 걷다가 발치에 커다란 돌이 있어서 그걸 표식 삼아 돌아섰다. 발끝이 향한 곳에 마키가 혼자 바다를 보며 생각에 잠겨 있었다.

"고향이니까 중고등학생 때 친구랑 놀러 오곤 했어?"

바라는지 아닌지 모르겠지만 말을 걸었다.

"초등학생 때 가족이랑 왔었는데, 나는 비교적 일찍 연예계에 들어갔으니까 친구랑 오진 않았어."

"그렇구나."

"주리는?"

질문의 의미를 헤아리기 어려웠다. 여기는 고향도 아니거니와 주리아가 태어난 곳에는 바다가 없었다. 그걸 표정으로 알렸다. 마키는 자기답게 아하하 웃었다.

"중고등학생 때 남자친구랑 바닷가에서 데이트 같은 거 했어?"

그 대답을 주리아도 아이돌답게 준비했다.

"아니. 나는 마키나 사쿠나랑 다르게 평범한 고등학생이었지만, 그렇게 반짝반짝한 추억은 없어."

준비해뒀다지만 거짓말은 아니었다.

"또 중고등학생 때 기억이 거의 없어. 집에 키보드가 있었으니까 그걸 치면서 노래했던 것 정도만 기억나."

"그럼 주리는 라이브하우스에서 태어났구나."

주리아는 때때로 마키의 순수함에 감동한다.

"그럴지도 몰라."

마키와 대화하다 보면 감성도 학습할 수 있다는 말이 공허해지는 순간이 있다. 공부를 싫어하고 일반적인 어휘나 지식도 모르는 게 많아(경첩을 두고 "생선 요리지?"

라고 말했을 때는 십중팔구 의도적이라고 생각했는데 아니었다) 출연하는 텔레비전이나 라디오 방송, 운영 측과 팬들에게도 바보 캐릭터로 취급받는 마키가 주리아의 마음을 파고드는 단어를 선택한다.

마키의 이런 자질을 세상에 더 알릴 방법이 없을까. 주리아는 가끔 스토리를 구상해보는데 아직 하나도 실현하지 못했다.

자신이나 가까운 사람의 매력을 남에게 전달하는 일은 상상 이상으로 어렵다.

사람에게는 당연히 좋은 점도 있고 나쁜 점도 있다. 아이돌은 그중에 좋은 점과 좋게 보여질 나쁜 점만을 보여주며 살아가는 생물이라고 주리아는 생각한다. 주변에서 좋은 점을 쉽게 발견해주면 최고지만, 그렇게 운 좋은 일은 어지간해서 생기지 않으므로 자기 손으로 장점을 타인의 눈에 닿는 곳, 귀에 들리는 곳에 내밀어야 한다.

누군가 알아서 좋은 점을 찾아주지 않는다.

주리아가 아이돌이라는 직업을 갖자마자 가슴에 새긴 의식이다. 주리아는 오늘까지 그 신조 아래에서 자기 자신을 만들어왔다. 무대에 선 수천수만 명에 달하는 다른 사람들보다 못나 보이지 않으려고, 특별한 출신이나 개성을 지닌 동료들과 어깨를 나란히 하려고, 스토리를 꾸며 왔다.

자신도 그룹도, 앞으로 더욱더 전진해야 한다. 올여름에
는 첫 홀 투어 콘서트를 성공적으로 마쳤고, 연말에 있을
단독 라이브 콘서트는 어제 오전 중에 바로 매진되었다.
기쁘지만 아직 부족하다. 기대받는 한 충분함이란 없다.

더욱 많은 사람들 눈에 들고 더 큰 무대에 서서 모두를
기쁘게 하고 싶다.

그러기 위해서라도 멤버 각각의 장점을 지금보다 더욱
더 인식시키는 게 중요했다. 마키도 솔직하고 귀여운 바보
같은 애가 아니라, 솔직하고 귀여운 바보지만 문득 입에서
나온 한마디가 핵심을 꿰뚫는 애라고 여겨져야 한다.

주리아는 생각한다.

마키가 독서 마라톤을 마치면 둘이서 책 감상을 나누
는 방송을 하면 어떨까. 마키는 《소녀의 행진》에 신선한
시점을 가졌을지도 모른다.

지금은 아직 말하지 않는 게 좋다. 특별한 감상을 생각
해야 한다는 부담감이 마키의 감성을 방해할 가능성이
있다.

스태프가 모인 곳에서 둘을 부르는 소리가 들렸다.

모래사장에서 놀던 멤버와 차에서 쉬던 멤버도 집합해
따로 귀가하는 촬영 팀과 작별 인사를 나눴다.

다음으로 멤버는 두 조로 나뉘어 할당된 밴에 승차한다. 올 때는 사는 지역으로 나뉘었는데 오후부터는 그와 다르게 일이 있느냐 없느냐로 그룹이 결정된다.

인터넷 생방송에 출연하는 주리아와 메이, 아오는 이제부터 같이 방송 촬영용 스튜디오로 간다. 원래 메이와 아오에게 들어온 출연 오퍼였다는데, 기획사에서 감시 역으로 주리아나 사쿠나도 같이 내보내고 싶다고 요청했다 한다. 사쿠나가 아니라 주리아가 선택된 것은 이번에 다룰 화제가 꿈을 이루기까지 여정에 관해서, 즉 임파첸스이전의 생활을 다루는 것이기 때문이다. 원래 아이돌이었던 사쿠나보다 주리아의 회사원 생활에 수요가 있다고판단했을 테고, 덧붙여 미리 제출한 에피소드가 방송 제작자 측의 흥미를 끌었다고 한다.

셋이 밴을 탄 후 또 한 명 란이 주리아 옆에 앉자 문이닫혔다. 란은 이제부터 패션 잡지 촬영을 하러 간다. 이쪽은 알기 쉽게 얼굴과 스타일을 인정받아 기용된 것이다.

"시노기 씨, 밥 먹을 시간은요?"

"지금부터 돌아가서 점심 먹을 거고 쉬는 시간도 있어. 다들 알고 있겠지만 생방송에 나가는 세 사람, 말에 최소한으로는 신경 써야 한다."

아오의 질문에 조수석에 앉은 여성 매니저 시노기가

당근과 채찍으로 대답했다. 메이의 시원시원한 대답과 아오의 빵 터지는 웃음소리가 뒤에서 들려왔다.

"방송 금지 용어 같은 거 말하면 잡혀가나?"

의도를 짐작할 필요 없는 아오의 음색. 아오는 매니저를 포함한 어른들의 잔소리를 우습게 여긴다. 주리아는 그런 불손함이야말로 아오의 스토리라고 보기에 심각하지 않은 한 지적하지 않는다. 다만 기대와 다른 사태만큼은 벌어지지 않도록 못을 박았다.

"잡혀가진 않겠지만 책임은 져야겠지."

"책임이라고 하니까 무섭다. 조심하자, 메이."

"나는 그런 말 안 하거든!"

아오가 웃은 타이밍에 주리아는 시노기와 시선을 주고받았다. 아무래도 감시 역을 잘 골랐다고 생각하나 보다.

"더 팀, 열혈 소녀와 악동과 보호자, 재미있네."

옆자리의 란이 속삭이듯 말했다.

"이상한 팀명 붙이지 마."

주리아가 일부러 탄식하며 웃었다.

아이돌 그룹에 완성된 모습이란 없다. 주리아는 그룹에 소속되기 전, 프로듀서들과 면접을 보는 과정에서 이런 말을 들었다. 아마 본래 아이돌에 애정을 품지 않은 멤버 전원에게 말했으리라.

앞으로 멤버가 늘거나 줄기도 할 테고, 프로젝트 방향성이 갑자기 바뀔 수도 있다. 만약 천재지변이나 역병으로 세상이 움직이면 판매하는 방식이 달라져 기존 그룹이라는 탈것을 버리고 새로운 배를 찾아야 할지도 모른다. 메이저 데뷔가 정해진 그룹이라고 돈이 되지 않는데 오랫동안 유지하는 일은 없다. 운영 측은 항상 변화하는 그룹의 약진만을 목표로 삼는다. 같은 자리에 머물지 못해 생기는 부담감은 당연히 멤버의 심신에도 지장을 준다.

주리아는 단순히 위협이라고 느꼈다.

상황에 따라 운영 측은 언제든 멤버를 잘라낸다. 이에 동의하지 않으면 프로젝트에 참가하지 못할 거라는 위협.

당연히 그런 각오를 자극하려는 의도와 여차할 때를 위해 선수 쳐서 변명해두려는 심산이 있었겠지만, 이야기는 더 이어졌다.

"그러니 한 명 한 명 의지를 지녔으면 해"라고 프로듀서가 말했다.

그룹의 의도나 목표를 초월한, 스스로 품은 강렬한 소원을 이루고 싶다는 의지.

"고토 씨는 목표가 뭐지?"

지금 생각하면 꼭 네 소원은 뭐냐고 묻는 악마 같다. 홀린 것도 아니고 영혼을 판 것도 아니지만, 주리아는 진지하게 대답했다.

"그룹을 이용해서 일반적으로는 생각하지 못할 큰 무대에 서고 싶어요. 나 자신이 즐기고 싶고 나를 봐주는 사람들을 즐겁게 하고 싶어요. 그러기 위해서 누구보다도 멋진 퍼포먼스를 기대받는 존재가 되고 싶습니다."

능력 있는 어른들의 힘으로 그걸 이룰 수 있다면, 이라는 기대를 품고 주리아는 애초에 흥미도 관심도 없었던 아이돌의 세계에 들어왔다.

그때 다른 멤버는 뭐라고 대답했을까. 녹화가 진행되는 스튜디오에서 임파첸스의 소개 VTR을 보며 회상했다. 올해 했던 홀 투어 파이널 공연으로 영상이 바뀌었다. 제일 유명한 곡의 후렴구가 흘러나온 다음에 마지막 곡을 부르기 전, 코멘트를 하면서 오열하는 메이가 나왔다. 아래쪽 작은 화면에서는 "완전 펑펑 울어" 하고 웃는 아오를 잡았다.

"자, 다시 소개합니다. 지금 큰 화제를 모으고 있는 아이돌 그룹 임파첸스의 멤버 중 대표로 세 분이 와주셨습니다!"

방송 MC인 예능인의 외침에 맞춰 카메라가 주리아와 멤버들을 중심에 포착했다. 조금 사이를 두고 순서대로 이름을 대고 "잘 부탁드립니다!" 하고 함께 외쳤다. 이름을 대는 순서는 멤버별로 매겨진 번호에 따르는데, 이번에는 처음이 주리아고 마지막이 메이다. 메인이나 진행 역할이 따로 있지 않으면 늘 이 순서를 지킨다.

방송 MC와는 예전에 다른 음악 방송에서 만난 적이 있다. 그때 이야기를 조금씩 나누다 곧바로 본 주제인 멤버의 아이돌이 되기 이전 모습으로 이야기가 옮겨 갔다. 생방송이고 다른 게스트도 있는 상황에서 장황하게 떠들 순 없다.

'하시모토 아오의 정체는 인기 유튜버?'

요란한 이펙트와 함께 멤버 아오의 이야기가 시작되었다. 대화를 몇 마디 주고받고 몇 년 전 아오의 동영상이 화면에 나온다.

아오는 임파첸스에 들어오기 전 유튜버 '부루우'로서 '불러봤다 동영상'을 매일같이 올리며 살았다. 그녀의 노래가 서서히 평판을 얻어 이윽고 임파첸스를 움직이는 프로듀서들의 눈에 닿았다. 유명한 밴드가 만든 오리지널 노래를 부를 수 있다. 그런 권유를 듣고 합류를 결정한 아오는 임파첸스의 노래를 뒷받침하는 존재가 되었다.

아이돌이 된 후에도 공식 계정으로 이동해 동영상을 계속 올리는 아오라는 콘텐츠는 이 시대상에 잘 맞았다.

현재 개인 지명도는 멤버 중 최고다.

"중학생 때 처음 동영상을 올렸다고 하셨는데 어떤 계기가 있었나요?"

큐 카드를 그대로 읽은 여성 보조 MC의 질문에 아오는 자신 있게 대답했다.

"계기라기보다는 제가 노래를 잘한다는 걸 알고 있었어요. 또 많은 사람에게 칭찬받고 싶었죠. 아이돌이 된 것도 비슷한 이유예요."

자신만만한 대답에 MC가 놀란 표정을 꾸미고 "뭐 이리 솔직해" 하고 웃었다. 그는 아오가 그런 캐릭터라고 착각한 듯했다.

가까운 인간이라면 누구나 안다. 아오는 진심으로 대답했을 뿐이다.

이건 주리아의 견해에 불과하지만, 유튜브를 통해 자기 현시욕을 충족할 만큼 성공했고 임파첸스 내에서도 자기 지위를 확립하는 중인 아오는 지금 당당하게 분위기를 탔다.

현재 상황에 의문을 품고 개선을 추구하는 도와코와는 종류가 다른 거만함이 있다. 그것은 감정 안에서 알아서 뿜어져 나오는 것이므로 아무리 타일러도 형태와 크기를 바꿔 아오 내면에 존재하며 말과 행동에 계속 영향을 준다.

그래도 앞서 언급했듯이 주리아는 어지간한 일이 아닌 한 아오를 지적하지 않는다. 거기에는 하시모토 아오라는 스토리를 존중하는 마음 외에 또 한 가지 이유가 있다.

오만하게 구는 아오지만 그래도 예전과 비교해 감정을 스스로 조절할 수 있게 된 걸 알기 때문이다.

예전에 아오는 아이돌이라는 존재를 어딘가 우습게 여겼고, 그걸 대놓고 드러내서 더욱 문제였다. 나이가 비슷한 메이는 종종 화를 냈다.

제동을 건 사람은 리더 사쿠나였다.

"너 스스로 선택한 대로 활동하면 돼. 우리는 어른이 억지로 시켜서 아이돌을 하는 게 아니니까."

자유를 긍정하는 그 말이 아오의 자세를 바꿨다.

주리아가 보기에 아오는 그 미팅 이후로 아티스트성을 아이돌성보다 상위 가치관이라고 여기지 않게 된 것 같다.

아오 특집은 일부 안티에게 물어뜯길 자신감을 보여준 부분 이외에는 무사히 끝나 매니저의 불안도 기우로 끝났다.

다음 멤버 메이로 화제가 넘어왔다.

아이돌이 되겠다고 결심한 중학 시절부터 시작하는, 꿈꾸는 소녀의 땀과 눈물과 정열로 물든 수년간을 돌이키는 영상이 화면에 나왔다. 도중에 메이 본인이 민망하다는 듯 몇 번이나 웃음을 터뜨렸고 아오가 "소년 만화 같네"라고 중얼거렸다. 드물게도 아오와 주리아의 의견이 일치했다.

메이의 스토리는 만화로 치자면 왕도다. 임파첸스의 다른 멤버뿐 아니라 세상살이를 경험한 어른들이 지닌 일종의 체념에 대한 이해도가 메이에게는 없어서, 간절히 바라고 행동하면 이루어지리라는 스포츠 만화 주인공 같은 이념으로 활동한다. 그러니 성취에는 진심으로 감동하고 마음 없는 말에는 진심으로 화를 낼 수 있다.

풋풋한 이념도 재능과 노력이 동반되면 사람을 매료한다. 메이를 좋아하는 팬들은 모두 그녀와 함께 눈물을 흘리고 함께 기뻐한다. 메이는 사람의 마음을 움직이는 존재인 아이돌의 책임을 완수하고 있다.

따라서 방송의 본래 취지인 '꿈꾸는 청년들에게 응원을 보낸다'에 가장 적합한 멤버는 메이였으리라.

메이가 있는데도 주리아를 마지막에 소개하는 데에는 이유가 있었다.

말하자면 익살스러운 마무리 요소.

메이의 소개가 끝나고 마지막으로 주리아를 소개하는 단계에서 손에 든 큐 카드를 본 여성 탤런트가 대본대로 놀란 표정을 꾸몄다.

"어, 마지막으로 고토 주리아 씨인데요. 전직 회사원이셨고 스태프들 사이에서 그룹의 보호자와도 같은 존재로 신뢰받는 주리아 씨인데, 글쎄 과거 VTR을 만들지 못했다고 하십니다."

MC가 의아한 듯 "무슨 소리지?" 하고 이쪽을 봐서 시선이 얽혔다. 그에게서도, 옆에 앉은 여성에게서도 주리아는 배울 점을 발견한다.

"사실은 임파첸스에 들어오기 전의 영상이나 사진이 하나도 없어서요."

"요즘 세상에 그런 사람이 있나? 데이터가 아니더라두 친구랑 찍은 사진이나 스티커 사진은요?"

"거의 찍지도 않았고, 있는 것도 버렸어요. 아이돌이 될 때 필요 없다고 생각했거든요. 이번에는 그래서 스태프분들을 곤란하게 했네요."

냉정해 보일 수 있는 코멘트를 듣고 방송 스태프가 조수 여성에게 새로운 메모를 건넸다. 그녀는 자못 흥미롭다는 듯이 적극적으로 물었다.

"교복이나 정장을 태웠다고요?"

"태운 건 아니고 쓰레기로 버린 거지만요. 아무래도 추억이니까 잘 안 탈 것 같아서요."

가벼운 농담에 코미디의 프로인 MC가 크게 웃었다. 역시 프로다.

"관혼상제는 어떻게 하려고요?"

"친구가 별로 없어서 지금은 괜찮아요."

아오가 "그게 문제가 되나?" 하고 대화에 끼어들어서 "결혼식은 여차하면 무대 의상을 입고 갈까나" 하고 대답했다.

부족하나마 본가에서 보내준 초등학생 시절 사진과 아이돌이 된 후 찍은 면허증 사진을 공개했고, 임파첸스에 들어온 경위를 간단히 설명한 뒤 마지막은 "남은 건 전부 소각입니다"라는 말로 마무리했다. 무사히 방송에서 원하는 역할을 해냈다는 분위기에 주리아는 안심한다.

"자아, 이렇게 임파첸스에는 조금 위험한 아가씨가 있다는 사실이 판명되었습니다만, 마지막으로 지금 이 순간을 살아가는 청년들에게 응원 부탁드립니다!"

다시 카메라가 세 사람을 잡았다. 미리 지시받은 대로 이번 토크는 역순으로 카메라를 보며 말했다.

"네, 과거를 불태워도 이렇게 활기차게 살고 있어요. 그러니 만약 현재가 싫은 사람이라도 언젠가 태워버리면 된다고 생각하고, 모두 어떻게든 살아가면 좋겠습니다."

"꿈을 향해 모든 것을 바치며 노력하다 보면 괴로운 순간이나 힘든 순간도 있겠지만, 그 너머에 분명 본 적 없는 것이 기다릴 테니까 같이 노력해요!"

"너희! 이뤄지는 게 아니라 이뤄내는 거다!"

"이상! 임파첸스였습니다!"

카메라를 향해 손을 흔들고 지시에 따라 인사하면서 화면 밖으로 나갔다. MC와 보조 MC 여성이 임파첸스에 관한 애프터 토크를 가볍게 나누는 중 시노기에게 이끌려 스튜디오를 떠났다. 남은 방송은 대기실에서 화면을 보며 견학한다. 복도에서 마주친 밴드 멤버들과 예의 바르게 인사를 나눴다.

"수고했어! 다들 좋은 면을 보여줘서 괜찮았던 것 같아. 인터넷 반응도 좋고."

"주리의 괴짜 같은 에피소드, 예전에도 들었으면서 무심코 끼어들었어."

"아주 좋았어. 주리의 답변도. 아까부터 검색하는데 아오와 부루우가 동일 인물인 줄 몰랐던 사람이 제법 있더라고."

"목소리로 알아차리란 말이야."

맡겨뒀던 지갑과 스마트폰을 받고 대기실 의자에 앉아 바로 SNS를 체크한다. 의상은 방송 종료 후 출연자 전원과 기념 촬영이 있으니 아직 벗을 수 없다.

트위터에 들어가 에고서핑을 하자 수많은 말들이 오갔다.

처음 보는 사람한텐 임파첸스 고토 주리아, 위험한 인간이란 인상만 남지 않아? ㅋㅋㅋ

주리, 믿음직스러운 보호자에서 급락이야. (웃음)

아오는 끝내줬고 메이는 감동적이고 주리 에피소드는 진짜 주리다.

긍정적인 의견도 부정적인 의견도 다양하게 확인하면서 트위터 타임라인을 임파첸스 출연 직전까지 거슬러 올라가자 사쿠나의 트윗이 나왔다.

첨부된 사진을 확대했다. 모래사장에 우산을 그리고 한쪽에는 사쿠나, 다른 한쪽에는 다른 멤버의 이름을 전부 적어놓았다.°

반드시 결혼하자. #최애 #와카야마란 #고토주리아 #가타노도와코 #에무카에마키 #하시모토아오 #이즈카메이

방송을 마치면 한마디 할 생각이었는데 이미 도와코가

---

o 삼각형으로 우산 모양을 그리고 양쪽에 이름을 쓰는 것으로, 영원한 사랑을 맹세하거나 사랑이 이루어지길 바라는 마음을 담은 일본 문화

'다카쓰키 씨, 다처제는 아직 불법입니다만', 마키가 '우리 리더 바람기가 대단해(*_*)'라고 반응을 남겼다. 방송에 나오지 않아도 세 사람 역시 일하는 중이란 걸 알고 주리아의 입가에 미소가 번졌다.

"주리."

긴장이 풀렸는데 이름이 불려서 주리아는 번쩍 고개를 들었다.

그쪽을 보자 메이가 그녀다운 표정을 짓고 있었다. 크게 뜬 눈에서 초조한 마음이 훤히 보였다. 그러나 이미 촬영은 끝났고 메이는 실수하지 않았다.

짚이는 게 없는 주리아가 고개를 갸우뚱하자 메이가 들고 있던 스마트폰 화면을 보여주었다.

"이거 괜찮아?"

메이와의 거리가 테이블 하나쯤은 되어 일어나서 들여다보았다.

주리아 역시 눈을 휘둥그렇게 뜨고 메이를 봤다. 그때 메이는 이미 매니저를 보고 있었다.

후지노 미코토

※

라이브하우스 업무에서 해방된 쉬는 날의 낮, 후지노 미코토는 숙취에 시달리는 머리를 흔들며 일어나 물을 마셨다. 흔들리고 있는 머리카락은 최근 금색으로 염색했다.

어젯밤은 일을 마치고 선배 하시라야마 게이지를 졸라 아침까지 술을 마셨다. 잠들지 않는 그 거리에는 일을 마친 후에 마실 수 있는 가게가 발에 챌 정도로 많다. 술을 얻어먹고 싶다는 기분을 미코토가 애절하고도 정중하게 전하자, 처음에는 "내일 너만 쉬잖아" "너는 어차피 토할 거니까 사주기 아깝거든"이라고 떨떠름하게 대했던 그도 정신을 차리자 미코토, 그리고 또 다른 스태프와 테이블에 둘러앉아 맥주잔을 부딪치고 있었다.

그 후 세대로 토해낸 덕분에 미코토는 오늘 최악의 컨디션을 피할 수 있었다. 물을 마시며 별반 죄책감 없이 다른 두 사람의 컨디션을 걱정했다. 오늘도 일할 텐데 괜찮을까.

미코토의 생활 방식에는 기본적으로 악의가 없다. 동료가 데려온 여고생에게 동료의 나쁜 버릇을 알려준 것도, 다시 방문한 여고생에게 동료가 좋아하는 브랜드를 알려준 것도, 분위기를 띄우기에 최적이라고 생각했기 때문에 그렇게 한 것이다.

지금까지 인생을 살아오면서 미코토는 때때로 치명적인 수준의 경솔한 짓을 저질렀고, 동시에 자기 행동을 바로 반성하는 습관을 갖췄다. 그래서 만약을 위해 여고생의 재방문 사실도 위에 보고했다.

냉동해둔 밥에 반찬을 올리고 물에 말아 오차즈케를 먹었다. 고통에서 해방되는 이 순간을 위해 술을 마신다는 착각이 들 정도로 맛있었다.

기운이 회복되자 스마트폰으로 등록해둔 SNS를 물색했다. 트위터 타임라인을 거슬러 올라가니 아직 술을 마시고 있었을 시간에 최근 즐겨 보는 계정이 활동을 시작한 것이 보였다.

"그러고 보니 아이네 여고생이 달고 다니는 인형, 무슨 캐릭터야?"

"내 여고생은 아니지만. 앙만만이라고 하더라. 둥글둥글하게 생겼으니까 찐빵에서 따온 캐릭터 아닐까."

"유행하는 캐릭터?"

"그 녀석한테는 유행이래."

전에 그런 대화를 나눈 뒤 검색해서 트위터 계정을 팔로우했다. 요즘은 가벼운 마음으로 좋아하고 있다.

"얘, 몸 안에 뭐가 들었을까."

미코토는 의지를 지닌 캐릭터를 좋아했다. 평소에도 캐릭터가 살아 있는 것처럼 만든 동영상을 열심히 본다. 그런 의미에서는 아이돌을 좋아하는 동료 우카와 아이와 취미의 성질이 비슷할지도 모른다.

세탁기를 돌린 뒤 샤워하고, 저녁부터는 친구가 소속된 밴드가 출연하는 인터넷 방송을 보기로 했다.

테마가 '꿈꾸는 청년들에게 응원을 보낸다'인 심각하게 낯간지러운 방송이지만, 미코토의 친구가 베이시스트인 밴드의 듣는 사람까지 부끄러워지는 가사와 잘 어울렸다.

소파에 앉아 낮은 테이블에 노트북을 놓았다. 방송을 검색했더니 이미 시작한 뒤여서 재생하자마자 친구 밴드가 화면에 등장했다.

긴장했네. 남 일처럼 생각하며 미코토는 냉장고에 남아

있던 소다 아이스크림을 베어 물었다.

성실한 4인조의 이야기를 대충 흘려듣는데, 20분도 안 돼 그들의 출연이 끝났다. 미코토는 벌써 방송을 볼 목적을 잃었으나, 단순한 습관처럼 화면을 계속 들여다봤다.

그러다가 다음 게스트가 화면에 나왔을 때, 무심코 목소리가 나왔다.

"아이의."

파스텔 의상을 입은 그녀를 빤히 바라보던 중 소다 아이스크림이 흘러내려 자칫 옷을 더럽힐 뻔했다.

아이돌에 흥미 없는 미코토는 화면에 나온 아이돌 셋 중 두 사람은 개인으로 인식하지 못했다. 그래도 최근 화제가 된 그룹이어서 배경에 깔린 노래를 들은 기억이 있었다.

MC가 한 명 한 명의 에피소드를 물었고, 마침내 미코토도 아는 그녀 차례가 왔다. 글쎄, 그녀는 과거 사진이나 영상을 남기지 않았는데 그래서 이번에 스태프들을 곤란하게 했다나 보다.

본인도 면목 없다는 표정을 지었다.

"에이, 나한테 말하면 좋았을 텐데."

짧은 나무 막대기를 쓰레기통에 던진 뒤 미코토는 무선 마우스를 움직였다.

하드디스크의 폴더 안에 대량의 동영상 파일이 보존되어 있다. 대부분 어둡게 찍혀서 구분하기 어렵지만, 짐작가는 보존 날짜를 몇 개쯤 뒤진 끝에 발견했다.

찾는 동안에 조금 전의 그녀들은 화면에서 떠났다. 이미 늦었을 것 같지만 자기 행동이 누군가에게 조금이라도 도움이 될지 모른다면 행동해야만 하는, 미코토는 본바탕이 선량한 인간이었다.

만약을 위해 인터넷으로 지금 들은 말이 공표된 사실인지 아닌지 확인한다. 문제없어 보여서 미코토는 취미로 모아둔 몇 년 전 동영상을 '괜찮다면 써주세요!'라는 말과 함께 그룹의 공식 트위터 계정에 보냈다. 발견하기 쉽도록 태그까지 붙였다. 보람 있게도 곧바로 리트윗과 좋아요가 수두룩하게 붙었다.

혹시 방송 중에 소개될 가능성을 기대하며 소리를 계속 틀어두었다. 눈으로는 과거에 찍어둔 많은 동영상을 돌려 보며 그때의 기억을 발굴했다.

결국 미코토의 선의가 방송에서 다뤄지진 않았으나 낙담하지 않았다. 생방송이라 해도 그렇게까지 실시간으로 대응하기는 어렵다. 그보다는 오히려 자기 글이 그룹 팬들에 의해 상상을 훌쩍 뛰어넘는 수준으로 퍼지는 현실이 신경 쓰였다. 그중에는 '이런 거 도촬해도 돼?'라고 경계심을 보이는 사람까지 있었다.

혹시 또 경솔한 행동을 했을지도 모른다는 생각이 머리를 스쳤다. 다시금 속으로 몇 가지 체크를 거쳐 위법성이 없음을 확인했다. 만약을 위해 자기 트위터에 '이건 촬영 가능한 거였어요'라고 덧붙였다.

거듭 만약을 위해서 파일 작성 일시를 과거 메모장과 비교하기도 했다.

안도했다. 이 동영상은 틀림없이 자신이 아직 손님이었을 시절에 찍은 것이었다.

라이브하우스의 이벤트 중에는 출연자를 촬영하는 행위가 문제시되지 않는 것이 있다.

메이저 아티스트라면 대부분의 현장에서 금지하므로 촬영 행위를 들키면 라이브하우스나 기획사 스태프에게 혼난다. 그러나 이벤트나 아티스트의 태도에 따라 촬영을 허가할 때도 있다.

라이브하우스 스태프가 되기 전의 미코토에게는 그런 이벤트에서 아티스트를 찍은 동영상을 모아 편집하는 취미가 있었다.

언젠가 유명해지면 주변에 자랑할 수 있겠다는 흑심도 있었다. 그러나 대부분 자기 힘으로 훌륭한 뮤지션을 발굴하고 싶다는 순수한 마음에서, 짧은 공연 시간으로는 감이 오지 않았던 그들의 퍼포먼스를 동영상에 담아 지루할 때 돌려 봤다.

미코토의 해명 트윗을 확인하고 공범자가 되지 않아서 안심했는지, 고맙다는 메시지를 보내는 사람도 있었다.

이렇게 귀중한 주리 영상, 고맙습니다!

본래 목적과는 다르지만 누군가의 도움이 된 것에 미코토는 기분이 밝아졌다. 또 최애의 처음 보는 퍼포먼스를 발견한 팬들의 기분을 간접 체험하고 싶어서 다시 그 동영상을 재생했다.

훗날 직업윤리 측면에서 문제가 되어 동영상에 찍힌 동료나 점장에게 석고대죄하며 사죄할 미래를 현재의 미코토는 모른다.

지금 그녀의 눈에는 직접 만들었을 서툴지만 귀여운 곡을, 훈련받지 않은 달콤한 목소리로 노래하고, 사이 좋은 스태프와 환하게 웃으며 대화를 나누는 10대 시절의 고토 주리아가 보였다.

우에무라 다쓰아키

역시 사람들을 속이고 있었다.

다쓰아키가 고토 주리아의 과거 영상을 확인하고 품은 감상은 그것이었다.

타인에게 사랑받는 인간은 자신을 연출하고 거짓말을 하면서 산다.

자기 사상이 예상치 못하게 보강되어 다쓰아키는 전율했다.

그 전율은 일부 환희에서 온 것이었으나 다쓰아키는 순수한 분노라고 잘못 해석했다. 착각한 그대로 희희낙락한 다쓰아키는 상업적 관점으로 아이돌로서의 캐릭터를 만들어내 팬을 속여 양분으로 삼았다는 논점에서 주리아를 비난했다. 남자 같은 스타일도 퍼포먼스도 다 꾸며낸 것이었다.

과거에 라이브 공연을 했었다는, 결코 가짜가 아닌 프로필도 주리아의 캐릭터로서 오해하게 해 굳센 퍼포먼스를 상상하게끔 팬들을 유도했다, 어느 누가 저런 아기자기한 모습을 상상했겠느냐고 비판했다.

당장이라도 핑계 같은 변명을 늘어놓으리라 예상했는데 하루가 지나고 이틀이 지나도 임파첸스 쪽에서 그 동영상을 직접적으로 언급하는 일은 없었다.

유일하게 의미 있어 보인 것은 리더 다카쓰키 사쿠나의 '좋아하는 여자가 언제나 멋있고 귀엽구나'라는 트윗뿐이었다. 주리아의 동영상에 대한 반응을 원하는 목소리가 다수 있는데도 불구하고, 오타쿠임을 당당히 밝히며 팬들과 같은 시선을 지녔다고 줄곧 강조하던 사쿠나역시 무시하는 태도를 보였다.

다쓰아키 안에서 무책임한 그들을 향한 분노가 나날이 자라났다. 긍정이든 부정이든 이번 유출에 관해 최소한 어떤 생각이나 감정이 있을 테고, 그걸 알려달라고 팬들이 요구하는데도 자기들에게 불리한 본심을 절대 보여주려 하지 않는다.

다쓰아키를 지긋지긋하게 한 것은 이기주의를 드러낸 그들에게 여전히 많은 사람이 매료되어 있다는 점이다.

하루 종일 이제껏 고토 주리아가 팬들의 마음을 얼마나 업신여겼는지를 각종 발언 등의 사실을 들어 설득했다. 하지만 몇 안 되는 정신이 멀쩡한 사람들 외에는 대부분 주리아의 예전 모습을 풋풋하고 귀엽다고 칭찬하고, 캐릭터가 만들어지기 전의 모습을 봐서 기쁘다고 했다.

네놈들은 속고 있다고.

상상력이 없는 놈들에게는 좀 더 알기 쉬운 것을 제시하지 않으면 안 된다.

다쓰아키는 사명감에 젖어 임파첸스가 참가하는 미니 라이브&토크쇼 영상 상영회의 티켓을 구했다.

당일에는 기자뿐 아니라 일반 관객도 임파첸스 멤버에게 질문을 할 수 있다.

그 가면을 벗겨주지.

그날이 올 때까지 다쓰아키는 원작자와 감독의 인터뷰 등을 살펴보기로 했다. 물론 그 자체에는 흥미가 없고, 작품에 직접 관여한 자의 생각과 임파첸스 멤버가 지닌 의견의 차이를 알아내 비난하기 위해서다.

원작 소설은 주리아가 영화 주제가 작사를 담당한다는 걸 알자마자 이미 읽었다.

이토바야시 아카네

❋

" 다들 비슷한 고민을 하면서 살아, 같은 소리를 멀끔하게 하는
너무한 인간이 이 세계에는 정말 많습니다. "
_단행본《소녀의 행진》102페이지 10~11행에서

아이와 만난 후로 아카네는 대화에 나올 때를 대비해
임파첸스 멤버들의 SNS를 체크해왔다. 이건 우연인데, 연
인인 신이 최근 들어 임파첸스의 노래에 빠지기 시작한
모양이어서 사랑받고 싶은 아카네에게도 임파첸스 멤버
에 관한 지식은 쓸모없지 않았다.

아이돌한테는 흥미 없는데, 임파첸스는 노래가 좋으니까 특별해.

라인 메시지를 보고, 그건 아이돌임을 내세우며 활동하
는 그들을 깎아내리는 것이라는 생각까지 들었으나 '확
실히 노래가 멋있더라! 아이돌에 흥미 없는 사람까지 끌
어들이다니 대단하네'라고 답하는 것 이외의 선택지가

아카네에게는 없었다.

물론 아카네는 그들의 내면이나 배경에는 관심 없다. 리트윗으로 흘러든 고토 주리아의 과거 동영상도 팬이 아닌 사람이 봐서 즐거울 건 아니라고 생각했다. 뮤직비디오나 라이브 영상과 마찬가지로 그 동영상을 재생한 것은 어디까지나 이야깃거리로 삼기 위해서였다.

그 동영상에 시선을 빼앗길 줄은 몰랐다.

고토 주리아가 캐릭터를 연기하고 있다는 사실을 알아서도, 관객이 너무 없어서 놀라서도 절대 아니다. 그 장소를 알고 있었기 때문이다.

혹시 싶은 마음에 아카네는 동영상에 찍힌 모든 것을 파악하려고 눈을 크게 떴다.

그리고 발견했다. 동영상이 끝나기 직전 몇 초간. 유난히 귀여운 퍼포먼스를 끝낸 고토 주리아와 즐겁게 담소를 나누는 스태프 한 명을.

목소리는 들리지 않고, 현재와는 머리 스타일도 다르지만 틀림없다.

고토 주리아와 같은 시간을 거슬러 올라간 과거의 아이다.

"친구가 이쪽?"

혼자 있는 곳에서만 허용되는 자유로운 말을 내뱉고,

그래도 혹시 누가 들으면 어쩔 생각이냐고 반성하고, 반성하게 되는 자신 때문에 죽고 싶어진 후에 아카네는 아이에게 메시지를 보냈다.

주리아의 그거에 아이 씨가 찍혀 있는데요! (놀란 얼굴 이모티콘)

답은 바로 오지 않았다. 하지만 그것은 마음에 걸린 바가 있어서가 아니라 단순히 일하는 중이어서 그랬나 보다. 아카네의 스마트폰이 반짝인 것은 곧 날짜가 바뀌려는 시간대였다.

일하고 있었어. (초승달 이모티콘) 그야 뭐, 누가 이쪽에서 찍은 영상 같으니까.

친구였어요?

내일 월요일이야. 자라. 다음에 만나서 말해줄게.

으으. 안녕히 주무세요.

아카네는 불만만 표현하고 오늘 밤에 추궁하는 건 일찌

감치 포기했다. 지금 너무 파고들면 얻고 싶은 정보를 얻지 못한다. 다음에 만날 약속은 아직 잡지 않았으나 아이의 성격으로 보아 어물쩍 넘기지는 않을 것이다.

이야기 속에서 주인공은 아이의 친구와 그에 관해 대화를 나눈다.

처음에는 라이브하우스에서 만난 후지노가 그 역할을 담당한다고만 생각했는데, 그것이 고토 주리아였어도 아카네는 납득할 수 있었다.

그날, 두 사람은 분명 만났다.

덧붙여 아이가 팬이라는 이유로 임파첸스의 활동 내용을 찾아본 아카네는 알고 있었다. 자신에게도 고토 주리아와 다시 만날 수단이 있다는 것을. 그녀가 아르바이트하는 곳을 찾아와주는 우연을 바라지 않아도 직접 행동해서 기회를 움켜쥘 수 있다.

답변이 없는 걸 확인한 뒤 스마트폰을 충전기에 연결하고 화면을 껐다. 오늘은 여기까지다.

일단락 지은 아카네는 가방에서 문고본 한 권을 꺼내들고 침대 위에 누웠다.

천장을 보고 누워 벌써 몇 번이나 읽었는지 모르는《소녀의 행진》을 다시 한번 처음부터 읽는다.

종이의 새로운 질감을 손가락으로 느끼며 표지를 넘기

고 페이지를 넘긴다.

몇 번이나 반복한 동작인데도 이 책을 펼칠 때만큼은 여전히 가슴이 크게 고동쳤다.

특정한 문고본이 손을 너무 타면 이토바야시 아카네답지 않겠다고 판단해서 몇 번이나 새로 산 것과는 관계없다. 이야기의 첫 페이지가, 첫 줄이, 첫 문자가, 언제나 변함없이 신선해서 검지로 등줄기를 쭉 쓸어내리는 것 같은 오싹함과 쾌감을 선사한다.

이야기가 후반에 이른 시점에서 아카네는 일단 책을 놓고 일어나 방 불을 껐다.

어둠 속에서 다시 침대로 돌아가 반듯하게 누워 책을 품에 안는다.

그리고 소리를 죽여 울었다.

아카네가 늘 하는 패턴이다.

독서하다가 눈물을 글썽이는 정도라면 가족이 경계심을 품지 않을 것이다. 오히려 풍부한 감수성을 어느 정도 보여줌으로써 딸로서 더욱 거대한 사랑을 받을 가능성도 있다.

그러나 아카네의 눈물은 글썽이는 수준이 아니다. 그래서 만약을 위해 불을 끄고 방 밖에서는 자는 걸로 보이게 한다.

오늘 밤에도 또 같은 이야기를 읽어나간 이유는 앞으로를 위해 흐름을 확인하고 싶어서가 아니다. 끝낸 사항을 확인하고 싶어서도 아니다.

그저 그러지 않으면 자신을 지탱할 수 없으니까.

책을 꼭 끌어안은 힘 때문에 생긴 아픔을 이용해 오열을 견디며, 아카네는 이 이야기가 사라지지 않기를 홀로 간절히 바랐다.

왜 그럴 필요가 있는지 의아하게 여길지도 모른다.

아카네의 인생은 타인이 보기에 소설에서 구원을 찾을 이유가 없을 정도로 충분히 운이 따랐다.

먹고사는 데에 걱정이 없고, 밤이면 언제나 부드러운 이불을 덮을 수 있다. 괴롭힘 같은 불쌍한 일과 무관하게 학교에 다니고, 용돈이나 벌 생각으로 시작한 아르바이트를 마치고 돌아오면 다정한 부모님이 기다린다. 마음 맞는 친구들과 사이좋게 재잘대고, 가끔은 충돌도 하지만 대체로 시간이 지나면 같이 웃는다. 지금까지 사귄 연인들과의 관계도 마찬가지여서, 옆에서 보면 아무런 문제없이 행복한 가정과 우정과 연애를 손에 쥐었다.

더군다나 아카네는 그 전부를 훨씬 쉽게 이룰 수 있는 단정한 용모를 타고났고, 다른 사람의 안색을 읽어내 적절한 말과 행동을 고르는 반사 신경, 그룹 안에서 행동하는 균형 삼사을 환성에 맞춰 획득했다.

아카네를 부러워하는 사람이 존재하는 것을 본인도 알고 있다. 다양한 점에서 운이 좋았다는 것도 이해한다.

그렇지만 그 어느 것도 갇혀버린 마음을 구할 수 없다.

사랑받고 싶다는 감정에 감시당하는 기분을 알아주지 않는다.

《소녀의 행진》뿐이다.

마치 아카네의 상황을 알고 적은 듯한 이야기만이 하얀 방에 갇힌 진정한 자신을 주인공으로 다뤄준다.

유일무이한 구원과 오로지 이곳에서만 만나고, 아카네는 운다.

사람들 앞에서는 절대 허용되지 않는 종류의 눈물이 조금은 기세를 잃었을 때, 아카네는 자세를 바꿔 침대 옆에 놓인 소형 냉장고에서 아이스팩을 꺼낸다. 그걸 수건으로 싸서 똑바로 누워 눈에 댔다. 부은 눈이 최대한 오래가지 않게 하기 위해 상비하고 있는 물건이다.

새까만 시야 속에서 아카네는 정기적으로 하는 이 숨 돌리기에 대해 생각했다.

이런 일을 안 해도 되는 날이 조만간 올지도 모른다.

울지 않고 끝까지 읽을 수 있을지도 모른다.

그때를 기다리는 게 기쁘기도 하고 두렵기도 했다.

아이스팩에 차가워진 눈물이 관자놀이 쪽으로 흘러갔다.

《소녀의 행진》은 아카네에게 있어 아주 이해하기 쉬운 이야기다(세간의 평가도 비슷한 점은 몹시 떨떠름하다).

그러나 아이와 함께 이야기를 진행하는 과정에서 어떻게 그런 전개에 도달하는지 아직 짐작이 안 되는 사건도 존재한다.

아카네는 아이와 만나고 지금까지 자신들이 이야기를 따라가고 있다는 자신감을 단단히 굳혔다. 아이뿐 아니라 그의 동거인과 친구도 이 세계에 존재하고, 얼마 전 본 고토 주리아의 동영상도 또 하나의 증거가 되었다. 이야기 속 두 사람 가까이에는 '기록을 남기는 동료'라고 불리는 인물이 존재한다.

그렇다면 앞으로 벌어질 중요 사건은 전부 이야기를 따라가면 되는데, 과보호하는 아이와 어떻게 전개할 수 있을지 상상도 안 되는 에피소드가 딱 한 가지 있다.

《소녀의 행진》에서 주인공과 아이는 밤을 함께 보낸다.

소설 속에서는 거리를 걷는 두 사람을 묘사하다가 다음 행에서 갑자기 '두 사람이 처음으로 진정한 의미에서 서로를 알게 되었을 무렵, 이미 그곳에서 돌아갈 방법이 없었습니다'라고 서술한다.

전반은 다양한 의미로 해석할 수 있는데, 후반은 가장 현실적으로 막차가 끊긴 상황이라 가정해도 아이가 고등학생을 그 시간까지 곁에 두리라고는 상상하기 어렵다. 아마도 난폭하고 다정하게 역까지 배웅해줄 것이다.

노래방, 집, 패밀리레스토랑, 호텔, 공원, 길거리. 몇 가지 가능성을 그려봤지만 늘 도중에 전개가 막혔다.

독자였던 때는 모호한 문장 그 자체로 받아들여달라는 작가의 의도라고 생각했으나 현실에서 벌어진다면 문제가 다르다.

주인공 소녀는 어떻게 아이를 납득시켰을까.

그 명제를 현실과 어떻게 조정할지 생각하며 아카네는 5일째를 맞이했다. 아쉽게도 그날 심야 메시지 이후로 아이와 재회하는 날을 정하지 못했다.

이야기의 클라이맥스인 날까지 아직 시간은 있다. 그러나 그에게 보여주려는 의도 그 이상으로 아이와 만나고 싶다는 기분을 품은 아카네는 애가 탔다. 얻을 수 있는 게 전혀 다른데도 가족이나 친구를 기쁘게 해서 그 욕구를 속여 넘기려는 자신을 깨닫고 몇 번이나 혀를 깨물었다.

오늘 오후에도 아카네는 평소처럼 그 거리에 아르바이트를 하러 갔다. 서점 직원실에서 스커트를 청바지로 갈아입고 앞치마를 두른 뒤 매장으로 나온다. 오늘은 점장과 이전의 그 남자 대학생 니시오, 또 아카네가 조금 불편한 척하는 여성 사원과 폐점 때까지 근무한다. 아카네를 오냐오냐하는 소꿉친구 우에무라 언니는 폐점 2시간 전에 퇴근할 예정이니, 그때까지와 그 이후로 전신에 두른 긴장 상태를 바꿔야 한다.

계산하고 책 진열을 돕다가 해가 저물 때쯤 거동이 수상한 손님을 점장에게 보고했다. 그 남성은 점장이 말을 걸자 도망치듯 떠났으니 절도 초보자일지도 모르겠다고 아카네는 짐작했다.

진실은 관계없다. 점장에게 고맙다는 말을 듣고 우쭐한 표정으로 계산대에 섰다.

"이토바야시 씨, 뭐 좀 물어봐도 돼?"

옆에서 대조적으로 우울한 표정이던 니시오가 매장이 한산해진 틈에 말을 걸었다. 엄격한 여성 사원은 휴식 중이고 점장은 아까 뭔가 작업을 하러 안에 틀어박혔다.

"네, 절도범 찾는 방법을 알고 싶으세요?"

신바람이 난 여고생에게 니시오는 잘 길든 표정으로 웃었다.

"뭐, 아깐 잘 찾아낸 것 같지만 그게 아니야. 남자친구랑 사이가 별로일 때 받으면 좋은 거, 있어?"

"엇, 여자친구랑 싸웠어요?"

"대놓고 묻네."

마지못해 웃는 니시오에게 아카네는 "이러는 걸 좋아하실 것 같아서요" 하고 경박하게 대답했다. 니시오가 실제로 연하와 그런 관계를 맺길 바라는 걸 알고 있었으며, 연인의 존재도 그에게 들어서 알고 있다. 니시오보다 어린 대학생 연인과의 문제로 아카네에게 몇 번이나 의견을 물은 적이 있다.

"그나저나 선물은 어떨지 모르겠어요. 사이가 안 좋을 때 갑자기 평소에 안 하던 선물을 받아도 물건으로 낚으려는 것 같아서 좀 미묘할지도요."

"아, 너무 의도적으로 보여?"

"네. 아주 사소한 일인데 상대가 나를 생각해서 행동한다는 느낌이 드는 편이 더 두근거려요."

마치 자기 감각이 만인에게 통한다는 듯이 단언했다. 언어 표현은 '사랑받고 싶어'에 지배된 아카네의 것이었지만, 조언은 진짜였다.

아카네는 이럴 때 자신이 어떻게 보이고 싶은지를 최우선에 두면서도 진지하게 대답하려 한다. 지금까지 짧은 인생을 살며 획득한 것을 상대방이 받아들이기도 쉽고 버리기도 쉬운 형태로 건넨다.

아카네의 이런 조언이 제법 효과적인지, 얼마 전에도

친구가 짝사랑 상담을 해온 참이다. 동성이 연애 상담을 자주 해오는 것은 적이 아니라고 여기기 때문일 테고, 남자친구인 신의 존재도 효력을 발휘한다. 큰 영향은 없겠지만 앙만만 역시.

"그렇군. 여고생이 두근거린다니까 설득력이 있어."

"뭐, 깜짝 선물도 기쁘긴 하지만요."

"기다렸다는 듯이 말을 바꾸네. 이토바야시 씨, 남자친구랑은 잘 지내?"

"물론이죠."

거짓말은 아니다. 사실은 슬슬 관계가 끝나겠다고 예감했지만 지금 시점에서는 지극히 양호했다.

아카네의 연애는 늘 원인을 상대가 만들고 결과를 자신이 만들어 결말을 맞이한다.

바람피우려는 욕구를 알아차린 적도 있고, 단순히 상대방이 이쪽에 흥미를 잃은 적도 있다. 항상 상대가 결론을 내리기에 한발 앞서 아카네가 직접 관계를 마무리했다. 사랑받지 못하게 되기 전에 끝내면 상처를 줄일 수 있다.

이번에도 본바탕이 성실한 남학생인 신이 지금 여자친구와 정말로 계속 함께하고 싶은지 고민하기 시작한 것을 아카네는 알아차렸다. 툭하면 미래 이야기를 꺼내기 시작한 것이다. 신 내면에서 어느 쪽으로 결론이 기울 것인지는 모른다. 그러나 기운 후에는 늦는다. 아카네는 자신이 차츰차츰 연인에게 사랑받지 못하게 되는 상황을 견디지 못할 걸 잘 안다.

아쉽긴 했다. 신은 좋은 사람이라고 생각했으니까.

그래도 적절한 타이밍이기도 하다. 자신이 본성대로 살아가게 되었을 때, 착한 사람인 신이 자신을 받아줄 것 같지 않았다. 받아들여질 권리가 있다고 생각하지도 않았다.

그래서 아카네는 앞으로 며칠 안에 그와 이별하는 쪽으로 행동하자고 정했다. 상처받기 전에, 상대방의 애정이 줄어들기 전에.

다른 사람들은 진심으로 하는 연애를 마치 전략 게임이라도 되는 듯이 따지는 자신 때문에 죽고 싶어졌다.

불미스러운 일 없이 서점은 이윽고 취침 시간을 맞이했다. 불 꺼진 매장에 놓인 책 중에《소녀의 행진》이 있다고 생각하면, 아카네는 매번 자신이 그런 신세가 된 것처럼 오싹해진다.

"수고하셨습니다!"

사원을 남기고 마지막까지 일한 아르바이트 세 사람이 서점을 나선다.

평소라면 이대로 역까지 동행한 후 노선별로 길이 나뉜다. 그 순간까지, 그 순간을 마친 후에도 아카네는 적절한 표정을 절대 무너뜨리지 않는다. 마치 얼굴에 그런 가면을 쓴 것 같다고 스스로 생각한다.

다만 본인이 어떻게 인식하든, 본질이 어떻든, 아카네의 모든 가죽을 벗긴 깊은 곳에는 인간이 있다.

진심으로 놀라는 순간도 당연히 있다.

"이토바야시 아카네."

아카네의 비극은 깊은 곳에 있는 인간인 자신의 반응을 자기 의사와 무관한 타산과 기술이 뒤덮는 것이다.

목소리를 듣고 그쪽을 돌아본 사람은 아카네만이 아니었다. 아르바이트 동료 두 사람도 같은 쪽을 봤다. 의아한 표정을 지은 두 사람 옆에서 아카네는 곧바로 자신을 뒤덮었다. 동그랗게 뜬 눈과 벌어진 입에 의지를 부여했다.

"어라, 아이 씨!"

처음 보는 코트를 밤바람에 나부끼며 아이가 거기 있었다.

예상치 못한 타이밍에 그가 눈앞에 나타난 것은 만난 이래로 처음이었다.

만났다는 기쁨과 같은 만큼 뭔가 이야기를 진행할 재료가 되겠다고 생각해버리고, 아카네는 또다시 하얀 방을 봤다.

우카와 아이

❋

"으음."

길을 걷던 아이는 머릿속에 품은 신음을 그대로 입 밖으로 냈다. 이어폰을 끼고 있던 탓에 상상보다 큰 소리가 나와 옆에 있던 여성이 돌아봤다. 뭔가 착각했을지도 모르나, 생각한 바를 있는 그대로 들려줬을 뿐이니까 아이는 신경 쓰지 않았다.

고민거리는 고토 주리아와 이토바야시 아카네였다. 그 동영상 때문에 주리아와 관계가 있다는 걸 아카네가 알았다. 사실은 사실이니 알려진 것 자체야 문제는 아니지만, 원래는 언젠가 자기 입으로 설명해야 할 일이었다고 생각했다. 몇 번이나 대화에 등장했는데도 외부 정보로 알게 한 자신을 성의가 부족하다고 느꼈다.

가능하면 빨리 아카네와 대화하고 싶었으나 공교롭게도 사회인과 고등학생의 휴일이 겹치는 날은 멀었다. 메시지로 해명하는 방식은 선호하지 않는다.

오늘 아이는 굽 높은 까만 부츠와 하얀 스커트, 코코아색 트렌치코트를 입고 목에 빨간 숄을 두른 차림으로 이 거리에 왔다. 드물게 멋내기용 안경을 쓴 것은 아카네가 계속 마음에 걸려서인지도 모른다.

저녁쯤, 친구들과 술자리에 가기 전에 문득 생각나 평소 들르지 않는 서점 앞을 지났다. 투명한 문 너머로 안을 들여다보자 아카네가 계산대에 있었다.

정말로 일하는군.

의심했던 건 아니나 일한다는 말을 들은 이래로 한 번도 일하는 모습을 확인하지 않았으니 안심되긴 했다.

일에 방해되지 않게 접촉은 피하고, 친구가 예약해둔 저렴한 술집으로 갔다.

그 후로 3시간은 여고생에게 들려줄 수 없는 멍청한 수다로 뜨겁게 달아올랐다.

"한 곳 더 가자!"

친구이자 동거인인 호리키타 아사히의 민폐 수준을 넘은 외침이 추운 하늘에 흡수된다.

술을 마시다가 그런 선택지가 나왔을 때, 아이는 오늘

중에 귀가할 예정이라도 막차까지는 최대한 참가하고자 한다. 친구들과 어울리는 시간을 진심으로 즐기면서 일도 잘하려는 아이의 타협점이다.

남은 넷이서 2차에 가기로 했다. 익숙한 바에서 같이 아는 친구가 맡겨둔 술을 마시자고 대화하던 중, 아이는 힐끔 손목시계를 확인하고 문득 떠올렸다.

"야, 저기 서점, 몇 시까지 하는지 알아?"

"저기가 어딘데? 여기 서점 많잖아. 그냥 검색해라."

순순히 스마트폰을 꺼내 영업시간을 확인했다. 흐리멍덩한 머리로 대충 계산해 판단했다.

"미안, 먼저 가 있어. 나 용건이 좀 있어서."

"뭔데? 무슨 일이 있어도 소고기 먹고 싶어졌어?"

"벡°이냐."

"오! 잘도 알았네!"

"걸핏하면 그 소리 하잖아."

친구로 지내온 시간을 이유로 바보 같은 대화를 나누는 걸 아이는 행복으로 여긴다.

"그게 아니라 잠깐 서점에 들렀다 갈게."

"오, 웬일이래. 그래, 가게 꽉 찼으면 전화할게."

---

o 《벡^{BECK}》이라는 제목의 음악 만화. "무슨 일이 있어도 소고기 먹고 싶어졌어"라는 대사가 나온다

마음씨 착한 친구들과 손을 흔들며 일단 헤어진 후, 시간이 남아 도중에 편의점에서 캔 커피를 샀다.

도착하자 서점은 이미 닫혀 있었다. 아이는 수상해 보이지 않게, 그러면서도 점원의 퇴근을 확인할 수 있게 골목을 사이에 두고 건너편 건물에 등을 기대고 섰다. 잠시 기다려도 아사히 일행에게서 연락이 없는 걸로 보아 무사히 가기로 한 가게에 들어갔나 보다.

스마트폰을 살피며 두 개인 출입구를 관찰했다. 이윽고 아이가 선 곳과 가까운 쪽에서 세 사람의 그림자가 나타났다. 그중 아카네가 있는 건 가방에 달린 커다란 인형으로 바로 알았다.

"이토바야시 아카네."

다른 두 사람에게도 지인인 걸 알리려고 이름을 불렀다. 부른 후, 이럴 때는 성을 빼고 이름만 부르는 게 옳다고 생각했으나 이미 늦었다. 아이는 후회하지 않았다.

당연히 아카네는 놀랐고 다른 두 사람은 의심 가득한 시선을 보냈다.

"어라, 아이 씨!"

"아르바이트 수고했어. 잠깐 괜찮아?"

어리둥절한 시선을 보내는 양식적인 두 사람에게 어떻게 설명하면 좋을지 고민하는데, 아카네가 바로 재치 있게 반응했다.

"네, 괜찮아요. 아, 이쪽은 저기, 친구예요. 라이브하우스 스태프요. 수상한 사람 아니니까 저는 두고 가셔도 돼요."

아이도 이어서 "여기에서 얘기만 할 테니까 괜찮습니다" 하고 해명했다.

갑자기 나타난 인간의 외모와 음색의 격차에 망설인 티를 내던 두 사람은 완전히 납득한 태도는 아니었지만 가볍게 인사하고 아카네에게서 멀어졌다. 서점 안에 아직 사원이 남아 있으리라 짐작하고 아이가 내건 안전 보증이 아무래도 적중했나 보다.

"어라, 정말로 무슨 일이에요? 아이 씨."

"갑자기 미안. 타이밍이 잘 안 맞아서."

"아, 술 냄새! 혹시 많이 마셨어요?"

"조금이야아."

의식하지 못하고 길게 늘어진 말끝에 반응했는지 아카네가 웃는다.

"조그음?"

"조금이야. 아직 몇 잔 마셨는지 기억하니까. 지금부터 친구들이랑 2차 갈 거고."

"와, 오늘 밤 재미있겠다. 저도 데려가요."

"최소한 학교 가방이 없을 때 말해. 그래도 안 되지만."

"안경 귀엽다."

가볍게 화제를 바꾸는 여고생다움을 흐릿하게 안개 낀 머리로 흐뭇하게 생각하며, 아이는 오늘 전하려 한 말을 꺼냈다.

"주리아 일, 일단 말해두려고."

아카네는 그 일이 간신히 떠올랐다는 표정을 지었다.

"아! 괜찮아요. 저, 주리아의 친구랑 친구 사이라고 아무한테도 말 안 해요!"

"고맙긴 한데 그건 별로 걱정 안 해. 사실이니까 다른 사람한테 말해도 되고. 그게 아니라."

말하려는 바를 머리로 정리하다가 몇 잔 마셨는지 기억은 해도 확실히 조금 취한 것 같다고 생각했다. 기다리는 동안 몇 개쯤 준비했던 말이 다루마오토시°에서 빼낸 둥근 나무토막처럼 어딘가로 튕겨 나가 사라졌다. 무심결에 담배 피우는 동작을 맨손으로 했다.

"으음, 아, 그거다. 사실이니까 다른 사람한테 말해도 괜찮은데, 사실이니까 내가 말 안 하고 있었던 걸 이토바야시 아카네가 마음에 두지 않을까 싶어서. 말하지 않은 건 딱히 신뢰하지 않아서라거나, 그런 게 아니라고 말해

ㅇ 네다섯 개의 짤막한 원통 나무토막을 쌓고 제일 위에 커다란 얼굴을 올린 형태의 장난감. 나무망치로 아래부터 나무토막을 하나씩 쳐서 무너뜨리지 않고 빼내는 일본 전통 놀이다

두려고."

눈을 바라보며 말했기에 아카네의 변화를 바로 알았다. 조금 전 말을 걸었을 때처럼 눈을 크게 뜨고 다음으로 그 표정에 질린 것처럼 입을 앙다물더니 이어서 이 밤길에 어울리는 나직한 목소리로 "그 말을 하려고 온 거예요?"라고 물었다.

아이는 사람의 표정을 읽는 취미가 없다. 그래도 그녀가 놀라움과 수줍음과 기쁨이 뒤섞인 표정을 지은 것 정도는 알았다.

"응. 그렇긴 한데, 믿는다고 뭐 생색내는 소리를 하려는 건 아니고."

아카네를 기쁘게 하려고 온 게 아니라고 설명해야 한다.

"내 변명 같은 거야. 그 녀석, 주리아 말인데, 나는 걔가 하는 일을 응원해. 그렇기에 그 녀석이 겉으로 드러내지 않는 건 아이돌로서 내보내지 않겠다고 결정한 부분이니까 내가 말을 꺼내면 안 된다고 생각해서 입을 다물었고, 앞으로도 그렇게 할 거야. 라이브하우스 스태프의 친구였다는 그런 사소한 일이라도. 그러니까 상대가 이토 바야시 아카네여서가 아니야. 고등학생이니까 말을 퍼뜨리고 다닐지도 모른다고 여겼거나 미성년자니까 믿을 수 없다고 생각한 것도 아니야. 만약 그런 이유로 불쾌하게 여기면 미안하니까 말해두고 싶었어.”

　아마도 이게 요 며칠간 하고 싶었던 말의 전부겠지만 남은 말이 없는지, 얼마 남지 않은 캔 커피를 마시며 아이는 생각했다.

　입가에 댄 캔 때문에 가려졌던 아카네의 얼굴이 다시 시야에 나타났을 때, 그녀는 미간을 찌푸리고 있었다.

　심기를 거슬렸을까. 무슨 말을 해도 사실을 밝히지 않았다는 건 변하지 않으니까 어쩔 수 없으니 어떤 비난이라도 달게 감수하겠다고 아이는 각오했다.

　그녀의 입에서 비난이 똑똑히 나왔다. 다만 아이가 절대 예상하지 못한 각도였다.

　“아니…… 끼를 부리는 게 누군데.”

　이쪽을 노려본 아카네가 탄식하듯 중얼거렸다.

　“엇, 아니, 나는 딱히 그럴 생각으로 한 말이 아니야. 그저 이토바야시 아카네가 불쾌했을까 싶어서.”

　“그런 점 말이에요! 여자친구 있었을 때, 여자친구가 화낸 적 있죠?”

　“어, 끼 부린다고 화낸 적은 없는데.”

　“으아, 참을성 강하다. 다들 틀림없이 그럴 거야.”

　“생각한 바를 아무에게나 과하게 말한다는 소리는 들었나.”

"그거, 그거, 그거!"

마치 애니메이션처럼 어깨를 으쓱이며 아카네가 대놓고 한숨을 내쉬었다. 그런 호들갑스러운 연기에 웃자, 또 한숨을 쉬었다.

"뭐, 아이 씨의 끼 부리는 면은 그렇다 치고요. 응, 저기, 아니, 으음, 네, 고맙습니다. 사실은 조금, 정말 조금인데 신경 쓰이긴 했어요. 응, 아이 씨가 말해주러 왔으니까 나도 솔직하게 말할게요."

아이는 이렇게 친구가 속내를 드러내는 것을 진심으로 기뻐하는 인간이다.

"그건 미안해."

"아니요, 전혀! 제가 자의식이 과한 인간일 뿐이니까!"

어쩌면 이런 일로 신경 쓰는 게 아카네 본인의 성격 탓이라고 고민했을지도 모른다는 생각이 들어 아이는 새삼 미안해졌다.

"또 아르바이트 끝나서 힘든데 서서 말한 것도 미안."

"그건 저도요. 아이 씨 약속 있는데."

"그거야말로 괜찮아. 어차피 술이나 마실 테니까. 그럼 모처럼이니 역까지 같이 가자."

"아니, 정말로 그런 면 말이죠."

아카네는 또 한숨을 쉬었다. 그리고는 그녀 나름의 배

려이리라, 지금까지 나눈 대화를 전부 마음에 갈무리한 것처럼 웃음을 터뜨리고 걸음을 옮겼다.

"그런데요, 아이 씨랑 또 하고 싶은 게 있어요."

"그 책에 있는 그거? 나쁜 게 아니라면."

"어느 쪽일까."

악동 같은 표정을 짓는 아카네의 제안이 뭔지 모르겠지만 아이는 기다리기로 했다. 분명 첫 만남 직후라면 아카네는 이런 나쁜 꿍꿍이가 있는 표정을 짓지 않았을 테니 지금은 그저 기뻤고, 그걸로 충분했다.

이토바야시 아카네

❊

이 사람이 아이가 아니었다면 이 상황은 최고다.

아카네가 취한 그 앞에 서서 표정 하나하나를 꾸며내며 한 생각이었다.

오늘은 주말. 날도 저물었고 단둘이며 상대는 취했다.

배려하는 마음을 보여줘서 이쪽에 감동을 줬고, 서로 감췄던 부분을 털어놓기까지 했다.

게다가 상대는 여성으로 착각할 외모이니 같이 어딜 가는 걸 다른 사람이 봐도 위험하지 않다.

이유는 무수하게 많았다.

아이가 아니라면, 아카네는 '사랑받고 싶어'에 떠밀려 상대방의 복부 틈새에 엿보인 욕망을 부추겼을 것이다. 그리고 어디로든 사라졌다. 부모님에게 할 변명은 상부

상조하는 친구들에게 의지하면 어떻게든 된다.

자신이 이토바야시 아카네가 아니라면, 그가 아이가 아니라면.

경솔하게 사랑에 빠지는 전개가 있어도 괜찮았으리라.

'만약'의 자신이 어떨지는 그 누구도 알 수 없다.

아카네가 아는 것은 아이와 고토 주리아가 지금도 친구로 연결되어 있다는 사실과 아이는 역시 아이라는 점뿐이다. '이미 그곳에서 돌아갈 방법이 없었습니다'는 주인공과 아이로서 되돌아가지 못하게 된다는 의미로 이해했다.

그건 아카네가 주인공으로서 다음 행동을 일으킬 이유가 되었다.

아카네는 고토 주리아를 만나러 가기로 했다.

고토 주리아

✳

처음 대면한 후 지금까지 임파첸스는 멤버 중 누구 하나 탈퇴하는 일 없이 무대에 서서 노래하고 춤추며 각자 아이돌로서 역할을 다했다.

사실은 원래 멤버가 될 예정이었던 여성이 한 명 더 있었지만 프로젝트가 본격화하기 직전에 빠졌다는 이야기를 들었으나 앞으로 만날 일 없을 그녀에 대해 주리아는 상상할 수 없다.

하얗고 거대한 회의실에 갇힌 것만 같았던 자신들을 똑똑히 기억한다.

원을 그리고 앉은 여섯 명의 얼굴이 두 눈에 또렷하게 보였다.

오로지 희망만 품고 생글거리는 애가 있고, 이미 프로

의 얼굴을 한 침착한 애가 있고, 엄청난 긴장을 감추지 못해 자꾸만 움직이는 애가 있고, 표면상으로는 굉장히 좋은 집안 출신 같은 애가 있고, 그중에서도 특히 예쁜 얼굴인데 시선을 자꾸 내리까는 애가 있고, 의자에 완전히 몸을 기대 벌써 지겨워하는 애가 있었다.

자기소개를 나누며 그들과 앞으로 함께 싸워나간다는 결의, 동시에 그들을 상대로도 싸워야 한다는 깨달음을 얻었다.

아이돌로 선택된 평범하지 않은 아이들 사이에서 나는 어떻게 특별해질 것인가.

고민한 끝에 다음 날에는 긴 머리카락을 잘랐다.

우선은 멤버 중 누구와도 외모가 겹치지 않게, 좋아해 주는 사람들이 멀리서도 구분할 수 있게.

임파첸스로서 본격적인 활동을 시작하고 나서부터는 퍼포먼스에서도 다른 멤버가 선택하지 않는 남자 같은 표현을 강조하기로 했다. 그 결과, 서서히 늘어난 주리아의 팬층은 그룹 내에서도 특징적이었다. 공연장에서 주리아의 이름을 부르는 목소리에만 확연히 다수의 새된 성원이 섞였다.

아이돌이 되기 전부터 성격이 강한 인간이라는 자각은 있었는데, 임파첸스에 들어온 이후 더 의식적으로 거기에 불을 붙였다. 원래의 자신이라면 의욕 없는 발언을 하는 동료를 일일이 상대하지 않을 것이다. 연하의 멱살을 틀어쥐는 일은 절대로 안 했다.

하나하나 작은 의지가 쌓여 이윽고 자신 안에 고토 주리아라는 아이돌의 존재를 느꼈다. 이런 것이 바로 프로 의식이라고 여긴 주리아는 그렇게 형성된 자신을 그러안고 자랑스럽게 여겼다.

사람들에게 이 의식을 스토리로 전하고 싶다. 더욱 깊고 넓고 드높게.

요 몇 년간 활동을 통해 오로지 팬과 함께 스토리를 음미하는 순간에야말로 목표의 결정체가 있다고 절대 의심하지 않았다.

"일단 이 이야기도 해둘까 싶은데요."

"오, 그거."

"응. 그래도 특별하게 할 말은 없긴 해요."

"그렇지. 딱히 좋은 일도 아니고 나쁜 일도 아니까."

"맞아. 그냥 그런 시기도 있었을 뿐인데, 누가 그걸 남겨뒀나 봐요. 저는 앞으로도 고토 주리아니까 잘 부탁합니다, 뭐 이 정도입니다."

"그거 주리가 아직, 그러니까, 운전면허증을 딸 수 있게 되었을 때쯤?"

"그게 말을 돌린 거냐. 글쎄다, 거뜬히 따도 되는 나이였나? 나는 그랬는데 마키랑 도와코는 그때쯤 뭐 했어?"

"나는 요정이었던 시기네. 마키는?"

"그렇게 말해도 돼? 그러면 나는, 아, 회전목마였어."

"엥? 무슨 의미야?"

"회전목마 말이야. 놀이공원에 있는 거."

"아니, 그건 아는데, 내가 요정이라고 했으니까 당연히 흐름을 타고 생명체를 말할 줄 알았거든. 여러분, 마키는 전직 놀이 기구였다고 합니다."

"판타지한 걸 연상한 거거든!"

마키가 가짜로 화난 척하자 도와코가 폭소했고, 주리아는 손뼉을 쳤다. 그다음 방송은 리퀘스트로 들어온 임파첸스의 노래 라이브 영상으로 옮겨갔다.

오늘의 공연장인 라이브하우스로 이동하면서 주리아가 이어폰으로 음성만 듣는 것은 매주 일요일 밤에 올리는 임파첸스의 라디오 방송 동영상이다. 매주 수요일이나 목요일, 스케줄에 맞춰 멤버 2~4명이 짧게는 30분, 길어도 1시간 정도로 녹화한다.

약 4분 후, 소리는 다시 라디오 부스처럼 꾸민 스튜디오로 돌아왔다.

"다시 소개합니다. 오늘은 저, 가타노 도와코와 고토 주리아, 그리고 후후, 전직 회전목마가 함께합니다."

"에무카에 마키입니다!"

묘하게 자기 개그 취향에 맞아떨어졌는지 도와코의 웃음소리가 이어폰 안에서 계속 들렸다. 그 후로도 한동안은 "말 역할을 한 거야?" "수동으로 전체를 움직이는 아르바이트를 했어?" 하고 도와코가 자꾸만 장난을 쳤다. 그러다 마키가 정말로 기분이 상한 듯한 톤으로 "끈질기네"라고 말한 것이 터닝 포인트가 되어 도와코가 유난스럽게 마키의 비위를 맞추는 분위기 속에서 40분 정도의 방송이 끝났다. 모처럼 팬들이 보내준 메일은 한 통도 읽지 않았다.

방송을 들은 팬들에게서 '혼돈의 방송' '도와코님 진짜 끈질기다' '말리지 않는 주리가 제일 잘못한 것 같은데'와 같은 제법 날카로운 지적이 있었다. 마키와 도와코 두 사람은 영상이 공개되고 1시간 후 잊지 않고 트위터로 방송 내용을 뒷받침하는 대화를 나눴다.

그 요정 씨 언젠가 혼내줄 테다. [:∀:] 모두 라디오 꼭 봐주세요, 들어주세요! [반짝반짝 이모티콘]

회전목마 선배님, 안녕~ [*∧_∧*]

공개된 밤에도 방송을 확인했지만, 오늘 있을 특전회에서 팬들이 라디오 이야기를 꺼낼 때를 대비해 가는 길에 이렇게 다시 듣는다. 도와코의 폭주는 당연히 주리아의 동영상과 관련한 화제에서 관심을 돌리려고 꾸민 것임을 알고 있다.

그날 이후 일주일 하고 며칠이 지났다.

임파첸스에 소속되기 전, 주리아가 혼자 라이브하우스에 출연하던 시절의 동영상은 팬들 사이에서 이미 주리아를 좋아하기 위해 필요한 일반지식처럼 다뤄지기 시작했다. 동영상에 위법성은 없고 삭제 요청도 괜히 쳇바퀴나 빙빙 돌리는 짓이 될 것을 알기에 임파첸스 쪽에서도 이렇다 할 수습을 하지 않았다.

스태프들과도 이 사건이 고토 주리아로서의 스토리에 마이너스가 되지 않도록 힘쓰자고 의견을 나눴다. 라디오에서 직접 언급한 것은 그런 활동의 일환이었다.

별로 대단한 문제가 아니다. 그런 당당한 태도를 보여주면서 일주일을 보냈다. 그러나 도와코의 폭주를 가까이에서 보고 알았다. 멤버들은 알아차렸을지도 모른다.

주리아는 괴로웠다.

오후 1시, 라이브하우스 앞에서 매니저에게 연락하고

기재를 운반하는 중인 스태프들과 인사하며 입장했다. 공연 시작은 오후 7시다. 리허설과 협의, 특전회를 진지하게 하다 보면 6시간은 금방 지나간다.

수용 인원 천 명을 넘는 대형 공연장 특유의 넓은 대기실로 들어가자 멤버인 란이 혼자 벽에 걸린 거울을 보며 부지런히 얼굴 체조를 하는 중이었다. 누구보다도 외모 재능이 뛰어나기 때문에 표정근을 거의 쓰지 않고 살았던 그녀의 루틴이다.

"안녕, 주리. 컨디션 어때?"

거울 너머로 시선이 마주쳐 주리아는 한 손을 가볍게 들었다.

"안녕. 컨디션 좋아. 란은?"

"평소랑 같아."

그 이상 말을 주고받지 않고, 주리아는 긴 테이블 위에 짐을 놓은 뒤 의자에 앉는다. 대화가 이어지지 않는 것은 란이 주리아의 근황을 걱정해 컨디션을 물어본 게 아니기 때문이다. 란의 인사는 늘 이렇다. 확인을 마치면 그녀는 항상 입을 다문다.

어쩌다 보니 대학교 미인 대회에 뽑혔다는 타고난 미인인 란은 자기현시욕을 미모 뒤에 감추고 살아왔다. 말발이 뛰어나지도 않고, 커뮤니케이션 능력도 좋은 평가를 못 받는다. 그래도 입 다물고 있으면 외모와 학력 덕에 사람들이 알아서 내면을 좋게 상상하는 걸 알고 있었던 모양이다. 그랬던 그녀는 아이돌이 된 지금, 참하고 아름다운 재녀로서 더욱더 철저하게 자기 프로듀싱에 힘써 멤버 사이에서도 그 미모를 유지한다. 란의 스토리를 특히 존중하는 주리아와 단둘이 있으면 대체로 정적이 찾아온다.

그래서 주리아는 예상하지 못했다. 이 고요함이 다른 멤버의 떠드는 소리가 아니라 그녀의 소소한 말로 깨지리라고는.

"표정이 굳었어."

이번에는 거울 너머가 아니라 현실에서 두 사람의 시선이 겹쳤다.

주리아는 자기 뺨에 손을 댔다. 란이 말하고자 하는 바를 전부 알았다. 그 말의 의미도, 얼마 안 되는 차이지만 멤버 중 최고 연장자인 그녀의 배려도.

"알았어."

주리아가 고개를 끄덕이자 란은 살짝 웃어 보이고 다시 얼굴 체조를 시작했다. 이윽고 아오가 이어폰 밖까지 새어 나오는 큰 소리와 함께 대기실에 들어올 때까지, 란도 주리아도 말하지 않았다.

주리아는 침묵 속에서 자신을 덮친 괴로움을 생각했다.

임파첸스를 결성하고 지금까지, 뭐든 잘 풀린 듯이 보이는 와중에도 당연히 고난과 역경을 맛보았고 맞서왔다. 그랬던 자신이 지금은 경험해본 적 없는 종류의 맛에 괴로워하고 있다. 견뎌낼 수 있으면 괜찮다. 그러나 표정이나 분위기에 드러나기 시작했다.

게다가 이 괴로움의 정체를 아무래도 주변 사람들은 착각한 듯했다.

그 동영상이 퍼진 이후 주리아의 눈이 닿는 범위에서도 험한 비난이나 중상모략이 눈에 띄게 늘었다. 임파첸스를 모르는 어떤 사람은 주리아의 외모와 노래, 과거의 미숙한 퍼포먼스를 마치 자기가 프로라도 된다는 듯이 깎아내렸다. 임파첸스를 아는 어떤 사람은 지금까지 팬들에게 보여준 모습이 만들어진 캐릭터였다는 사실을 비난했다.

때로는 무분별한 자에게 항의하고 싸워주는 팬들도 있었는데, 주리아를 걱정하는 그들 또한 약간 착각하고 있었다.

주리아는 과거를 끄집어낸 규탄 따위 대수롭지 않게 여기는 자신을 만들어왔다. 머저리, 라고 속으로 한마디 중얼거리면 그걸로 끝이다.

물론 이건 혼자 만들어온 것이 아니다. 자신을 좋아해

주는 사람들과 함께, 다른 멤버를 좋아하더라도 그룹 전체를 응원해준 사람들과 함께 스토리를 그려왔다. 그 결과 지금 여기 있는 여성은 욕설 따위에 흔들리지 않는 고토 주리아가 되었다.

일종의 공범 관계이자 공동 제작자이기도 했던 그 사람들에게서 임파첸스 멤버로서 쌓아 올린 고토 주리아를 부정하는 듯한 목소리가 들려오는 것이 가장 괴로웠다.

머리가 긴 주리는 처음 봤어! 왠지 나 이쪽이 더 취향인 것 같아. (수줍어하는 이모티콘)

프로 의식이 투철한 주리는 받아들이지 못할 테지만 대박 귀여우니까 완전 OK! 라고 말해주고 싶다.

와일드한 면도 좋은데 저렇게 여성스러운 모습도 보고 싶다~ (하트 이모티콘) #고토주리아

주리 이때부터 노래 완성형이네!

이런 말들이 부정적인 것이라고는 필시 팬과 스태프와 멤버 중 누구도, 주리아 이외에는 생각하지 않을 것이다.

멤버가 모여 왁자지껄해진 후 오늘 라이브를 주최한 어른들에게 인사하러 갔다. 그들과 잡담을 나누고 팀 전체가 라이브를 위한 미팅과 리허설에 참여했다. 그게 끝난 후에도 쉬지 못하고 곧바로 지금부터 개최할 특전회 준비를 해야 한다.

임파첸스의 특전회 흐름은 다른 아이돌 그룹이 하는 유사 이벤트와 크게 다르지 않다. 특전회는 보통 라이브 당일, 같은 공연장에서 공연 전에 개최된다. 특전회에 참가하고 싶은 팬은 우선 라이브 시작 몇 시간 전에 공연장에서 최신 CD를 사거나 예약한다. 이때 CD 1장당 3장의 특전회 참가권을 받는다. 다만 멤버들의 시간은 무한하지 않기 때문에 한 명이 살 수 있는 CD 장수와 참가권 총 매수는 라이브에 따라 제한된다. 참가권 사용 방법은 이렇다. 1장으로 좋아하는 멤버 1명과 악수, 2장으로 좋아하는 멤버 1명과 즉석카메라 일명 '체키'로 사진 촬영, 3장으로 좋아하는 멤버 2명과 체키 촬영을 할 수 있다. 즉 멤버 전원과 교류하고 싶다면 CD를 최소 3장은 사야 한다.

이런 형식이다 보니 특전회에서 멤버의 인기 순위는 그룹 내 단순 지명도와 다르다.

특전회에서 가장 존재감을 보이는 멤버는 유명 아역 배우라는 경력 덕분에 어려서부터 팬이 있는 마키다. 그녀의 경력을 몰라도 붙임성 좋고 세상 물정을 살짝 모르는 감각, 밝고 자유분방한 자세가 사람들의 보호 욕구를 자극하는지 팬 연령층은 자연스럽게 높아진다. 그 결과, 어느 정도 자금이 필요한 특전회에서 마키는 제일 인기가 좋다.

이와 반대의 이유로 멤버 최고의 지명도를 자랑하는 아오는 특전회에서 그다지 눈에 띄지 않는다. 그녀의 가식 없는 태도를 거북하게 여기는 팬이 많기도 하고, 그보다 단순한 이유로 아오 개인을 좋아하는 팬 중에 10대가 많기 때문이다. 평일에 열릴 때도 많은 특전회에 참가할 기회나 돈 모두 10대에게는 아직 한정적이다.

주리아는 마키나 리더인 사쿠나 다음 정도로 활약한다.

주리아의 팬층은 현저하게 눈에 띈다. 참가자 중 여성 비율이 매우 높다. 여성 팬들 대부분 귀여운 쪽보다는 멋진 주리아를 원할 때가 많아서 체키 촬영 때도 머리를 쓰다듬어달라는 요구가 많다. 연애적인 감정도 남녀 팬 쌍방에게서 받는다.

주리아는 특전회의 관계성 또한 팬들과 함께 가꿔왔다. 때로는 이제 오지 말아달라고 거절하는 예외적인 상황도 있긴 하지만, 함께 쌓아온 전체적인 경향이 지난 특전회와 비교해 크게 달라지는 일은 이제껏 없었다.

오늘, 주리아는 마치 처음 아이돌이 된 때처럼 긴장했다. 팬들 앞에 모습을 드러내는 건 그 사건 이후 처음이었다.

당연히 굳은 표정을 보여줄 순 없다. 지금까지 팬들과 함께 써온 고토 주리아라는 스토리에 그런 서술은 없다.

특전회는 언뜻 보기에 무사히 진행되었다. 파티션으로 나뉜 공간에서 악수하거나 체키를 찍으며 다양한 팬들과 대화를 나눴다.

모두 다는 아니지만 많은 팬이 그 일을 언급했다. 수는 많지 않았으나 과거 주리아에 관한 감상을 말하는 사람도 있었는데, 그 시절을 칭찬하는 말 전부가 지금 주리아의 마음을 깊숙이 찔렀다.

가장 괴로웠던 것은 특전회에 몇 번이나 와준 익숙한 남성 팬이 별생각 없이 웃는 얼굴로 한 말이었다.

"우리 앞에서는 좀 더 솔직한 모습을 보여줘도 되는데."

"나는 언제나 나인데."

최대한 멋진 표정으로 체키를 촬영한 후 다시 만나자고 약속하고서 그와 헤어졌다. 물론 그에게 악의가 없는 건 알고 있고, 딱히 원한을 품지는 않았다.

그러나 깎여나갔다.

몸이 피곤한 게 아니라 마음이 피폐해진 건 처음일지도

모른다. 생각보다 다리가 묵직해지는 종류의 상당한 대미지여서 놀랐다.

그럼에도 견딜 수 있었던 건 주리아가 아끼며 키워온 스토리를 소중하게 품은 팬도 있는 걸 안 덕분이다.

예전에 별명을 지어달라고 요구해서 그때 그녀가 가지고 있던 스트랩을 보고 별명을 만들어준 대학생 여성이 뭔가 결심한 표정으로 다가왔다.

"즐거운 분위기에 찬물을 끼얹는 것 같아서 말하지 못했는데, 나한테는 지금 주리가 멋있어 보여."

기뻤다. 하지만 과도하게 기뻐하는 것도, 그걸 그녀에게만 알려주는 것도 스토리를 방해하는 요인이 될 수 있다.

주리아는 그저 고토 주리아다운 표정으로 그녀의 손을 잡고 "앞으로가 더 멋있을 거야"라고 역시 멋지게 말했다.

지금이 좋다고, 만들어진 지금의 주리아가 좋다고 말해주는 팬은 그녀만이 아니었다. 지난 일주일간 인터넷상에서도, 오늘 특전회에서도 분명히 존재했다.

하지만 인간이란 그렇다.

100개, 200개나 되는 방패가 단 하나, 설령 자기 자신 이외에는 아무도 칼이라고 여기지 않을 말로도 거짓말처럼 산산조각이 난다.

주리아의 마음을 무너뜨린 것은 그날 처음 특전회에

참가했다는, 전에 본 적 있는 여자애였다.

"아, 와줬네? 기쁘다."

"저 기억하세요?"

"당연하지. 귀여운 여자애가 말을 걸어줬는걸."

"에이, 무슨 말씀이세요. 제가 그때 일을 설명할 생각이었는데."

쑥스럽게 웃는 여자애는 전에 주리아와 만났을 때처럼 앞치마를 두르지 않았다. 귀여운 미니스커트에 체크무늬 롱코트를 입었다. 그때 그녀를 보고 아이돌 같다고 느꼈던 걸 떠올리고 이해했다. 아마 평소 귀엽다는 말을 익숙하게 들을 것이다.

"어, 체키는 처음인데, 어떻게 하면 돼요?"

"같이 포즈를 취해도 좋고 그냥 찍어도 돼."

주리아는 안심한다.

그때 이 여자애는 얼마 전에 처음 라이브를 봤다고 했다. 뉘앙스로 짐작해 드디어 볼 수 있었다는 의미가 아니라 어떤 계기로 흥미가 생겨 라이브를 보러 왔다는 걸로 파악했고, 아이돌을 대하는 데에 익숙하지 않은 태도를 보고 확인했다.

서점에서 말을 걸었으니까 아마도 영화 주제가로 생긴 신규 팬이리라.

주리아는 순간 방심했다.

신규 팬에게는 주리아의 과거도 현재도 미래도 전부 새로운 정보일 터이다. 이 여자애는 지금까지의 주리아를 병렬적으로 파악하고, 이곳에서 아이돌과 팬으로 맺은 관계성을 가장 소중히 안고서 돌아갈 것이다. 그렇게 확신했다.

확신이란 아무리 좋아도 80~90퍼센트의 상황 판단과 10~20퍼센트의 신앙에 불과하다.

체키 포즈를 정하지 못하는 여자애 옆에서 주리아는 스태프의 안색도 살피면서 제안했다.

"그럼, 팔짱을 끼는 건 어때?"

"어, 접촉하는 거 괜찮아요?"

"응, 남자가 달라붙는 게 아니면. 여자애가 머리를 깨물어달라고 한 적도 있어."

주리아와 괴수를 연관해서 그런 의뢰를 한다고는 생각이 미치지 못했나 보다. 여자애는 놀란 표정을 짓고 긴장한 채 주리아 바로 옆에 서서 조심스럽게 팔짱을 꼈다.

이럴 때 주리아가 할 행동은 정해져 있다. 힘을 딱 주어 그녀와 밀착한다.

그녀의 심장 고동이 전해지는 상상을 했다. 실제로 느낀 것은 숨결과 코트 너머의 가느다란 몸뿐이다.

촬영한 사진은 바로 현상되므로 주리아 손으로 직접 그녀에게 건넸다.

"용기를 내 와줘서 고마워. 또 와줘."

매출이나 향상심과 관련 없다고 하면 거짓말이다. 그래도 그걸 포함한 진심을 주리아답게 말하면서 이 안심할 수 있는 시간의 끝을 자기 스스로 알렸다.

"네! 고맙습니다! 또 올게요."

"응."

"아, 사실은요."

그녀가 악의라곤 전혀 없이, 흥분 가득한 미소를 지었다.

"용기를 낸 건 주리아 씨가 아이 씨랑 친구라는 걸 알아서예요."

호흡이 멈춰버렸다.

"……아이?"

금이 간 심장에 손가락을 집어넣어 강제로 벌리는 감촉을 느꼈다.

그 자리에서 자신의 목소리가 들렸다. 익숙한 이름을 불렀다.

"아이 씨라니, 누구지? 닉네임이야?"

기대를 담은 말로 잘 꾸며냈다고 생각했다.

"그 동영상에도 찍힌 아이 씨요. 두 분이 대화하는 걸

봤는데 주리아 씨가 다정해 보여서 더 팬이 됐어요!"

"그래?"

"다음에 아이 씨랑 같이 올게요."

순진무구한 여자애는 마지막까지 손을 흔들며 부스 밖으로 나갔다.

주리아는 제대로 손을 흔들어주었다. 미소도 지었다.

만들어놓은 장막 안에서 위기감을 느낀 것을 들키지 않았으리라.

불현듯 예감이 생겼다.

이건 위험하다.

와해가 생긴다.

지금 당장이 아니더라도 바로 저 앞까지 왔다.

친구와의 관계성이 알려진 건 문제가 아니다. 그런 사소한 일이 아니라.

고토 주리아의 아이돌이 아닌 부분에 호감을 품고 만나러 왔다는 새로운 팬이 생겼다.

겨우 그뿐인 사실에 마음의 방패가 송두리째 뽑히는 상상을 했다.

열이 펄펄 나고 다리에 쥐가 나도 서 있었던 단단한 지면이 문득 정신을 차리면 어디론가 사라질 것 같았다.

특전회에 참가한 그녀에게는 죄가 없다. 아무도 나쁘지

않다.

그저 수리아가 직접 쌓아 올린 수년간이, 선택했던 수년 전 그날이 부정된 기분을 느낀 것, 그저 그것뿐이다.

그 누구도 누군가를 탓할 수 없다.

예감은 정확했다.

주리아는 그 후의 특전회와 라이브를 망치고 말았다(라고 주리아는 판정했다. 실제로는 우연히 몇 가지 실수가 겹쳤을 뿐일지라도).

이런 일은 지극히 드물었으니 주리아가 보인 틈을 팬 대부분은 그녀의 싱싱한 인간미라고 옹호했다.

우카와 아이

근무 일정상 현장에는 없었다. 그래도 주리아가 드물게 라이브에서 실수했다는 정보는 바로 입수했다. 걱정은 했지만 포메이션이 무너지거나 가사를 깜박한 정도의, 인간이라면 언젠가 저지를 실수라는 걸 알고 일단은 안심했다. 현장에 있던 팬들 사이에서도 주리아를 욕하는 말은 거의 없었다. 라이브 후에 올라온 주리아의 트윗 '오늘 와주신 여러분 정말 죄송합니다. 정진하겠습니다' 에도 비난하는 말은 없었다. 실제로는 있었을지도 모르나 아이는 주리아를 적대시하는 계정을 차단했기에 보이지 않았다.

친구인 주리아가 아이돌이 되고나서부터 아이는 라이브 감상 이외에는 개인적인 대화를 나누지 않겠다고 굳게 다짐했다.

그래서 공식적으로 발표된 사실 이외에 주리아의 감정은 알 수 없다. 과도한 걱정은 무의미하다. 그렇게 생각해 일하는 동안은 그녀에게 향하는 의식을 완전히 멈춰두었으나 쉬는 시간이 되어 도착한 메시지를 보고 웃음이 터졌다.

이토바야시 아카네가 주리아와 같이 찍은 체키를 스마트폰으로 다시 찍어서 보냈다. 사진 속의 여고생은 아이돌 옆에 서서 긴장한 표정을 짓고 있었다.

놀랐다. 그러나 생각해보니 딱히 문제 될 것도 없다. 그렇게 생각하자마자 알아차렸다.

학교 땡땡이치지 마.

답은 바로 왔다.

쉬는 날 찍으러 갔을 가능성도 있는데요?

어제 오랜만에 특전회가 있었고 의상도 최근 거니까.

아이는 항상 근무표와 임파첸스의 라이브 일정을 비교

하며 참가할 수 있을지 기회를 살핀다. 방심했구나. 여고
생을 생각하며 속으로 히죽거렸다.

······ 이런 불찰이!

그나저나 저번에 만났을 때 조만간 메시지 보내겠다고 한 게 이거
냐. 계획적으로 땡땡이치지 마라.

주리아 씨 다정했어요!

아카네의 뻔뻔한 태도를 어른으로서 긍정할 순 없다.
그래도 두 사람의 체키를 다시 살펴보며 기뻐 보이니까
다행이라고 생각했다.

"어, 이 두 사람 아는 사이야?"

동료 후지노가 스마트폰을 들여다봤다.

"주리아가 마음에 들었는지 처음으로 특전회에 참가했
나 봐. 학교 안 가고."

"오, 청춘이네."

후지노는 지극히 적당한 소리를 중얼거리고 직원실 소
형 냉장고에 들어 있는 차를 한 모금 마셨다.

"그 애랑 되게 가깝게 지내네? 손대지 마라."

"댈 리 없잖아."

"친구라고 아무것도 안 하는 인간이 아니잖아, 너는."

동료이자 친구이기도 한 후지노에게는 이런저런 편력을 다 들켰다.

"난 싫다. 여고생에 빠져서 친구가 체포되는 거."

"혹시 체포되면 주범으로 네 이름을 댈 테니 각오해둬."

"멍청이."

후지노는 말과 달리 입을 크게 벌리고 깔깔 웃으며 필요한 도구를 찾아 다시 일하러 갔다. 아이도 금연인 직원실에 용건은 없다. 목에 건 스태프 신분증을 자기 사물함에 넣고 외출하기 위해 겉옷을 입었다.

플로어에서는 신인 여성 싱어 송 라이터의 공연이 시작되었다. 그녀를 보러 온 관객은 아직 지인뿐일 것이다. 다른 아티스트를 보러 온 관객들이 예의상 노래에 맞춰 몸을 흔들었다. 메이저 아티스트 세계만 아는 인간에게는 쓸쓸한 광경처럼 보일지 모르나, 라이브하우스에서는 일상이다.

밖으로 나오자 입김이 하얗게 물들었다. 뉴스에서는 따뜻한 겨울이라고 하지만 기온은 착실하게 내려갔다. 지상으로 올라가는 계단을 걸으며 아이는 조금 전에 본 일상의 대단치 않은 풍경을 떠올리고 딱 한 번만 기도했다.

지금 공연하는 여성 싱어 송 라이터가 최소한 스스로 만족할 정도로는 사람들의 주목을 받기를.

이것은 아이의 습관이었다. 이런저런 사정이나 배경을 넘어서 최소한 아이의 직장 무대에 선 출연자의 바람이 이루어지길 기도하는 것쯤은 하고 싶다고, 그답게 솔직히 생각했다.

본인을 위해서도 그녀를 위해서도 기도는 잠깐으로 그치고 밤바람에 어깨를 움츠렸다. 흡연실을 찾아 언덕을 내려가는 도중, 기도에서 연상해 아카네가 주장했던 말을 떠올렸다.

모르는 어른이 추천하는 책보다 가까운 사람이 추천한 책이 더 믿음이 간다.

그때 후반부에 동의했던 아이의 생각은 바뀌지 않았다. 동시에 전반부에 대해 아카네와는 다른 의견을 품은 것도 바뀌지 않았다.

모르는 어른들이 만든 상이든 뭐든, 무엇이 아티스트가 약진할 계기가 될지 알 수 없다. 라이브하우스에서 인기가 불붙는 아티스트가 있는 한편으로 판매처나 음반 기획사가 준비한 광고를 통해 가치가 알려지는 아티스트도 당연히 있다. 거기에는 우열도 없고 선악도 없다.

어쩌면 아카네의 말처럼 숨은 사정이 있을 수도 있다.

그러나 아이는 그것을 근본석으로 부정할 생각은 없다. 부정하면 언젠가 큰 무대에 서기를 바라는 아티스트들을 부정하는 것으로 이어진다.

언덕을 오르던 중간에 골목으로 들어가 공중 흡연실에서 담배에 불을 붙였다. 모락모락 피어오른 연기에 비친 것은 이틀 전 같이 꽃집에 갔을 때의 아카네다.

최근 유난히 아카네를 생각한다.

친구를 생각하는 자신을 아이는 부정하지 않는다. 저도 모르게 쓴웃음을 지은 것은 후지노에게 들은 말이 예상 외로 정곡을 찌른 것 같아서다.

결코 손을 대진 않았다. 그러나 아카네에게 빠졌을지도 모른다.

계기는 틀림없이 같이 당구를 치며 논 그날이다. 아카네가 보여준 그녀의 중심과도 같은 부분. 생각해보면 등장인물과 닮은 인간에게 말을 건 시점에서 아카네에게 그 이야기가 어마어마한 가치를 지닌 것을 알 수 있는데도 아이는 미처 깨닫지 못했다. 살다 보면 그런 만남도 있겠다는 정도로만 생각했다.

아카네가 공포나 습관을 극복하고 이야기를 따라 싸우려고 했다는 말을 들었을 때 비로소 이해했다.

어쩌면 지금까지 아이가 만난 어른들 중에도 작품에

심취한 인간이 있었을지도 모른다. 그래도 대부분은 과거의 기억에 기대는 경우이지, 현재를 바꾸려는 것으로 보이지 않았다. 아카네는 좋아하는 작품에 자극을 받아 지금을 바꾸려고 한다.

흥미가 솟구쳤고 아카네를 좀 더 알고 싶었다.

무엇보다 아이는 독자적인 중심을 품고 바르게 살기 위해 행동할 줄 아는 인간을 좋아했다.

그런 마음은 거짓이 아니다.

담배를 두 개비 피우고 다음 목적지를 정했다.

휴식 시간에 외출할 때는 크게 두 가지 목적이 있다. 담배를 피우는 것과 가볍게 식사하는 것. 오늘은 그에 더해 또 하나, 주리아의 인터뷰 기사가 실린 음악 잡지를 살 생각이었다.

어디서 사든 상관없었다. 서점은 얼마든지 있고 레코드 가게에서도 팔 것이다. 저녁 식사 장소에 따라 정하려고 했는데, 생각이 미쳐서 아카네가 일하는 서점으로 찾아갔다.

메시지에 바로 답변이 왔으므로 오늘은 근무하지 않을 것이다.

수동인 문을 열고 들어가자 역시 안에 아카네는 없었다. 근무 중이더라도 휴식을 위해 직원실에 있지 않을까.

만나는 게 목적이 아니었으니 금방 포기하고 음악 잡지 코너로 이동한다. 사려고 했던 잡지를 발견해 내용을 확인했다. 금방 임파첸스의 리더 다카쓰키 사쿠나와 함께 웃는 주리아를 발견했다. 사복 공개라는 글에 살짝 웃었다.

바로 계산해도 되는데 아이는 계산대로 가면서 책 표지를 하나하나 살펴보았다. CD 재킷과 마찬가지로 프로가 공들인 기술과 감각에 시선을 빼앗겼다.

그 책은 계산대 바로 직전 코너에 놓여 있었다.

아름다운 피오피 광고나 소형 디스플레이로 틀어놓은 영화 예고편과 경쟁하는 듯한 존재감을 뽐내며 매대에 몇 열이나 진열되어 있었다.

아이는 자신이 좋은 의미에서든 나쁜 의미에서든 흥미 있는 것에 깊이 파고들고, 그 반동으로 무관심한 사항에는 머리의 용량을 전혀 할당하지 않는 인간임을 알고 있었다.

그래서 집어 들었다.

솔직히 책 자체에는 아무런 흥미도 없다. 소설이라는 문화에 재미를 느끼지 못하고 자잘한 글자를 눈으로 따라가면 피로가 쌓인다. 초등학교 국어 수업 때 타인의 감정에 대해 답하라는 말을 듣고 마음이 불편했던 그날부터 소설을 적극적으로 읽고 싶다고 생각한 적은 지금까지 단 한 번도 없다.

그래도 관심이 가는 친구가 이 책을 마음속 중심에 놓고 산다고 한다.

아이는 잡지 한 권과 소설 문고본 한 권을 들고 계산대로 갔다.

커버를 씌우겠느냐는 점원의 질문에 "일단 주세요"라고 대답했다. 그때까지 영업용 미소를 보이던 여성 점원이 예상보다 훨씬 낮은 목소리에 반응해 아이를 한 번 더 바라보았다.

이토바야시 아카네

❋

아카네가 생각하기에 주리아와의 재회는 완전히 기대
를 벗어난 것이었다.

아이와의 관계성을 밝히면 어떻게든 이야기가 진전되
리라 예상했는데, 주리아는 허를 찔린 표정을 감추느라
필사적이었다.

한 번으로는 안 될지도 모르지. 그래서 다음 특전회 예
정을 찾아봤는데 올해 남은 것은 딱 한 번, 연말 단독 라
이브 날에 하는 것뿐이었다.

날짜를 보고 아카네는 탄식했다. 그날을 기다리면 이야
기를 제때 마치지 못한다.

《소녀의 행진》은 이야기 속에서 명확한 날짜를 제시하
지 않는다. 그래도 정보를 엮으면 사건의 날짜를 계산할

수 있다. 아카네가 읽어낸 바로는 이야기의 마지막 날이 하필이면 임파첸스 단독 라이브 날과 겹친다. 그러면 늦는다.

주리아도 아니고 후지노도 아닌 다른 사람일 가능성도 있을까.

혹시 몰라 트위터로 주리아에게 어제는 고마웠다고 인사를 보냈으나 그녀는 팬에게 답변하는 연예인은 아닌 것 같았다.

아카네는 시행착오를 겪는 중이다. 한편으로 극적인 일이 당장 벌어지지 않아도 자신이 이해할 것을 알고 있었다.

말하자면 이건 이야기의 '승承' 부분이다.

《소녀의 행진》에도 주인공이 특별한 일 없이 평화로운 나날을 보내는 기간이 있다. 학교에 가서 공부하고 가족과 어울리고 잠을 잔다. 아이나 친구들과 세심하게 교류하며 친목을 쌓는다. 보는 사람에 따라 지루한 묘사일지 모르나 이야기로서 아주 의미 있는 부분이다.

주인공인 소녀에게 있어 이 기간은 아무에게도 이해받지 못하는 최후의 시간이니까.

아카네도 이야기에 따라 주리아와 재회한 것 이외에는 차분한 나날을 보냈다.

그제는 아이와 그 거리의 꽃집에 갔다.

이야기에서도 두 사람이 꽃을 그저 아끼는 평온한 묘사가 있다. 마침 아이 친구의 생일이 얼마 안 남았다고 해서 가자고 하기도 좋았다. 아이는 꽃집 몇 군데를 둘러보고 친구 선물로 투명한 돔 형태의 케이스에 담긴 프리저브드 플라워를 샀다. 또 사는 김이라면서 거베라 한 송이를 사서 아카네에게 줬다. 겉으로 최대한의 기쁨과 쑥스러움을 표현한 아카네는 집에 와서 꽃 보존법을 조사해 알맞게 처리했다. 이야기 속에 주인공이 꽃을 들고 있다는 묘사는 없지만 선물을 받는 장면은 있었다. 인터넷에서 얻은 정보에 따르면, 거베라는 잘 관리하면 3주나 살 수 있다고 한다. 아카네는 예쁜 꽃병에 물을 받아 꽃을 꽂고 방에 장식했다.

어제는 앞서 말한 바와 같이 주리아를 찾아갔다.

그리고 오늘, 아카네는 또 이 거리에 있다.

방과 후, 친구 미유와 함께 이 거리의 랜드마크이기도 한 건물에 들어갔다. 지하에 각종 디저트 가게가 모여 있어서 아카네와 친구들은 비일상적인 달콤함을 맛보고 싶을 때면 이곳을 찾는다.

아카네는 색이 다양하고 화려한 젤라토, 미유는 재료를 다 감싸지 못한 크레이프를 각각 사서 굵은 기둥 주변을 둘러싸듯 설치된 벤치에 나란히 앉았다. 디저트 사진을 찍고 조금 나눠 먹기도 했다.

"바야시, 어제 뭐 했어?"

"어? 왜?"

"땡땡이쳤잖아?"

미유의 갑작스러운 지적에 아카네는 아카네답게 눈을 크게 뜨고 놀란 감정을 표현한다. 그러면서 약간 움직여 스푼으로 뜬 아이스크림을 바닥에 흘린다.

"어떡해! 누가 나 봤어?"

"진짜였어? 그냥 한 말이었는데."

"뭐야! 아, 함정이네. 방심했다."

아카네는 시무룩해하다가 미유가 괜한 걱정을 하지 않게 바로 표정을 바꾸고 젤라토를 한 입 먹었다.

"음, 미유니까 괜찮겠지?"

"우헤헤."

"진짜 감 좋다."

"알고 물어본 건 아니라니까."

"우리 부모님 맞벌이고 난 외동이니까 무적이야."

"진짜 부럽다. 그래서 뭐 했어? 신이랑 놀았어?"

"신은 의외로 그런 거에 결벽증이 있어."

"엥, 밴드를 하면서?"

"성실한 로커거든."

"그럼 뭐 했어?"

"인생 최초의 체험을 했어."

뜸 들이며 웃고, 미유와의 우정을 지키기 위해 "다들 흥미 없을 것 같아서 말하진 않았는데"라고 전제했다. 말과 연동하는 형태로 바닥에 놓아둔 가방에서 지갑을 꺼내 안에 들어 있던 사진을 미유에게 건넸다.

"이게 뭐야? 아이돌?"

"미유, 혹시 임파첸스 노래 들어?"

"아니, 안 들어. 그래도 옷이 아이돌 같아서. 임파첸스, 우리 반에서 누가 말했던 것 같은데."

"응응, 신도 좋아해서 나도 들어봤는데, CD를 사면 멤버랑 사진 찍을 수 있다고 해서 가봤어."

"아, 들어본 적 있어! 그렇게 해서 CD를 몇 장이나 사게 하지!"

"어제도 내 앞 사람은 같은 CD를 3장이나 샀어."

"으아, 장삿속이네."

아카네는 솔직한 감상을 표현하는 미유가 부러웠다. 아카네는 친구가 호감을 품은 그룹의 판매법을 놓고 그런 식으로는 말하지 못한다.

단, 그런 미유도 평소에는 주변 사람들의 안색을 살피는 면이 있다. 그러니 자길 친구로 믿어준다고 생각하면 더할 나위 없이 마음이 따뜻해지지만, 그녀를 속여 기쁨만 얻어내고 도망치려는 자기 자신에 아카네는 혀를 깨물었다.

"바야시 긴장한 것 같아."

"엄청. 나도 텔레비전에 나오는 사람과 대화를 나누면 긴장하는 순진한 인간이었나 봐."

"좀 의외네. 평소에는 선배든 선생님이든 처음 만난 사람이든 다 괜찮으면서."

"뭐야, 그렇게 말하면 나 좀 위험해 보이잖아?"

미유는 농담을 주고받는 재치가 있고, 약간의 음담패설이나 블랙 유머에도 잘 웃어준다. 아카네는 이런 걸 두고 대화 주파수가 잘 맞는다고 하는 걸지도 모르겠다고 생각한다. 또 그에 맞춰 행동하려는 자신을 깨닫고 죽고 싶어졌다.

꼭 주파수가 원인은 아니지만 최근 한 달쯤, 구체적으로는 같이 스티커 사진을 찍은 그날 이후로 아카네는 자주 미유와 단둘이 대화를 나눴다.

둘은 고등학교에 들어와서 만났다. 반에서 생긴 같은 그룹에 속했으니까 대충 대화를 나누는 관계에서 시작해 요즘은 다른 친구들의 눈을 피해 종종 놀러 다닌다. 미유는 그룹을 벗어나 일대일로 놀러 다니는 것을 소소한 스릴로서 즐겼다.

"미유는 아무나가 아니고 죄다 연상만 노리지?"

"좋아. 기본적으로 사주니까."

"아, 그거 중요하지."

아카네는 미유와 친밀해지는 과정에서 다른 의미를 발견했다.

《소녀의 행진》에서 주인공에게는 동료가 아주 많으나 진정한 자신을 아무에게도 보여주지 않는다. 이야기가 진행되면 주인공이 진정한 자신을 쟁취하려는 과정에서 동료들과 더욱더 거리가 벌어진다. 그중에서 딱 한 명, 주인공을 믿고 기다리는 친구가 있다.

"바야시, 신이 밴드로 대박 터뜨리기를 기대해봐."

"너무 도박 같은데?"

이야기에 거대한 혁신이 생기는 건 아니다. 그러나 주제를 말하기 위해 없어서는 안 될 존재인 그 인물이 미유일지도 모른다고 생각하기 시작했다.

미유와 친하게 지내는 일상에 '사랑받고 싶어' 이외의 목적이 있는 덕분에 아카네는 아주 조금이지만 평소보다 쾌활하게 친구를 대할 수 있었다.

디저트를 먹고 퇴근길 지옥철이 시작되기 전에 둘은 같은 전철을 탔다. 미유가 아카네의 가방에 달린 앙만만을 주무르는 사이 헤어질 때가 와서 친구는 손을 흔들고 전철에서 내렸다.

아카네는 이야기의 '승'에 어울리는 하루를 보냈다.

《소녀의 행진》의 이야기는 어느 날을 경계로 가속된다.

아이는 친구로서 시간을 보내며 주인공의 내면에 위화감을 느낀다. 만들어진 외면에 의문을 품는다. 갇혀 있는 진정한 소녀의 모습을 발견한 그는 그 모습을 이해하고 받아들인다. 소녀가 갇힌 견고한 마음의 방에서 끌고 나오려 한다.

처음에는 두려워하던 소녀도 아이의 확고한 의지를 느끼고 마침내 진정한 자신으로 살겠다고 선택한다.

언젠가 자기에게도 그때가 온다고 상상하면 아카네는 이때껏 느껴본 적 없는 해방감에 충족되고 곧바로 공포에 휩싸인다.

결단하려는 찰나 겪게 될 깊은 관계인 사람과의 이별이나 결단의 날에 내디딜 첫걸음에 대한 공포는 아니다.

이야기에는 자기 자신으로 살아가겠다고 정한 주인공의 그 후가 그려지지 않았다.

《소녀의 행진》은 마지막 페이지에서 아이라는 존재만이 영원히 자신의 곁을 지켜준다는 소녀의 안도감을 그리면서 끝을 맞이한다.

책 한 권에 걸쳐 그려진 주인공의 내면으로 미루어 볼 때, 표현을 있는 그대로 받아들이면 주변 사람들이 앞으로도 소녀 곁에 있어줄 거라고는 도저히 생각할 수 없었다.

자신 또한 소녀와 같은 길을 걷게 되겠지. '사랑받고 싶어'에 이렇게나 중독된 마음이 그 나날을 버틸 수 있을까. 알 방도가 없는 부분에 겁을 먹었다.

그래도 앞으로 평생 '사랑받고 싶어'에 갇힌 채 살아갈 것을 생각하면 그런 공포도 얼마든지 받아들일 수 있다.

아카네는 소망을 이루기 위해 이야기에 몸을 던졌다.

사건이 다소 어긋나거나 시간 축에 변화가 생길 수 있다고 각오했다. 예를 들어 이야기와 달리 고토 주리아와 대화하는 것은 그때 한 번으로 충분할 가능성도 있다. 주리아의 태도를 보고 아이와 단순한 지인 이상의 친구임을 안 것에 의미가 있을지도 모른다.

이제는 머릿속에 《소녀의 행진》과 '사랑받고 싶어' 이외에 아무것도 떠오르지 않는 나날을 보냈다.

그런 일상 중에 아이에게서 만나자는 제안이 왔다.

하고 싶은 말이 좀 있는데, 시간 되는 날 있어?

이야기 속에서도 그랬듯이 기승전결의 '전轉'은 예고 없이 찾아왔다.

감이 없는 사람이라도 단순히 놀자는 제안이 아닌 걸 알 수 있는 메시지에 아카네는 떨리는 가슴을 자제할 수 없었다.

우카와 아이

❀

친구를 놀라게 하려는 단순한 마음으로 아이는 책장을 넘겼다.

벌써 읽었어요? 말해주지 그랬어요. 이렇게 놀라고 기뻐할 아카네의 표정을 상상하며 읽었다.

대략 일주일쯤 걸려 책을 다 읽었을 때는 자기 방에 있었다. 마지막 한 페이지를 넘겨 작가의 말이나 해설이 따로 없는 걸 확인하고 책상 위에 가만히 내려놓았다.

기지개를 켜며 일어나 담배를 물었다.

창문을 열자 난방을 틀어놓은 방에 냉기가 들어왔다. 불붙인 담배를 빨아들이자 추위가 누그러진 것 같았다.

최초의 한마디를 내뱉었다.

혈액이 고루고루 흐르는 근육 전체를 움직이는 것처럼

고개를 들고, 하늘로 올라가는 연기에 거짓 없는 마음을 있는 그대로 섞었다.

"이게 뭐야?"

이토바야시 아카네

❋

" 오늘, 소녀는 처음으로 타인에게 진정한 모습이 폭로되었습니다. "
_단행본 《소녀의 행진》 150페이지 12행에서

오늘 자신은 처음으로 타인에게 진정한 모습이 폭로된다.

아카네는 지금까지 살아온 17년간의 어느 아침보다 긴장한 채로 전신 거울 앞에 섰다.

살짝 염색한 머리카락, 교칙에 어긋나지만 엄중하게 경고받지 않을 정도의 화장. 일부러 흐트러지게 입은 교복과 취향보다 몇 센티미터 짧은 스커트. 거기에 커다란 교통카드 케이스 겸 인형이 달린 학생 가방을 어깨에 메는 것이 이토바야시 아카네의 기본적인 통학 차림이다. 요즘에는 공기가 차가워져서 여기에 남색 코트를 걸친다. 세련되면서 과하게 화려하지 않은 여자애가 완성되었다.

거울에 비친 이 애는 누굴까, 매일 아침 매일 밤 생각했다.

어느 날 깨달았다.

그녀가 진정한 자신을 가둔 감정의 정체다.

진정한 모습과 기분을 뒤덮고 그저 사랑받는 것만을 바라며 사는 그로테스크한 존재.

이 모습으로 학교에 가면, 아카네는 친구 몇몇과 인사를 주고받고 함께 웃고 불만을 나누고 슬퍼하고 때로는 다투는 것까지, 일반적으로 친구 관계를 형성하기 위해 필요하다고 여겨지는 전부를 표현할 수 있다.

그걸 능숙하게 연기하는 이유는 친구와 사이좋게 지내고 싶어서가 아니라 그저 사랑받고 싶으니까.

연인 앞에서도 마찬가지고 가족 앞에서도 마찬가지다. 심지어 두 번 다시 만나지 않을 지나가는 사람, 점원, 옆에 앉은 사람, SNS 이용자, 밴드 멤버, 아이돌, 아르바이트하는 서점에 사인하러 오는 소설가, 그들 앞에서도 아카네는 항상 어떤 표정과 목소리와 말을 표현해야 상대에게서 좋은 반응을 얻어낼 수 있을지, 오로지 그 생각만 한다.

다른 사람들은 순수하게 주고받을 우정이나 애정이나 가족애를 자신만은 장막 없이 표현하지 못한다.

그런 하루하루가 분하고 싫고 허무해서 죽여버리고 싶다고 생각했다. 그러나 용기를 내지 못했다.

오늘을 경계로 이야기가 움직인다.

겁쟁이에 매정하고 제멋대로인, 그래도 언젠가 분명 누군가를 진심으로 좋아하게 될 진정한 이토바야시 아카네를 아이가 발견해준다.《소녀의 행진》에 그렇게 적혀 있다.

"죽어버려."

거울에 비친 기분 나쁜 모습에 대고 속삭였다. 대답은 없었다. 아카네는 곧바로 자기 방 문고리를 잡고 가족에게 보여주기 위한 나른한 표정을 꾸몄다.

미안, 오늘 친구랑 놀기로 약속해서.

친구라면 내가 모르는 사람인가. (생각에 잠긴 이모티콘) 이상한 권유 같은 건 피해라.

다단계나 음모설에 빠질 타입은 아니니까 괜찮아. (생각에 잠긴 이모티콘)

놀자고 하는 신의 제안을 거절하고 아카네는 또 그 거리로 갔다.

전철을 타고 통과하는 풍경을 바라보며 적절한 표정을 짓는다. 동급생이 같은 노선에 탔을 가능성도 크므로 마음을 놓을 수 없다.

전철 문이 열린 순간 우르르 밀려드는 그 냄새는 여전히 싫었다. 사람 피부를 양배추처럼 겹치고 그 한 장 한 장의 온도를 가둬놓은 듯한 냄새다.

그런 냄새가 자신에게서 훨씬 짙게 난다는 걸 안다.

가족이나 동급생 그 누구보다도 두껍게 바른 얼굴 가죽과 거짓의 외피. 아카네는 자기 피부로 바람을 느껴본 적이 없는 것 같다.

아카네를 곁에서 보기만 하면 알 수 없는데, 지금 그녀는 처음으로 이성 앞에서 옷을 벗었을 때의 기분 따위 망각의 저편에 내동댕이칠 정도로 긴장한 상태다.

아이는 뭐라고 말할까.

그 책에서 주인공의 본성을 깨달은 그가 만나자마자 한 말은 이것이다.

'네 안에 있는 그 애가 무슨 생각을 하는지 알고 싶어.'

현실이 똑같지는 않겠지. 인간은 인사를 나누고 사전 연습과 비슷한 잡담을 한다. 너무 당연해서 쓸 필요가 없으니 생략하는 것이다.

아카네는 그렇게 해석했다.

약속 장소로 지정한 곳은 자리 간격이 널찍한 카페였다.

카페에 있는 아이에게 손을 흔들며 다가가 맞은편 소파에 앉는다. 오늘 아이의 복장은 전신 블랙이어서 같은

색인 까만 소파와 잘 어울렸다.

레본티를 수분하는 아카네의 귀에 목소리가 들렸다.

"갑자기 미안해. 이토바야시 아카네가 사실은 무슨 생각을 하는지 좀 궁금해서."

너무 과도하게 보이지 않으려고 아카네는 숨과 침을 삼켰다.

"저한테 그 정도로 흥미가 생겼어요? 저도 아이 씨가 무슨 생각을 하는지 알고 싶은데."

"나는 별로 대단한 생각은 안 하는데, 최근 며칠 동안은 이토바야시 아카네를 자주 생각했어. 이상한 의미가 아니라. 아니, 깊게 파고들면 이상한 얘길지도 모르겠군."

아카네는 의아한 표정을 짓고 살짝 고개를 끄덕인다. 마음속으로는 힘차게.

그래, 아이는 친구의 표정을 의심하기 싫어하는 인간이다.

그러니 친구의 겉과 속이 완벽하게 다른 걸 알고 우선은 당황한다. 그런 묘사는 이야기 안에서도 확실히 표현된다.

역시 그는 오늘도 틀림없는 아이였다.

"어, 뭔데요?"

"음, 뜬금없다고 생각할지도 모르는데, 말해도 돼?"

"물론이죠."

빠르게 뛰는 심장도, 조급해지는 기분도 전부, 오늘은 '사랑받고 싶어'가 마음껏 억제하게 두었다. 이제부터 말살될 운명인 감정의 악마다. 지금은 어디 원하는 대로 날뛰게 해주겠다고, 고스란히 드러난 자신에게서 나쁜 것이 떨어져 나가는 걸 상상하며 아카네는 아이의 말을 가만히 기다렸다.

기다렸다.

계속 기다려왔다.

"이거, 잘 모르겠거든."

"네?"

아이가 소파 바로 옆에 둔 가방에서 작고 네모난 것을 꺼낸다.

문고본인 걸 아카네는 바로 알아차린다. 테이블에 놓인 책에 커버가 덮여 있어서 그가 무슨 말을 하려는지 아직 몰라 어리둥절한 표정을 무너뜨리지 않았다.

분노나 비애 같은 강렬한 성질을 지니지 않아도 표정은 사람을 움직일 수 있다. 아카네의 얼굴은 아이가 문고본 커버를 벗기는 배려를 선택하게 이끌었다.

아이 입장에서 보면 두 사람 사이에 책을 두는 의미는 처음부터 하나뿐이었을지도 모른다.

아카네는 책의 표지를 보고 비로소 그 가능성에 생각

이 미쳤다.

감정을 외부로 전달하기 위해 눈을 크게 뜬다.

상쾌한 파란 바탕에 이런저런 소품의 일러스트가 그려져 있고, 그 사이에 딱 맞게 채워지도록 제목이 적힌 책 표지. 단행본과 분위기가 비슷한 것은 문고본이 나오기 전부터 잘 팔린 책이기 때문일 것이다. 아래부터 3분의 1 정도가 '영화화 결정'이라는 글자와 출연 배우 사진에 (아카네 눈에는) 더럽혀졌다.

손에 들고 확인할 필요도 없었다.

"……읽었어요?"

"응, 한 일주일 걸려서. 나치고는 정말 빨리 읽었어."

"놀랐어요."

"갑자기 독서 감상을 말해서 놀라게 할 생각이었지."

아이의 생각대로 아카네는 놀랐다.

그가 책을 읽는 인간이라고는 생각하지 않았다. 이야기 속 아이는 문자뿐인 매체에 흥미가 없었다.

그런 엇갈린 인식은 뒤를 이은 아이의 말이 채웠다.

"책 그 자체에 흥미가 있었던 건 아닌데, 이토바야시 아카네가 인생의 지침으로 삼는다고 했으니까 그쪽이 궁금해서."

친구에게 흥미를 품으면 평소 하지 않는 행동이라도

간단히 선택한다. 실로 아이다웠다.

그러나 여전히 의문은 남는다.

등장인물이 자기가 등장하는 책을 읽는 게 허용될까?

이 생각은 착각이라는 걸 바로 깨닫고 아카네는 수치심까지 느꼈다.

등장인물이고 뭐고 내가 《소녀의 행진》을 읽었으니까 아이가 읽어도 이상할 게 뭐가 있어.

"그런 소리나 하고, 역시 끼를 부린다니까!"

"나는 그런 게 아니라고 했지. 이토바야시 아카네가 어떤지는 모르지만."

어쩌면 《소녀의 행진》이 아이에게 이토바야시 아카네의 내면을 알려줬을지도 몰라서 두려웠다. 그래도 이미 그가 뭐든지 다 간파했다고 생각하면 무서워하는 것도 별로 의미가 없었다.

"저도 아니거든요. 그런데 어땠어요?"

순수하게, 이것만큼은 순수하게 《소녀의 행진》에 품은 아이의 감상을 물어볼 수 있어서 즐거웠다. 소설 등장인물이 자기에 대한 소설을 읽고 감상을 말해준다니, 보너스라기에는 과분할 정도다.

아카네는 아이의 감상이 분명 소녀가 이 세계에서 외톨이가 아니었다는 진실을 보완해주리라 믿어 의심치 않왔다.

그래서 아이가 아카네의 내면에 관해 언급하지 않은 것도 걱정하지 않았다.

그 점에서 아카네는 아이의 행동 의미를 잘못 파악했다.

"생각보다는 쉽게 읽었어. 오랜만에 소설을 읽었는데 내가 모르는 한자도 없었고, 최대한 쉬운 말로 쓰려고 한 것 같았어. 설마 내레이션을 계속 존댓말로 진행할 줄은 몰랐지만."

얼마 지나지 않아 알았다. 아이는 아카네에게 책을 보여준 순간부터 이미 질문을 시작한 것이다.

"어라? 그럼 모르는 게 없잖아요?"

"예상을 너무 벗어났어."

아카네는 고개를 갸웃거린다. 마음속에 떠오르는 반응보다 '사랑받고 싶어'가 2센티미터 정도 고개 각도를 당겼다.

아카네는 앞에 놓인 문고본을 들고 페이지를 넘긴다. 문장으로도 영상으로도 이 이야기를 머릿속으로 수없이 재생한 아카네이니 그런 동작은 필요 없었지만, 대화 사이에 들어가는 구두점으로 괜찮겠다고 생각해 실행했다.

"그야 조금 예상을 벗어난 흐름이긴 하죠. 갑자기 장면이 바뀌거나 하니까."

"그런 게 아니라."

점원이 아카네가 주문한 레몬티를 가지고 와 테이블에 놓았다. 그 틈을 타 아이가 이쪽으로 손을 내밀어서 책을 건네줬다.

이번에는 그가 책을 팔랑팔랑 넘겼다. 필요해서인지, 아니면 마찬가지로 구두점을 찍는 건지는 알 수 없었다.

"내가 모르겠는 건 내용이나 스토리가 아니라."

책을 덮은 아이가 아카네의 눈을 응시한다. 절대 어디로도 도망치지 못하게, 어디든 절대 놓치지 않겠다는 의미를 품은 것 같았다.

"모르겠는 건, 이토바야시 아카네 네가 지금까지 이 책에 관해 얼마나 진지하게 언급했는지야."

이야기에서 이것이 기승전결의, 혹은 서파급°의 어느 부분에 해당할지, 자기 인생을 소설로 읽지 못하는 한 죽을 때까지 아카네가 이해할 날은 오지 않는다.

"무슨 의미예요?"

"그러니까."

혹은 작자나 독자여도 소설이란 전부 나열된 문자에 자기 감상을 강요하는 것에 지나지 않으므로 등장인물을

ㅇ 序破急, 일본 전통극에서 사용되는 구성법으로 발단, 전개, 급격한 결말을 가리킨다

완전하게 이해하는 날은 오지 않는다.

"이 아이라는 캐릭터, 나랑 전혀 나르잖아."

아이는 아이의 얼굴 그대로 앞에 앉은 친구를 바라보았고.

"아무리 봐도 여자야, 이 녀석은."

소녀는 하얀 방 중심에서 멍하니 있는 자신을 바라보았다.

"아니 아니, 닮았다고 생각하는데요!"

아카네는 웃는 얼굴에 놀라움을 섞어 부정했다.

"안 닮았다고 할 수준도 아닌 것 같아. 우선 성별이 사실은 다르다는 이야기도 전혀 나오지 않고."

"그건 아주 희미하게 암시하고 있어요."

"또 일하는 곳도 라이브하우스가 아니잖아, 이거?"

"하지만 음악이 울린다고 적혀 있는데요."

"범위가 넓네. 복장도 그래. 내 옷차림이랑 똑같다고 했잖아."

"네네, 처음 만났을 때도 이미지대로여서 놀랐어요."

"애초에 옷 얘기는 전혀 없는데? 계절감도 없어서 상상하기 되게 힘들었어."

"저는 바로 떠올랐는데."

"뭐, 그건 내가 독서에 익숙하지 않아서 그런 거일 수도 있지만."

"그럴지도요."

"그리고 주인공이랑 아이가 매니큐어를 사러 가는 장면이 없었고, 아이가 불쾌한 소리를 들어서 주인공이 싸우는 장면도 없었고, 또 아이가 같이 사는 건 여러 마리의 애완동물인 것 같은데. 그런 것까지 전부 포함해서 애초에."

"네."

"이거 판타지잖아, 읽기 시작하고 놀랐어. 마법이나 저주 비슷한 게 나오고, 배경도 이 세계가 아니잖아? 영화 예고가 묘하게 반짝인다 싶더니."

"그건 영화 이미지 때문에 연상되는 거예요. 저는 영화가 나오기 훨씬 전에 글로만 읽었으니까."

"다른 책을 잘못 읽은 줄 알았어. 혹시 몰라서 묻는데, 이토바야시 아카네가 말한 거, 이게 맞지? 오구스 나노카가 쓴《소녀의 행진》?"

"당연하죠."

"진심이구나?"

"책 감상을 거짓으로 말하진 않거든요."

"말해두겠는데 거짓말했다고 화를 내는 건 아니야."

"엑! 오히려 그런 생각 전혀 안 해요."

"그렇다면 다행이고. 하시반 들은 거랑 너무 달라서 도대체 뭔 의미인지 모르겠더라. 그리고 이것도 영화 예고의 영향일지도 모르지만, 여자애랑 아이의 관계는 아무리 봐도 연애 같아."

"아이 씨 의외다! 로맨스 뇌구나."

"로맨스 뇌라는 게 그런 의민가?"

"아닌가요?"

"뭐, 됐고. 이토바야시 아카네는 내가 읽고 알아낸 것까지 전부 포함해서 나와 이 소설 속 아이가 닮았다고 생각하는 거지?"

"네, 닮았다고 생각해요."

"그리고 이토바야시 아카네 자신이 이 소녀와 닮았다고."

"읽으면서 진짜 제 이야기가 적힌 줄 알았어요."

"나는 전혀 그렇게 생각하지 않는데."

"무슨 뜻이에요?"

"우선 나와 여기의 아이는 제쳐두고 말이야. 이 책에 적힌 여자애. 내가 보기에 이토바야시 아카네는 이 소녀처럼 남을 자기 생각대로 움직이려 하지 않고, 얘처럼 사람에 따라 태도를 바꾸거나 건방지게 구는 인간이 아니잖

아. 아무튼 훨씬 더 야무져. 내가 보기에는."

"에이, 과대평가예요."

"후지노와도 대화를 잘 나눴고, 소꿉친구인 그 녀석에 대해서도 걱정하는 티를 냈지. 나를 위해 싸움을 걸었을 때도 진심이었지? 그러니까 이토바야시 아카네가 이렇게 나쁜 녀석이라고 생각할 수 없어."

"내면은 나쁜 녀석일지도요, 후후후."

"나쁜 인간은 그런 소리 안 해. 이 이야기의 주인공도 말 안 하고."

"저도 아이 씨도 쏙 닮았는데."

"적어도 나는 이 아이가 아니야."

"그러면 이름이 같은 우연은요?"

"음, 아이 말이지. 나 예전엔 이 이름 싫어했어."

"좋은 이름 아니에요?"

"아이는 어디에나 있으니까. 내가 아는 것만 해도 연예인, 밴드 멤버, 싱어 송 라이터, 아이돌. 친구 중에도 다른 아이가 있고. 그리고 소설이나 만화나 영화 등장인물 중에도 아마 많지 않겠어?"

"그러고 보니 되게 많네요. 왜지."

"오십음도 중 제일 처음으로 나오는 두 문자의 위엄이지. 또 다양한 의미로 치환할 수 있으니까. 사랑도 일본어로 아이고 또 쪽빛°도 그렇지. 자기 자신을 말하는 영어 I, 인공지능 AI도 가능하려나. 너무 흔하게 쓰이니까 들을 때마다 싫었던 시기도 있긴 했어. 그러다가 어느 순간부터 가족이나 친구가 나를 아이라고 불러주는 건 같은 이름을 쓰는 놈이 얼마나 있든 말든, 또 내 이름에 쓰는 한자가 이름에는 비교적 드물게 쓰는 '逢'인 것도 상관없다는 걸 알았어. 남이나 다른 대상과 비교하는 게 아니라 오직 소중한 사람이 나만을 위해 불러주는 '아이'라고 생각하게 됐지."

"오, 멋진 일화다."

"그러니까 이 이야기의 아이와 내 이름은 관계없어. 그것과 마찬가지로 이토바야시 아카네는 이토바야시 아카네라고 생각해."

"나는 나."

"책을 읽은 감상을 부정하려는 건 아니고, 전에 이 주인공처럼 달라지고 싶다고 했었잖아. 그렇다면 이건 내 생각인데, 혹시 이토바야시 아카네 스스로 나쁜 사람인 것 같아서 고민한다면 그럴 필요 없어. 이 책을 읽고 여자애에게 공감했더라도 이토바야시 아카네는 있는 그대로 이토바야시 아카네니까."

○ 쪽빛藍은 일본어로 '아이이로'다

"아이는 그런 말 안 해요."

새어 나왔다.

평소보다 더욱 단단하게 갇혔을 그곳에서 새어 나왔다.

아무리 두드려도 부서지지 않는 벽 틈새로 피가 딱 한 방울만.

그러나 겨우 그조차도 사랑받고 싶은 자신은, 갇혀 있는 본심에 희망 따위 주지 않으려고 곧바로 도움을 요청하는 목소리를 없었던 것으로 지웠다.

"역시 말을 들어보니까, 이 이야기의 아이는 아이 씨처럼 다정하지 않으니까 다를지도요."

"전환이 빠르네."

마주 앉은 인간이 그렇게 말하며 지은 미소에 달콤한 기분을 맛보면, 내면의 아카네는 두려워진다. 이제는 잃어버리지 못한다.

거울에 비친 그녀에게 회유되고 만다.

"그런 것까지 포함해서 이토바야시 아카네, 굉장히 솔직하잖아."

간신히 여기까지 왔는데.

"저 생각보다 겉과 속이 달라요. 미남한텐 약하고."

죽고 싶어졌다.

"그런 건 겉과 속이 다르다고 하지 않아. 타산적이라고 하지."

"엑, 그건 좀 그렇다. 겉과 속이 다른 게 더 멋있어."

죽고 싶어, 죽고 싶어.

"그나저나 닮고 말고를 떠나서 책 감상이 이렇게나 다르네."

"소설은 원래 그런 걸지도 몰라요. 일러스트가 없으면 전부 글자만 보고 상상하니까."

"이 책에서 나와 닮은 외모를 상상하다니 대단하다."

"저 이래 보여도 상상력이 대단해요."

죽고 싶어, 죽고 싶어, 죽고 싶어.

"그래도 아이 씨는 역시 아이가 아니구나. 본인이 책까지 읽고 그렇게 말하니까."

"닮지 않아서 다행이라고 생각해. 나는 이 이야기의 아이가 아니라 우카와 아이로서, 이 이야기의 주인공이 아닌 너와 진정한 모습으로 본심을 터놓는 관계가 되는 게 좋아."

"끼 부린다는 소리 들으려고 일부러 하는 소리예요?"

어떻게 하지.

틀렸어.

아이가 아니야.

눈앞의 이 남자는 아이가 아니었다.

다른 사람과 똑같다.

《소녀의 행진》도, 갇혀 있는 소녀도 전혀 모르는, 흔해 빠진 놈들과 전혀 다르지 않다.

"교활한 어른이네."

빨리 이 자리를 떠나고 싶었다.

아이도 아닌, 그냥 바보처럼 올곧고 여장이 취미인 남성 앞에 앉아 있을 의미 따위 이미 아카네에게는 없었으니까. 여기 있기만 해도 무의미한 기대를 품었다고, 헛된 꿈을 꿨다고 들이밀어지는 현실이 눈앞에 있는 것만 같아 괴로워서, 지금 당장 도망치고 싶었다.

그렇게 하지 못하니까 아카네는 기대하고 꿈을 꿨다.

밀고 당기는 연애를 하는 것도 아닌데 기분이 상했으니 당장 자리를 뜨는 행동은 사랑받지 못하니까 허용되지 않는다.

"그래도 이토바야시 아카네는 이토바야시 아카네라니. 나도 아이 씨처럼 그렇게 확실히 말하고 싶긴 해요."

"잘못되었다고 생각한 걸 그건 아니라고 말할 수 있는 시점에서 이미 너 자신을 잘 드러내는 거야. 너무 튀어나오면 싸움만 하게 되고."

"아이 씨도 그런 시절이 있었어요?"

"이토바야시 아카네 나이일 때는 제법? 뭐 그러다가 나는 나라고 생각하면 된다고 진정했지만."

말을 들으며 아카네는 언젠가 둘이 라이브하우스에 갔을 때 본 밴드를 생각했다.

진정한 자신을 드러내라, 진심으로 살아라, 맨얼굴로 사는 게 즐겁다.

네놈들이 제멋대로 긍정적인 거라고 정하고 지껄이는 그게 대체 뭔데.

간단히 보여줄 수 있는 진정한 나라는 게 대체 어디 있어?

"그게 멋있다니까요!"

아무도 모르는 내면의 아카네는 지금, 그 그늘 없는 하얀 방의 벽에 단 한 가지 생각을 떠올렸다.

돌이킬 수 없는 시간을 써버리고 말았다.

이야기의 마지막 날이 다가온다.

아이가 아닌 인간과 같이 이야기를 시작하고 진행했다.

이대로는 주인공은커녕 단순한 방관자로서 그날을 맞이하게 된다.

그리고 일평생 이대로, 갇혀버린 채로, 그 누구에게도 발견되지 못한 채.

우카와 아이와의 대화는 거울에 비친 그녀에게 맡기고, 내면의 아카네는 하얀 방 안에서 혼자 넋을 잃고 앉아 있었다.

거기에 단 하나의 목소리가 도착했다. 이 상황에 걸맞은 단 하나.

"그러고 보니 이토바야시 아카네, 주인공과 아이의 행동을 따라서 하자고 계속 말했는데, 끝까지 갔으면 그거 위험했잖아."

그 말을 듣고 아무도 보지 않는 곳에서 아카네는 고개를 들었다.

그런가.

이제 그런 결말이라도 괜찮은가.

마지막의 마지막, 우카와 아이가 말하는 진정한 이토바야시 아카네인지 뭔지와는 동떨어진 음울한 존재가 대수롭지 않은 말 한마디에 마음을 정한 것을 그는 모른다.

말을 건 상대가 이야기 속 아이라고 믿은 아카네가 처음 만나고 지금까지 그의 존재에 얼마나 기대왔는지를 우카와 아이는 모른다.

"그건 언젠가 같이 스카이다이빙이라도 해요. 그때 아이 씨 손을 처음 잡으려고 했어요. 이야기를 따라서."

"아, 당구 때. 나쁜 쪽으로 머리가 잘 돌아가네."

"에이, 짓궂은 악동이라고 해주세요."

거울에 비친 그녀를 위해 아무리 애교 부리는 얼굴을

꾸미고 알랑거리는 단어를 골라도 결심했으니까 이제 아카네는 숙고 싶어질 필요가 없었다.

거베라는 일주일도 못 가서 말라 죽었다.

우에무라 다쓰아키

일단 티켓이 당첨되어 안도했다.

임파첸스 멤버가 무대에 올라와 질의응답도 하는 영화 상영회. 고토 주리아의 진의를 물어볼 절호의 기회지만 운이 따라주지 않으면 시작도 못 한다. 인터넷에 당첨 사실을 알리자 바로 반응을 얻었다. 같은 적에게 불신감을 품으며 얽인 동료들과 진실을 까발리는 미래를 맹세하고 다쓰아키는 설렜다.

고토 주리아는 지금 여기에 적의를 벼리는 자가 있는 줄도 모르겠지. 이것으로 사악함에 속아 넘어간 팬들이 눈을 뜨게 해주마.

각종 관계자의 취재 기사를 뒤지고 원작까지 다시 읽은 게 헛수고가 되지 않은 것에도 안심했다. 그런 일에 시간을 쓰면서 다쓰아키는 상당한 고통을 느꼈다. 취재 기사에는 멤버들이 어디에서 억지로 끌어왔는지 모를 정열과 감사가 가득해서 읽다가 이만저만 질린 게 아니었다. 원작 소설은, 대체 이 이야기의 어디가 이만한 독자를 끌어모을 가치가 있는지 다시 읽어도 전혀 모르겠다. 첫 페이지부터 문장 구성이 모호하고 치졸하게만 보여서 처음 읽었을 때 망작이라고 판단한 자신을 재평가했다.

"그야 처음부터 그렇게 생각하면 그렇게 보이고도 남지."

녹차 페트병을 들고 방에 돌아가려는데, 거실에서 저녁을 먹던 누나가 텔레비전 방송에 대고 뭐라고 항의했다.

자신과 관계없는 일이니까 다쓰아키는 얼른 곁을 지나가려 했다.

"맞다, 다쓰아키."

누나의 부름을 무시했다가 귀찮아진 경험이 있다. 다쓰아키는 멈춰 서서 시선을 돌렸다.

"학교 선배 중에 되게 예쁘장한 형 있어?"

"예쁘장한?"

"응, 얼마 전에 서점에서 계산을 하는데 여자 옷을 입고 있었어. 오늘도 서점 근처에서 봐서 알바생한테 물어보니까 아카네의 친구라고 하더라. 알아?"

"몰라."

손에 쥔 페트병에서 물 한 방울이 바닥에 떨어졌다.

당연히 누나가 말한 인간은 짐작이 갔다. 얼굴 생김새가 아름다웠다는 인상 이외에는 어렴풋하다. 그러나 그의 단 한마디가 머릿속에서 생생하게 재생되어 눈 안쪽이 꾹 압박받는 기분이었다.

얼른 지나가려고 했는데 또 불렀다.

"어떻게 아는 사이일까? 요즘 아카네랑 얘기하니?"

"아니."

"그렇게 귀엽고 착한 애가 소꿉친구인 인생인데 좀 잘 활용해야지, 아깝게."

남동생보다 이토바야시 아카네와 훨씬 더 많이 교류하는 주제에 본성을 꿰뚫어 보지 못한 누나를 다쓰아키는 불쌍하게 여겼다. 가족이 속고 있다는 사실 또한 그의 행동에 일그러진 정당성을 부여했다.

"그러는 나도 요즘은 대화를 잘 못 하는데, 아카네는 학교에서도 활발하니?"

"모르지만 일할 때 그러면 그렇겠지."

누나는 급속히 흥미를 잃었는지 도시 전설에 관한 방송을 하는 텔레비전으로 시선을 돌렸다. 마침내 해방된 다쓰아키는 페트병을 움켜쥐고 방으로 돌아왔다. 그리고 제멋대로 불러 세워 싫은 일을 잔뜩 떠올리게 했으면서 대화에 책임을 지지 않는 누나를 향한 분노를 굴러다니는 쿠션에 퍼부었다.

누나에게는 모른다고 했지만 아카네는 학교에서도 활발하게 지낸다.

그 용모와 애교를 최대한 이용해 추한 내면을 주위에 들키는 일 없이, 여전히 본인의 행복 뒷면에 희생되는 자가 있다는 생각을 못 하는 것처럼 산다. 특히 최근에는 불평등한 신께서 행운이라도 선사했는지 유난히 명랑하게 구는 것처럼 보여 다쓰아키는 속이 문드러졌다.

또 한 명의 적 고토 주리아도 여전히 자기가 속인 팬이 없다는 양 활동을 이어갔다.

그 동영상이 공개된 후 그녀가 관객 앞에서 보인 프로답지 못한 수많은 실수도 세뇌된 팬들의 눈을 각성시키기에는 부족했다. 특전회에서 건성이었던 고토 주리아도, 셀 수 없이 불렀던 가사를 까먹은 고토 주리아도, 팬들에게는 사랑해야 할 대상일 뿐이었다. 오히려 'rind0'를 포함해 정당한 비난을 하는 자가 잘못이라고 여기는 분위기에 다쓰아키는 분개했다.

잘못된 걸 잘못됐다고 선언하는 것도 허용되지 않는가.

꼭 막혀버린 상황이 지긋지긋해도 자고 일어나면 아침

이 오고, 매일 설정해둔 스마트폰 알람이 다쓰아키를 잠에서 깨웠다.

평소와 똑같이 준비해서 학교에 갔다. 견뎌야 하는 하루를 상상하기만 해도 다리에서 체력이 빠져나가는 것 같았지만, 그래도 다쓰아키 본인은 깨닫지 못하는 부분에서 예전보다는 매일 의욕적으로 생활할 수 있었다. 카메라 촬영을 시작한 날부터 공부에 전념하거나 동아리 활동에 전념하는 것과는 다른, 다쓰아키 특유의 사명감이 생겼다.

교실에 들어가려는 타이밍에 마침·뛰어온 남학생이 뒤에서 들이받았다. 그는 대충 "앗, 미안" 하고 사과 비슷한 소리를 하더니 다쓰아키와의 사고 따위 없었다는 듯이 시시한 뉴스를 모두에게 발표했다.

평소와 같은 자리에 앉아 책상 옆에 가방을 걸었다. 이어서 바로 카메라를 아까 충돌한 남학생에게 향했다. 뭔가 하나라도 실수를 범하면 언젠가 전 세계 인간들 앞에 폭로하겠다고 결심했다.

교실 구석에 여자들이 둥글게 원을 이뤘다. 뭐라고 속삭이고 있었는데, 귀에 들어온 파편을 연결하자 아무래도 아카네가 다른 학교 학생과 교제 관계를 끝냈다나 보다. 참으로 아무래도 좋은 정보였지만 얼굴도 본 적 없는 그 남자가 아카네의 독니에서 벗어났다고 생각하며 다쓰아키는 남몰래 가슴을 쓸어내렸다.

아카네에 관한 새로운 정보를 얻는 건 드문 일이었다. 보통 고등학생의 매일을 관찰해봤자 주목할 만한 토픽은 그렇게 자주 생기지 않는다.

그래야 하는데, 다음 날도 또 다음 날도 그녀는 교실에 변화를 가져왔다. 그중에는 촬영하고 확인하는 다쓰아키 이외에는 깨닫지 못한 것도 있을지 모른다.

아카네는 어느 날, 트레이드마크인 안경을 안 쓰고 왔다.

어느 날, 드물게 교사에게 반발했다.

어느 날, 수업을 안 듣고 만화를 책상에 숨긴 채 읽었다.

어느 날, 늘 성실하게 다니는 아르바이트를 빼먹은 것 같았다.

어느 날, 같은 반 소꿉친구에게 먼저 말을 걸어 잡담을 나눴다. 그 거리의 카페에서 만난 날의 이야기를 들먹여서 다쓰아키는 긴장했는데, 촬영에 관해서는 모르는 것 같았다. 마치 심심하니까 소꿉친구와 교류라도 해본다는 느낌으로 말을 걸었다. 대화를 잘 마무리할 때까지 눈앞에 서 있었다.

그런 행동은 지금까지 다쓰아키가 관찰한 그녀에게서 벗어난 것이었다.

어떤 계기가 있어서 하는 행동 같기도 했고, 뭔가를 탐색하는 것처럼 보이기도 했다. 그러나 이유를 규명해봤자 시시한 변덕이리라 다쓰아키는 짐작했다.

그래서 딱히 관심을 두지 않았는데, 주리아에게 정의의 철퇴를 휘두르려고 영화관에 가기 전날 문득 아카네의 행동을 떠올리게 되는 상황이 있었다.

그날 밤, 다쓰아키는 주리아의 과실을 더 잘 찾아내기 위해 한 번 더 원작《소녀의 행진》을 읽었다. 소설의 경박함이나 진부함은 똑같았으나 예전에는 알아차리지 못했던 점이 그의 눈에 들어왔다.

소녀는 '친밀한 관계를 맺었던 그와의 사이에 존재하는 거리를 더는 가깝게 건너가지 못할지도 모릅니다. 한 발 나아가려고 한 그녀의 가느다란 팔은 이미 아이에게 붙잡혀 있습니다.'

'시야를 방해하는 이런 장식품을 칭찬하는 것은 언제나 소녀 자신이 아니다. 벗어봤자 진정한 자신은 나와주지 않는다.'

'지금까지 지켜봐준 사람들의 뜻에 순종한 것은 그 사람도 소녀도 약했기 때문이었습니다.'

'이렇게 내 마음대로 행동할 수 있어! 중요한 이야기를 전혀 듣지 않고 좋아하는 그림을 바라보는 것도 할 수 있

어! 나는 이대로도 틀림없이.'

'폭발 직전의 시간이 영원히 이어질 것만 같은 근질근
질한 감각, 이것이 어떻게 해도 남는 것은 다 아이 때문
이야. 소녀는 보란 듯이 오늘 작업이 끝나는 시간까지 미
지근한 온도에 잠겨 있었습니다.'

'그때까지 시야 구석에도 들어오지 않았던 동네 애에게
인사를 해봤습니다. 자기 인생에 필요 없는 사람을 마주
해보는, 겉과 속 그 어느 쪽의 그녀도 바라지 않는 일을
선택지에 넣어본 것입니다.'

왠지 조금 요즘 그 녀석 같았다.

한 번이라도 그런 생각이 들자 다쓰아키는 애초부터
마음에 안 들었던 소설 속 소녀의 인물상을 더욱더 받아
들이기 힘들어졌다.

소녀처럼 고민하지도 않을 소꿉친구 얼굴이 생각나자
불쾌감이 훨씬 짙어져서 그 시점에서 독서를 그만뒀다.

오랜만에 마치 친구라도 되는 듯이 아카네와 나눈 대
화를 몇 번이고 되새겼다.

그것이 그녀는 겉으로도 속으로도 바라지 않은 일이라
고 결론 내릴 용기가 다쓰아키에게는 아직 없었다.

상영회 당일을 맞이한 다쓰아키는 갑자기 긴장했다. 스

마트폰 알람보다 1시간이나 일찍 깼다. 잉여로 생긴 시간에 뭔가 하지도 않고 이불을 두른 채 오늘을 경계로 아이돌로서 미래가 바뀔 고토 주리아를 생각했다. 그녀는 요즘 아침 인사 이외에 SNS를 하지 않는다. 뭔가 예감한 거라고, 비대한 자의식으로 생각한다.

이벤트 회장은 그 거리의 대형 영화관이었다.

이벤트 시작 15분 전에 도착했다. 1층에서 만원 엘리베이터를 타고 목적한 층에 도착해 음식물을 파는 코너를 그냥 지나쳐 입장하는 줄에 섰다.

차례가 와서 편의점에서 발권한 티켓을 스태프에게 건네자 반을 찢은 티켓과 함께 앙케트 용지 한 장을 받았다. 멤버에게 뭔가 하고 싶은 질문이 있으면 여기에 적어 문 옆 테이블에 놓인 상자 중 하나에 넣으라고 했다. 그중에서 추첨해서 질문을 고른다고 한다.

손을 들어 질문을 받아 문답할 가능성도 상상했던 다쓰아키는 안도했다. 그 안도감을 방패로 삼아 아쉽다고도 생각했다.

다쓰아키는 자신 나름의 정당성을 지키기 위해 은근히 무례해 보이는 정중한 말투로 질문과 자기 생각을 용지에 빽빽하게 채웠다. 테이블 위에는 상자가 일곱 개 있고 각각 멤버 이름이 적혀 있었다. 고토 주리아라고 적힌 상

자 위, 저금통처럼 빠끔한 구멍에 생각의 결정을 부입했
다. 걸림 없이 안으로 떨어진 것에서 자기 질문이 선택될
가능성의 고조를 느꼈다.

열린 문을 지나 어두컴컴한 상영관 안으로 들어갔다.
앞에서부터 세면 딱 중앙쯤인 열이 티켓에 적힌 자리였
다. 얌전히 앉아 가방에서 페트병을 꺼내 차를 한 모금
마셨다. 이어서 사탕을 하나 입에 넣었는데 여성의 목소
리로 안내 방송이 시작되었다.

"여러분, 오늘은 영화 〈소녀의 행진〉, 임파첸스 토크
쇼&미니 라이브 상영회에 와주셔서 진심으로 감사합니
다. 저는 안내 방송을 맡은 임파첸스 현장 매니저 시노기
입니다."

"안녕하세요!"

평소 영화관에서는 상상도 못 할 만큼 술렁거리는 객
석에서 그 인사에 대한 대답이 몇 개나 들렸다.

다른 아이돌 그룹도 같은지 다쓰아키는 모르지만 임파
첸스의 팬들은 시노기 같은 스태프들도 인식한다. 스태
프의 팬이라고 공언하는 자도 있을 정도다.

다쓰아키는 시노기를 비롯한 스태프를 절대 좋게 보지
않는다. 멤버가 노래방에 가서 촬영한 영상(대체로 다카
쓰키 사쿠나가 찍는다) 구석에 스태프들의 웃는 얼굴을

발견해 이건 스태프 직권 남용이라고 비난하고 사이좋은 척 꾸밀 생각이라면 그만두어야 한다고 의견을 내 한 줌의 찬동을 얻었다.

매니저 시노기는 미니 라이브와 토크쇼가 영화 상영 후에 있을 것이며 도중에 퇴장할 수는 있지만 타이밍에 따라서 중간에 입장은 불가능한 것, 미니 라이브 중에 응원은 허용되지만 일어나서 관람은 금지라는 것 등 임파첸스 홈페이지를 통해 이미 알린 사항을 방송으로 중얼중얼 말했다.

유감스럽지만 그런 소리를 성실하게 들을 인간은 이미 이벤트 페이지의 주의 사항을 읽었거나 그러지 않았더라도 공공장소의 분위기를 잘 파악해 돌발 행동을 자제하는 인간일 것이다. 방송 중에도 일어나서 친구와 대화를 주고받거나 잡담을 그만두지 않는 몇몇 그룹에 다쓰아키는 짜증을 느꼈다.

그의 안에서 임파첸스 매니저에 대한 반발과 공연장에서 매너를 지키지 않는 관객에 대한 경멸은 모순되지 않는다. 주리아의 언동을 공격하는 가학성까지 추가해 다쓰아키는 그 세 종류의 감정을 전부 묶어 하나의 거대한 정의라고 생각한다.

마음에 많은 짐을 들고 이곳에 온 다쓰아키였는데, 얼

마 지나시 않아 그중 하나는 필요 없어졌다. 관객 진원의 눈과 귀가 앞을 향했기 때문이다.

"이어서 상영 중 주의 사항을 말씀드리겠습니다. 스크린에 주목해주세요."

원래 어두웠던 상영관이 단계를 밟는 것처럼 서서히 조명을 낮춘다. 몇 초 늦게 스크린에 '영화 관람 시 매너 강좌'라는 문자가 애니메이션으로 나타났다.

그걸 귀에 익은 일곱 개의 목소리가 함께 읽었다.

가벼운 환성이 터진 것도 잠깐, 화면이 바뀌었다. 다쓰아키를 비롯한 관객들이 앉은 것과 같은 객석 제일 앞 열에 혼자 오도카니 앉아 있는 다카쓰키 사쿠나가 보인다. 무대 의상이 아니라 원피스를 입은 그녀는 무릎에 얹은 작은 가방에서 스마트폰을 꺼내 천천히 이쪽을 향한다.

그러자 이번에는 화면 가장자리에서 캐주얼한 오피스 룩을 입은 고토 주리아가 나타나 사쿠나의 스마트폰을 착 낚아챈다.

사쿠나가 당황한 표정을 지은 순간 두 사람의 움직임이 멈추고 화면에 커다랗게 '촬영 금지'라는 문자가 나타난다. 그와 겹쳐 주리아의 목소리가 들렸다.

"아무리 귀여운 사람이 나와도 사진이나 동영상 촬영은 안 돼요!"

상영관에 박수와 웃음이 일었다. 오늘을 위해 특별 영상을 준비한 멤버들을 향한 찬사도 당연히. 사쿠나의 캐릭터를 보여주고 주리아의 과거도 처리하는 몇 초간의 짧은 팬 서비스에 많은 관객이 기뻐했다.

동영상과 박수의 의미를 주변보다 몇 초 늦게 이해한 팬도 있는 듯했는데, 다쓰아키는 순간적으로 이해했으면서 박수도 웃음도 보내지 않았다.

한 남고생의 심정 따위 무시하고 영상은 다음으로 이어졌다. 이번에는 조금 전의 그 스마트폰을 켠 주리아가 또 가장자리에서 등장해 걸어와 조금 전 사쿠나가 앉았던 자리에 앉는다. 그러자 들고 있던 스마트폰에서 벨 소리가 났다. 주리아는 "거래처네" 하고 약간의 연기를 한 후에 전화를 받는다. 세 마디쯤 말했을 때, 갑자기 좌석 뒤에서 가타노 도와코가 고개를 내민다. 그녀가 손가락을 흔들자 주리아가 든 스마트폰이 반짝이는 효과와 함께 사라진다.

"스마트폰은 매너모드로 하거나 전원을 꺼야 해요! 물론 전화를 받는 것도 안 돼요! 내가 요청한 건 요정인데 이게 맞아?"

조금 전 정도는 아니지만 다시 웃음이 터진다.

그 후에도 음식물 반입은 금지라고 알려주기 위해 도

와코가 코스 요리를 먹으려는 행동, 앞이나 옆자리를 걸어차지 말라고 주의 환기를 하기 위해 하시모토 아오가 꼰 다리를 와카야마 란이 가만히 내리게 하는 행동 등 저마다 캐릭터를 의식해 몇 가지 주의 사항을 알렸다. 그런 후 다시 화면이 바뀌었다.

또 같은 자리에서 앞좌석에 멤버 셋, 뒷좌석에 멤버 넷이 앉은 영상이 나온다.

"이상, 임파첸스의 매너 강좌였습니다. 지금부터 우리도 같이 영화를 볼 거예요. 우리 같이 오늘 하루를 멋진 날로 만들어봐요. 자, 오래 기다리셨습니다. 영화 〈소녀의 행진〉을 재미있게 봐주세요!"

대표로 사쿠나가 마무리 인사를 하고 멤버 전원이 손을 흔들며 영상은 암전. 완전히 사라지는 것과 동시에 알림이 울리고 상영관 전체가 어둠에 감싸였다.

몇 초 후, 눈을 깜박이기 전보다 넓게 확장된 스크린이 무색의 검정에서 유색의 검정으로 바뀐다. 곧 소녀를 연기하는 젊은 여배우의 독백이 들렸다. 영화가 시작된다.

제 감정에 집어삼켜진 다쓰아키는 영화의 시작을 오감으로 쫓아가지 못했다.

그는 낭패했다. 사쿠나와 주리아가 했던 촬영에 관한 주의 환기가 마치 자신을 향한 지적처럼 느껴졌다. 또 상영관의 박수와 웃음은 모두가 자신을 비웃는 거라고 받아들였다.

당연히 말도 안 되는 망상이다. 그러나 남모르게 품은 감정 자체를 부정할 수 없다.

이대로는 안 돼. 다쓰아키는 무의식적으로 생각했다. 습관적인 자기방어를 발휘했다. 그는 수치스러운 기분을 분노로 바꾸는 정신 구조에 의지해 동요에서 도망치려 했다.

저것들은 아이돌로서의 실책을 타인 탓으로 돌리며 마치 촬영하는 쪽에게만 문제가 있는 것처럼 경고했다, 라고.

바라건대 분노의 감정을 일단 정리하고 지불한 티켓 요금만큼은 영화에 집중하고 싶었다. 그러나 욕구 불만은 생각보다 오래 이어졌다.

분노의 파편이 녹아 사라진 것은 간신히 엔딩 크레딧에 접어든 시점이었는데, 그래도 뾰족해진 사탕처럼 잇몸에 박혀 입에 남았다.

출연자와 스태프 이름이 엔딩 크레딧으로 화면에 올라간다. 주리아가 작사한 주제가가 흐르는 와중에 앞쪽에서 움직임이 있었다.

스태프들이 스크린 앞에 일곱 개의 마이크를 세웠다.

그 광경에 상영관이 술렁였다. 그건 다쓰아키가 라이브

공연에 갔던 약 1년 전과 똑같은 임파첸스의 라이브 전용 세팅이다. 일곱 개의 마이크에는 멤버 각각을 상징하는 장식이 달려 있다.

엔딩 크레딧이 협력 기업 일람에 접어들 무렵, 앞 열 근처 관계자 전용 통로 입구에 일곱 명의 그림자가 나타났다. 빛이 희미하지만 그들이 누군지 어리둥절할 사람은 없다.

이윽고 감독 이름까지 아래에서 위로 흘러가자 상영관이 서서히 밝아졌다.

조용해진 관객들의 눈이 빛에 익숙해질 때를 깍듯하게 기다린 것처럼 조금 전 들었던 곡이 다시 인트로부터 흘러나왔다.

다쓰아키가 오랜만에 라이브로 체험한 주리아의 목소리와 움직임, 행동은 예전보다 박력 넘쳤고 세련되어 보였다. 주리아만 그런 게 아니다. 그녀를 포함한 그룹 전체의 완성도가 높아졌다고 평가해버린 자신을 다쓰아키는 반성했다.

퍼포먼스가 얼마나 완성되었든 관계없다. 힐문하고 싶은 건 주리아의 태도와 자세, 인간성 부분이니까.

다쓰아키는 그렇게 되뇌면서도 순간적으로 분노의 사탕 맛을 잊었다.

라이브는 코멘트 없이 총 다섯 곡을 노래했다. 후에 다쓰아키가 SNS를 살펴보니 1년 이상 선보이지 않은 곡이 세트리스트에 있어서 팬들에게는 만족도 높은 공연이었다고 한다.

마지막 곡의 아웃트로가 끝나고 좁은 공간에서 노래하며 춤춘 멤버들이 갈채를 받으며 일단 퇴장했다. 그사이 스태프들에 의해 스탠딩 마이크가 치워지고 위쪽에 의자가 놓였다. 아래쪽에도 의자가 하나 놓이고 그 옆에 아까 상자가 놓여 있었던 테이블이 설치됐다.

다쓰아키는 달아오르는 체온을 느꼈다.

"안녕하세요, 여러분! 임파첸스의 라이브 참 대단했죠!"

라이브의 흥분이 완전히 가시지 않은 관객 앞에 핸드 마이크를 들고나온 여성은 방송국 아나운서라고 했다. 소속과 이름을 말한 후 오늘 이벤트 사회를 맡았다고 발표했다.

"다시 등장 부탁드립니다! 임파첸스 여러분입니다."

멤버들은 다시 성대한 박수와 성원으로 환영받으며 나왔다. 각자 핸드 마이크를 쥔 그들은 나란히 의자에 앉았다.

다쓰아키는 자기도 모르게 긴장과 마른침을 삼켰다. 그때 입에 남았던 사탕도 함께 넘기고 말았나 보다.

분노의 사탕을 계속 먹고 있었다면 괜찮지 않았을까. 새롭게 감정을 일으키려면 엄청난 에너지가 필요하다.

다쓰아키는 앉은 채로 넋을 잃어 밖으로 나가려는 관객의 다리를 가방으로 막고 말았다. 관객이 불쾌한 표정을 지어서 이미 빈 옆자리에 얼른 가방을 놓았다. 앞을 지나가는 몇 명을 지켜본 후에야 일어났다.

상영관 구석에 혼자 멍하니 서서 감정을 발견하려고 했다. 스태프가 "퇴장 부탁드립니다"라고 말을 걸 때까지 그렇게 있었다.

토크쇼는 아무 일 없이 무사히 끝났다.

아무 일 없이, 당연히 주리아가 규탄되거나 횡설수설하거나 팬들의 환상을 깨트리는 발언을 하는 일도 없이 끝났다.

"여러분, 영화관에서 공연하는 경험은 좀처럼 없을 것 같은데요, 어떠셨어요? 사쿠나 씨."

아나운서의 질문에 사쿠나는 흥분한 티를 내며 감상을 말했다. 이어서 같은 질문을 받은 아오가 관객석을 둘러보았다.

"라이브하면서 생각했는데요, 오늘 우리를 처음 본 분도 계실까요. 계세요?"

그러면서 손을 들어보라고 재촉하자 조심스럽게 세 명

정도가 손을 들었다. 상영관을 둘러보지 않은 다쓰아키가 셋인 줄 안 건 아오가 손으로 콕 집었기 때문이다.

"처음인데 이거예요? 진짜? 도전 정신이다, 대단해."

조심성 없이 발언하는 아오 또한 다쓰아키의 비난 대상이다. 그러나 지금은 진짜 목표 이외에 신경 쓸 여유가 없었다. 그의 심정 따위 알 턱이 없는 막내 멤버 이즈카 메이가 "도전 정신 진짜 최고예요!"라고 멤버의 말을 보충 설명했다.

이어서 방금 본 영화의 감상이나 주제가 가사에 관한 질문에 멤버들이 대답하고, 토크쇼는 마침내 팬의 질문 코너로 들어갔다.

"어느 분부터 할까요?"

그러자 도와코가 "늘 하는 것과 반대 순서로 해요"라고 제안해서 평소 자기소개할 때의 순서와 반대로 하게 되었다. 이번 작사에 참여한 주리아를 후반으로 돌리려는 의도일지도 모른다.

아나운서는 바로 이즈카 메이라고 적힌 상자 앞에 서서 안을 뒤섞으며 접힌 종이 한 장을 꺼냈다.

"어, 질문자 성함은 없네요. 이번 영화에 까만 고양이가 나오는데요. 메이 씨는 키우고 싶은 동물이 있나요? 키운다면 어떤 이름을 짓고 싶나요?"

"질문 되게 평화롭다."

"어떤 질문이든 좋잖아! 마침 얼마 전 쉬는 날에 친구
랑 강아지 카페에 갔거든요. 그래서 지금 개를 무지무지
키우고 싶어요. 아오도 키우는 고양이 엄청나게 귀여워
하잖아."

"응, 우리 라무네는 세상에서 제일 귀여워."

다쓰아키는 조급한 마음에 온몸이 근질거렸다. 아오 말
대로 평화로운 대화는 빨리 끝내길 바랐다. 당연히 자기
만의 생각이 전해질 리 없으니 멤버들을 향한 질문이 이
어졌다. 그중에 다쓰아키가 흥미를 품을 토픽은 하나도
없었다.

"아오 씨가 듣기에 임파첸스 멤버 이외에 노래를 잘하
는 아이돌은 누구인가요?"

"마키 씨가 최근 배운 가장 어려운 단어를 알려주세요."

"도와코 님을 보고 감동해서 바이올린을 시작하려고
하는데 추천하는 제품 있나요? 가능하면 도와코 님이랑
같은 걸로 하고 싶거든요……."

"리더가 보기에 멤버들을 《소녀의 행진》 속 캐릭터로
비유한다면 누가 누구인가요?"

멤버들의 대답도 다쓰아키의 귀를 그냥 지나쳐 갔다.

"그룹은 이미 해체되었지만 노래가 마음에 든다고 생

각한 건……"

"너무 괴롭히는 거 아니에요? 그거예요, 분수령? 분서령? 어? 의미도요? 그건 물어볼 줄 몰랐는데……"

"사실 제가 쓰는 건 되게 좋은 거여서요. 초보자가 취미로 시작한다면……"

"닮았는지는 모르겠는데 주리는 주인공의 기분을 이해하지 않을까요. 아이는 아오일까."

사쿠나의 대답만 아주 잠깐 귀에 걸리는 정도로 감지했다. 그러나 그 감촉도 다음인 주리아에게 질문이 던져질 때까지만 이어졌다.

"자, 다음은 주리아 씨에게 질문입니다."

아무리 확률이 낮아도 사람은 자기에게만 행운이 닥칠 가능성을 믿는다. 다쓰아키도 예외는 아니었다.

"이름은 이번에도 무기명입니다."

그 시점에서 낙담하긴 했지만, 첫 타자로 걸릴 정도로 쉬울 리 없다고 생각을 바꿨다.

"영화 주제가 작사, 축하합니다! 향후 이런 식으로 더 해보고 싶은 새로운 일이 있나요?"

"뭐든지 하고 싶어요. 그래도 지금은 다른 것보다도 노래와 춤에 더 열중하고 싶어요. 신경도 좀 예리하게 하고 싶고요."

엄숙한 음성에 고요해진 객석 분위기를 알아차렸으리라. 주리아는 임전 태세 같은 표정을 무너뜨리지 않고 말을 이었다.

"그러니까 정신 수행도 좋겠어요. 폭포에 가거나 스카이다이빙을 하거나. 멤버랑 같이요."

"죽어도 싫어."

고소공포증을 공표한 란이 조용히, 그러나 정확하게 마이크에 대고 한 말에 웃음이 터진다.

"그리고 임파첸스는 좋은 노래가 많잖아요. 그러니까 전 세계 사람들이 일본어를 몰라도 들어주면 좋겠어요."

"해외 진출인가요?"

팬들이 선동하는 듯한 소리를 낸다. 물론 다쓰아키가 평소 인터넷에서 말하는 종류의 선동은 아니다.

"그러기 위해서라도 지금은 저를 단련하고 싶어요. 비행기라면 란도 하늘을 날 수 있고."

가벼운 마무리까지 처음부터 만들어진 듯한 흐름 속에 다쓰아키가 바라는 주리아의 진실은 없었다. 주리아의 대답을 듣고 란이 말한, 오키나와 라이브에 가려고 탄 비행기에서 있었던 에피소드도 특필할 점은 없었다.

비행기 이야기로 시작해 화제가 자연스럽게 란에게 넘어갔고 이번에도 곤란할 것 없는 질문과 응답, 간단한 대화를 선보였다.

이어서 다쓰아키에게는 예상외, 다른 대부분의 관객에게는 별로 문제 되지 않을 전개가 기다리고 있었다.

"그럼 아쉽지만 시간 관계상 질문 코너는 이렇게 마무리하겠습니다. 마지막으로 이번 이벤트가 어떠셨는지 멤버 여러분께 다시 한번 여쭙고 싶어요."

겉으로 드러내지 않았으나 다쓰아키의 머릿속이 순간 새하얘졌고, 이어서 거칠게 소용돌이쳤다.

아직 핵심을 전혀 건드리지 못했다. 아직 중요한 이야기를 못 했다.

주리아는 평소 캐릭터를 지키기만 하고 이쪽을 진중하게 대하지 않는다.

아연실색한 동안에도 이벤트는 끝을 향해 빠르게 진행되었고 다쓰아키는 내부와 외부에서 벌어지는 별개의 격류에 휩싸였다. 그 결과, 이벤트 종료 후에도 잠깐 움직이는 법을 잊었다.

관객들이 하나둘 돌아가는 와중에 로비로 나온 다쓰아키는 멈춰 서서 어떻게든 감정을 일으키려 했다. 아무런 수확이 없었다는 사실을 그대로 받아들이면 최근 몇 주가 전부 다 너무도 바보 같다고 생각하게 된다.

그러니 주리아나 이벤트에 분노를 품는 것으로 역시

사신은 틀리지 않았다는 이유를 부여해야 했다.

분노의 사탕을 잃고 말았으니 일단 멈춰 서서 분노를 향할 가치가 있는 진실 비슷한 것을 머릿속으로 짜냈다.

생각해보면 질문 코너 때 선택된 건 전부, 멤버 저마다의 캐릭터를 팔기 위한 질문 아니었나?

그렇다면 질문 모집 따위 의미 없고 처음부터 운영진이 준비한 것을 아나운서가 읽었을 뿐 아닐까?

멤버 전원, 질문에 막힘없이 대답한 것도 그렇게 생각하면 이해된다.

특히 주리아의 경우, 스카이다이빙에서 란의 에피소드까지 도달한 흐름도 그 자리에서 생각했다기에는 지나치게 유창했다.

그렇다면 놈들은 이런 곳에서도 팬들에게 거짓말을 하고 진실을 흐려 자기들의 좋은 면만 보여주려고 하는 불성실한 인간들이다.

연상 게임처럼 떠올린 그 대답을, 다쓰아키는 자신만이 도달한 진리라고 여겼다.

그렇게 분노를 지닌 덕분에 자각은 못 했어도 마음이 편해진 사실을 알려고도 하지 않고, 이런 곳에 용건은 없으니까 돌아가자며 간신히 카펫에 달라붙은 발을 뗄 수 있었다.

"어이, 이봐."

이번에 촬영은 위험하다고 생각해서 자제했으나 녹음은 완료했다. 이걸 어떻게 편집할지, 다쓰아키는 제 실력에 기대를 걸었다.

"어이, 거기 이토바야시 아카네의 소꿉친구."

옆에서 들린 목소리에 돌아보지 않았다.

그러지 않아도 진행 방향이 막혔다.

앞쪽 바닥에 붉은 부츠가 나타나 다쓰아키는 움찔 떨었다.

하려한 부츠를 신은 인물이 누구인지 짐작하기 어려웠는데, 1초 전을 생각해보니 들어본 적 있는 목소리였다.

고개를 든다.

다시 봐도 놀랍도록 아름다운 얼굴을 한 남자가 그야말로 당당하게 "여" 하고, 마치 친구를 대하는 것처럼 손을 들었다.

이쪽이 대답할 리 없는데, 그의 시선에는 도망치게 두지 않겠다는 강압적인 의지가 있었다. 그것도 열받았다.

"임파첸스 좋아했나 봐? 뭐 좀 물어보고 싶은 게 있어서 말을 걸었어. 우연히 봤을 뿐이고, 오늘은 경고하려는 거 아니야."

그 말에 억지로 가둬둔 지난번의 스트레스가 새어 나

온다.

다쓰아키는 후회했다. 멍하니 생각에 잠기지 말고 영화관을 나가는 게 나았다.

분노의 사탕을 계속 먹고 있었다면 들키지 않았을지도 모른다.

우카와 아이

지금까지 이토바야시 아카네에게서 오던 의미 없는 메시지가 그날 이후로 끊겼다.

사람마다 바이오리듬이 있는 법이고 만약 아카네가 우카와 아이라는 친구와 어울리는 데 질렸다면 그 본심을 존중하고 싶었다.

그러나 아이는 그날 이후라는 점이 마음에 걸렸다. 아카네가 자기의 중심으로 삼은 책 이야기를 나눈 날이다. 상처가 될 만한 소리를 뭔가 한마디라도 했을까.

아카네는 그런 티를 내지 않았으나 능숙하게 감췄을 뿐일지도 모른다.

혼자 고민하고 싶은 기간일 가능성도 있으므로 이쪽에서 연락하지 않았다. 그러나 지금 상태가 궁금했다.

그런 아이가 그때 그를 본 것은 마침 운이 좋았다.

휴가를 얻은 날, 아이는 과하게 눈에 띄지 않을 정도로 꾸미고 늘 가는 거리로 갔다. 라이브 중 불필요하게 멤버의 주의를 끌지 않으려고 화려한 색은 좌석에 가려지는 다리에만 집중했다.

만약의 사태에 대비해 얼굴에는 평소 쓰지 않는 안경을 썼다. 그 동영상을 본 누군가가 아이의 존재를 알아차릴 일 없게 거듭거듭 조심했다.

그래도 그 동영상 때는 지금과 비교해 머리도 짧고, 복장도 여름이라 티셔츠와 청바지인 편한 차림이었다. 무엇보다 찍힌 것은 잠깐이니 일시 정지라도 해서 관찰하지 않는 한 아이라고 판별하기 어렵다. 얼굴 변장은 그냥 기분 내는 정도였다.

편의점에서 발권한 티켓의 좌석 번호는 약간 후방의 중앙 부근. 멤버에게 질문을 쓰라는 앙케트는 무시했다. 자리에 앉아서부터 쓸데없는 생각은 전혀 하지 않고 영화가 시작하기를 기다렸다.

상영된 영화 내용은 아카네에게서 설명을 들은 것보다도 직접 읽은 《소녀의 행진》 이미지에 가까웠다.

영화 속 아이는 여성이었고, 소녀와의 관계성은 연애처럼 보였다. 그리고 역시 자신이 아이와 닮은 점이라면 무뚝뚝하고 담배를 피우는(원작에서는 '피운다'라는 표현만 쓰고 담배라고 확실하게 밝히지는 않는다), 누구에게나 들어맞을 법한 부분뿐이다.

또 소설을 읽을 때도 그랬는데, 이야기 속의 주인공은 아카네라기보다 오히려 고토 주리아와 비슷한 존재로 보였다. 물론 아이는 두 친구 모두 거짓말쟁이에 나쁜 녀석이라고 생각하지 않는다. 그러나 두 개의 얼굴을 지닌 이야기 속 소녀의 분위기는 아이돌이며 인간인 주리아와 어딘지 비슷하게 느껴졌다.

오늘 주리아는 라이브에서도 토크쇼에서도 온몸에 기이한 힘이 깃든 것 같았다. 지난번 실수를 만회하고 싶겠지. 그녀의 그런 의지를 응원하면서도 조금만 더 어깨에서 긴장을 풀고 있는 그대로의 자신으로 승부를 거는 편이 팬들도 기뻐하지 않을까, 하고 친구인 아이는 생각했다.

이벤트가 끝나고 서두를 이유도 없으니 좌우 관객이 일어나는 걸 느긋하게 기다린 다음 퇴장했다.

음식물을 파는 플로어에 모인 관객들을 보다가 문득 아카네가 오진 않았을지 큰 기대 없이 둘러보았다.

그러다가 시선이 멈춘 것은 아카네가 아니라 그날 그녀를 몰래 촬영한 것으로 짐작되는 소꿉친구 소년이었다.

"시간 있어?"

"아니……."

그는 몹시 쭈뼛거리며 대답하고 시선을 피했다. 시간이 있으면 커피라도 한 잔 살 생각이었던 아이는 그의 부정을 그대로 받아들이고 단도직입으로 용건을 전했다.

"이토바야시 아카네는 잘 지내? 요즘 뭐 해?"

"……뭐 하냐니, 평범한데."

"뭐 특이한 일 없었어?"

아이는 이 대화가 그를 통해 아카네에게 전해져도 괜찮다고 생각했다.

정보를 얻고 싶을 뿐이지 친구의 상태를 본인이 모르는 곳에서 파헤치려는 건 아니다.

"남자랑, 헤어진 것 같은데."

"오, 그런 걸 아네."

"아니, 떠들어대서……."

화내고 혹은 슬퍼하면서 또는 웃으면서 교실에서 친구들과 호들갑스럽게 파국을 설명하는 아카네의 모습을 쉽게 상상할 수 있었다. 고등학생에게 실연은 일시적으로 연락을 끊을 충분한 이유가 되겠다는 것도.

"그리고 무슨 흉내인지는 모르겠는데."

추가 정보를 바란 것도 아닌데 소년이 말을 보태려 했다.

소년 나름대로 대화의 주도권을 쥐어 어른의 지배에서

벗어나고 싶어 한다는 걸 아이는 알았다. 쉽게 짐작 가는 감정을 그립게 느끼며 그의 말을 묵묵히 들었다.

"갑자기 안경을 안 쓰고 오고, 교사한테 반항하고, 아르바이트를 안 가고, 평소 무시하던 같은 반 애한테 직접 말을 걸기도 하고."

마지막 부분만 음색이 강해져서 그게 정말 하고 싶은 말이란 걸 알 수 있었다. 그 내용 역시 대화하는 상대에게 자기가 우위에 섰다고 보여주려는 의도인 걸 아이는 이해했다. 즉, 자신은 아이와 달리 공통으로 아는 사람의 좋은 면은 물론이고 나쁜 면도 볼 수 있다는 관계성을 내세우는 것이다. 동시에 상대가 공통의 지인에게서 멀어지기를 바라는 점유욕이 있을지도 모른다.

"호오, 그건 왜지."

아이는 전해 들은 정보로 친구의 인간성을 짐작하지 않는다.

"그만 갈게요……."

아이가 그에게서 시선을 떼고 생각에 잠긴 타이밍에 소년이 불쾌한 티를 내며 말하더니 옆으로 빠져나갔다. 아이는 뒤를 돌아보고 그가 바라지 않겠지만 말을 걸었다.

"고마워, 소꿉친구랑 친하게 지내라."

소년은 대답하지 않았고 돌아보지도 않았다. 아이도 딱

히 대답을 바라지 않았기에 다시 자기 생각에 빠졌다.

마음에 걸리는 건 그가 말한 '무슨 흉내인지는 모르겠는데'이다.

당연히 그가 그런 의미로 흉내라는 단어를 쓰지 않은 걸 알고 있으므로 다른 쪽으로 신경이 쏠렸다.

혹시 안경 어쩌고 하는 것 또한 《소녀의 행진》을 따라 하는 행동일까.

그러나 이전에 읽은 소설에도, 조금 전에 본 영화에도 그런 장면은 단 한 군데도 짚이는 데가 없다.

"뭐지."

혼잣말을 중얼거린 아이는 몇 초 후 생각하기를 그만뒀다. 생각해서 답을 내봤자 실연 때문에 우울해하고 있을지 모르는 아카네에게 캐물을 마음은 없다. 그렇다면 생각해봤자 의미가 없다.

게다가 아이는 친구가 한 말이라면 뭐가 어쨌든 믿기로 했다.

"그러면 다음부터는 진정한 두 사람으로 만나주세요."

그날 헤어지면서 아카네는 분명 그렇게 말했다.

고토 주리아

❀

해냈다. 적어도 실수는 단 하나도 안 했다.

주리아는 이 이벤트에 모든 걸 걸었다. 다양한 형태의 일을 해내면서도 겨우 이 다섯 곡 라이브를 위해 자신을 바쳤다. 강사나 멤버에게 부탁해 노래와 댄스 연습을 평소보다 농밀하게 했다. 혼자라도 스튜디오에 남아 손끝과 시선까지 동작을 재확인했다. 전부 지난번 같은 실수를 반복하지 않기 위해서. 스토리에 필요 없는 사안이나 이미지를 떨쳐내기 위해서.

몇 주에 걸친 노력이었지만, 팬들이 스토리로서 자신에게 받아 가는 것은 라이브 당일이 되고 나서다.

주리아는 평상시에도 자기 연습량이나 고생에 관해 언급하지 않는 아이돌이었다.

대신 그녀는 다른 멤버들을 통해 간접적으로 전하는 방법을 택했다.

즉, 때로는 란의 셀카 뒤에서 심각한 표정으로 가사를 쓰는 자신이 찍히게 하고, 때로는 사쿠나에게 부탁해 카메라를 신경 쓰지 않고 혼자 오로지 춤에 열중하는 모습을 몰래 찍어 공개하게 한다.

노력을 스스로 내보이는 게 어울리는 사람이 있고 어울리지 않는 사람이 있다고 주리아는 생각한다. 사쿠나나 마키라면 흘린 땀의 양을 자랑스럽게 드러내는 자세가 부자연스럽지 않고 자기 홍보로도 이어진다. 반대로 주리아는 열중하는 모습을 타인이 발견해야(그렇게 의도해야) 비로소 열의와 우직함이 위화감 없이 받아들여진다.

불순물이 섞이는 걸 싫어하는 사람은 많다.

마음에 걸리는 게 없진 않다. 하지만 그렇게 생각했기에 주리아는 스토리 창작을 위한 더욱 효과적인 방법을 골랐다.

최근에는 인사 이외에 SNS를 자제한 덕분에 오로지 퍼포먼스에 전념한 자세가 팬들에게 훨씬 더 직접적으로 전해진 것 같다. 이전의 그 동영상에 관한 언급은 줄고 매일 아침 하는 인사 트윗에는 칭찬과 응원하는 말, 그리고 다음 라이브에 품은 기대가 줄을 이었다.

그래서 작품 상영 중 매너를 환기하는 영상에는 전면적으로 찬성하지 않았다.

군이 다시 문제 삼을 필요는 없지 않나, 그렇게 생각했으나 제대로 의논할 만한 자리가 마련되지 않았고 운영 측에도 의도가 있다면 싶어 고개를 끄덕였다. 결과적으로 현장에서 반응이 좋았으니까 가슴에 미세하게 걸리는 것은 남았어도 주리아는 납득하기로 했다.

라이브 파트는 요 몇 주간의 마음가짐이 결실을 거둬 시종일관 신경을 벼린 상태로 퍼포먼스를 해냈다. 목소리도 몸도 한계가 있는 공연 환경이지만 성장을 최대한 표현했다고 느꼈다.

토크쇼에서는 어떤 질문이 올지 긴장했다.

그래도 생각한 것보다 훨씬 평범한 것이 선택된 덕에 머릿속 서랍을 열어 답을 금방 발견할 수 있었다. 임전 태세인 자신을 보여주려고 조미료를 치자 입에서 술술 말이 나왔다.

공연 후, 영화관 내 대기실은 사용 시간에 제한이 있어서 멤버와 스태프는 옷을 갈아입고 짐을 챙겨 재빨리 퇴장했다. 전용 엘리베이터로 1층에서 내려 바로 앞 도로에 댄 하이에스에 멤버 일곱 명이 올라탔다.

차가 향하는 곳은 역시 이 거리에 있는 스튜디오다. 겨우 몇 분 만에 도착한 빌딩의 엘리베이터를 타고 올라가 온통 거울이 붙은 방 구석에 각자 짐을 뒀다. 그러는 동안 매니저를 포함해 다른 차를 탄 스태프도 도착했다.

평소대로 멤버 일곱 명이 바닥에 원을 그리고 앉았다. 그 주변에 어른들이 서거나 앉아 있는 상황에서 아오가 손을 들어 말을 시작했다.

"주리, 너무 바짝 긴장하지 않았어?"

자신을 향한 의견에 주리아는 바로 답하지 못했다.

"음, 주리의 상태가 최고일 때의 기합이 10이라면 저번에 실수했을 때는 8, 오늘은 12였던 것 같아. 오늘 생각한 건 이게 다. 아, 그리고 도와코의 바이올린은 얼마짜리야?"

"그게 궁금해? 내가 가지고 왔던 것 중에 0이 일곱 개될락 말락 한 정도인 거 있었어."

주변에 선 어른 몇 명이 웃음을 터뜨렸고 도와코 본인과 주리아 이외의 모두가 놀란 소리를 냈다.

"할아버지랑 할머니의 재력이야. 그건 그렇고 주리가 평소보다 기합이 들어간 느낌이긴 했지만 주리다운 범주 아니었어?"

"응, 전에 발끈한 연출을 했던 시기가 있으니까 오늘같은 것도 주리답다면야 주리다운데, 노리고 한 건지 모르겠네.”

어떻게 대답할지 머뭇거렸으나 지금 말을 고르는 것의 의미가 자기방어 이외에는 없다고 생각해 주리아는 고개를 가로저었다.

“의도한 건 아니야. 평소 이상으로 기합이 들어갔다고 생각하긴 했는데, 내가 노렸던 건 아오가 말한 최고의 상태였어.”

“그렇지. 감각적인 건데 으음, 의미가 안 통하면 미안한데. 팔은 여기까지만 뻗어진다고 정해놓은 느낌? 뭔지 알겠어?”

“대충은.”

“나만 그러나 했는데 도와코도 느꼈다면 무대 위에서만인가.”

아오는 의견을 구하기 위해 아직 입을 열지 않은 멤버와 주변 스태프들을 둘러보았다.

주리아를 대하는 아오의 태도가 가차 없는 건 아니다. 임파첸스는 라이브 하나를 마치면 반드시 멤버와 스태프가 반성회를 연다. 이때 알아차린 점이 있으면 기탄없는 의견을 나눈다.

아오와 도와코 이외의 멤버도 입을 모아 생각을 말했다.

“의욕적인 건 느꼈는데 부정적이라고 생각하진 않아.

저번 일도 있으니까 오늘 주리가 평소 이상으로 바짝 긴장해서 라이브한 것도 괜찮지 않나?"라는 사쿠나.

"나도 그래. 처음 온 관객이 얼마 없는 라이브였으니까 흐름으로 이해했을 것 같아"라는 란.

"너무 완벽을 노리면 최고가 되지 않는다니, 되게 어려운 문제다"라는 마키.

"주리의 기합에 지면 안 되겠다고 생각했으니까 나도 느낀 것 같아"라는 메이.

오늘 공연 시작 전 안내 방송을 맡았고 라이브 중에는 관객석 후방에서 지켜본 매니저 시노기도 살짝 손을 들었다.

"주리가 일거수일투족에 예민하게 신경 쓰는 건 관객석에서도 알았을 거야. 그래도 사쿠나 말처럼 부정적으로 보이지는 않았어. 주리 본인이 의식하기에 관객에게 어떻게 전해졌다고 생각해?"

이번에도 역시 얼버무릴 이유가 없다.

"모두 앉아서 보는 건 처음이라 정확하게 말하긴 어려운데, 저번처럼 불편하게 웅성거리는 일은 없다고 생각했어요."

조명에 따라 다르지만 영화관 정도 넓이라면 안경 없이 운전을 못 하는 주리아 눈에도 제일 뒤의 관객까지 보인다. 모두의 얼굴을 기억하는 건 불가능해도 특전회에서 몇 번 얼굴을 마주해 인상에 깊게 남은 사람이라면 라이브 중에도 금방 알아차린다. 그들의 표정은 좋았다.

"자주 오는 사람들도 즐거워하는 것 같아서 그건 기뻤어요. 그래도 그중에는 아오처럼 느낀 사람이 있을지도 모른다는 걸 머릿속에 입력해둬야겠어요. 기합을 알아주길 바라지만 한계가 보이는 건 피하고 싶어요."

전반은 완벽하게 진심이었지만 후반은 50퍼센트를 보류한 채 말했다.

만약 아오의 의견이 사실이더라도 관객 눈에 고토 주리아로서 제대로 비춰졌다면 오늘 의식한 바는 옳았던 것이 된다.

그리고 주리아 본인으로서, 오늘 라이브는 설령 다소 과잉이더라도 앞으로 나가고 싶었다.

왜냐하면 주리아는 지난 라이브 이후로 몇 주간, 자신이 한 발짝 물러나면 골짜기 밑으로 떨어질 곳에 서 있다고 느꼈으니까.

이제 후퇴할 여유가 없었다.

"그런데 아오, 순간적으로 곡 순서 틀리지 않았니?"

사쿠나의 이 한마디로 반성회의 화살이 주리아 곁을 떠났다.

"역시 알아차렸구나! 제대로 수습하지 못해서 죄송합니다."

하늘을 올려다봤다가 반동을 이용해 고개를 숙이는 아오에게 스태프들이 지도를 시작했다. 아오는 매우 불손한 성격이지만 자신의 스테이지 퍼포먼스를 향상하기 위한 의견에는 귀를 기울인다.

그 외에 자잘한 안무에 대해 두세 명의 스태프가 의견을 내고 미팅을 마무리했다.

멤버 모두 이후로 일이 없었기에 다 같이 팬 서비스용으로 예전에도 했던 트럼프 대부호 게임 대회를 촬영했다. 결과는 란이 져서 벌칙 게임을 받는 것이었는데, 평소와 다르게 애교 넘치는 자기소개를 하고 쪼그려 앉는 모습까지 카메라에 담겼다.

용건이 끝난 사람부터 귀가해도 된다고 하자 아오와 도와코는 냉큼 떠났다. 주리아는 매니저에게 부탁해 오늘 토크쇼용으로 모은 앙케트 용지를 받았다. 평소에는 후일 팬레터 등과 함께 집에 보내주는 것들이다.

"너무 심한 건 뺐는데?"

"일단 그것도 주세요."

주리아는 포개진 종이 뭉치 위에 몇 장의 악의와 무례를 쌓았다.

스태프들이 한동안 작업을 한다고 해서 주리아도 남아 앙케트를 읽기로 했다.

방해하지 않게 구석에 무릎을 안고 앉아 종이를 넘겼다. 앙케트 대부분에 다양한 질문과 함께 격려하는 메시지나 호의적인 마음이 적혀 있었다. 기억하는 닉네임도 있었다. 그중에는 간단한 초상화를 그려준 팬도 있어서 주리아는 부드럽게 웃었다. 앙케트 중에 아이돌이 아닌 부분의 주리아를 언급하는 것은 없어서 몇 주간 의식했던 것이 보상받았다고 느꼈다.

이어서 매니저가 미리 빼둔 몇 장을 살폈다. 주리아는 이들의 닉네임에는 주의를 기울이지 않는다. 안티나 무례한 인간은 안티나 무례한 인간이라는 덩어리이므로 그들 개개인에게 뇌 용량을 나눠봤자 의미 없다고 생각한다. 그래도 주리아가 이 몇 장을 받은 이유는 고토 주리아를 싫어하는 인간들 안에서 스토리가 어떤 추이를 보이는지도 알고 싶었기 때문이다.

너무도 예상대로인 내용만 적혀 있어서 맥이 빠졌는데, 옆에서 셔터 소리가 들렸다. 고개를 들자 스마트폰을 든 사쿠나가 있었다.

"오타쿠와 진지하게 마주하는 아이돌을 찍어두려고."

"지금 읽는 건 나한테 적의를 드러내는 건데."

"그것도 마음의 방향성이 잘못된 팬이니까."

스태프와 가볍게 잡담을 나눈 듯한 사쿠나와 함께 주리아는 스튜디오를 나섰다.

"아오토와의 새 동영상, 조만간 업로드된대."

역까지 가는 길에 사쿠나에게 들었다.

'아오토와'란 아오와 도와코가 한 팀인 연주 및 노래 유닛이다. 지금 단계에서 주요 활동은 커버곡 동영상 업로드로, 사람들 앞에서 라이브한 경험은 팬클럽 이벤트 때 미니코너로 한 공연뿐이다. 언젠가 오리지널 음원 출시와 단독 라이브 공연이 목표라고 한다.

"란의 수영복 사진 촬영도 내년이면 바로 한대고."

"우리 높으신 분들은 추운 계절에 꼭 그런 걸 시키고 싶어 하더라."

주리아는 농담 섞어 말하며, 어떤 계절이든 란의 아름다운 신체가 알기 쉬운 형태로 사람들에게 알려지는 것은 그녀와 그룹 모두가 행복한 일이라고 생각했다.

이때 화제로 나오진 않았으나 마키가 주연을 맡은 드라마 형식 뮤직비디오 촬영이 예정된 것도 그렇고, 메이가 스포츠 소년 소녀들을 응원하는 텔레비전 방송 출연을 예정한 것 또한.

멤버 저마다 개성을 살릴 수 있는 길을 차곡차곡 걸어

임파첸스를 확장한다.

주리아 자신도 최대한 그렇게 하고 싶다고 바랐다.

누구와도 다른 스토리를 그려 달려가고 싶다.

그 스토리 속에서 임파첸스의 고토 주리아가 아닌 자신은 불필요하다.

"안녕, 나의 아이돌."

"뭐야 그게. 잘 가."

사쿠나와 헤어져 집으로 가는 전철을 탄 주리아는 스마트폰을 봤다.

오랜만에 인사 이외의 말을 트위터에 남기자고 생각했다.

개성을 살려 달려가겠다는 것을, 자화자찬일지 모르나 오늘 라이브에서 잘 표현했다고 느꼈다. 그러니 그걸 모두에게 알리고 싶었다.

오늘은 실수도 없었고 모두에게 전력을 다 보여준 것 같아. 역시 이런 내가 멋있어. 다음으로 나아가자.

글에 영화관 입구에서 촬영한 셀카 사진을 첨부한다. 반응은 확인하지 않고 잠시 후 전철에서 내렸다.

가다가 마트에 들러 장을 보고 집에 도착해서는 저녁 식사를 포함한 자질구레한 일을 몇 가지 해치웠다. 모든 일을 마친 후 방 모서리에 바짝 댄 침대에 앉아 오랜만에 SNS를 살폈다. 임파첸스 공식 계정이 트위터와 인스타그램에 사회를 맡은 아나운서와 멤버들을 촬영한 사진을 업로드했다.

주리아의 트윗에 대한 반응도 확인한다.

기본적으로 주리아는 SNS에 올라오는 말에 답변하지 않는 것을 방침으로 삼고 있다. 그건 그녀 안에 존재하는, 연기자와 관객이 대등해서는 안 된다는 생각에서 기인한 규칙이다. 음악이나 아이돌 문화를 즐기는 관객을 절대 낮춰 보는 것은 아니다. 같은 자리에 나란히 서면 아이돌과 팬이라는 특별한 관계성 위에 성립한 놀이가 끝난다는 걸 알고 있다. 아이돌이 된 후로 지금까지 줄곧 자신이 팬들의 시선을 모으는 존재라는 사실을 자각하고, 잘 보이도록 아주 조금 높은 곳에 서 있었다. 때때로 놀이를 잘 모르는 인간이 그러기 위한 언행을 보고 건방지다고 주리아를 야유했지만, 많은 팬들은 암묵적인 규칙을 이해한 상태로 관계를 맺어주었다.

오늘도 주리아와 관계를 맺은 사람들은 설령 답변이 없더라도 자신들이 하고 싶은 말을 던져준다. 대부분이 찬사와 공감, 응원이었고 그중에는 오늘 라이브를 보지 못한 것에 대한 비탄도 있었으나 그게 기대감이라는 걸 아는 주리아는 따스한 마음으로 그들의 슬픔을 받아들였다.

답변이 없다는 이유로 아이돌이 팬의 목소리에 시선을 주지 않는다고 생각하는 사람도 있을지 모른다.

답변이 오지 않는다는 안도감 덕분에 자신의 호의를 마음 편하게 던질 수도 있다.

적어도 주리아는 팬들의 말을 제대로 받아들이고 보이지 않는 곳에서 기쁨을 곱씹기도 한다. 팬들이 스마트폰이나 컴퓨터를 써서 입력한 문자의 송신처는 틀림없이 인간 주리아다.

그러니 상처받기도 한다.

마가 낄 때도 있다.

없었던 걸로 하지 않았으면 해요.

그런 말이 적혀 있었다.

갑자기 미안해요. 주리아는 바라던 바가 아닐지도 모르지만 나는 지난 라이브 때 굉장히 감동했어요. 용기를 낸 덕분에 앞쪽에서 주리아가 노래하는 모습과 춤추는 모습을 봤고 이 순간을 평생 기억하고 싶다고 생각했어요. 이기적인 말일 수도 있지만 지난번을 실수라며 없었던 일로 하지 않았으면 해요.

정확히 140글자의 토로.

부드럽게 웃고 있던 주리아의 입가가 굳었다.

지켜보니 그 의견은 다른 팬들에게서 새로운 반응을 끌어냈다.

1초마다 좋아요와 리트윗 수가 늘어난다. 답글에는 그녀의 용기 있는 의견을 평가하는 목소리나 진심으로 동의하는 목소리가 이어진다. 그중에는 비난도 섞여 있었지만, 전부가 주리아를 저마다의 시점에서 응원하는 목소리, 즉 팬들의 간접적인 메시지인 걸 알겠다.

주리아는 동요하며 일단 그 전부를 읽었다. 인용 트윗도 점점 더 늘어난다.

완전 격공! [우는 얼굴 이모티콘] 우리는 그 자리에 있었죠.

다양한 반론이 있겠지만 멋지다고 생각해요. 괜찮아요, 사라지지 않아요. 주리가 잘 알아주면 좋겠다.

나도 요즘 주리아에게는 ? 싶은 부분이 많아. [생각하는 얼굴 이모티콘]

주리도 그런 생각으로 한 말은 아닐 텐데.

주리는 이렇게 멋있으니까 그 동영상까지도 전부 포함해서 팬과 함께 걸어가면 좋겠어.

주리를 좋아하지만 이번만큼은 이 의견에 동의.

구구절절 팔자 좋네. (하품하는 이모티콘)

전에 과거는 필요 없다고 했지만 그 과거에도 팬은 있어.

오늘 라이브 보러 갔는데 지난번 퍼포먼스도 똑같이 멋있었어요! 프로만이 아는 것도 있겠지.

신기록을 경신하는 운동선수가 아니라 팬이 있는 아이돌이라는 거지.

다들 무슨 소리를 하는 거야?

주리아의 당혹감을 알지도 못하고 그 후에도 이어지는 말의 파도. 검색해보니 오늘 라이브 감상에 뒤섞여 팬 한 명이 주리아에게 보낸 메시지에 대해 다루는 트윗이 점

367

점 늘어나고 있었다.

검색 키워드를 바꿔 일사불란하게 새로고침을 연타한다. 말의 파도가 서서히, 그러나 확실하게 주리아가 본래 바랐던 결과에서 멀어진다.

주리아는 오늘 라이브에 지금 자신의 모든 것을 걸었다.

과거 아무것도 아니었던 시절의 미숙함이나 팬의 말에 마음이 흔들려 퍼포먼스에 지장이 생겼던 지난번 라이브, 스토리를 후퇴시키는 요소를 떨쳐버리기 위해 한 걸음이라도 앞으로 나가고 싶었다. 라이브에 담은 하나하나, 발언에 담은 하나하나, 전부 그걸 위해서다.

등 뒤로 텅 빈 공간을 느꼈다.

돌아보지 않아도 그곳에 입을 쩍 벌린 골짜기 밑바닥이 기다리는 걸 안다.

SNS에 넘쳐흐르는 팬들의 목소리가 아오에게 지적받은 점과는 비교도 안 될 정도로 가시화된 실패를 들이댔다.

그리고 실패를 인정하고 싶지 않은, 자기 집에서 혼자인 주리아가 여기 있었다.

스토리는 갱신되어야만 의미가 있다고 믿어왔고, 믿고 있다.

그걸 다 같이 즐겨왔을 텐데.

말해주고 싶었다. 과거를 소중히 하라느니, 돌아보라느

니, 주리아를 타이르는 모든 팬들에게 말해주고 싶었다.

　나는 없었던 걸로 했으니까 지금 여기 있는 거야.

　지난번 라이브나 그 동영상 정도의 주리라면 친구가 될 수 있을 것 같은데. (웃는 얼굴 이모티콘)

　벼랑에서 떨어지는 것만은 피하고 싶어서 견디던 주리아는 마지막으로 떠민 것처럼 보인 그 말의 팔뚝을 필사적으로 움켜쥐었다.

　그리고 자기도 모르게 들이받았다.

　지금 당장 아이돌 따위 그만두면 친구든 뭐든 될 수 있어.

　인용해 말을 남긴 후 스마트폰을 침대 위에 내동댕이치고 베개에 얼굴을 파묻었다. 퍼뜩 정신을 차려 몇 분 후에 삭제했으나 이미 늦었다. 큰일이 나진 않았는지 검색해보니 트윗이 캡처되어 퍼져 있었다.

　앞으로든 뒤로든 주리아의 다리를 움직인 것은, 망하기를 바라던 자들이 아니라 함께 스토리를 느껴준 팬들이었다.

　손에서 떠난 말로 인해 자길 좋아해준 사람들이 상처

받은 사실이 주리아의 몸을 뒤로 휙 떠밀었다.

골짜기 밑바닥으로 떨어지는 도중에 간신히 이해한 것이 있다.

줄곧 이름을 붙이지 못했던, 일찍이 작별을 고한 그의 얼굴을 봤을 때 품은 감정.

그것은 있었을지도 모르는 다른 길에 느끼는 미련이다.

일주일 후, 올해 마지막이 될 그 거리에서의 라이브.

공연 시작 시각에 고토 주리아는 나타나지 않았다.

세키구치 미유

❋

　미유는 친구 이토바야시 아카네가 이미지 변신을 꾀하는 것이 마음에 걸렸다.

　며칠 전 같이 겨울 모자를 구경하러 갔었으니까 처음에는 상의해줬으면 좋았겠다고 서운함을 느꼈다. 그러다가 친구가 달라지려는 이유가 아무래도 긍정적이지 않은 것 같아서 생각을 바꿨다.

　아카네의 연인이었던 기쿠치 신과는 예전에 미유도 만난 적 있다. 그가 미유와 아카네의 고등학교 문화제에 놀러 왔던 때다.

　처음 본 아카네의 남자친구는 피부가 하얗고 그다지 건강해 보이진 않았는데, 그래서 예쁘장한 얼굴이 돋보였다. 미유는 친구에게 미안하다고 생각하면서도 바람피울 것 같은 남자애라는 첫인상을 품었다. 아마도 밴드를 한다는 사전 정보도 영향을 미쳤으리라.

뚜껑을 열어보니 미유의 안테나는 아무래도 믿을 게 못 된다는 것을 알았다. 아카네는 남자친구가 성실하다고 격찬했고, 헤어진 이유도 사소한 싸움이 발전했을 뿐이라고 한다. 친구의 말투에서 미련을 느꼈다. 그런 자신이 불만스러운지 우선 외모를 바꾸려고 하는 점도 아카네다웠다.

미유는 아카네를 리듬과 파장이 아주 잘 맞는 친구로 여겼다. 대화 리듬은 물론이고 달콤한 디저트가 당기는 타이밍이나 의미 없이 외출하고 싶은 빈도, 학교나 아르바이트 사이사이 비는 시간을 쓰는 방식까지 굉장히 닮았다고 생각했다.

친구나 연인, 아무리 성실하고 다정한 인간이 옹기종기 모여도 상성이 좋지 않으면 관계는 무너진다. 아카네와 신의 파국을 봐도 그건 명백하다. 미유는 상성이 맞는 자신이 변화의 소용돌이 속에 있는 친구에게 힘이 되어주고 싶어서 기회를 노렸다.

동시에 아쉽게도 상상력이 부족해서 아직 친구를 격려할 방법을 찾지 못한 자신에 조바심을 느끼기 시작했다.

그래도 안달복달할 필요는 없었다.

며칠 후, 자연스럽게 깨닫게 된다.

어느 날 점심시간, 5교시 수학 시간에 필요한 프린트를 받으러 교무실에 갔는데 우연히 아카네가 혼자서 교무실에 왔다. 교무실 끝과 끝에서 눈이 마주치자 아카네는 제스처와 입 모양으로 6교시 프린트를 깜박했다는 걸 알려줬다.

무사히 프린트를 받은 미유는 교무실 밖에서 아카네를 기다렸다. 복도 벽에 붙은 유학 홍보 포스터나 선배들의 대학 입학 실적을 대충 바라보는데, 어느새 옆에 아카네가 있었다.

"유학에 흥미 있어?"

그 말에 미유는 고개를 저었다.

"영어 전혀 못 해. 바야시는? 유학."

"인생이 달라지는 건 조금 궁금해."

이거다.

미유는 아카네의 최근 상태를 물어보려 했다. 그러나 아카네가 선수를 쳤다.

"만약 내가 어딘가로 가더라도 기다려줄 거니?"

아카네의 질문에 미유는 망설이지 않고 끄덕였다.

"응."

질문의 의도도 딱히 고려하지 않고 생각한 대로 끄덕

였을 뿐인데 아카네는 마치 재치 있는 칭찬을 들은 듯한 표정을 지었다.

나중에 생각해보니 아마도 고개를 끄덕여주길 바라는 아카네의 타이밍과 딱 맞았던 것 같다.

"그래도 바야시가 떠나면 재미없겠다."

"그건 나도 그래. 유학은 없던 걸로."

마음을 터놓을 수 있는 친구가 웃어주는 건 정말 기쁜 일이다.

"바야시, 알바 안 하는 날 또 크레이프 먹으러 가자. 내가 쏠게."

"오? 신경 써주는 거야?"

"들켰어?"

"응, 다 보여. 그래도 고마워. 네가 격려해주니까 기쁘다. 그리고 마침 전에 미유가 먹은 크레이프가 맛있었다는 게 생각났어."

역시 우리는 친구로서 리듬과 파장이 잘 맞는다. 느낄 수 있었다.

틀림없이 언젠가 서로를 속속들이 잘 아는 친구가 될 수 있을 것이다.

미유는 사랑하는 아카네의 등을 아주 조금이라도 밀어준 것 같아서 기뻤다.

우카와 아이

  매번 라이브 감상을 보내면 반드시 돌아오는 메시지가 이번에는 없었다.

  바쁠 테니까, 바쁘지 않더라도 답변이 있고 없고에 따라 화가 날 아이는 아니지만, 드문 일이라 신경은 쓰였다.

  지금은 딱 한마디씩 쓴 메시지 교환이 친구인 고토 주리아와의 사이를 연결해주는 유일한 수단이었다. 상대방이 앞으로 다시는 메시지에 답변하지 않겠다고 정하면 아이는 친구의 안부를 확인할 방법을 잃어버린다.

  뒤를 쫓지 않은 건 친구를 믿었기 때문이다. 지금 아이가 라이브에 대한 감상 이외에는 할 말이 생각나지 않는다는 것도 이유일 것이다.

  한편 이토바야시 아카네에게서는 허탈할 정도로 예전

과 같은 느낌의 메시지가 왔다.

영화 〈소녀의 행진〉을 이벤트 겸 봤다고 말했고, 소꿉친구 소년과 만난 사실은 알리지 않았다.

임파첸스 라이브는 부럽지만 영화는 노 땡큐. (여성이 얼굴 앞에서 X를 그리는 이모티콘) (히죽거리는 이모티콘)

전의 대화와 다른 점은 아카네 쪽에서 대화를 이어가려고 하지 않는 점이다. 역시 아직 불안정한 시기에서 빠져나오지 못한 듯해 의도적으로 그냥 됐다.

그로부터 며칠간 아이는 평소와 다를 것 없는 나날을 보냈다.

출근해서 평소 하는 업무를 익숙한 손길로 해냈다.

아카네에게 공부 중이라고 한 음향 일은 스승으로 모신 전문가에게 엄격한 지도를 받았다.

일을 마치고 후지노를 비롯한 친한 동료와 잡담하며 평소대로 막차 직전의 전철을 탔다.

쉬는 날에는 한동안 만나지 못한 여성인 친구와 약속이 있어서 저녁을 먹고 술을 마셨다.

그런 다음 둘이 같이 가벼운 마음으로 서로에게 손을 댔다.

아침에 귀가해 마침 잠에서 깬 동거인의 얼굴을 보고 몇 시간 잔 후 다시 그 거리로.

이건 친구에게 굳이 밝힐 필요 없다고 아이 스스로 생각하는 그의 일상이다.

별다른 일도 없고 설명할 만한 것도 아니므로 아카네는 당연히 모른다.

만약 자신이 아카네의 말처럼 이야기 속 등장인물이었다면 이런 흔한 일상을 보내지 않을 테지. 어쩌면 한밤중에 부엌 환풍기 아래에서 묵묵히 담배를 피우는 소설 장면도 존재할지 모르나, 아이는 그런 게 뭐가 재미있는지 이해하지 못한다.

오늘도 귀가 후, 평소처럼 자택 환풍기 아래에서 담배를 피우는 아이는 한동안 만나지 않은 아카네와《소녀의 행진》을 떠올렸다. 그녀를 마음속에 그리면 자연스럽게 그 소설을 의식하게 된다.

혼자 가볍게 미소 짓는다.

지친 몸을 이끌고 숨을 돌리는 순간, 친구를 떠올리는 자신이 행복하다고 느꼈다.

슬슬 기운을 차렸을까. 재떨이에 담배를 털며 생각한다. 그녀와 자신을. 그리고 소녀와 아이를.

멍한 머릿속에 다양한 영상과 기억이 겹친다. 그러다가

아이는 깨달음이라고도 할 수 없는 깨달음을 얻었다.

담배를 피우는 스타일도 다르구나.

이야기 속 아이가 담배를 피우는 장면은 늘 의미심장하고, 반드시 어떤 계기로 그려진다. 현실의 아이 같은 헤비스모커가 단순히 욕망에 따라 불을 붙이는 것과는 명백하게 다르다. 복장도 소설에서는 자세히 그리지 않았지만, 적어도 긴소매 티셔츠에 와이드 팬츠 같은 편안한 차림은 아닐 것이다.

아카네는 이런 모습을 봐도 그 아이와 닮았다고 말할까.

등장인물들의 복장이나 외모에 대한 아카네의 상상과 아이의 상상은 달랐다. 영화 제작자의 견해도.

원작 팬이 영화에 어떤 감상을 품었는지 한번 인터넷에 검색해본 적이 있다. 친구의 주장을 이해하고 싶었기 때문이다.

그러자 물론 모두는 아니나 많은 사람이 이번 실사화는 배역과 스타일링이 최고라고 평가했다. 즉, 아카네의 감상과는 양립하지 않는 모습이 세간에서는 찬사를 받았다.

아이는 영화를 보고, 원작과 비교해 솔직히 등장인물들이 다소 멋진 척한다고 느꼈다. 그러나 아카네가 상상하는 모습, 즉 아이 자신과 비슷한 모습보다는 그래도 납득하기 쉽게 그려낸 것처럼 보였다.

아카네는 자기 감상이 지극히 소수파인 걸 알고 있을까.

"아이, 미코토한테서 연락 왔어."

거실에서 목소리가 들려 반쯤 남은 담배를 재떨이에 내려놓았다. 묵묵히 목소리의 주인공에게 다가가자 발포 맥주를 마시던 아사히가 스마트폰을 내밀었다.

"미코토한테 집에 또 오라고 말해줘."

"술에 취한 너한테 팔뚝 깨물린 다음부터 무서워해."

아이는 스마트폰을 받아 놓아둔 담배 곁으로 돌아왔다.

후지노의 메시지는 '내일 한가해? 본가에서 좋은 고기가 올 거야. (고기 이모티콘) 먹고 싶으면 술 가지고 외리 (술병 이모티콘)'라는, 술 마시자는 제안이었다. 답을 보내기 전에 후지노에게 메시지가 하나 더 왔다.

지금 트위터 봤는데 내일 임파첸스 라이브네. 끝나고 와도 돼. 고기 남겨둘 테니까 술 가지고 와. (맥주 이모티콘)

성급하면서 다정한 태도에 아이는 살짝 웃었다. 후지노는 친구가 실연한 걸 알았다면 악의 없이 걱정하는 메시지를 연달아 보낼 테지.

재떨이에 얹어둔 담배를 입에 문다.

후지노의 말대로 내일은 그 거리에서 임파첸스의 라이

브가 열리는 날이다.

주리아와 멤버들에게는 올해 마지막 라이브다. 그에 겹쳐 아이의 직장이 휴무이기도 해서, 후지노가 사실과는 다른 생각을 하는 것도 무리는 아니었다.

아이에게는 내일 라이브 티켓이 없었다.

원래는 의류 회사에서 일하는 친구의 의뢰로 간단한 모델 아르바이트를 할 예정이었다. 상대방의 사정으로 그 예정이 사라진 게 바로 어제였다.

내일 라이브는 당일 티켓 매진을 기념해 스트리밍도 해주니까 집에서 술이라도 마시며 볼 생각이었는데 친구가 놀자고 해서 기뻤다.

고기를 먹으며 스트리밍을 보자고, 이쪽도 구구절절한 대답이나 설명은 생략한 문장을 보내려고 했다.

그때 스마트폰이 착신 화면을 보여주었다.

아이는 터치하려던 엄지를 순간적으로 멈췄다.

충분히 시간을 들여 두세 번 눈을 깜박였다.

이어서 담배를 한 모금 빨아들인 뒤 내쉬고, 재떨이에 놓은 후에야 전화를 받았다.

귀에 대자 이쪽에서 뭐라고 말하기 전에 목소리가 들렸다.

"아이?"

"응."

무심코 고개의 움직임이 목소리와 연동한다.

"갑자기 미안해. 물어보고 싶은 게 있어서."

"무슨 일이야?"

아이는 거짓말을 하지 않는다. 마음에 없는 말을 하지 않는다. 자기 심정 그대로 살아가는 것이 가장 아름답다고 생각한다.

그중에서도 이 "무슨 일이야?"는 아이의 마음이 있는 그대로 입에서 솟구쳐 나온 것이었고, 그런 자각이 있었다.

아주 잠깐 환풍기 소리가 유난히 크게 들렸다.

"아이."

"응."

"아직 그때 내 옷, 갖고 있어?"

그 후로 잠깐 대화를 나눴다.

괜한 것은 묻지 않고, 작은 약속을 나누고 전화를 끊었다.

상대에게 지금 주소를 메시지로 보냈다.

스마트폰을 바로 앞 싱크대에 놓고 다시 담배를 끝까지 피웠다.

한 대 더 불을 붙일지 고민했으나 마치 그녀를 이유로 삼는 것 같아 그만뒀다.

거실로 이동해 동거인에게 말해줘야 한다.

"내일 사람이 올 거야."

"어, 미코토? 잘됐다, 나 무서운 인간 아니야."

아사히는 취향인 여자가 온다는 예감에 신이 나서 술을 입에 머금은 채 착각했다.

"아니야."

"응? 그럼 누군데?"

드물게도 호기심을 자극하는 말투가 된 것은 아이가 대놓고 동요했으니까.

"고토 주리아."

곧 자려고 했는지 입고 있던 잠옷을 아사히 자신이 분출한 술로 적시는 것을 아이는 묵묵히 지켜봤다.

"인제 와서 뭐 하러?"

그렇게 물어본들 아이도 대답할 수 없다.

휴가를 낼지 자기 직전까지 고민하던 아사히는 "그쪽에서 연락했으니까 또 만날 수도 있겠지"라고 알아서 이해하고 평소처럼 출근했다.

원래 동거인의 출근을 지켜보지 않는 아이는 잠들었다가 2시간쯤 지나 작은 소리를 듣고 깨서 그 후로 잠들지 못했다.

최대한 평소처럼 생활했더니 어느새 날이 저물어 금세

약속 시각이 되었다. 지정한 때에서 2분이 지난 데에 주리아의 망설임이 보이는 것 같다고 생각하다가 너무 함부로 억측하는 거라고 마음을 바꿨다.

초인종이 울리고 인터폰 화면에 여기 있으면 안 될 그녀가 비친다. 대답하지 않고 직접 현관문을 열었다.

"미안해, 갑자기."

아이의 예상과 달리 주리아는 의외로 망설이는 듯이 웃어 보였다.

주리아를 안으로 들이고 문을 닫는다. 곧바로 2층의 드레스 룸으로 쓰는 방으로 안내하려고 계단에 발을 올렸다.

"동거하는 사람은 출근?"

"응, 아사히라는 녀석 기억해?"

"당연하지. 술자리에서 계속 팔뚝을 주무른 적 있어."

"지금도 걘 똑같아."

"아이도 똑같네."

"주리아는, 모르겠네."

솔직히 말하자 그녀는 알 수 없게 웃었다. 그런 어중간한 표정은 무대 위에서는 보여주지 않고 인터뷰에서도 다뤄지지 않으므로 오랜만에 주리아의 얼굴을 또렷하게 본 듯한 기분이 들었다.

방에 들어가자 주리아가 놀란 소리를 냈다. 언젠가 아

카네에게 했던 것과 같은 설명을 하고 부탁한 옷을 주리아 앞에 놓았다.

그것은 아이가 예전 집에서 이사하면서 원래 소유주가 더는 입지 않는다고 하기에는 상태가 좋아서 보관한 것들. 거기에 예전 주리아가 좋아할 듯하면서 사이즈가 맞을 법한 옷을 추가했다.

"아사히가 자기 마음대로 입고 관리도 한 것 같으니까 그때랑 똑같진 않지만."

"다행이다. 고맙다고 해야겠네."

"신발도 사이즈는 아사히 걸로 될 것 같아. 나중에 보여줄게."

"고마워, 하나부터 열까지."

"됐어. 친구 부탁이니까."

"응."

"……그럼 여기에서 편하게 갈아입어도 돼. 나는 1층에서 담배 피우고 있을게. 무슨 일 있으면 불러."

연거푸 고맙다는 인사를 등으로 들으며 아이는 계단을 내려온다. 말한 대로 거실 테이블에 놓아둔 담뱃갑을 쥐었다.

날이 화창하고 지금 계절치고는 기온이 높아서 창을 열고 바닥에 책상다리로 앉았다. 그대로 손바닥만 한 마당을 바라보며 하늘에 연기를 내뿜는다.

이 임대주택은 아사히가 찾아낸 집이다. 둘 다 흡연자니까 창문이 옆집과 인접하지 않은 곳을 고른 듯하다. 착안점이 남다른 녀석이라고, 아이는 정기적으로 친구를 칭찬한다.

한 개비를 다 피워도 주리아는 내려오지 않았다. 창문을 닫고 일어나 주전자로 물을 끓여 인스턴트커피를 탔다.

의자에 앉아 연한 커피를 마시며 스마트폰으로 SNS를 확인한다. 지금 그쪽은 어떤 상태일지 알고 싶었는데 아직 공지가 뜨지 않았다.

아직은 시간이 있다고 희망을 품고 기다리고 있겠지. 아무 관계없는 아이조차 내심 그렇게 생각하고 있으니까 더욱더.

머그잔 안의 커피가 절반쯤 줄었을 때 발소리가 들렸다. 계단이 삐걱거리는 소리가 가까워지고 눈앞에 그리운 모습이 나타난다.

"어때?"

쑥스럽게 웃는 주리아는 아래에 짙은 와인레드 미니스커트, 위에 오버사이즈인 까만 니트를 입고 그 위에 걸리시한 하얀 코트를 걸쳤다. 머리에는 유백색 베레모. 자기가 가지고 왔을 새까만 타이츠는 데니어 60 정도.

"귀여워."

"다행이다."

"그러고 보니 평소에는 여전히 안경을 쓰네."

주리아의 얼굴을 장식하는 테 가는 안경을 가리키자 그녀는 고개를 저었다.

"없어도 생활할 수 있으니까 평소에는 안 쓰고 렌즈도 안 껴. 그래서 오랜만에 쓰니까 시야가 좀 흐릿하다."

"그렇다면 없어도 되지 않아?"

"이러는 게 예전의 나 같을 것 같아서."

"그건 그러네. 커피 마실래?"

마음을 써서 일어나려 하자 주리아가 "아니, 괜찮아. 고마워" 하고 말렸다. 아이는 얌전히 다시 앉아 주리아에게도 의자를 권했다. 주리아는 권한 대로 테이블을 사이에 두고 아이의 정면에 앉았다.

"그래서?"

"응?"

"어떻게 할 거야? 지금부터."

아이는 몇 년간 직접 대화하지 못한 친구가 상대여도 말을 고르지 않는다. 오랜만에 직구로 오는 말이 재미있는지 주리아가 피식 웃었다.

"어떻게 할까."

"안 정했어?"

밤늦게 건 전화에서 주리아는 예전에 입던 옷이 필요하다는 말만 했다. 그에 대해 아이는 버린 것도 있지만 비슷한 옷은 준비할 수 있으니까 집에 오라고 제안했다.

트위터에서 일어난 사건은 봤지만 주리아의 사정에 관해서 본인에게 들은 이야기는 없었다.

임파첸스 라이브 시작까지 앞으로 2시간 반 남은 지금, 왜 주리아가 눈앞에 있고 심지어 과거에 좋아하던 패션으로 몸을 감쌌는지 아이는 모른다.

"응. 일을 그만둔다고 정한 것도 아니야."

"그럼 가는 게 좋을 거야. 잘릴 가능성도 있잖아."

"그러게."

코멘트로도 텔레비전으로도 라디오로도 들을 수 없는 주리아의 맥 빠진 목소리를 들으며 아이는 다시금 앞에 앉은 사람이 친구임을 실감했다.

주리아가 창밖으로 시선을 돌려서 아이도 그녀를 따랐다. 이 계절, 태양은 이미 저물 예감을 보였다. 어린애의 울음소리가 들린다.

아이는 이대로 시간이 멈춰도 좋겠다고 생각했다.

"네가 진심으로 하고 싶은 대로 하면 돼."

"하고 싶은 대로."

중얼거린 주리아는 다시 입을 다물었다. 시계 대신에 두 사람의 호흡이 싫든 좋든 다가오는 결단의 순간을 떠올리게 한다. 아이는 침묵도 또 하나의 의지라고 여겨 재촉하지 않았다.

"내가 하고 싶은 게 뭔지 계속 생각해보지 않았어."

그 말을 듣고 아이는 입술을 올려 웃었다. 절대 주리아의 지난 몇 년간을 얕보거나 안타깝게 여기는 웃음은 아니다.

"왠지《소녀의 행진》주인공 같네."

"아이도 읽었구나. 독서가가 된 거야?"

"아니, 친구가 추천해줬어."

그리고 다시 침묵이 흐른다. 호흡이 들린다.

이번에 먼저 움직인 것은 아이로, 힐끔 손목시계를 봤다. 차분하게 있는 동안 어느새 15분이 지났다.

"아이."

시계를 본 것 때문에 신경 쓰이는 걸지도 모른다고 후회했다. 그러나 주리아의 시선을 받고 그게 아닌 걸 알았다.

"정했어?"

"응. 같이 놀러 가고 싶어."

주리아의 소망이 어떤 의미인지는 분명치 않지만, 적어도 아이는 그 소망을 듣고 그녀가 오늘 일을 내던지기로 정한 듯하다고 생각했다.

"좋아. 어디 갈까?"

그래서 주리아가 망설이지 않고 그녀가 본래 지금 있어야 할 거리의 이름을 대서 놀랐다.

아이는 잠깐 말을 잃었다. 잠깐이다.

"……뭐 괜찮겠지. 무슨 생각인지 모르지만 가고 싶으면 가자."

이해하기 어려운 것은 이해하기 어렵다고 표현한다. 그리고 이해하기 어려워도 괜찮다고 생각하면 행동할 수 있다.

아이 내면에는 지금 주리아의 마음을 밝혀내는 것보다 훨씬 중요한 것이 있었다. 오랜만에 마주한 친구인 그녀가 같이 있고 싶다고 말한다.

"고마워."

아이는 진심에서 우러나 우선순위를 선택할 수 있는 자신을 좋아했다.

주리아에게 잠깐 기다리라 하고, 아이도 그 방에 가서 외출할 옷차림을 꾸몄다.

두 사람은 몰랐지만 집을 나설 무렵, 각종 SNS에 공지 사항이 하나 떴다.

우에무라 다쓰아키

❋

다쓰아키는 소외감을 가슴에 품었다.

주리아의 본성을 파헤치려고 영화관에서 개최된 임파
첸스 이벤트에 용감하게 갔던 그날 밤. 그녀는 저 혼자
알아서 쓰러졌다.

주리아가 트위터에서 한 발언을 놓고 여론은 평상시보
다 다쓰아키가 가질 법한 의견 쪽으로 대놓고 기울었고,
세뇌된 팬들까지도 다른 발언을 끌고 와 그녀를 공격하
려는 태도를 보였다.

평소라면 이 기세를 틈타 주리아를 깎아내리고 그녀
같은 인간에게 속았던 불쌍한 인간들을 위해 한몫 거들
고 싶다는 스트레스 발산의 대의명분을 얻었을 텐데, 다
쓰아키는 시류에 올라타지 못했다.

이전까지는 자신과 인터넷상의 몇 안 되는 동료들만 이해했던 사실을 모두가 알기 시작했다. 이 현실에 다쓰아키는 따돌림당한 것 같은 감각, 평소 교실에서 느끼는 것과 똑같은 감각을 맛봤다.

뜻밖의 정보에 우글우글 몰려든 놈들과 달리 자신이 얼마나 주리아를 주목해왔던가. 그녀를 지켜봐왔던가.

그렇게 생각한 시점에서 자기 안에 존재한 감정의 근원을 알아차렸다면 일찌감치 멈출 수 있었을 것이다.

다른 놈들보다 뛰어났으면 좋겠다.

그렇게 바랐던 다쓰아키는 주리아에게 불리한 정보를 철저하게 찾았다. 그러나 찾아낸 것은 이미 아는 정보와 소문뿐이다.

과거에는 이제 아무것도 없을지도 모른다.

오늘 열릴 라이브의 스트리밍 티켓도 샀다. 그 사건 이후로 주리아는 관객 앞에 모습을 드러내지 않았다. 오늘 다시 본색을 드러낼 가능성이 충분하다고 생각했다.

그런데 심란한 상태로 학교에서 돌아와 스마트폰을 봤더니 알림 설정을 해놓은 임파첸스 운영 계정에 공지 사항이 하나 떠 있었다.

'제반의 사정으로 인해 오늘 라이브는 고토 주리아 외의 여섯 멤버로 개최합니다.'

또한 공연 내용 변경에 따른 환불은 없다, 본인과 연락은 된 상태다 등의 몇 가지 사무적인 공지가 앞뒤로 이어졌다.

주리아가 모습을 드러내지 않는 스트리밍에 돈을 쓴 것을 후회하는 단계를 다쓰아키는 꼼꼼히 밟았다. 그런 다음에야 비로소 본래 제일 먼저 주목해야 할 문장에 생각이 미쳤다.

제반의 사정이라니, 도대체 무슨 짓을 했을까.

만약 그 사정을 알면 다른 놈들보다 그녀의 진실에 다가갈 수 있다.

다쓰아키의 머릿속에 아주 편리하게도 광명이 쬐었다.

학교에서 촬영한 영상 점검은 나중으로 미루고 지금 주리아에 관한 실마리가 조금이라도 없을지 인터넷을 돌아다녔다.

그러다가 간신히 한 가지, 신빙성은 매우 낮아 보이지만 목격 정보를 발견했다.

확실하진 않으나 그 거리에서 주리아와 비슷한 인물을 봤는데, 그녀의 이미지와 전혀 다른 복장이었으니까 아마도 잘못 봤을 것이라는 정보.

라이브 스트리밍은 아카이브로도 확인할 수 있다. 다쓰아키는 아마도 열매 맺지 못할 씨앗일 그 정보에 흥미를 느끼고 몸을 맡겨보기로 했다.

니트 모자를 쓰고 최소한의 짐을 챙긴 후 신발을 신었다.

그에게는 그러는 길 말고 없었다. 없는 것 같았다.

다카쓰키 사쿠나

✳

그룹명을 처음 들었을 때, 사쿠나는 단어의 의미를 몰랐다.

이름을 지어준 프로듀서가 알려줬다.

임파첸스는 꽃 이름이야.

다른 이름은 아프리카봉선화. 꽃말은 화려한 사람, 강렬한 개성.

굉장히 아이돌 그룹 같은 느낌이지만, 이름을 지은 주된 이유가 꽃말은 아니라는 말도 들었다. 임파첸스는 무르익으면 자그마한 자극에 폭발해 씨앗을 날리는 식물. 그 양상을 닮기를 바라는 마음이라고 했다.

"얼굴이나 능력만 중요한 게 아니야. 다소 문제아라도 좋으니 의지가 있고 지는 걸 싫어하는 녀석을 원해."

그런 소리를 했다는 프로듀서와 다른 스태프들이 모은 것은 사쿠나 이외에 일곱 명.

첫 만남 전에 한 명이 그만둔 것에도, 첫 만남 이후 바로 머리 스타일을 대담하게 바꾼 멤버가 있는 것에도 놀랐다. 사쿠나는 그것을 자극적인 나날로 향하는 스타트 신호로 받아들였다.

그로부터 몇 년, 사쿠나는 아이돌로서 사람으로서 멤버들의 성질을 알아가면서 임파첸스라는 이름이 자신들을 표현하기에 적확했다고 새삼 생각했다.

보는 각도에 따라서 금방이라도 충돌하고 파열할 것 같은 멤버들도 그렇다.

여러 방향으로 멤버가 씨앗을 날리는 모습도 그렇다.

멋들어진 꽃말이 진짜 유래가 아니라는 점도 마음에 들었다.

멋진 요소가 있지만, 오로지 그것만이 이유는 아니다.

자신들을 잘 나타낸다.

리더이면서 임파첸스 오타쿠임을 내세우는 사쿠나.

멤버들이 지닌 능력에 강렬한 동경과 사랑을 품은 그녀는 자신들이 다른 아이돌보다 개성적이고 선명한 존재라고는 전혀 생각하지 않았다.

공연장 사정상 오늘 특전회는 라이브 이후에 열리기에 멤버들의 출근 시간에 다소 여유가 있었다. 이미 일곱 명 중 다섯 명이 모인 대기실로 들어오는 메이를 보고 사쿠나가 크게 소리쳤다.

"되게 잘 어울려!"

"진짜로? 고마워!"

칭찬받아 폴짝 뛰는 메이는 바로 어제 머리 스타일을 바꿨다. 등까지 내려오던 까만 머리가 밝은색의 울프 커트로 바뀌었다. 스태프와 멤버에게 미리 이미지를 상담했으나 사쿠나가 직접 보는 건 처음이었다.

둘이서 기념사진을 찍자고 제안한 사쿠나에게 메이가 환한 미소를 지으며 응했다. 촬영하며 다른 멤버들에게 왜 그렇게 조용하냐고 묻자 모두가 "사쿠나가 너무 흥분해서 칭찬하니까 타이밍을 놓쳤어" 하고 투덜거렸다.

"주리 너무 늦는데?"

머리 스타일 이야기가 일단락된 후, 말을 꺼낸 건 란이었다.

평소 조용한 란의 그 한마디에 묘한 무게감이 있어서, 멤버가 부족한 부자연스러움이 대기실에 있는 모두에게 전해졌다.

"걔는 매번 엄청 일찍 오더니."

도와코의 말에 모두 고개를 끄덕였다.

그때 누군가의 스마트폰에서 알림 소리가 났다. 울린 것은 마침 매너모드를 꺼뒀던 마키의 스마트폰뿐이었다. 하지만 알림 자체는 그 자리에 있는 전원에게 온 것을 얼마 지나지 않아 모두가 알았다.

"어, 무슨 소리지?"

마키는 마음속에 떠오른 말을 그대로 입 밖에 낸 듯했다.

이 자리에 없는 고토 주리아가 멤버가 모인 단톡방에 '오늘은 못 가'라는 메시지만 남기고 나가버렸다.

"이거, 꽤, 괜찮은 거야?"

"메이, 진정해. 일단은 시노기 씨한테 말하고 올게."

술렁이는 멤버를 대표해 사쿠나가 자리에서 일어나 대기실을 나왔다. 성큼성큼 직원실로 가던 중 목적지에 도착하기 전에 시노기와 딱 마주쳤다.

"시노기 씨, 주리 말인데요."

"아, 다행이다. 나도 걔 때문에 할 말이 있어."

일단 둘이서 대기실로 돌아왔다. 의아한 표정인 멤버들에게 시노기는 제일 먼저 사쿠나가 말하려고 준비한 것과 완전히 똑같은 내용을 말했다.

"주리가 사정이 있어서 오늘 못 온다는 라인 메시지를 보냈어. 이유를 물어도 대답이 없는데, 다들 뭐 아는 거

있니?"

모두 고개를 젓거나 부정하는 말을 했다.

"그래, 사쿠나도?"

"못 들었어요."

"그렇군. 몸 상태가 안 좋은 거라면 안 좋은 대로 자세히 알고 싶은데 전화도 안 받아."

"몸이 안 좋은 정도로 주리가 쉴까?"

아오의 그 말에 모두가 동감했다.

"사고일까?"

"근데 연락이 왔잖아."

"단톡방을 나간 것도 메시지 아니야? 무사하지만 못 가는 이유는 말하고 싶지 않다는 거."

란의 의견이 옳다면 절대로 기쁜 일은 아니지만, 사쿠나는 주리아답다고 생각했다.

"일단 상태를 보러 주리 집에 사람을 보냈어."

시노기의 보고를 듣고 모두 일단 입을 다물었다. 그러나 그럴 여유가 없는 것을 다들 알고 있었다. 이제 곧 리허설이 시작된다.

"리허설은 일단 여섯 명이서 평소처럼 하고, 주리가 도착하는 대로 추가해서 빠르게 진행하면 될 거야. 서둘러서 확인할 테니까 일단 대기해."

"시노기 씨."

급하게 방을 나가려는 매니저를 사쿠나가 불러 세웠다.

지금 말하지 않더라도 아마 시노기의 머릿속에 이미 예상한 바가 있을 테고, 조만간 프로듀서에게서 말이 있을 것이다. 그 말을 멤버가 제안하는 것에 의미가 있다고 생각했다.

"주리가 없는 패턴으로 라이브를 준비해요."

"지금부터?"

예감했을 텐데 일부러 놀라주는 마키가 고마웠다.

"포메이션은 전에 란이 독감 걸렸을 때 했던 걸 조정하면 될지도 모르지만."

그때는 사흘 전에 알았다.

"노래는? 〈만지지 마〉나 〈외톨이〉, 주리 없이 지금부터 준비할 수 있어?"

〈만지지 마〉도 〈외톨이〉도 임파첸스의 노래다. 정식 제목은 〈만지지 마, 위험해〉와 〈외톨이로 있자〉이다. 둘 다 주리아가 작사했고 주리아가 노래 파트를 많이 맡았다.

사실은 이 시점에서 모두가 머릿속에 떠올렸을 거라고 사쿠나는 생각한다.

같은 아이돌 그룹에 속하지 않았다면 절대 서로를 깊이 생각할 일이 없었을, 성격도 성질도 전혀 다른 일곱 명. 과반수는 아이돌 자체에 흥미조차 없었다.

그러나 지금은 모두가 쁘로이며 동료이다. 공통적인 의식이 분명히 있다.

그걸 대표해서 말해야 하는 게 바로 자신이라고 사쿠나는 이해하고 있었다.

"주리가 안 오겠다고 연락하고 단톡방에서 나갔는데, 최소한 오늘 라이브에 올 것 같니?"

실내 온도가 내려간 것 같았다. 사쿠나는 분위기 메이커의 반응을 믿고 도와코를 봤다.

"어때?"

"나한테 떠넘기는 거야? ……뭐, 이런 짓을 가벼운 마음으로 할 리 없지. 일단 해보고 최악의 경우 주리아 파트만 반주로 내보낼까?"

지금까지 무조건 라이브를 신조로 삼은 그룹이었다.

"주리가 돌아와도 또 누가 갑자기 참석하지 못하는 날이 있을지도 모르니까 적응해두는 것도 의미 없진 않아."

사쿠나의 말 이면에 주리아가 다시는 돌아오지 않을 가능성에 대한 고려도 들어 있다는 것 역시 모두가 알고 있을 것이다.

그 후 다른 스태프들도 합류해 추가로 상의했다.

사쿠나의 의견은 스태프들의 말을 대변한 것에 불과했

으므로 당연히 통과되었고, 일단 다른 할 일이 없는 모두가 주리아의 노래 파트를 나누는 작업을 시작했다.

작업하던 중에 주리아의 집에 간 스태프에게서 연락이 와, 그녀가 집에 없다는 걸 알았다.

다른 아티스트의 현장에 가 있던 프로듀서도 사태를 듣고 찾아왔다.

스태프들과 협력해 새로운 세트리스트를 강행공사로 완성했다.

세트리스트를 확인하는 리허설에 가려고 멤버가 서둘러 사복을 벗었다.

"스토리를 만드는 걸까."

옷을 갈아입으며 마키가 누구에게라고 할 것 없이 중얼거렸다.

아무도 대답할 수 없었지만 의문은 생겼다.

"그게 아니라면? 요즘 일이 좀 많았고, 트윗을 지우긴 했지만 '아이돌을 그만두면' 같은 소리를 했잖아?"

메이가 드러낸 심각한 불안감에도 아무도 대답하지 못했다. 진실을 모르기 때문이다.

하지만 진실이 가까이에 없더라도 사쿠나가 사랑하는 멤버들은 분위기를 만들어내는 법을 알았다.

"우리 중 제일 먼저 튀는 건 틀림없이 아오일 줄 알았는데 놀랍네."

"그 말 그대로 되돌려주마! 팬들한테 제일 먼저 그만둘 거란 소리 듣는 애가 그런 말을 하냐."

"콩트는 그만하고 가자."

"아아, 란 언니한테 혼났어!"

표면상이지만 미소를 짓고 이동하기 시작한 멤버들을 사쿠나는 참 믿음직스럽다고 생각한다.

주리아에게 무슨 일이 생겼을까. 스토리를 만들고 있을까, 아닌 걸까.

만약의 가능성, 주리아가 두 번 다시 돌아오지 않는 미래도, 믿고 싶진 않지만 프로로서 생각해야 한다.

최소한 주리아가 고민할 때 아주 조금의 실마리라도 되길 바라며, 사쿠나는 지금 할 수 있는 최대한의 말을 주리아에게만 보이는 형태의 메시지로 보내고 리허설을 하러 갔다.

주리, 내가 있어.

임파첸스가 약진을 이어가고 속된 말로 잘 팔린다고 여겨지는 현상에 대해 리더인 사쿠나는 자기들이 다른 아이돌과 비교해 매력적이고 개성적이며 화려하기 때문이라는 생각은 전혀 하지 않았다. 아이돌에게 흥미 없는 사람이 보면 멤버 전원 똑같은 얼굴로 보이고, 똑같은 목소리로 들릴지 모른다는 것도 알고 있다.

당연히 최대한 노력해왔다. 무대에 서면 자신들만이 할 수 있는 최고의 퍼포먼스를 보여주려고 노력했다. 자부심이 있다.

그러나 그런 것은 최소한으로, 당연하게 해야 하는 것일 뿐이다. 누구나 다 할 수 있는 것일 뿐이다.

많은 사람의 눈에 드는 데에는, 음반사와 레이블 그리고 기획사에 이익을 가져오는 데에는 사쿠나와 멤버들이 좌우할 수 없는 외적 요인이 크게 관여한다.

대대적인 프로젝트의 경우 대기업다운 자금력과 광고력, 기획력을 쏟아붓는다.

노련한 스태프들의 운영으로 시류를 포착했고, 그들의 넓은 인맥은 그룹에 각종 혜택을 선사했다.

유명 아티스트가 작곡한 노래, 인기 그룹과의 합동 공연 출연 등은 빙산의 일각이다.

미디어에서도 임파첸스의 곡을 다양한 형태로 내보냈다.

수많은 사람의 눈과 귀에 닿은 결과, 팬이 생겼다.

그들은 임파첸스의 모습과 노래에 호감을 품고 그걸 말로 표현해서 더 멀리 도달하도록 퍼뜨려주었다.

무엇보다 그런 사람들의 노력이나 감각이나 애정이 잘 맞물려 거대하게 작용하는 기적이 일어났다.

즉, 임파첸스라는 아이돌 그룹이 여기저기에서 인지되고 관객을 모을 수 있기까지 성장한 이유 중 가장 큰 부분을 한마디로 표현하면 이렇다.

운이 좋았다.

임파첸스의 리더, 다카쓰키 사쿠나는 그걸 곱씹었다.

결단코 비하는 아니다.

아이돌을 사랑하기에 모든 플레이어에게 있어 운이 얼마나 불가결한 요소인지 알고 있을 뿐이다.

지금까지 수없이 지켜봤다. 실력이나 매력이 넘치는 그룹이 꿈을 이루지 못하고 해체되는 불운을. 노력을 게을리하지 않은 여자아이가 조용히 아이돌을 포기해야 하는 불우함을.

자신들이 선 이 자리가 노력하면 소원이 이루어지는 판타지 같은 공간이 아닌 것을 사무치도록 알고 있다.

사쿠나는 임파첸스 멤버 중 누구보다도 아이돌을 동경한다.

그렇기에 꿈으로 이어지는 현실에서 눈을 돌리지 않고, 절대로 비하하지 않는다.

기대받는 자신을 낮추지 않는다.

멤버의 재능이나 노력을 진심으로 사랑한다.

그리고 현실에서 함께 꿈을 꾸는 팬들을 믿는다.

대여섯 곡이라면 몰라도 오늘은 단독 라이브 콘서트라 2시간을 꽉 채울 예정이다. 주리아의 파트를 아무리 잘 나누더라도 짧은 시간 안에 절대로 완성하지 못한다는 현실을 모두가 실감하기 시작한 때였다.

"주리의 파트에 대해 한 가지 제안이 있습니다."

무대 위에서 번쩍 든 손바닥에 멤버와 스태프 모두의 시선이 집중한다. 그중에는 말 한마디로 그룹의 방향성을 정할 수 있는 높으신 분도 섞여 있다.

여기에서 주눅 들면 임파첸스의 심장이라고 불리는 다카쓰키 사쿠나의 이름이 스러진다.

"주리를 좋아하는 사람들의 힘을 빌리면 어떨까요?"

고토 주리아

❀

주리아는 스토리를 만들고 있지 않았다.

적어도 지금 시점에서는 생각 한구석에도 없다.

그저 그녀는 선택하지 않았던 길에 있던 자신 쪽이 모든 사람에게 더 좋았을 수도 있겠다고 생각할 뿐이다.

이미 버렸던 본래의 자신으로 있었다면 모두가 행복하지 않았을까.

본래의 고토 주리아라면 아이돌의 라이브 공연 따위에 가지 않는다.

아이돌이 아닌 자신은 한가할 때 편한 마음으로 친구를 만나러 간다.

그런데도 고민하느라 한밤중까지 걸지 못했던 전화. 연결되지 않았다면 의외로 아무 일 없이 무대에 섰을지도 모른다.

통화가 연결되고 들린 목소리에 주리아 내면에서 몇 년간 얼어붙어 있던 것이 녹아내렸다.

"춥지 않아? 더 따뜻하게 입고 싶으면 어디 들를까?"

"괜찮아, 고마워."

몇 년 만에 만났는데도 아이는 여전히 과보호했다. 그때와 전혀 다르지 않은 모습에 주리아는 감격했다.

아이도 원한다면, 정말 이대로 되돌아가도 괜찮을 것 같다.

"그래서 도착하면 뭐 할래?"

전철로 이동하는 중에 아이가 한 질문을, 주리아는 진지하게 생각했다.

늘 해야 하는 일만 생각했기 때문에 하고 싶은 일을 말하려면 묘하게 시간이 필요했다. 그래도 아이는 기다려줬다.

"매니큐어 갖고 싶다."

마침내 말한 소원이 너무도 일상적이기 때문일까, 아이가 눈을 조금 크게 떴다.

"예전에 매니큐어 줬었잖아? 그거 부적으로 갖고 있었는데 역시 사용 기간이 지난 것 같아서 혹시 괜찮다면 저런한 거여도 좋으니까 사주면 좋겠어. 대신 나도 뭔가 선물할게."

"아직 갖고 있구나. 좋아, 그런 걸로 괜찮다면."

"고마워."

아이는 주리아의 얼굴이 다른 사람들에게 보이지 않게 계속 조심하며 서 있었다. 주리아는 누구 눈에 띄어도 좋았다. 오히려 사람 많은 거리를 목적지로 고른 이유는 스토리 바깥을 걷는 자신을 알릴 거라면 빨리 해버리는 편이 좋다고 생각했기 때문이다.

과보호하는 아이를 보며 웃자 그도 "뭐야"라며 웃었다.

자신이 아이돌이었던 시간 따위 어디에도 없었던 것 같았다.

늘 가는 거리에 도착해 사람들 틈에 섞여 평소와는 다른 길을 걸었다.

화장품 가게에서 매니큐어를 사는 데에는 20분도 안 걸렸다. 서로에게 골라준 매니큐어를 따로따로 봉지에 담아달라고 해 나눠 갖고 나왔다.

"다음은?"

"그러게."

생각한 후, 이번에도 시간이 다소 걸렸지만 주리아는 자기 소망을 말했다.

"오랜만에 아이 직장에 가보고 싶다."

"오늘은 안 해, 설비 점검 때문에. 뭐, 언제든 와도 돼. 우리 점장, 주리아 덕분에 홍보가 되었다고 하던데."

"그렇구나, 어쩔 수 없지. 그럼……."

말하면서 어쩔 수 없다는 말에는 다양한 요소가 포함된다는 걸 깨달았다.

"당구, 아직 하니? 왠지 가고 싶어졌어."

대안을 말하자 아이는 매니큐어를 사달라고 했을 때보다도 놀란 표정을 지었다. 지적할 정도는 아니나 무시하기에는 부자연스러운 정도로.

"왜 그래?"

"아니, 요전에 다른 친구도 가자고 했었거든. 여자들 사이에서 유행이야?"

"유행하는지는 모르겠지만 벌써 한참이나 일 이외에는 운동을 안 했으니까 놀면서 몸을 움직이고 싶어서."

누군가의 요청과 부합한 것을 신기하게 여기던 아이는 바로 지인이 운영하는 다트 바에 연락했다. 당구대도 있다고 한다.

어두컴컴한 그 가게에 들어서자, 거의 전세 낸 상태였다.

분에 넘치는 행운이라고 소녀 시절처럼 감동했으나 그저 이른 저녁부터 놀러 오는 손님이 적어서 그런 거라고 아이가 말해주었다. 아이의 술친구라는 점장은 주리아의 얼굴을 봐도 전혀 알아차리지 못한 것 같았다.

주리아는 아이스커피, 아이는 맥주를 마시며 한동안 당구를 즐겼다. 최근 몇 년간 주리아는 관계자가 모이는 술자리의 흥을 깨지 않으려고 반드시 녹차 하이볼을 주문했다. 사실은 술맛을 별로 좋아하지 않았다.

"공백이 없는 것처럼 보이네."

"몸을 움직이는 건 그럭저럭 자신 있으니까."

기본적인 나인볼 규칙으로 플레이한 두 게임은 전부 아이의 승리로 막을 내렸다. 주리아 입장에서는 아까웠던 게임도 있어서 실수를 아쉬워하는 것도 즐거웠다.

가게를 나오자 아이가 또 물었다.

"이거 말고는?"

"왠지 이렇게 이것저것 하는 거, 죽기 전에 하고 싶은 일을 해보는 소설이나 영화 같다."

"되게 흔하게 쓰일 것 같은 설정이네."

"양쪽 다 별로 흥미 없으면서."

그렇게 놀리자 아이는 "나 같은 사람도 상상할 수 있다는 소리야"라며 즐겁게 대답했다.

주리아는 그런 그에게 말할 다음 소망을 다시 생각했다.

게으른 시간을 즐기는 동안에도 공연 시작 시각이 차곡차곡 다가오는 걸 알고 있었다.

스마트폰은 집에 두고 왔으니까 손목시계를 본다.

심장이 조여드는 자신이 없지는 않았다.

그러나 어중간한 곳에서 멈춰 서려는 자신은 어디에도 없었다.

"그렇지, 오랜만에 스티커 사진 새로 찍을까? 10대 애들 사이에서 뭐가 유행하는지는 몰라도 기본은 같겠지. 그리고 꽃집에 가고 싶다. 나랑 안 어울릴 것 같아서 직접 사러 가지 않았으니까…… 왜 그래?"

"아니, 나 얼마 전에 다른 친구랑 스티커 사진을 찍은 참이거든. 이어지는구나 싶어서. 뭐 그래서 대충 최신 기계를 알아."

"10대 여자애들처럼 노네."

"다양한 친구가 있으니까."

"아이답다."

"혹시 다른 아이 이야기야?"

"너 이외에 다른 아이가 있어?"

"아니, 없어. 그래도 이름이 같은 녀석이 되게 많으니까 물어봤어."

사람의 이름을 부를 때, 머릿속에서 자연스럽게 각각의 문자를 떠올리는 주리아는 아이가 무슨 말을 하는지 아직 짐작하지 못했다.

두 사람은 근처 오락실에서 스티커 사진을 찍은 뒤 마침 가는 길에 있는 꽃집에 들렀다. 주리아가 본가에 심플한 선물을 배송해달라고 주문한 시점에서 아이가 또 똑같이 다음 소망을 물었다.

"어떻게 할래?"

비슷한 질문이었지만 이번 것은 지금까지와 똑같은 질량을 품은 것으로 들리지 않았다. 이제 곧 공연이 시작된다.

"지금 라이브는 가고 싶지 않다."

"……너 잘려도 모른다."

탄식하며 미소 짓는 그 태도는, 친구가 보기에도 아름답고 조금 난폭하며 과보호하는 아이 바로 그 자체로 보였다.

문득 그런 인물을 또 알고 있다는 생각이 들었다.

"있지, 읽었다면 알 텐데, 아이는 분위기가 《소녀의 행진》에 나오는 아이랑 좀 비슷하다."

라이브에서 화제를 옮기려는 목적도 있었다.

적당히 던진 화제였는데, 아이는 코디네이션이 부자연스러운 이유를 알아차린 것 같은 표정을 지었다.

"그거, 역시 그런 거야?"

"아, 혹시 아이도 그렇게 생각했어?"

"아니, 그걸 두고 역시라고 한 게 아니야."

아이의 검지가 이쪽을 향했다. 악의가 담겨 있진 않았다.

"그거잖아, 오늘 주리아가 하고 싶다고 한 거 전부《소녀의 행진》에서 주인공 여자애랑 거기 나오는 아이가 한 거지."

말을 듣고 의미를 생각해봤지만 입에서는 아이처럼 솔직한 말이 튀어나왔다.

"그게 뭐야? 그런 장면이 있었나? 그야 꽃집은 있었지만, 다른 것도?"

"아니야?"

아이는 맥이 풀린 표정을 숨기지도 않고 보여줬다. 알기 쉬운 태도가 마치 소설이나 만화나 애니메이션이나 영화 캐릭터 같았다.

"아니, 나는 그런 장면을 모르는데 그렇게 읽는 방법도 있다고 말한 친구가 있어서. 그 애가 주인공이랑 아이가 한 일을 둘이 같이 해보자고 제안했었어. 주리아, 네가 하고 싶다고 한 일도 다 똑같았으니까 따라 하는 건 줄 알았어."

"아니야, 나는 전혀 그런 게 아니었어. 그냥 정말로 생각난 걸 말했을 뿐이야. 우연이야. 애초에 내가 소설 주인공일 리 없지. 주제넘게."

"우연으로 그렇게 된 게 더 주인공 같은데."

"의지가 있는 쪽이 수인공 아니야?"

주리아는 문득 깨달았다.

"아, 그래서 아까 다른 아이라고 말한 거구나."

"맞아. 그 친구한테서 《소녀의 행진》 속 아이랑 닮았다는 소리를 되게 많이 들었거든. 나는 안 닮았다고 생각하지만."

"오오. 나도 소설 쪽이랑은 분위기가 조금 비슷하다고 생각해."

"그럴 수 있나."

불만스러움과 의아함을 숨기지 않는 아이의 얼굴을 황홀하게 바라보니 주리아는 마음이 가벼워졌다.

여기 있는 건 아이돌인 자신이 아니다. 궁금한 건 곧바로 말해도 된다.

"있지, 그 친구 이야기 들려줘."

"응?"

"들려줘."

자신이 알지 못하는 기간의 아이와 함께 지냈던 누군가가 그를 보며 자신이 느끼는 것과 똑같은 감각을 품었다고 한다.

영화판의 주제가, 그 가사를 쓴 주리아는 아이돌 필터를 통하지 않고는 소설을 읽지 못했다.

갇혀 있는 상태로 읽은 자신과 똑같은 감상을 소설 속 아이에게, 그리고 이 아이에게 품은 사람이 있다.

은은한 놀라움과 미미한 공범 의식과 약간의 질투를 담아 그 친구에 관해 알고 싶었다.

주리아가 다음으로 소망한 것이었다.

"괜찮긴 한데, 한 대 피워도 돼?"

"물론."

주리아가 아는 한 이 세계에서 처음인 사건. 고토 주리아가 없는 임파첸스 라이브.

그 시작 시각은 그녀가 흡연실 구석에서 친구와 몸을 맞대고 딱 한 모금만 피워본 담배 연기에 콜록거릴 때 조용히 지나갔다.

우에무라 나쓰아키

고토 주리아 불참 공지가 뜬 후, 당연히 SNS에서는 각종 억측과 곡해가 오갔다. 병이냐, 사고냐, 자기 의지냐, 연락은 닿았다는 운영 측 표현으로 보아 목숨이 오가는 사태는 아니겠다며 팬들은 일단 가슴을 쓸어내렸다. 그리고 곧바로 이유를 발표하지 않는 건 분명 뭔가 좋지 않은 일이 생긴 것이라는 긴장감이 주변을 휩쓸었다. 물론 잘됐다는 듯이 가학성을 채우려는 자들도 있다.

마침내 탈락자가! ㅋㅋㅋ

그런 점이 프로답지 않다는 거야. (웃는 이모티콘)

애초에 여자들한테나 인기 있었을 뿐이잖아.

다쓰아키는 그런 파도에 올라타지 않고 차례차례 흘러
가는 트윗에 시선을 준다. 주리아의 목격 정보를 찾고 있
었다.

예감은 있었잖아.

아, 그러면 그렇지.

그런 식으로 아는 척하는 말도 보였다.

이것도 다 정해져 있던 거야. 그 트윗도 예고였던 거고, 스트리밍을
하는 것도 탈퇴를 발표한다는 뉘앙스를 풍겨서 오타쿠들 돈을 뜯어내
기 위해서야. 그러니까 썰렁한 연출이라 이거지.

다쓰아키가 보기에 마치 자기 손으로 쓴 것 같은 무수
한 감상이 조잡한 표현으로 수없이 표현되었다. 주리아
의 몸을 걱정하는 팬들 사이에서도 이윽고 소문이 진실
처럼 통하기 시작하더니, 최애를 잃어버릴 가능성에 불안
해하는 목소리가 나왔다.

나쁜 흐름을 막은 것은 임파첸스 멤버들이었다.

갑작스러운 발표로 걱정을 끼쳐 죄송합니다. 공지한 대로 오늘은 주리아 이외에 우리 여섯 명이서 라이브 공연을 합니다. 오늘 현장에 와주신 주리아를 좋아하는 팬 여러분, 스트리밍으로 봐주시는 주리아를 좋아하는 팬 여러분. 부탁이 있습니다. 우리에게 여러분의 마음과 노래를 빌려주세요.

다카쓰키 사쿠나가 올린 그 문장은 사진 한 장과 한 세트였다.

아무도 없는 무대, 일곱 개의 스탠딩 마이크가 놓인 평소와 같은 세팅, 객석에서 무대를 찍은 그 사진 속에서 주리아의 마이크만이 이쪽을 향해 있었다.

상황을 이해한 팬들이 들끓었다.

주리 파트를 대신 불러달라는 거?

사쿠나에 이어 다른 멤버들도 각각 말을 보태 사진을 올렸다.

다쓰아키는 그런 흥분을 무시했다.

이걸로 멤버들이 일곱 명의 임파첸스를 아직 포기하지

않았다는 걸 알 수 있었으나 동시에 주리아의 일방적인 행동이라는 뉘앙스가 강해졌다. 평소라면 그런 방향으로 그들을 공격했을 것이다. 그러나 지금은 조금이라도 주리아의 새로운 정보를 얻는 쪽에 무게를 뒀다.

그 행동에 희망을 품을 수 있었던 건 무수하게 흘러가는 임파첸스에 관한 화제 중에서 얼마 되진 않아도 늘어나고 있었기 때문이다. 사람이 모이는 이 넓은 거리에서 주리아를 봤다는 정보가.

물론 주리아를 의식했기 때문에 잘못 본 것이 대부분일 터이다. 비슷한 짧은 머리 여성이나 주리아가 좋아하는 브랜드 옷을 입은 여성, 혹은 여성스러운 외모의 남성을 목격한 정보까지 섞여 있을지도 모른다. 그래도 그중에서 하나나 둘쯤은 진짜가 섞여 있으리라고 다쓰아키는 기대를 걸었다.

발견하면 당장이라도 촬영해서 아직 아무도 모르는 그녀의 과실을, 자신만이 아는 정보를 세상에 퍼뜨릴 테다. 그 순간을 생각하면 마음이 약동해서 그의 다리를 움직였다.

물론 주리아를 간단히 찾지는 못했고, 이윽고 임파첸스의 라이브 입장 시각을 맞이했다. 라이브하우스에 들어간 팬들에게서 아까 그 사진대로 마이크 하나만 객석을 향해 있다는 정보가 들어왔다. 보통은 멤버들이 선택한 다양한 곡이 흐르는 공연장 내의 BGM이 오늘은 오로지 임파첸스의 곡이라는 것도.

팬이나 안티가 제각각 선보이는 해석을 무시한 채 다쓰아키는 또 걸었다. 스마트폰을 한 손에 들고 이 거리를 골고루 덧칠하는 것처럼 걸음을 옮겼다.

추위 속에서 목적을 위해 체력을 소모하는 동안에는 자신을 불쌍하게 여기지 않아도 된다.

사실 다쓰아키는 마음 한구석으로 이 행동이 무의미해도 괜찮다고 생각했다.

표면상으로는 그런 생각을 조금도 안 했지만, 본인도 미처 깨닫지 못하는 내면에서 그가 소중하게 여기는 것은 주리아의 악행을 발견하는 것보다 오히려 이 순간 어떤 한 가지 목적을 향해 뜨거워질 수 있다는 과정 쪽이었다.

형태를 바꾼다면, 남에게 상처 주려는 목적만 없었다면, 나아가 이 세상의 도덕이 뒤집힌다면, 가슴속에 피어난 정열 덕분에 그가 얻은 해방감은 청춘이라고 불러도 될지도 모른다.

1시간 조금 못 미치게 거리를 돌아다녔다. 역시 수확을 얻지 못한 다쓰아키는 마음 깊은 곳에서 분통함을 건져 올려 표면에 펼쳤다. 이제 곧 라이브가 시작된다. 스트리밍으로 그쪽을 체크해서 다른 멤버가 무슨 발언을 하는지에 주목하는 편이 좋겠다고 생각했다.

마지막으로 정보는 없었으나 주리아가 들를지도 모르는, 그 동영상의 무대가 된 라이브하우스 쪽에 가보기로 했다.

절구 형태의 외곽으로 뻗은 언덕을 올라갔다. 안쪽 공원에 자란 커다란 나무들의 그림자가 언젠가 이 거리를 집어삼키려는 것처럼 보였다.

그 앞에 라이브하우스가 오도카니 존재한다. 실제로 본 것은 처음이었다. 아치 아래, 다쓰아키는 닫힌 문에 손을 대 가볍게 움직여보았다. 운이 좋은 건지 나쁜 건지 오늘은 문을 열지 않았다. 물론 이곳이 두 번이나 자기에게 말을 건 남자의 직장이란 사실을 그는 모른다.

포기하고 언덕을 내려가기 전 다쓰아키는 블루투스 이어폰을 귀에 꽂았다. 스마트폰으로 라이브 스트리밍 페이지에 접속했다.

동영상에는 아직 임파첸스 로고만 나올 뿐인데 대기하는 시청자의 코멘트가 하나둘 표시되었다.

스마트폰을 쥔 채 손을 주머니에 넣고 역으로 향했다.

이윽고 귀에 들리는 정숙함의 종류가 달라지더니 잠시 후 술렁거림이, 얼마 지나지 않아 사운드 이펙트, 그리고 환성이 울린다.

길 한쪽으로 비켜서서 화면을 확인했다.

휘황찬란한 조명에 맞춰 멤버들이 모습을 드러냈다.

거기에 역시 주리아의 모습은 없다.

우카와 아이

쉬는 날이지만 둘이서 아이의 직장까지 걸어가보기로 했다.

도중에 이토바야시 아카네가 아르바이트하는 서점 앞을 지날 때 주리아에게 말해줄까 했지만 둘이 이미 만난 적 있는 것을 떠올리고 말하지 않았다. 인지되는 건 싫어할지도 모른다.

건널목에서 신호를 기다리는 중에 아이가 말을 시작했다.

"요즘은 연락이 잘 안 오는데, 고등학생 여자애야. 얼마 전에 나를 보고 《소녀의 행진》의 아이라고 생각했나 봐. 그래서 무심코 말을 걸었다고 했어."

"대단한 애다."

주리아가 놀랍다는 듯이 맞장구쳤다. 아이도 예전에는

그런 이유로 아무 흑심 없이 말을 거는 인간이 있나 싶어 놀랐었다.

교차로에서 많은 사람과 스쳤으나 누군가 주리아를 알아차리는 낌새는 없었다. 그녀를 알더라도 상상하지 못할 것이다. 연예인이나 아이돌이 아무렇지 않게 길거리를 돌아다닐 수 있는 이유가 이것이다.

그 점을 고려하면 아카네의 머릿속에는 소설 속 등장인물과 만날 가능성이 언제나 존재했을지도 모른다.

"그러게. 요즘 고등학생은 무슨 생각을 하고 사나 싶었는데 이야기를 나눠보니까 괜찮은 애 같아서 연락처를 교환했어."

"아이가 경계심 없는 것도 대단한데."

"의심스러우면 경찰에 신고할 생각이었어."

가는 방향에 아카네와 처음 만난 노란 레코드 가게가 보였다.

"그래서 그 애가 얼굴이나 복장뿐만 아니라 여러 부분이 그 아이랑 닮았다는 거야. 그래서 나랑, 말하자면《소녀의 행진》놀이? 주인공과 아이의 행동을 같이 따라 해보자고 해서 거절할 이유가 없으니까 어울려줬어."

"로맨틱한 놀이다."

"그런가. 아무튼 그래서 같이 한 게 매니큐어를 사러 가고, 당구를 치러 가고, 꽃집에 가는 거였어. 어쩌면 이거 말고도 있었을지 모르는데, 그거 이외에 주리아가 하고 싶다던 거랑 겹친 건 스티커 사진 정도."

하자는 걸 해줄 때마다 매번 유난스레 기뻐하던 아카네가 생각났다.

"같이 얘길 나눠보면 평범한 여자애야. 제법 놀기도 하고 고등학생다운 면도 있었어. 친구도 남자친구도 있는 평범한 애. 그런데 나를 소설 속 등장인물이라고 여기고 말을 건 점에서 알 수 있듯이 조금 특이한 애였어."

"픽션에 영향을 잘 받는 애인가 봐."

"그것도 아주 과하게. 같이 당구를 치러 갔을 때 내가 조금 시비가 걸렸어. 대학생으로 보이는 4인조한테. 나야 열받긴 해도 그 정도는 무시하자 싶었어. 그런 걸 일일이 상대하면 끝이 없으니까. 그런데 나도 모르는 사이에 걔가 나를 대신해 싸움을 걸었어."

"와, 싸움꾼이네."

"나도 순간 열혈인 줄 알았어. 그런데 눈물을 글썽이는 게 어딜 봐도 싸움에 익숙한 느낌이 아니었어. 그 자리는 내가 대충 수습하고 나중에 물어봤더니 너무 무서웠대. 그렇다면 그런 짓은 하지 말라고 했지만, 걔한테는 싸워야만 했던 특별한 이유가 있었어."

"뭔데?"

앞에서 오는 통행인을 피하려고 일단 주리아와 거리를 벌렸다가 바로 좁혔다.

"《소녀의 행진》 속 주인공은 친구인 아이가 심한 말을 듣는 걸 보고 가만히 있지 않았으니까."

"그건."

주리아는 생각에 잠긴 듯했다.

그러는 사이 아이가 말을 이었다.

"요컨대 《소녀의 행진》을 따라서 자기가 평소엔 안 하는 위험할지도 모르는 일을 한 거야. 나, 좀 흠칫했어."

"그거 대단하다."

"내가 눈을 뗀 사이에 일어난 일이었거든. 액션 영화를 보고 감동한 어린애라도 조금은 주저할 텐데."

"대단하긴 한데."

아이는 주리아가 의아한 표정을 지은 의미를 이해한다.

"그런 장면이 있었나?"

"나는 없다고 생각해."

왼쪽으로 꺾어 언덕길에 접어들었다. 아이는 주리아가 굽 높은 펌프스를 신은 점을 고려해 보폭을 좁혔다.

"걔는 《소녀의 행진》 속 주인공과 자기가 똑같다고 했어. 언젠가 자기도 주인공처럼 달라질 수 있다고 믿는 것 같아. 그게 걔를 지탱해준대. 그런 식으로 소설을 읽는 사람은 처음 봐서 흥미로웠어. 나는 평소에 책을 읽지 않지만 친구가 싸움까지 하게 만드는 책이란 대체 어떤 건지 궁금해졌어."

"아이가 책을 읽다니 웬일인가 싶었는데 그런 흐름이었구나."

완만한 언덕을 오르는 도중 서점 앞을 지나며 안을 확인했으나 아카네는 없었다. 그냥 보이지 않을 뿐일 수도 있다.

"응. 읽어보고 또 흠칫했어. 네 말처럼 아까 말한 싸움 장면이 안 나왔거든. 그거 외에도 걔가 말했던 내용이 《소녀의 행진》에서 전혀 나오지 않았어. 아이의 복장이나 얼굴도."

"애매모호하지."

"응. 게다가 애초에 아이라는 등장인물은 여자로 보이지만 사실은 남자라고 들었거든. 여자잖아, 걔."

"나는 여자애라고 생각하는데. 영화도 여자 배우였고."

눈앞에서 대여섯 명의 집단이 시끌벅적 떠들며 와서 두 사람은 피했다. 기본적으로 이 거리에 조용한 곳은 없다. 그 점이 이곳에 없는 누군가에 관해 말하기에는 편했다.

"다른 책인가, 아니면 거짓말을 한 건가, 의문이었는데 말을 들어보니 그건 아닌 것 같았어. 걔는 거짓말이나 농담을 한 게 아니라 진심이었어. 상상력의 차이인가 봐. 영화를 봐도 개한테 들은 장면은 전혀 나오지 않았지만. 아이가 담배를 피우는 것 정도만 같나."

"그 애가 아주 드문 해석을 한 건가."

"아마 그렇지 않을까. 남자라는 정보는 아주 흐릿하게 나왔다고 하고, 얼굴이나 복장도 걔는 또렷하게 상상할 수 있어서 처음 읽었을 때부터 나랑 똑같은 얼굴이 번쩍 떠올랐대."

"그 애가 책을 읽었을 때는 아이와 만나기 전이지?"

"응, 영화화가 정해지기 전부터 소설을 읽었다고 했어."

"기적인가?"

"어쩌면 어디선가 나를 언뜻 봤을지도 모르지만, 그래도 그런 건 정말 아무래도 좋거든."

"아무래도 좋다고?"

"받아들이고 상상하는 게 달라서 놀라긴 했지만 걔가 날 속일 의도가 없었다면 아무래도 좋아."

"아이답다."

"그럴지도. 음, 설령 속았더라도 실질적인 피해가 있었던 것도 아니라 그냥 괜찮지만. 그보다도 마음에 걸린 건 걔가 자기 자신을 주인공이랑 똑같다고 말하고, 변하고 싶다고 생각하는 점이었어."

아이는 지인 이야기를 할 때면 반드시 본인의 얼굴을 마음속에 그린다.

어울려 놀 때 아카네가 보여준 미소나 놀란 얼굴, 떨떠름한 얼굴이나 화가 난 얼굴이 머릿속에 생생하게 떠오른다.

그날 그때, 아카네에게 말한 의견은 지금도 아이 내면에서 바뀌지 않았으므로 주리아에게도 그대로 말했다.

"《소녀의 행진》 속 주인공은 다른 사람을 자기가 원하는 대로 조종하려 하고, 속이 되게 시커멓고, 사람과 진실하게 사귀는 방법을 모르는 여자애잖아?"

"응, 그런 애지."

"아이와 만난 후에 그런 모습이 달라지는 이야기라고 보는데, 내 친구는 전혀 나쁜 애로 보이지 않고 실제로도 나쁜 애가 아니라고 생각해."

"그렇구나."

"응. 날 조종하려고 한 적도 없고, 나 이외에도 같은 반 남자애를 두고 성격이 나약하다고 걱정하는 면도 있었어. 내 직장에 처음 왔을 때도 스태프와 인사를 잘 나눴고, 한번은 나 없을 때 라이브하우스에 와서 그 스태프랑 친하게 수다도 떨었어. 이런 일들이 있어서 내가 걔에 대해 품은 인상은 조금 특이해도 우호적인 좋은 녀석이야. 이건 내가 생각하는 인상이지만, 인간은 그렇게 완벽하게 외면을 꾸미지 못해. 꾸밀 필요도 없고."

그녀를 모르는 주리아에게서 이렇다 할 대꾸가 없었지만 아이는 말을 이었다.

"그러니까 만약 자기 성격이 안 좋은 게 고민이라면 그럴 필요 없다고 생각했고, 적어도 나한테는 나쁜 애로 보이지 않았어."

아이는 자기 마음에 거짓을 말하지 않는다.

"그런 얘기를 제대로 해줘야겠다고 생각했어. 《소녀의 행진》 속 주인공과 하나도 안 닮았으니까 괜찮다고."

"⋯⋯어?"

"소설 속 등장인물을 흉내 내지 말고 진정한 모습으로 나와 만나는 게 좋다고 말했어. 주리아, 왜 그래?"

"그걸 말했어?"

"응? 아아, 그래. 그랬더니 아이는 그런 말 안 한다고 하더라. 이건 내가 아니라 그쪽 아이. 나는 소설 속 등장인물이 아니니까 그야 다른 소리도 하지."

"아이."

휘황찬란한 불빛이 전면 유리를 통해 가게 밖으로 새어 나오는 잡화점 앞이었다.

갑자기 멈춰 선 주리아에 맞춰 아이도 멈췄다.

뒤를 돌아 몇 걸음 뒤에 선 주리아의 얼굴을 바라보았다.

그녀의 표정을 이해하지 못해 아이는 미간을 찌푸렸다.

"주리아."

왜 지금, 그녀가 괴로움을 견디는 표정을 지어야 하는지 아이는 알 수 없었다.

이름을 부르자 주리아는 정리되지 않은 말을 입술과 이와 혀에 모으려는 듯이 몇 번인가 입을 벌렸다 다물더니 간신히 한마디를, 떨리는 목소리를 냈다.

"그건 안 돼."

아이는 그 말을 들어도 주리아의 기분을 전혀 읽어내지 못했다.

고토 주리아

❀

공감일까 동정일까 죄의식일까, 주리아도 아직은 고르지 못했다.

"연락이 안 온 게 그때부터?"

"응, 자세히는 모르지만 일이 좀 있는 것 같아. 나도 그냥 내버려 두고 있어."

그러니까 괜히 걱정할 필요 없다고 말하려는 것처럼 아이가 고개를 끄덕였다.

주리아는 본 적도 없는 고등학생의 기분을 상상하고 가슴이 찢어질 것만 같았다.

그 애는 얼마나 쓸쓸할까.

모든 것이 부정당한 기분이겠지.

"아이는 다정하지만."

쏟아낼 뻔한 말이 무엇인지 주리아 자신도 몰랐다.

적어도 몇 년 만에 만난 친구에게 할 말은 아닌 것 같아 주리아는 참았다.

그래도 그 여자애를 생각하는 마음은 사라지지 않는다.

그 애는 분명 스토리에 모든 걸 맡겼을 것이다.

자기 자신이 이야기의 일부라고 믿고, 언젠가 달라질 자신을 믿고 마음을 지켜왔다.

주리아도 비슷한 행동을 했으니까 느낄 수 있었다.

"하지만?"

"……섬세함이 조금 부족하다."

"그건 나도 동감해."

"그 애, 그 후로 어떻게 지내?"

"그러니까 요즘은 연락이 거의 없어. 내 말이 좋지 않았나."

아이는 언제든 변하지 않는다. 불안할 때는 있는 그대로 불안한 얼굴을 한다. 주리아는 친구를 위해 솔직한 표정을 지을 수 있는 아이를 부럽다고 생각하는 동시에 어딘지 잔혹하다고 생각한다.

"이건 내 일방적인 해석이니까, 그 애가 소설 속 아이를 남성이라고 생각한 거랑 비슷한 감각으로 들어줘."

"알았어."

잠시 생각한 주리아는 말을 고르지 않기로 했다.

"그 애는 아마 아이와 진심으로 대하지 않았을 거야."

놀란 얼굴도 역시 아이의 있는 그대로인 얼굴이다.

"아니, 그건 아닐 것 같은데."

"어느 정도인지는 몰라. 그래도 남을 원하는 대로 조종하고 속이 시커멓고 진정한 인간관계를 쌓는 법을 모른다고, 그런 식으로 자각하고 있었을 거야. 그런 자기가 싫으니까 달라지고 싶어서, 그 상황에서 빠져나온 《소녀의 행진》 속 주인공과 자신을 겹쳐 보고 몸을 맡길 정도로 믿었어. 만약 이 해석이 옳다면 그건 그 애만이 이해할 수 있는 고민이니까 다른 사람이 그렇지 않다고 말해줘도 전혀 도움이 안 될 거야."

전혀 다른 사람의 이야기인데 어째서인지 자기 이야기를 하는 것 같다는 착각이 들었다.

"……그런가. 그건 생각 못 했어."

현장을 목격하지도 않은 친구가 자기 행동을 비평할 때도 아이는 상대방의 의견이 옳다고 생각하면 불쾌해하지 않고 받아들인다. 그는 그런 인간성을 갖추고 살아간다. 또 자신의 그런 성질을 의심하지 않고 인정한다.

오랜만에 그 모습을 본 주리아는 이름도 모르는 여고생에게 꼭 해주고 싶은 말이 있었다.

있잖아, 이 사람은 어쩜 이렇게 우리와 달리 투명할까.

어쩜 이렇게 자신을 싫어하거나 고민하지 않고 살아갈 수 있을까.

나는, 우리는, 그 모습을 어쩔 수 없이 동경하겠지.

"다음에 만나면 사과할게."

"……좀 걱정된다, 그 애."

만약 상상이 전부 들어맞은 거라면, 그 애는 다시 일어설 수 있을까.

"남자친구랑 헤어졌다는 말을 들었는데."

"본인이 말했어?"

"아니, 걔 친구를 우연히 만났거든. 그러고 보니 또 뭔가 말했었는데. 뭐였더라."

주리아는 아이가 생각할 때의 얼굴이 특히 좋았다.

마치 접힌 자국 없는 종이를 처음으로 접을 때와 같은 흥분과 공포를 느낄 수 있다.

"아, 그래. 조금 거칠어졌다고 했어. 교사한테 반항하고, 아르바이트를 빠지고. 그리고 뭐더라, 안경 쓰는 걸 그만뒀다고 했어. 그리고 같은 반 아웃사이더한테 갑자기 말을 걸었댔나. 무슨 흉내인지 모르겠다고 했었어. 거칠어진 건 아무래도 걱정이네."

"잠깐만."

주리아가 남의 말을 가로막은 것은 언제 이후로 처음인지 모를 정도로 오랜만이었다.

"응?"

아이돌이라는 직업을 갖기 전, 잘 보이려고 조심하는 일 없이 본래의 자신으로 남을 대하던 시절에도 그나 다른 친구들의 말을 끝까지 듣는 성격이었다.

그런 자기 상식을 깰 정도로, 등줄기를 달린 오한을 한시라도 빨리 누군가에게 말해야 한다고 직감했다.

"그거 위험하잖아."

초조한 탓에 상대의 동의를 구하는 말이 제일 먼저 나왔다. 그다음에야 간신히 입이 뇌를 따라잡는다.

"혹시 그 애, 혼자서 계속 《소녀의 행진》을 하는 거 아니야?"

아이는 이해할 수 없다는 표정을 감추지 않았다. 그의 입과 뇌와 마음은 분명 어긋나지 않는다.

"나도 그렇게 생각한 적이 있긴 한데, 싸우는 거와 마찬가지로 그런 장면은 없잖아."

"있을지도 몰라."

주리아는 가사를 쓰기 위해 수없이 읽은 책 내용을 자기 안에서만 그려낸 영상으로 떠올렸다.

"내 상상으로는 주인공이 그만두기로 한 건 앞머리에

달았던 머리 장식, 반항한 대상은 동네에서 길을 가르쳐 준 할머니, 하지 않은 일은 가족이 시켜서 매일 하는 집 안일, 말을 건 상대는 소꿉친구인 소년이지만 그 애는 다른 방식으로 읽었을지도 몰라."

"네가 상상한 쪽은 기억이 좀 나는 것도 같네."

"후반부에 주인공이 다그치는 것처럼 변화를 갈구하는 흐름이 있었지?"

"클라이맥스 바로 직전이지."

"그거, 위험하지 않아?"

주리아의 절박한 표정에 압도되었는지 아이가 담배를 피우는 것처럼 입가에 손을 한 번 가지고 갔다가 바로 아무것도 없는 걸 깨달은 표정으로 손을 내렸다.

"마지막까지 걔가 재현한다는 소리야?"

"그래."

"무슨 말도 안 되는."

"《소녀의 행진》 마지막에 주인공이 살아남는 건 곁에 아이가 있었으니까. 아이, 그 애를 찾으러 가는 게 좋겠어. 어쩌면 오늘 이 거리일지도 몰라. 소설 속 장소는 사람이 모이는 거리고, 그날은 모두가 표면적으로라도 전 세계 사람들의 존엄을 기도하는 날이니까, 분명 오늘……"

"있잖아, 주리아."

이번에는 아이가 주리아의 말을 가로막는다. 이것도 드문 일이지만 요 몇 년 사이에 그가 대화 리듬을 바꿨을 가능성도 있다. 그의 여유로운 부름에는 주리아의 초조함을 진정시키려는 배려심이 보였다. 주리아는 심호흡했다. 효과가 없어서 안절부절못해 어깨가 흔들린다. 혹시 지금 당장 그 애에게 무슨 일이 생기면.

"내가 지금 하는 생각을 솔직히 말하면."

아이는 언제나 그렇다.

"우리가 지금 말한 거, 고작해야 소설 이야기잖아."

그 말이 옳다. 주리아는 고개를 끄덕였다.

"맞아."

"음, 고작이라고 해서 미안한데, 그런 의미가 아니라 현실 이야기가 아니라는 소리야. 그걸 흉내 낸다고 해도 아무리……."

"그래도 그렇게 살아온 애라는 걸 알잖아?"

"그렇지만."

그는 주리아의 눈을 응시한 채 숨을 공연히 한 번 들이마시고 내쉬었다.

머릿속에 떠오른 말을 현실에 내보내도 좋을지 고민하는 거라고 주리아는 짐작했다. 또한 그걸 감추는 것이 그의 신조에 반한다는 것도 알고 있다.

"아무리 그래도."

아이는 거짓말을 하지 않는다.

"소설 주인공을 흉내 내서 자살할지도 모른다니, 나는 말도 안 된다고 봐."

주리아의 귀에 그 말이 또렷하게 들렸다. 아이에게서 아무리 가정이라지만 친구의 죽음을 말로 표현한 것에 대한 죄책감과 그 말에 책임을 지려는 각오가 동시에 풍겼다.

"픽션이잖아. 만들어낸 이야기잖아. 긍정적으로 받아들여 인생의 지표로 삼는 거면 몰라도 현실에 존재하는 진정한 자신을 그쪽에 빼앗기는 건 제정신이 아니야."

그렇다, 제정신이 아니다.

주리아도 아이처럼 생각한다. 그러나 느끼는 방식은 다르다.

"나도 그렇게 생각해. 하지만 그 애의 현실이 어디에 있는지는 몰라."

그것은 주리아가 집어삼켜진 골짜기 밑바닥에서 지금도 여전히 생각하고 있는 문제였다. 자신에게 있어 진실이 어디에 있는지 아직 모르겠다.

자기 일도 모르는데 만난 적도 없는 여고생의 현실이 어디 있는지 알 리 없다.

"알 수 없으니까 아니라고는 할 수 없어."

그러니 사람은 최대한 상상한다. 주리아 역시 그렇다.

주리아의 눈에 골짜기 밑바닥이 보이는 것과 비슷한 순간, 고등학생인 그 애에게는 무엇이 보일까.

예를 들어 이런 풍경일지도 모른다.

그녀는 몹시 추운 거리에 서 있다.

차가운 겨울바람의 감촉도, 그 거리에 있는 친구나 동료의 행복도, 음식물의 맛도, 거기에 있을 텐데 이야기를 교차하지 않으면 무엇 하나 느끼지 못한다.

그러나 아이의 말처럼 실제로는 몸이 이 세계에 서 있으므로 이야기와의 타협점을 찾지 못해 그저 자신을 포함한 누군가가 목격한 그것만이 사실로서 남고 그렇게 축적된 것을 어느새 장막으로 삼아 몸에 걸친다. 그 전부를 벗겨내면 순수한 얼굴을 내보일 수 있다고 여기고 남들도 그렇게 여기지만 근원을 밝혀도 그곳에는 자신이 소중하게 품어온 마음이 있기에 남에게 보여줄 수 없는 그 마음의 형태를 그저 숨기려고만 하고.

또다.

고등학생 여자애를 생각하는 걸 텐데 어느새 주리아가 떠올린 것은 어제 아이에게 전화한 자신이었다.

그때 나는 어디에 서 있었을까.

본래의 고토 주리아와 스토리 속 고토 주리아, 도대체 누구였을까.

주리아는 역시 모른다. 고등학생 여자애의 현실이 어디에 있는지 모르는 것처럼.

계속 생각하다 보면 언젠가 답이 나올까.

상상이 해답에 도달하는 날이 올까.

만약 해답 같은 건 없고 애매모호한 곳에 서서 애매모호한 곳을 보는 한 명 한 명이 자기 마음대로 그곳의 이름을 정해도 된다면, 그것이 어디든 진실이고 거짓이다.

현실이고 만들어낸 이야기다.

본래의 자신이고 스토리다.

"아이."

주리아는 이름을 부르고 자기 손바닥을 한 번 본다.

신비로운 감각이었다.

요 몇 년 중 처음으로 이 세상에 눈의 초점이 맞은 것 같았다.

안경을 쓰고 안 쓰고가 원인이 아니다.

의미를 생각하고 놓치지 않도록 꾹 움켜쥐고서 다시금 아이의 눈을 봤다.

"아이, 그 애가 있는 곳에 가줬으면 해."

"주리아."

"부탁해."

아이는 포기한 듯이 주머니에서 스마트폰을 꺼냈다. 그 동작도 참 아름다웠는데 그래도 예전처럼 신성함을 띤 것처럼 보이진 않았다. 전보다 사랑스러운 느낌이었다.

지금 품은 이 기분이 앞으로의 선택을 괴롭게 할 것도 알고 있다.

"부탁이라고 하니까 연락해볼 텐데 주리아, 너는 어떻게 하려고?"

"나는."

주리아는 망설였다. 아이가 같이 가자고 말해준다면, 어쩌면 아무 일도 없다는 듯이 여자애를 찾으러 갔을지도 모른다.

그때, 목소리가 들렸다.

우에무라 다쓰아키

발견한 것은 고토 주리아가 아니었다.

이어폰으로 라이브 스트리밍의 음성만 들으며 다쓰아키는 역으로 가는 길을 걸었다. 인터넷 이외의 모든 곳에서 그렇듯이 최대한 타인과 부딪치지 않게 주의를 기울이며 복장이나 용모 등 눈에 들어오는 정보만으로 지나가는 사람들을 속으로 모욕한다. 본인이 같은 반 학생들이나 가족으로부터 받는다고 예상하는 부정적인 에너지를 이번에는 타인에게 내보냄으로써 유지되는 자기 자신을 느꼈다.

곧 이토바야시 아카네가 아르바이트하는 서점이 보인다. 오늘 소꿉친구가 일하는 날인지 아닌지 모르지만 만약을 위해 카메라를 준비하고 들러볼까 생각했다. 마침 그때였다.

입구에서 안을 들여다보는 그 남자를 발견했다.

먹을 것에 싫어하는 재료가 섞여 있으면 금방 알아차리는 어린애처럼 다쓰아키는 밤길인데도 여장하고 다니는 이상한 남자를 바로 알아봤다.

다쓰아키는 곧바로 보폭을 좁혀 상대가 발견하지 못하도록 건물 그늘에 숨었다. 보아하니 남자는 이쪽으로 오는 것 같으니까 그대로 지나가기를 기다리려 했다.

잠시 후, 남자가 다쓰아키 바로 옆을 동행인과 대화를 나누면서 걸어갔다. 힐끔 본 그 얼굴은 역시 아름다워서 다쓰아키의 생각이 사람을 장식품처럼 여기는 아카네에게 퍼붓는 저주로 또 바뀌려고 했는데, 남자 옆을 걷는 동행인의 옆얼굴이 그 전환을 막았다.

다쓰아키는 눈을 의심했다. 그러는 사이에 그들은 한 걸음 두 걸음 멀어졌다.

다쓰아키는 제대로 된 의지가 생기는 것보다도 빠르게 어깨에 멘 가방에서 카메라를 꺼내 작동하고 두 사람의 등에 향했다.

자신도 거리를 두고 두 사람을 쫓아갔다. 대화가 언뜻 들릴지 모르니까 얼른 이어폰을 빼서 주머니에 넣었다.

찾으러 왔으면서도 발견한 것을 믿기 어려웠다.

조금 전 눈에 들어온 얼굴은 고토 주리아인 것처럼 보였다.

그러나 뒷모습을 뚫어지게 살펴봐도 주리아가 지금까지 보여줬던 복장과 전혀 다르다. 단순히 잘못 본 건지, 혹은 어떤 사정이 있어서 이런 곳을 걷는 건지 확인하기 위해 다쓰아키는 보폭을 두 사람에게 맞췄다.

한참 쫓아갔는데 갑자기 남자가 뒤를 돌아서 조금 당황했다. 그래도 아직 거리가 있으므로 앞의 가게에 허둥지둥 들어갔다. 무의미하게 가게를 둘러보고 다시 밖으로 나와 처마 아래에서 두 사람의 상태를 살폈는데 들킨 것 같진 않았다. 이 정도로 거리가 떨어지면 마주 보고 뭔가 대화하는 두 사람의 말소리가 들리지 않는다.

사명감이 초조함에 불을 지펴서 다쓰아키는 생각했다. 이대로는 저 주리아일지도 모르는 여성의 얼굴을 확인할 수 없다.

카메라를 움켜쥐어 나만의 진실을 거머쥐겠다고 의지를 굳힌 다쓰아키는 마음을 화르륵 불태웠다.

고개를 숙이고 처마 밑에서 길가로 걸어 나온 그때도 두 사람은 여전히 마주 보고 움직이려 하지 않았다.

가까이 다가가며 몇 번이나 고개를 들어 확인했다. 저 남자는 동행인만 바라본다.

한 걸음 한 걸음 조용하게 발을 디디며 마침내 추월할 때가 되자 다쓰아키의 심장이 높이 뛰었다.

운이 좋았을까, 원래 시야가 협소한 인간일까, 혹은 알 아차렸지만 말을 걸지 않을 뿐일까. 판단하기 어렵지만 불안은 현실이 되지 않아 다가가도 불미스러운 일은 전 혀 생기지 않았다.

알아채지 못하게 가늘게 숨을 내쉰다. 이대로 도망칠 수는 없다.

다쓰아키는 두 사람 옆을 지나가면서 슬쩍 돌아보았다. 남자의 등 너머로 동행인의 얼굴을 확인할 생각이었다.

의심과 기대감이 겹쳐, 그녀의 표정을 정면에서 본 순 간 폭발해버린 마음이 목소리로 나오고 말았다.

"주리."

후회해도 늦었다. 그 목소리는 소음 속에서 또렷하게, 가장 들리지 않길 바란 두 사람의 귀에 도달했나 보다.

돌아본 남자가 다쓰아키를 금방 알아차리고 "너" 하고 말했지만 시선이 마주치지 않았다.

그 순간을 본 것은 다쓰아키뿐이리라.

평소와 전혀 다른 옷차림인 고토 주리아가 이쪽을 보 고 눈을 한 번 깜박였다.

셈할 수도 없는 짧은 시간에 그 일이 벌어졌다.

눈빛이 달라진다는 관용어는 지금 그녀에게 쓰는 말이라고 다쓰아키는 실감했다.

"라이브 지금 어떤지 알아?"

갑작스러운, 문맥을 무시한 주리아의 질문에 도망치려고 한 다리가 굳었다.

다쓰아키가 이런 사태에 능숙하게 대처할 수 있었다면 애초에 소꿉친구나 반 아이들과도 의사소통을 잘했을 것이다.

"라, 라이브?"

"응, 모두 어떻게 하고 있어?"

"모두."

앵무새처럼 반복한 그 말의 의미를 다쓰아키는 이해했다. 주리아가 어떤 의미로 그 말을 쓰는지, 지겨울 정도로, 눈에 새겨질 정도로 봤으니까.

어떻게 대답하면 좋을까. 시간이 있었다면 어디에선가 그녀를 향한 빈정거림이나 욕지거리라도 끄집어냈을 것이다.

그러나 순간적으로 말을 준비하지 못한 다쓰아키는 스스로도 행동의 의미를 제대로 이해하지 못한 채 주머니에서 스마트폰을 꺼내 몇 걸음 떨어진 거리에 있는 주리아에게 내밀었다.

이게 뭐 하는 짓인가 후회하기보나 한발 먼저 주리아가 스마트폰을 받았나. 화면에는 미처 끄지 못한 영상이 여전히 나오고 있었다.

다쓰아키는 습관을 가지고 있다. 대인 관계로 동요했을 때, 상대에게 모든 주도권을 넘기고 싶지 않다는 마음이 솟구쳐 자기도 모르게 괜한 말을 덧붙인다.

무음으로 해놓은 동영상의 음성을 주리아가 직접 조작해서 듣기 전에 이쪽에서 사실을 전달하면, 그런 일을 하면 조금이라도 우위에 설 수 있다고 생각한다.

겨우 몇 초일 뿐인 비뚤어진 권위, 그 이외에 얻는 것이 없어도 다쓰아키 안에서는 그것이 인간관계의 진실이었다.

"다들 노래하고 있어."

고작 자신 따위의 말과 행동이 누군가의 미래를 바꿔버리는 것의 책임에 대해 다쓰아키는 아직 생각할 수 없었다.

다카쓰키 사쿠나

❋

공연 시작 몇 분 전, 모니터에 꽉 찬 객석이 표시된 백 스테이지에서 사쿠나는 몇 년 전 프로듀서와 나눈 대화를 생각하고 있었다.

마침 그가 복잡한 표정으로 옆을 지나가서 불러 세워 말을 걸었다.

"이루어져서 다행이에요. 의지가 있고 지기 싫어하는 문제아."

몇 초쯤 생각하다가 기억났는지 그가 탄식했다.

"그때의 나를 후려치고 싶군."

그러더니 그는 스태프들에게 뭔가 지시하려고 사라졌다.

사쿠나는 흩어졌던 멤버들을 불러 모아 평소처럼 원을 그리고 섰다.

평소보다 몇 단계 더 긴장한 다섯 명에게 무슨 말을 할지 생각했다.

허용되는 만큼 생각하고서.

사쿠나는 첫마디로 들으라는 듯이 크게 한숨을 쉬었다.

"임파첸스는 진짜 어디에나 흔히 있는 그룹이지."

사쿠나의 말에 다섯 명이 어리둥절한 표정을 지었다. 잠시 후, 아오가 조금 웃음을 터뜨렸다.

"아오는 별로 대단한 것도 없으면서 시건방지고."

하하하 웃는 그녀에게서 이번에는 시선을 옆에 선 도와코에게.

"도와코, 아이돌에 목숨 걸 생각 없으면 그만두지?"

"와, 이 상황에 멤버를 괴롭힙니까?"

란에게.

"란은 외모는 화사하지만 실력은 평균 이하."

"말 좀 골라서 해."

마키에게.

"마키, 바보는 입 좀 다물었으면 좋겠어."

"갑자기 너무하잖아."

메이에게.

"메이는 너무 풋풋하니까 보는 내가 다 부끄러워."

"그게 뭐야……."

멤버 중 단 한 명이라도 정말 충격을 받기 전에 사쿠나는 자신만만하게 자기를 가리킨다.

"이 그룹에서 필요 없는 건 리더. 아양이나 떠는 느낌이 진짜 싫어."

그 말에 모두가 저마다 미소를 보였다.

사쿠나는 평소처럼 어깨동무하자고 다섯 명을 재촉했다. 평소보다 작은 원이 단단히 뭉쳤다.

"이런저런 말을 많이 들었지."

다섯 명이 입 모아 동의하고 수긍했다.

"분명 오늘 밤도 많은 말을 들을 거야. 그래도, 설령 그게 전부 다 진짜여도 괜찮아."

멤버가 귀를 기울여준다. 이 순간 역시 사쿠나에게는 보물 같았다.

"그런 말은 우리를 쓰러뜨리지 못해. 주리가 있든 없든, 오늘도 언제나처럼 단 한 번뿐이야. 즐기자."

오오! 이구동성으로 목소리가 크게 울렸다. 모두 객석까지 들려도 된다고 생각했는지도 모른다. 멤버끼리 손이 아플 정도로 하이파이브를 나눴다.

주리아의 몫은 돌아오면 실컷 전해주겠다고 사쿠나는 결심했다.

그렇게 맞이한 공연. 스트리밍도 이미 시작했다.

암전하는 무대.

폭음과도 같은 사운드 이펙트.

들려오는 환성 소리.

무대로 가는 길에 대기한 스태프와 나누는 하이파이브.

몸을 스치는 의상.

딱딱한 바닥.

소리와 상관없이 떨리는 공기.

몇 번이고 경험해왔지만 사쿠나에게 있어 이토록 가슴 떨리는 순간은 없다.

평소라면 일곱 개 놓인 각자의 스탠딩 마이크 앞에 멤버가 서서 포즈를 취한 후 핸드 마이크를 켠다.

스탠딩 마이크를 등 뒤에 놓고 사운드 이펙트가 멈추는 것과 동시에 첫 곡의 인트로가 흐르고, 라이브가 시작된다.

오늘은 객석을 향해 스탠딩 마이크 한 대를 남겼다.

사운드 이펙트가 멈춘다.

아직 곡은 시작되지 않았다.

무음 속에서 암전하고, 사쿠나가 마이크에 입을 댄다.

"오늘 라이브에는 고토 주리아가 없습니다."

고요해진 공기. 얼어붙을 것 같다.

"주리아를 보고 싶어서 와주신 여러분, 정말 죄송합니

다. 뻔뻔하게 여기실지 모르나 저희 일곱 명이 부탁을 드리고 싶어요. 한 명 부족한 만큼, 주리를 사랑하는 여러분의 목소리와 마음을 빌려주세요. 믿고 있어요."

객석의 반응을 기다리지 않고 스피커에서 선율이 흘러나온다.

이 곡은 임파첸스가 결성된 직후부터 사랑받아온 곡.

주리아의 솔로 파트는 제일 첫 후렴구 도입에 있다.

곡은 인트로와 A 멜로디를 지나 B 멜로디에 도달한다.

평소대로 모두가 마음을 담아 노래하고 춤춘다.

객석에서 보내는 응원이 크게 들려온다.

마침내 후렴이 시작된다.

주리아 파트의 첫 소절, 사쿠나의 귀에는 스피커에서 나오는 음악과 자기 심장 소리 이외에 들리지 않았다.

그러나 1초 후, 다른 소리를 감지했다.

2초 후, 객석에서 사방에 치이며 입을 크게 연 수많은 얼굴이 보였다.

3초 후, 커다랗게 자라는 열기에 집어삼켜지는 것을 상상했다.

외부에서 왔을 열기는 이윽고 자신이 내뿜는 열기와 뒤섞였다.

그 순간, 사쿠나는 감동만도 감사만도 충격만도 아닌,

그 전부를 더하고 임파첸스의 다카쓰키 사쿠나로서 요구되는 것 이상의 의미로 구원받았다고 느꼈다.

꿈을 꾸는 것이 생존을 거스르는 것처럼 여겨지는 세계에서도 여전히, 그런 소원을 마음에 계속 품는 것.

마이크를 멀리 떨어뜨린 입에서 무심코 소리가 나왔다.

"이거 봐. 누군가를 사랑하는 마음은 이렇게 대단해."

고토 주리아

"고마워."

주리아는 소년에게 고맙다고 말하고 스마트폰을 돌려 줬다.

옆에서 방관하던 아이를 보자 시선이 마주쳤다.

"아이."

그를 부른다. 그가 말없이 고개를 끄덕였다. 소년 앞이 기 때문일지도 모른다.

"여자애한테는 아이가 가."

그는 소년 쪽을 한 번 힐끔 보고 다시 이쪽으로 시선을 돌렸다.

"……알았어. 어디 가서 기다려도 되고."

"안 기다려."

주리아가 즉답하자 아이는 생각하는 것처럼 몇 차례
고개를 끄덕인다. 그가 끄덕일 때마다 주리아의 마음에
서 공기가 빠져나갔으나 주리아는 그 숨 막히는 느낌을
전부 받아들일 생각이었다.

"그럼 무슨 일 있으면 또 연락해."

"안 해."

아주 잠깐 상상하고 각오했다고 여겼는데, 이렇게나 아
플 줄은 미처 몰랐다.

그래도 아이에게 말해야 했다.

"미안해. 하지만 아이도 이제 기다리지 않아도 되고 연
락하지 않아도 돼."

주리아는 알고 있다. 아이는 가까운 인간이 한 말의 이
면을 캐지 않는다. 거짓말이라고 의심하지 않는다. 속아
넘어가더라도 그때 느낀 것만이 전부라고 생각하니까.

그래서 아이에게는 주리아의 말이 다른 사람에게 하는
말 이상의 의미로 전해진다.

"여기에서 헤어지자."

한 걸음 뒤로 물러났을 뿐인데, 한 걸음 내디딘 아이에
게 왼팔을 붙잡혔다.

마치 등 뒤에 낭떠러지가 있는 것처럼.

주리아는 알고 있다. 이제 여기에 낭떠러지는 없다. 한

걸음 내디딘 앞이 무엇인지 본인조차 모르는 애매모호한 곳이 있을 뿐이다.

"주리아."

아이는 이미 옆에 멍하니 선 소년을 잊었는지도 모른다.

소중한 친구인 자신만을 바라보고 있다. 그의 다정하고 친근한 면을 두고 가는 게 가능할까. 결심을 불안하게 흔드는 저 올곧은 눈.

"무슨 뜻이야."

"나는 너를 이용했어."

아이의 손힘이 약해지는 것에 맞춰 주리아는 한 걸음 더 뒤로 물러났다. 팔만이 각도를 바꿔 같은 자리에 남았다.

"내 해답을 찾으려고 너한테 연락했어. 아이는 이런 나한테도 다정하게 대해줬는데 나는 오늘 잘릴지도 모른다고, 이 몇 년간이 무의미해질지 모른다고, 어쩌면 고토 주리아로서 죽어버릴지도 모른다고 생각했더니 지금 같이 있고 싶은 사람은 아이가 아니었어. 더 이상 그런 나 때문에 아이가 단 하룻밤이라도 기다리는 건 싫어."

말을 똑똑히 들어주고 받아들인 아이는 전부 곱씹어 넘긴 후 뭔가 목에 걸린 것처럼 눈을 지그시 마주친 채 얇은 입술을 벌렸다.

"누구와?"

"모두와."

"멤버 이야기야?"

주리아는 상황에 어울리지 않는다고 생각하며 웃는다.

"그럴 리 없잖아."

"그건."

아이는 눈도 깜박이지 않고 숨을 들이마시고 내쉰다.

"주리아가 진심으로 바라는 일이야?"

"모르겠어. 생각해봤는데 진심으로 원하는 게 뭔지는 계속 모를 것 같아. 지금은 그렇게 애매모호한 대로 살아보고 싶어."

팔에서 붙잡힌 감촉이 사라진다. 아이는 잠깐 고개를 숙이고 손을 입가에 가져갔다.

"나는……."

말을 기다리며 얼굴을 보고 있었으니까 변화를 확실히 알았다. 아이는 입에 댄 손으로 목을 긁고 이어서 입술로 성실한 미소를 지었다.

그 얼굴에 거짓이 없는 걸 알고 있었다.

"나는 그저 기다리고만 있었다고 생각하지 않아. 그래도 주리아가 기다리지 말라고 한다면 그렇게 할게. 이제 주리아를 친구라고 생각하지 않을 거고 연락도 안 해. 만약 언젠가 우연히 만나면 그때 또 이야기하자."

모순되는 걸 주리아는 안다. 알고 있었다.

아이가 거짓말을 하지 않는 사람인 줄 알고 있으면서.

지금 아이의 말이 거짓말이 아니면 좋겠다는 생각과 거짓말이면 좋겠다는 생각이 주리아의 마음을 같은 정도로 지배했다.

그러데이션을 이루어서 어디서부터가 어디인지 자신도 알 수 없었다.

애매모호한 곳에 또 서 있다.

"앞으로는 팬으로서 응원할게."

그래도 진심 이외에는 말하지 않는 아이의 말을 있는 그대로 받아들이는 것이 예의다. 애매모호하더라도 최대한의 성의로 대답하는 것이 예의다.

"기뻐. 만약 또 무대에 설 수 있으면 최고로 멋진 모습을 보여줄 테니까 기대해."

고개를 끄덕인 아이는 대화의 여운에 전혀 잠기지 않은 것 같다. 마치 눈앞에 이미 친구가 없는 것처럼 굴었다.

"그럼 나는 소녀를 구하러 갈까."

그러더니 옆에서 굳어 있던 소년에게 고개를 돌린다. 왜 그렇게 행동하는지 주리아가 생각해보던 중 아이가 뜻밖의 말을 했다.

"미안, 묻고 싶은 게 좀 있는데 이토바야시 아카네 어디 있는지 알아?"

"어? 걔는 왜."

"아는 사이야?"

놀라서 주리아가 물었으나 둘 다 고개를 끄덕이진 않았다.

"아는 사이라기보다는. 음⋯⋯."

소년은 불분명하게 고개를 갸웃거렸다.

"아무튼 걔가 뭐 하고 있는지 알아?"

"어, 아니, 잘 모르는데."

"그래, 우선 전화를 할까."

두 사람의 대화를 지켜보며 주리아는 한 가지를 즉흥적으로 떠올렸다.

너무 지나치게 독선적이고 지금까지 주리아가 내세운 프로 의식과 동떨어진 것 같았으나 그래도 앞으로의 자신과 이런 모습을 사랑해준 사람들을 위한 속죄로서 실행하고 싶었다.

"있잖아, 너, 혹시 시간 있으면 나도 부탁이 좀 있는데."

말을 걸자 움찔 어깨를 편 그의 얼굴을 보며 자신이 지금 어느 쪽의 고토 주리아로 보일지 생각했다.

아직 조금 무섭긴 했다.

우에무라 다쓰아키

"미안해, 갑자기 이런 거 부탁해서. 일단 나를 알긴 하지? 주리라고 불렀으니까."

"아, 네, 뭐."

"다행이다. 그러면 잠깐만 부탁할게."

다쓰아키는 서두르는 고토 주리아 옆을 나란히 걸으며 그녀에게 스마트폰 카메라를 향했다.

조금 전, 그 여장 남자와 대화를 나누던 그녀가 갑자기 부탁을 해왔다. 어쩌다 일이 이렇게 되었는지 전혀 모르겠다. 현실감 없는 전개에 머리가 따라가지 못해 시키는 대로 하고 있었다.

지금까지 적이라고 여긴 인간이 눈앞에 있다.

쌓아온 욕설을 퍼붓는 것도, 윤리나 법률을 무시하면

461

폭력을 쓰는 것도 할 수 있는 거리에서, 다쓰아키는 하필이면 카메라 너머로 그녀를 보고 있었다. 심지어 그녀의 부탁으로.

"갑작스럽긴 하지만."

주리아가 카메라를 바라보며 말하기 시작했다.

"나는 아이돌을 딱히 좋아하지 않아."

아스팔트 길을 발뒤꿈치로 밟아 소리를 내며 그녀가 말했다.

"다른 아이돌한테도 전혀 흥미 없고, 우리보다 인기 있는 그룹을 보면 분통만 터져. 같은 레이블이나 음반사에서 인기 있는 사람들부터 사라져주면 우리를 위한 자리가 날지도 모른다고 생각해."

갑작스러운 고백에 아연실색하자 주리아가 이쪽을 보고 웃으며 말을 이었다.

"사실은 괴수도 전혀 좋아하지 않았어. 아이돌로서 캐릭터가 될 테니까 좋아한다고 밀었을 뿐이야."

그건 다쓰아키가 원했던, 그녀가 세상에 밝히지 않은 정보다.

"그래서 엄청 열심히 공부했어. 다들 괴수 이야기를 하려고 오니까. 그랬더니 뭐가 좋은지 조금은 알게 되더라."

어쩌면 지금까지 자기가 해온 일이 열매를 맺어 그녀에

게서 말을 끌어내는 걸까. 다쓰아키는 그런 착각까지 일으켰다.

"멤버들도 하나도 안 좋아해. 싫어하는 건 아닌데 좋아한다고 생각한 적은 한 번도 없을걸. 멤버를 소중하게 여겨야 모두 기뻐할 테니까 그렇게 했어. 아, 딱 한 명은 만약 다른 방식으로 만났다면 진심으로 싫어했을 것 같은 애가 있는데, 그런 식으로 만난 게 아니니까 뭐 상관없지. 특별히 리더에게만 개인적인 메시지. 자기만 아이돌다운 영혼을 타고났다는 표정 좀 하지 마시지? 그래도 그런 점을 존경해."

카메라를 바라보며 다리를 움직이는 그녀가 향한 곳은 고토 주리아가 본래 있어야 하는 곳이다.

"지금은 일 이외에 다른 사람을 거의 안 만나는데, 임파첸스에 들어오기 전에는 친구도 있었고 사귀는 사람도 있었어. 하지만 만나서 노는 거, 전부 그만뒀어. 연인이랑은 헤어졌고. 팬들의 사랑을 받기 위해 활동하는 건데 팬보다 소중한 사람이 있으면 안 된다고 생각했으니까."

한 걸음 한 걸음, 목적지로 접근한다.

다쓰아키는 이런 날을 분명 기다렸다.

고토 주리아의 실언이나 헛소리를 쫓고 추궁하는 일에 매일 시간을 투자했다.

그걸 지금, 심지어 그녀 본인이 도대체 무슨 속셈인지 아이돌이라는 껍질 아래에 감춘 사실을 눈앞에서 드러내고 있었다.

다쓰아키는 이 상황을 이용할 방법을 필사적으로 생각했다. 그러나 상황에 휩쓸리느라 바빠 아무것도 떠오르지 않는다.

"데뷔 전에는 이런 옷을 좋아했어. 걸리시라고 하지? 미니스커트만 입었어. 그럽다. 그래도 고토 주리아의 이미지에는 평소 보여주는 느낌이 더 어울리지? 어때?"

카메라 너머로 질문을 받아 다쓰아키는 무심코 고개를 끄덕였다. 교차로에서 마침 신호가 파란불로 바뀌어 두 사람은 함께 언덕을 올라갔다.

"안티는 딱히 아무래도 좋은데."

그때까지 사용하던 것과는 별개의 심장이 떨리는 것 같았다.

"나를 좋아해주는 사람들한테는 아주 많이 신경 쓰게 돼. 별로 그렇게 안 보일지 모르는데, 당신의 말 한마디 한마디에 마음이 움직이고 앞으로 나갔다가 뒤로 물러나기도 해."

당신이라는 부분에서 주리아가 카메라 렌즈를 가리킨다. 다쓰아키는 포함되지 않는, 주리아를 열렬히 응원하는 당신.

"지금은 그게 정말 행복하다고 느껴. 모두의 손에 살고 모두의 손에 죽을지도 모르는 애매모호하고 아슬아슬한 곳에 서 있는 내가 좋은지 싫은지는 모르겠지만, 인정해 주고 싶어."

조금만 더 가면 두 사람은 목적지에 도착한다. 도중에 촬영하는 모습을 본 몇 명이 주리아를 알아본 것 같으니 영상에 그녀를 부르는 목소리도 들어갔을 것이다.

"모두와의 관계도 그래. 어떻게 판단하면 좋을지 아마도 계속 애매모호할 거야. 최애와 오타쿠, 플레이어와 팬, 생각하는 쪽과 생각되는 쪽, 감사하는 쪽과 감사받는 쪽, 먹이는 쪽과 먹는 쪽. 그리고 친구, 동지, 공범자, 그런 것이 전부 뒤섞인 곳에서 나랑 모두가 마주 보고 있어."

마침내 라이브하우스를 안에 품은 그 건물이 보였다.

"그리고 더 할 말이 있나. 아, 프로듀서들, 인간적으로는 싫어. 결국 자기들은 다치지 않을 방법만 생각하니까. 그래도 뭐, 도움을 받고 있긴 하지. 토마토나 토마토주스는 좋아해. 몸 바쳐 일하는 것도 좋아하고. 노래하는 거랑 춤추는 것도 좋아."

건물 앞에 도착해 이제 헤어지는 줄 알았는데, 주리아는 카메라가 아니라 다쓰아키의 눈을 보고 "조금만 더 갈까"라고 한마디 말했다.

그녀는 입구로 가는 계단 앞에 선 스태프 옆을 뛰어서 지나갔다. 다쓰아키 역시 뒤쳐지지 않으려고 주리아에게 시선을 빼앗겨 넋을 잃은 스태프 옆을 지났다.

"출연자와 스태프입니다! 나중에 설명할게요!"

주리아가 외치며 계단을 올라갔다.

마지막 한 단까지 올라가자 넓은 플로어가 나왔고, 입장 접수를 하는 테이블 앞에 몇 명의 스태프가 놀란 표정으로 서 있었다.

주리아는 그 광경을 보고 다쓰아키 쪽을 돌아보더니 도전적이지도 호전적이지도 않게 후후후 웃으며 마치 친구와 나쁜 짓을 즐긴 듯한 표정을 지었다.

"골인이네."

다쓰아키는 숨을 헐떡이며 그녀의 거동을 놓치지 않으려고 카메라를 들었다.

그러자 땀 한 방울 흘리지 않는 얼굴의 주리아가 말을 던졌다.

"지금까지 한 말, 어디까지가 진짜 나고 어떤 부분이 만들어낸 스토리라고 생각해?"

다쓰아키는 대답할 수 없었다. 시간은 흘러가는데 어떻게 하면 좋을지 몰라 화면이 아니라 주리아의 얼굴을 바라보았다.

눈이 마주쳤다.

"촬영 고마워. 어딘가에 남겨두고 싶었어. 이 동영상 말인데, 맡겨도 될까? 공개해도 되고 잊어도 돼."

마치 다쓰아키가 했던 일을 전부 알고 있다는 듯한 말투에 지금까지의 그라면 혐오감이나 적의를 품었을 터다. 그걸 쾌감으로 바꿔왔을 터다.

그러나 지금 이 절호의 기회에 그의 내면에서 꿈틀거리는 것은 고토 주리아라는 아이돌의 인간성에 위화감을 느끼기 전 그 모습과 노래와 춤에 매료되었던, 일찌감치 버렸다고 생각한 부분이었다.

도움을 청하듯이 주리아의 눈을 똑바로 바라보게 된다.

주리아는 이번엔 무대 위에서 보여주는 도전적이며 호전적인 미소를 히죽 지었다. 조금 전의 얼굴과 지금 얼굴 사이에 명백한 경계선은 없었다.

"나도 조금 전에 비로소 알았어. 진실 따위 어디에도 없으니까 네가 정해."

그러더니 완전히 허를 찔린 스태프들 사이를 지나 객석 입구인 문 너머로 사라졌다.

그날 이후로 몇 개의 SNS에서 고토 주리아를 집요하게 비난하던 꽃에서 이름을 따온 계정[○]은 활동을 멈췄다.

　며칠 후 트위터에 올라온 그 계정의 마지막 표명은 사진도 영상도 첨부하지 않은 단순한 것이었다.

　나는 이해할 수 없는 사고방식을 강요한다고 생각했었다.

　그 발언에 평소대로 좋아요나 리트윗이 달리는 일은 영원히 없었다.

○ 다쓰아키의 계정명 rind0는 용담의 일본어 발음 '린도'에서 따온 것이다

우카와 아이

❀

옷은 나중에 보낼게

마치 친구 같은 말을 남긴 주리아는 그 소년과 함께 떠
났다.

아이는 손을 흔들며 배웅했다.

"아아."

자신 내면에 휘몰아치는, 전혀 복잡하지 않은 커다란
마음을 한숨으로 나타내도 이 거리에서는 소음으로 처리
될 뿐이다.

기분을 새롭게 바꾸지 못한 채로 쥐고 있던 스마트폰
을 건드린다.

맡은 바 사명이 있기 때문이다.

그러나 아이는 아카네가 소설을 위해 목숨을 바친다고

믿지는 않았다.

전화를 받은 아카네가 집에서 쉬고 있을 것을 기대했고, 그럴 가능성도 있다고 생각했다. 스마트폰을 귀에 댄 것은 만약을 위해 친구의 안부를 확인하기 위해서였다.

그러나 아무리 신호가 가도 아카네는 받지 않았다.

어쩔 수 없이 간단한 메시지를 보내고 주리아와 올라왔던 언덕을 내려갔다.

아카네가 일하는 서점에 들를 생각이었다. 한창 일하고 있어서 전화를 받지 않는 것일 가능성도 매우 크다. 아까는 쉬는 중이라 없어서 안 보였을 뿐일지도 모른다.

언덕을 내려오는 중에 누가 홍보용 손난로를 내밀어서 무심코 받았다.

서점 유리문 손잡이를 당겨 안으로 들어가자 쪼그리고 앉아 책을 정리하던 점원이 "어서 오세요" 하고 인사했다. 아이는 그를 본 적 있었다.

"저기요."

"뭐 찾으시는 거 있으세요?"

고개를 들어 이쪽을 본 그의 표정에 아이는 그가 자길 알아봤다고 짐작했다.

"안녕하세요. 전에 폐점 후에 이토바야시 아카네와 잠깐 만났던 친구 우카와라고 합니다만, 걔 오늘 일하는 날인가요?"

"아니요, 오늘은 쉬는 날인데요."

"그렇습니까, 고맙습니다."

"아, 네에."

쉬는 날인가.

곧바로 난관에 봉착했다. 그러나 바로 나갈 이유도 없어서 아이는 다음 행동을 생각하며 서점 안을 걸었다. 그러다가 평소 들르지 않는 문고본 코너에서 《소녀의 행진》을 발견했다.

주리아의 예측이 조금이라도 들어맞는다면 이 책에 간과했던 정보가 적혀 있을지도 모른다. 아이는 책을 손에 들고 후반 페이지를 팔랑팔랑 넘겼다.

이런 행동도 멍청한 짓이다 싶어 마음껏 자조했다.

진지하게 받아들이지 말고 집에 가도 좋았을 것이다. 만에 하나 아카네의 신변에 위험이 닥쳤어도 서점에서 문고본의 페이지나 넘기는 건 확실히 이상하다.

전부 다 내버려 두면 무사히 내일을 맞이하지 않을까.

그렇게 생각하는 게 당연한 아이를 붙잡은 것은 집에 있을 아사히가 주리아에 관해 캐물을 게 싫었기 때문이고, 또 하나는 주리아의 말이 아주 조금은 마음에 걸렸기 때문이었다.

오늘 이 거리에 있을지도 모른다고 그녀는 말했다.

아이가 인식한《소녀의 행진》에는 기온이나 복장 묘사
가 없고, 애초에 등장인물이 이 세계와 똑같은 시간 속에
살고 있는지도 알 수 없다. 적어도 아이는 읽어내지 못했
다. 따라서 이야기의 어느 부분이 오늘이라는 날짜와 이
거리라는 장소를 나타내는지 짐작도 안 간다.

다만 아이 안에는 아카네가 남긴 사실이 있다.

작가가 정한 무대가 이 거리든 아니든, 두 사람이 만난
곳은 언제나 이곳이었다. 그녀도 주리아와 마찬가지로
이야기가 이 거리에서 진행된다고 해석했을지도 모른다.

"고등학생을 유혹하지 말란 말이야, 빌어먹을 소설가."

무심코 중얼거리며 아이는 페이지를 또 넘겼다.

작가의 얼굴은 전에 주리아와의 대담을 읽을 때 봤다.
아마도 동년배거나 조금 위일 거라고 아이는 예상했다.
그 여자의 얼굴에서 기품과 순수함을 갖춘, 돈 많은 집
자식 같은 분위기를 느꼈다.

"저기."

갑자기 옆에서 들린 목소리가 자기를 향한 것인 줄 몰
랐다. 어디까지나 반사적으로 힐끔 시선을 향했다. 그러
자 여성 점원이 분명하게 이쪽을 보고 있어서 놀랐다.

"갑자기 죄송해요. 아카네의 친구분이시죠?"

여성의 표정에 사지 않은 책을 읽는 것이나 친구를 기다리는 것을 문제시하는 기색이 없어서 아이는 순순히 고개를 끄덕였다.

"모델이세요? 전에도 궁금했는데, 혹시 불편하시다면 죄송합니다."

이 여성도 본 기억이 있는 것 같았다.

"아, 아닙니다. 라이브하우스 직원이에요. 옷차림은 그냥 좋아서 입는 거고요. 그 애와는 취미가 맞아서 알게 되었습니다. 오늘은 있을 줄 알고 들렀습니다."

의심받지 않으려고 일단 직장 이름을 말했다. 그녀도 아카네와 마찬가지로 이렇게 근처에서 일하는데도 모르는 것 같았다.

라이브하우스 위치를 간단히 설명하다가 문득 생각났다.

"저기, 책에 관해 묻고 싶은 게 있는데 괜찮나요?"

"아, 네. 물론이죠."

"이 책 마지막에 주인공이 자살하려는 곳, 만약 이 주변이라면 어디라고 생각하세요?"

"네에?"

스스로도 묘한 질문이라고 자각했는데 다른 사람이 듣기에는 얼빠진 소리를 낼 정도로 이상했나 보다. 그녀가 민망한지 입을 막았다.

그러나 서비스 정신인지 일이 한가해서인지 타고난 성격인지, 그녀는 헛기침을 하더니 묘한 질문에 대해 진지하게 생각해주었다.

"작중에서는 정신세계 이야기죠. 그러니까 실제 장소로 치면 어렵네요. 소설 특유의 표현이 강하다고 해야 하나, 영화에서는 꽃밭 같은 곳이었죠."

"확실히 그런 느낌이었던 것 같네요."

"아, 보셨어요? 맞아요. 원작에서는 평소 정신세계에서 건드렸다가는 살아남지 못하는 어둠 속으로 뛰어들려고 하는 걸 아이가 말리는 장면인데, 주인공 눈에 보이는 경치는 특별히 그려지지 않았죠. 작가도 인터뷰에서 마지막 장면은 두 사람이 만난 장소라고만 말했고요."

"아, 그런 정보도 있나."

점점 더 귀찮은 요소가 추가된다는 기분을 그대로 표정으로 드러내자 여성 점원은 어떻게 받아들였는지 수줍은 미소를 지었다.

"오타쿠 같아서 죄송해요. 그래도 진짜 소녀와 아이가 만나는 장소는 소설에 나와 있어요. 저는 연기가 뭉게뭉게 낀 꿈속 세계 같다고 생각했지만요."

"저도 대충 그렇습니다."

아이는 소녀의 마음속에 펼쳐진 세계를 스모크 낀 라

이브하우스 무대로 상상했다.

"그래요, 처음 만난 장소란 말이죠. 고맙습니다."

"아니에요, 도움이 되었을지 모르겠어요."

"그리고 하나만 더 괜찮을까요?"

귀엽게 고개를 꾸벅 숙인 여성에게 아이는 새롭게 기대를 걸었다. 혹시 작가 인터뷰를 읽은 이 여성이라면 비밀을 알고 있을지도 모른다고 생각했다.

"네, 괜찮아요."

"친구가 말한 건데요, 여기 나오는 아이가 사실은 남자일 수 있다고 생각하세요?"

"음, 글쎄요."

아이는 역시 자신이나 영화 제작자 쪽의 감상이 다수파라고 생각하고 마음을 놓았으나, 여성의 이어지는 말이 안도감을 방해했다.

"성별 트릭이 있는지는 모르겠어요. 사실은요, 제가 생각한 건 성별이 아니라."

주변 손님에게 스포일러가 될까 봐 걱정하나 보다. 그녀가 고개를 살짝 아이에게 기울이고 손으로 입을 가린 채 속삭였다.

"아이는 소녀의 망상이고 실제로는 존재하지 않다고 생각해요. 제 개인적인 해석이지만요."

475

이번에도 아이는 짐작조차 못 한 견해였다.

자세히 설명을 들으려 했는데 다른 점원이 불러 그녀는 자리를 떠났다. 가면서 "또 와주세요"라고 인사해서 "아, 네" 하고 적당히 대답했다.

할 일이 없어진 아이는 다시 책을 팔랑팔랑 넘겼다.

왠지 모르게 작가 프로필이 궁금해져서 찾아보니 제일 끝에 짧은 문장으로 적혀 있었다. 초등학생 때부터 소설을 쓰기 시작한 사실이나 지금까지 낸 책의 제목이 열거되었을 뿐이었다. 작가의 인간성은 적혀 있지 않았다.

아이는 순수하게 궁금했다. 도대체 어떤 기분일까.

자기가 만들어낸 것이 만난 적도 없는 사람들 안에서 자라나 다양하게 해석되는 것은.

만약 그로 인해 사람이 죽는 일까지 상상한다면, 작가란 얼마나 사악한 존재일까.

오구스 나노카가 사람들 몸에 독초 씨앗을 심는 징그러운 장면까지 상상돼서 아이는 생각을 멈췄다. 책을 서가에 되돌려놓고 서점을 나섰다. 그 여성 점원 덕분에 다음 행동을 정할 수 있었다.

아이는 밤바람을 뺨으로 고스란히 받으며 인도를 걸어 골목 끝의 건널목을 건넜다. 왼쪽으로 직진하면 아카네와 처음 만난 노란 레코드 가게에 도착한다.

가게 앞에 몇 명의 젊은 여성이 모여 있었다. 모두 아카네는 아니다. 들어가 1층을 돌아다녔으나 역시 그녀는 없었다. 에스컬레이터를 타고 위로 올라갔다. 도착할 때까지 스마트폰을 수시로 확인했으나 전화도 답변도 없었다.

2층, 3층을 살펴보며 아이는 주리아가 한 말을 생각했다. 주리아 본인에 대해 생각하는 건 그만두기로 했으니까 그녀의 말을 그저 말로서 떠올리고, 그때의 풍경은 최대한 떠올리지 않으려 노력했다.

주리아는 아카네를 자기 마음대로 해석했다.

속이 시커멓고 인간관계를 제대로 쌓지 못하고 언젠가 소설 주인공처럼 달라지기를 바란다. 그리고 여전히 소설을 따라 하는 행동을 이어가고 있을 것이라 추리했다.

아카네 역시 자기 마음대로 한 해석을 아이에게 덧씌웠다.

그녀는 더욱 비현실적으로, 소설 등장인물처럼 보인다는 이유로 아이가 특정한 행동을 해주길 원했다.

아이 자신은 어떤가 하면, 타인을 자기 마음대로 해석하는 것을 두려워했다.

동시에 아무리 조심해도 자각 없이 해석을 덧씌울 가능성이 있는 걸 알고 있었다.

그렇기에 아이는 늘 본심에서 우러나오는 대화를 추구했다.

완전하게는 무리여도 친구나 가족을 대할 때 마음을 속속들이 드러내면 더욱 진실에 가까운 형태의 인간관계를 맺을 수 있다. 자신에게는 그게 최고의 결과라고 믿었다. 조금 전까지는.

꼭대기 층까지 가도 아카네의 모습은 없었다.

생각해보니 레코드 가게에서 어떻게 자살하겠나 싶어, 의미 없는 행동에 어이없어하며 에스컬레이터를 타고 다시 1층까지 내려왔다.

역시 연락은 없다.

슬슬 집에 갈까 생각했으나 주리아의 필사적인 얼굴이 생각났다.

어쩔 수 없이 아카네와 만났던 곳을 몇 군데 더 돌아보기로 했다. 흡연실도 포함되니 담배를 피울 수 있다.

가게를 나와 인도를 따라 걸으며 아이는 이 거리에서 가장 넓은 교차로 방면으로 향했다.

이토바야시 아카네

✳

❝ 소녀의 행복한 결말을 마음대로 말할 수 있는 권리는
그녀 이외의 그 누구에게도 없습니다. ❞

_단행본《소녀의 행진》257페이지 16행에서

《소녀의 행진》을 읽다가 아침을 맞이했다. 마음은 매우 차분했다.

평소에는 다음 날과 그다음 날을 위해 잠을 잘 자야 한다고 생각해서 조정하는데, 오늘은 체력을 회복할 필요가 없었다. 내일은 쉬는 날이다.

선명한 머리로 창 너머 붉은 아침놀을 바라보았다.

적절한 시간이 되자 마치 지금 잠에서 깼다는 표정을 짓고 거실에서 가족과 얼굴을 마주했다. 넉넉하게 차려진 아침은 조금만 남겼다.

이를 닦고 방에 돌아와 교복으로 갈아입고 평소와 똑같이 화장하고 머리카락을 정돈했다. 코트를 걸치고 커다란 마스코트가 달린 가방을 들면 자기가 봐도 귀여운

479

모습이 완성된다.

오늘도 모두가 사랑해줄까. 전신 거울로 최종 확인을 마치고 스커트를 빙그르르 나부끼며 아카네는 방을 나섰다.

"다녀오겠습다."

부엌에서 설거지하는 엄마 등에 대고 조금 혀 짧은 소리로 말을 걸었다. 일부러 돌아본 엄마의 대답을 대충 절반쯤 흘려들으며 신발을 신었다.

날이 좋았다. 기온도 최근 며칠 중 제일 높은 것 같다. 역까지 가는 길을 자주 마주치는 다른 학교 학생이나 회사원, 고양이 등과 함께 걸었다.

매번 같은 열차 칸에 타는 반 친구와 오늘은 타는 입구까지 겹쳤다. 가볍게 인사를 나눈 그 애와 따로 말을 맞춘 적은 없는데, 두 사람은 매일 아침 우연히 가까이 섰을 때만 교실에 갈 때까지 대화를 나눈다. 그런 암묵적인 이해를 지키며 어울렸다.

교실에 들어가자마자 바로 아카네의 별명이 불렸다. 목소리가 들려온 방향을 보니 여자애들 그룹이 모여 있었고 친구 미유가 손짓했다.

가방을 책상에 놓고 다가가자 사이좋은 여자애 중 한 명이 웃고 있었다. 주변 애들이 재촉하자 그녀가 예전부터 짝사랑하던 남자애와 사귀게 되었다고 보고했다.

"와! 축하해!"

아카네의 축복하는 말에 그 애는 벌써 몇 번이나 반복했을 교제하게 된 경위를 쑥스러워하며 말했다. 아카네는 그 애의 말을 진지하게 들었다.

아침부터 좋은 보고가 있었던 여자 그룹의 모임은 담임이 교실에 들어와 아쉽게 마무리되었다. 아카네 반의 담임은 싹싹한 사람인데 학생들의 연애담에 눈을 번뜩인다. 과거에 많이 고생했다는 이야기를 다른 선생님에게서 들은 기억이 있다. 괜히 찍히지 않기 위해, 또 걱정 끼치지 않기 위해서라도 담임 앞에서 사랑 이야기는 하지 않는다는 도덕 규칙이 반 안에 형성되었다.

1교시부터 4교시까지 평소처럼 수업을 들었다. 선생님의 설명을 듣고 필기하다가 때때로 상관없는 걸 생각한다. 4교시는 체육이라 잠을 안 잔 영향을 걱정하면서 배드민턴 라켓으로 대충 셔틀콕을 치다 보니 종이 울렸다.

점심시간에도 아카네와 친한 그룹의 화제는 사랑을 성취한 그녀가 중심이 되었다. 아르바이트하는 곳에서 만났다는 그 남자에 관해 아카네와 친구들은 이미 알고 있는 것이라도 다시 물어보았고, 그녀는 기쁜 듯이 대답했다. 연습을 거듭한 발표회 같은 대화를 누구 하나 불평

없이 만들어냈다.

청소 시간에 담당인 미술실의 쓰레기를 버리러 갔는데, 마찬가지로 어딘가의 쓰레기를 버리러 온 우에무라 다쓰아키와 엇갈렸다. 늘 그렇듯이 그는 시선을 피하고 겁에 질린 것처럼 옆을 지나갔다. 아카네도 그를 무시했다.

5, 6교시 수업 때는 조금 골치가 아팠다. 아카네가 못하는 과목인 수학과 물리였기 때문이다. 평소라면 머리를 추가로 회전시켜 극복했으나 오늘은 움직이지 않는다. 전에 연인의 집에서 자고 그대로 등교했을 때도 비슷한 현상이 일어났으니 원인은 수면 부족이 틀림없다.

결국 오늘 범위인 부분은 이해하지 못했다. 그래도 어쩔 수 없으니까 아카네는 미련 없이 교과서를 덮는다. 미유에게 "이과는 전혀 모르겠어"라는 불필요한 말을 해 가볍게 웃음을 샀다.

방과 후에 사이좋은 그룹 모두의 예정을 대충 물어보다가 한가한 멤버들끼리 달콤한 디저트를 먹으러 가자는 말이 나왔다. 거기에는 아카네와 미유도 포함되었는데, 사실은 며칠 전 둘이서 크레이프를 먹으러 다녀온 참이지만 친구의 제안을 거절할 리가 없다. 아카네와 친구들은 아르바이트나 데이트를 하러 가는 세 사람과 헤어져 인파 많은 그 거리로 향했다.

싫은 냄새가 나는 길가에서 전에도 여럿이 어울려 온 적 있는 카페로 도망쳐 각자 차와 케이크를 주문했다. 한 입 먹고 저마다 감상을 말한 뒤 교환도 했다.

그런 일련의 이벤트를 마쳤을 때, 미유가 한숨 섞어 말했다.

"정말 그 사랑이 이루어져서 다행이야."

미유가 본인 없는 자리에서도 타인의 행복을 기뻐할 수 있는 마음 따뜻한 사람인 걸 아카네는 알고 있었다. 덧붙여 미유의 말에 축복 이상의 의미가 있는 것도 안다.

"그러니까! 걔는 워낙 땅을 잘 파는 성격이니까 차이면 어쩌나 진짜 걱정했어."

"응응, 그 남자애한테도 감사하고 싶다. 크리스마스 끝나고 바로 차면 죽여버릴 거지만."

"있으니까, 그런 놈."

"그런데 여러분, 조금 이릅니다만 크리스마스 예정이 어떻게들 되시나요?"

아카네가 눈짓하며 장난스럽게 묻자, 세 사람 모두 캐릭터에 맞춰 다른 반응을 보였다. 방향성은 모두 비관적이었다.

"바야시가 이쪽에 와주어서 참으로 영광스럽게 생각하옵니다!"

"어머나, 결코 바라던 바는 아닙니다만."

은근히 무례한 말투로 나누는 농담은 미유가 잘 받아준다. 아카네는 때때로 대화에 이런 수법을 섞는다.

진지하게 대화를 나눠보니 이 자리에 있는 네 명 모두 크리스마스 일정이 없는 것을 알았다. 협의한 결과, 여러모로 편리한 미유의 집에서 하룻밤 외박하기로 했다. 외로움을 많이 타는 미유가 기뻐했으니까 아카네는 안심했다.

어느덧 해가 저물어 네 사람은 가게를 나섰다. 친구들에게 미리 말해둔 대로 아카네는 이 거리에 아직 용건이 있어서 세 사람에게 손을 흔들었다.

소녀에게는 중요한 용건이 있었다.

혼자 남아 해가 졌다고는 상상할 수 없을 정도로 밝은 거리를 걸었다.

그리고 전에 들른 가게와는 다른 꽃집 출입문의 종을 울렸다.

오늘 한 행동 중 이것만은《소녀의 행진》주인공과 같았다.

아이와 함께 꽃을 즐기며 꽃의 매력을 알아차린 소녀는 문득 눈에 들어온 가게에서 다가오는 크리스마스(이야기 속에서는 가족과 보내는 소중한 날이다) 선물로 가족에게 꽃다발이 도착하도록 주문한다.

그리고 아이와 만나기로 한 장소로 가지만, 소녀는 멀리서 그를 확인하기만 하고 말을 걸지 않는다. 혼자서 자기 세계로 도망쳐 두 번 다시 돌아오지 못하는 새까만 어둠 속에 뛰어들려 한다.

그것이 《소녀의 행진》 속 주인공이 클라이맥스에서 선택한 행동이다.

아쉽게도 오늘 아카네는 아이와 만나는 장소를 모른다.

그래서 대신 꽃집에서 나온 후, 이 거리를 산책하기로 정해뒀다.

일단 거리의 언덕을 올라가 바깥에서부터 서서히 바닥을 향해 걷는다.

이렇게 걸어보니 거리는 의외로 넓었다. 도중에 간 적 있는 라이브하우스도, 간 적 있는 카페도 보였지만 어디에도 아이는 없었다.

기대하지 않았다고 하면 거짓말이지만, 이런 현실을 알고 있기도 했다.

그러니 납득할 수 있었다.

아니, 마침내 납득했다.

나는 《소녀의 행진》 속 주인공이 아닌가 보다.

특별한 것들로 주변이 채색된 그녀가 아닌가 보다.

그 이야기는 분명 내가 아니라 다른 누군가를 위해 쓰

인 것이다.

나 자신도, 주변에 있는 그 누구도 등장인물이고 뭐고 아니었다.

오늘 하루, 아무것도 아닌 하루를 보낸 아무것도 아닌 이토바야시 아카네로서.

거리를 걸었다. 매우 차분한 기분으로.

슬슬 때가 됐나.

시간을 확인하기 위해 스마트폰 화면을 봤다. 그리고 바로 주머니에 넣었다.

몇 건인가 연락이 와 있었으나 인제 와서 자신과 마찬가지로 흔해빠진 인간과의 관계성을 보강하는 노력은 불필요했다.

이미 오래전 일 같았다.

자신들이 소설 속 등장인물이라는 공상을 품었던, 그 노란 레코드 가게 앞을 지나간다.

오가는 사람들의 밀도가 점점 더 짙어진다.

아카네의 눈에 20미터 정도 앞에 있는 거리의 밑바닥, 넓은 교차로의 신호등이 보였다.

신호등 표시의 추이를 보며 보폭을 조정해 딱 알맞을 때 멈췄다.

바로 뒤에 있었던 듯한 여성이 보도 한가운데에 갑자

기 멈춰 선 소녀에 놀란 소리를 내고 지나쳐 가는 순간 일부러 뒤를 돌아 이쪽을 노려본다.

피해받은 것도 없는 회사원이 옆을 지나가면서 들으라는 듯이 혀를 찬다.

아카네는 그런 것에 상처받지 않는 마음을 지니고 태어나지 못했다.

부탁이니까 그런 불쾌한 눈빛 하지 말아요. 싫은 얼굴 하지 말아요.

왜냐하면 나는 솔직하고 애교가 있고 가끔은 불성실해도 중요할 때는 진지해질 수 있어. 나를 좋아하는 만큼 당신도 진심으로 좋아할 수 있어. 우정도 연애도 전부 소중히 여겨. 가족과는 싸우기도 하지만 이 집에 태어나서 다행이라고 생각해. 꿈은 아직 찾지 못했지만 매일 즐겁게 지내면서 찾을 수 있으면 좋겠다고 희망해. 벌써 만난 소중한 사람들, 아직 만나지 못한 소중할 사람들, 모두와 함께라면 그럭저럭 행복한 인생을 거머쥘 것 같아. 그렇게 모두가 너무도 쉽게 착한 애라고 여길 이토바야시 아카네를 제대로 보여줄 수 있어. 그러니까.

'사랑받고 싶어'에 짓눌린다.

앞으로도 계속 숨 막힐 듯한 매일을 살아간다. 이미 알고 있다.

사실은 도망치고 싶다. 이 새하얀 고독에서. 부디, 부디.

바라기만 한다고 용기가 샘솟지 않았다.

그러니까 자신을 고무하기 위해 외쳤다. 어디까지나 짧게.

"아악!"

그리고 주위에서 보기에는 갑작스럽게 달려 나갔다.

가방을 어깨에 멘 채, 못난 꼴로 흔들린 몸이 앞에 있던 여러 사람과 스치고 부딪쳤다.

불쾌감이나 불신감을 모두에게 주고 만다.

그들의 안색을 보지 않았다. 안 봐도 괜찮았다.

장애물 때문에 다소 기세가 꺾이면서도 아카네는 걸음을 멈추지 않았다.

착실하게 한 걸음, 두 걸음, 목적한 곳으로 다가간다.

아카네는 정했다. 최소한 그 자리에서.

잠깐이라도 아이라고 믿었던 그와 만난, 꿈의 출발점에서.

목표는 신호등이 빨갛게 바뀌는 순간이다.

서두르는 차가 절대 서행이 아닌 속도로 지나간 잠깐의 시간.

교차로에서 신호를 기다리던 사람들 사이에 마침 좋은 틈새가 생겼다.

달린다. 달렸다. 그저 목적한 곳을 향해서.

그것은 아카네의 의사와는 무관하게, 도착한 찰나에 벌

어졌다.

오늘까지 보아왔던 많은 사람과 사물. 진정한 자신에게 향하는 것이 아닌 웃는 얼굴.

머릿속에 떠오르면 지우고 떠오르면 지우고.

오도카니 남은 것은 단 한 사람.

가족도 친구도, 예전 연인도 아니다.

매일 거울에 비치는 그녀가 이쪽을 노려본다.

"죽어버려."

마지막 착지를, 아카네는 차도를 향해 내디딘다.

안성맞춤으로 옆에서 초조하게 속도를 올린 차가 온다.

이걸로 사랑받고 싶다는 꼴사납고 염치없는 감정에서 마침내 해방된다.

이토바야시 아카네가 꿈꾼 세계가 거기에 있다.

해피 엔딩, 해피 엔딩.

이야기와 다른 형태가 되고 말았지만.

이걸로 좋아.

"좋을 리 없잖아, 이 바보야."

이런 순간인데 어째서인지 달콤한 독의 향기가 났다.

마지막 착지를 뒤에서 가해진 힘이 막았다.

팔과 어깨에 급격한 통증이 달리고, 그 부위를 기점으로 틀어 올리듯이 당겨졌다.

아파서 무심코 소리를 지르며 아카네는 몸을 비틀었다.

그러자 이번에는 가슴에 단단한 것이 바짝 닿았다.

그게 주먹이란 걸 이해하기 전에, 멱살을 잡힌 걸 알기 전에, 밀어내는 것과는 반대 방향의 힘이 추가되었다.

그리고 눈앞에서 아카네가 지금까지 받아본 기억이 없는 거대한 감정이 작렬했다.

"이 자식이 뭐 하는 짓이야!"

눈앞의 인간에게 초점이 맞기 전에, 아카네는 혼란스러운 머리로 그 이름을 불렀다.

"아이."

이름을 부르고 바로 깨달았다.

아니야, 이 사람은 아니야.

지금 이, 왠지 모르게 화가 난 그는, 여장을 좋아하고 외모가 아름답고 멍청할 정도로 올곧을 뿐인 그는, 아니다.

이제 아이가 아니야.

달콤한 독의 향기가 날 리 없다.

"이리 와!"

"이거 놔."

외쳤다고 생각한 목소리는, 실제로는 자신 이외에 아무

에게도 들리지 않을 정도로 잠긴 목소리였다. 누군가에게 목이 졸려 말이 틀어막히기라도 한 것 같았다.

아카네의 몸은 질질 끌리듯이 차도에서 멀리 떨어진 곳으로 옮겨졌다.

"그만해, 이제 그쪽으로는 가기 싫어."

그런 생각도 역시 목소리가 되지 않아 주변의 누구에게도 전해지지 않는다.

신호가 바뀌었는지 모여 있던 사람들은 도움을 요청하는 아카네의 목소리 따위 무시하고 흘러간다. 모르기 때문이다. 들리지 않는 목소리를 알 수는 없다. 아카네는 잘 알고 있었다.

마음은 지금까지 그랬던 것처럼 그 누구에게도 전해지지 않았고, 옷깃이 또 난폭하게 당겨졌다.

몸이 살짝 허공에 떠서 발끝으로 선 채 그와 눈이 마주쳤다.

"너, 소설을 따라 하는 건지 뭔지 모르겠지만 이런 위험한 짓을 해도 될 것 같아? 이 바보가!"

시퍼런 서슬. 이 말을 그대로 드러낸 얼굴을 가까이에서 보고, 너무도 엉뚱한 분노를 느껴서.

아카네 또한 마음이 작렬하는 듯한 분노를 느꼈다.

모르면서.

모르는 주제에.

아이가 아닌 당신은 아무것도 모르는 주제에.

나의 절실함을.

희망이었던 것을.

모르잖아.

그러면서 무책임하게 말리고 화를 내고.

그렇게 해서 댁은 자기 자신으로 살 수 있으니까 기분이 아주 좋겠지?

진정한 자신이 갇혀버린 인간의 기분 따위 상상도 못하는 주제에 잘못했다고 말할 거지?

용서할 수 없었다.

앞에 선 그의 눈을 노려보며 가슴 한가득 공기를 들이마신다.

이번에야말로 있는 힘껏 소리를 질러주겠다고, 이 녀석에게 분노를 쏟아내겠다고 결심한다.

그러나 입에서 나온 말은 아카네가 마음속에 그린 강렬한 생각 중 그 무엇도 아니었다.

"미, 미안해요. 잠깐 마가 끼어서."

겁에 질린 얼굴을 만들었다.

몸을 움츠러들게 해 떨었다.

눈이 일렁이고 금방이라도 눈물이 떨어지려 했다.

아아, 뭐야. 뭐야, 이거.

이럴 때도 나는 '사랑받고 싶어'의 노예다.

거울 속의 그 녀석이 웃는 것이 보였다.

"＿＿＿＿＿＿＿＿＿＿＿＿＿＿＿＿."

아카네의 목 안쪽에서 내본 적 없는 소리가 울린다.

가장 가까운 곳에 있는 그녀 자신에게는 들리지 않았다.

있는 힘을 다해 가슴팍을 붙잡은 팔을 뿌리치고는 들고 있던 가방으로 앞에 선 그를 후려친다.

그가 받아치거나 반응해도 아카네는 보지 않고 듣지 않는다. 그저 온 마음을 다해, 이번에는 네 차례라고 주먹을 움켜쥐고 그걸 앞이 아니라.

자기 복부에 내리꽂았다.

충격이 전신에 전해진다.

구역질을 동반한 통증에 그 자리에서 무릎이 꺾인다.

아파, 아파.

무릎을 꿇은 후에 또 한 방, 몸을 앞으로 구부리며 두 방, 자기 손으로 자신을 공격하는 게 아니니까 봐주지 않았다.

위에서 액체가 역류해 지면에 조금 토한다.

아파, 괴로워.

그게 사실이지만 그만둘 수는 없었다. 아직 표층에 다

른 감정이 있나.

사람 많은 곳에서 이런 짓을 하다니, 아는 사람이 한 명이라도 있었으면 어쩌지. 이상한 소문이 퍼져서 다들 내게서 거리를 두면 어쩌지. 아는 사람이 아니라도 지나가는 수많은 사람이 기분 나쁜 녀석이라고 생각할 거야. 자, 지금 당장 일어나서 귀여운 여고생이 일시적으로 혼란을 일으켰을 뿐이라고 모두에게 보여줘야지.

"당장 나가버려!"

이번에는 제대로 말이 나왔다.

자세를 유지하지 못해 눈물과 침으로 범벅된 얼굴을 지면에 박았다.

그걸 뒤에서 두 어깨를 붙잡아 받쳐줬다.

"그만해!"

"시끄러워!"

고개를 치켜들자 뒤통수가 딱딱한 것에 닿는다. 뒤에서 "억!" 하는 소리가 나서 돌아보니 조금 떨어진 곳에서 그가 이마를 누르고 있었다.

"야! 좀 진정해!"

"당신은 몰라!"

"뭐?"

아카네는 자리에서 일어나 가방과 박치기만으로는 쓰

러뜨리지 못한 그와 대치한다. 자신 내면의 그 녀석은 통증으로 약해졌다. 지금이라면 말할 수 있을 것이다.

"겉과 속이 똑같고, 언제나 진정한 자신인 채로 살아온 놈이, 아무것도 모르는 주제에 날 막지 마!"

말했다. 그러나 성취감이나 자기실현감 같은 것은 전혀 없었다. 말을 아무렇게나 늘어놓은 듯한 불안정함만이 남아, 그 이상 말을 쌓아 올려도 될지 몰라 아카네는 일단 입에 든 것을 삼킨다. 괴롭고 시큼하고 달다.

그가 어떤 반응을 보일지 예측할 만한 여유가 아카네에게는 없었다.

만약 있었다면 그의 미세한 표정 변화를 아카네는 어떤 식으로 받아들였을까.

"어이."

차분하고도 난폭하게 부르며 그가 다가온다. 한 걸음, 두 걸음.

"말해두겠는데."

그러더니 그가 아주 가깝게 선다.

근거리여서 그가 지은 표정의 의미가 엉망진창인 아카네에게도 전해진다.

아이가 분명 아닌, 우카와 아이는 조금 전보다도 훨씬 더 화가 난 것처럼 보였다.

"내가 만약 정말로 나 자신으로 살았나면 너를 찾으러 오지 않았어."

그의 분노는 두 눈과 마찬가지로 아카네를 향하는 것일 텐데, 꼭 그렇지만은 않은 것도 같았다. 누구를 향한 것인지 지금의 아카네는 짐작할 수 없다.

"네가 겉과 속이 뭐 어떻게 다른지 내 알 바 아니야. 네가 누구든 두 번 다시 내 친구를 다치게 하지 마. 나는 소설 속 등장인물이라느니, 진정한 내가 어떻다느니 따위 상관없이 이토바야시 아카네, 너를 찾으러 왔어. 그리고 위험한 일을 당하는 게 싫으니까 말린 거야, 이 멍청아!"

침이 튈 정도의 거리에서 기세 좋게 말을 토해내서 아카네는 뭐라 반론하지 못하고 침묵을 지켰다.

소설이나 영화 속 이런 장면에서 흔하게 나오는, 친구를 소중하게 여겨준다는 사실에 감명받아서 말을 잃은 게 절대 아니다.

이런 상황에서도 여전히 상대에게 미움받을지 모를 사실과 기분을 확실하게 단언할 수 있는 그를 알고, 어째서 나는 이렇게 태어나지 못했을까, 성장하지 못했을까, 그게 분하고 괴롭고 부러워서.

감정의 부록인 눈물은 나오지 않았다. 아카네는 사람 앞에서 신체적인 고통 이외의 이유로 의도 없이 눈물을 홀리는 방법을 몰랐다. 목만 조여들어서 아무 말도 할 수 없었다.

"알아들었으면, 아니 못 알아들었어도 와. 일단 이동하자."

아카네의 눈에 다양한 반응을 보이는 주변 사람들이 보였다. 모두가 기묘한 2인조에게서 거리를 두고 있었다.

주변을 보던 시야에 불쑥 들이밀어진 것을 무심코 받았다. 무게가 있어서 비틀거렸다.

"자, 앙만만 잘 들고."

아이는 가방끈을 아카네의 어깨에 걸어주고 앞장섰다. 도대체 나는 어떻게 하면 좋을지 생각하기도 전에 손목을 붙잡혔다.

"죽을 것 같을 때가 아니라도 손쯤은 잡을 수 있어. 아이가 아니니까."

거부하지 않았는데 일부러 설명하는 그를 보며, 왜 아이가 아니면서 이렇게 과보호하는지 의아하게 생각했다.

우카와 아이

비명 같은 소리가 들려 설마 하고 달려서 쫓아갔다.

아슬아슬했다. 뻗은 손이 우연히 그녀의 코트 자락에 걸린 정도의 운과 타이밍을 아이는 놓치지 않았다.

안도하면서 확장된 혈관을 따라 머리로 피가 쉽사리 솟구쳤다. 혈압이 시키는 대로 자신보다 훨씬 연약한 아카네에게 고함친 것도, 하얀 옷깃을 틀어쥔 것도 아이는 전혀 후회하지 않았다.

그 분노는 그의 근원에 자리한 친구를 향한 마음에서 만들어진 것으로, 아카네가 아무리 반감을 보이더라도 사라지지 않았기 때문이다.

한편, 아카네에게 가방으로 맞은 것이나 박치기를 당한 것에는 조금도 화나지 않았다. 이건 단순히 아이가 지금까지 인생을 살아오면서 친구에게 받았을 때 용납할 수 있는 물리 공격 범위를 넓혀왔던 것이 이유였다.

포기했는지 아니면 이것 자체가 반항하는 태도일지 모르나 침묵하고 고개를 숙인 아카네의 손을 잡아끌며 아이는 몇 번 올라갔는지 모를 언덕을 걸었다.

어디서 차분하게 이야기를 나누려 했는데 이 거리는 어디나 사람으로 가득하다. 눈물에 침에 이런저런 걸로 얼굴이 엉망인 아카네는 가게에 들어가고 싶지 않을 것이다. 그러다가 생각난 것이 자기 직장이었다.

언덕을 올라간 곳에 있는, 아카네와 한 번 온 적 있는 라이브하우스.

오늘은 휴일이라 바깥 문과 안쪽 출입구 모두 닫혀 있다. 그 사이에 존재하는 반지하 같은 계단이라면 남의 주목을 받지 않는다.

바깥 아치문 앞에 도착해 가방을 들어주고 아카네가 먼저 문을 넘어가게 했다.

그녀는 의외로 순순히 발을 어디에 디디면 되는지, 가방을 건네주고 다시 받으라는 지시까지 잘 따랐다.

아이도 문을 넘어 계단을 조금 내려간 부근에 걸터앉았다. 콘크리트가 차가웠지만 바람이 들어오지 않아 지상보다는 훨씬 나았다.

서 있는 아카네에게 근처에 앉으라고 권했다. 그녀는 또 순순히 아이가 앉은 자리보다 한 단 위에 앉아 고개를 숙였다.

이게 무슨 일이람.

아이는 생각한 뒤 우선 자신을 진정시키기 위한 행동을 선택했다. 코트 주머니에서 담배와 라이터를 꺼내 불을 붙였다.

소리에 반응한 아카네가 힐끔 바라봐서 만약을 위해 설명했다.

"전에 나쁜 짓 안 하는 어른이라고 말했지. 가끔은 해."

아이가 담배로 가리킨 벽에는 부지 내 전체 금연이라는 벽보가 있었다. 아카네는 그것도 바라보고 다시 고개를 숙였다.

"아이는 그런 짓 안 해."

간신히 아카네가 낸 쉰 목소리를 듣고 아이는 곧바로 고개를 끄덕였다.

"나는 해."

아카네는 다시 입을 다물었다. 그러는 사이 아이는 담배를 다 피웠다.

첫 담배는 더운 날 갈증을 느껴 물을 벌컥벌컥 마시는 감각이었다. 맛을 느끼기 위해 두 개비째 담배에 불을 붙였다. 혀 위로 쓴맛을 굴리며 아무 말이 없는 아카네에게 해줘야 할 말이 있을지 생각했다.

"손난로 필요해?"

무시당해서 그냥 주머니에 넣었다. 오늘 기온이라면 잠깐은 괜찮겠지.

지상에서 술꾼들의 웃음소리가 들린다.

아이는 혼자 연기를 내뿜고 교차로에서 벌어진 일련의 사건을 머릿속으로 더듬었다.

여고생이 펴부은 물리 공격은 전혀 효과가 없었지만, 말에는 확실하게 타격을 받았다.

설명하기 어려운 마음속 안개를 지적당하고 민감한 부분이 건드려져 저릿해진 반발심을 고함에 담았을지도 모른다. 아이는 반성했다.

이어서 그녀에게 전해야 할 것도 떠올랐다.

"이토바야시 아카네."

시선은 주지 않아도 들리긴 할 테지.

"관계없을지도 모르지만 사과하고 싶은 게 하나 있어. 미안해. 전에 네 성격을 신경 쓰지 않아도 된다고 한 거."

대답은 없으나 그녀가 깍지 낀 손을 다시 고쳐 끼었다.

"네가 《소녀의 행진》 속 주인공과 닮았는지 아닌지는 모르겠지만, 그래도 네 고민은 너만의 것이야. 미안해."

이쪽으로 눈길이 향해서 앉은 상태로 고개를 숙이자 또 금방 눈이 멀어졌다. 시선을 교차하지 않은 채 아이는 말을 이었다.

"나는…… 좀 많이 섬세하지 않고, 모르는 건 생각해도 모르는 게 많아. 이번에도 네가 죽으려고 한 이유를 도무지 모르겠어. 평생 모를 수도 있겠지만. 혹시 말할 수 있다면 말해주면 좋겠어."

호흡하는 것처럼 연기와 솔직한 기분을 토해냈다.

"가능하면 상처 주지 않고 너를 알고 싶은 것뿐이야. 그러니까 죽고 싶은 이유까진 아니더라도, 마음에 안 드는 게 있다면."

침묵이 이어졌다. 그래도 이번에는 상대방이 깨트렸다. 아이가 말없이 하늘을 바라보고 있는데 갑자기 들려왔다.

"사랑받고 싶어."

그 말만으로는 이해할 수 없었으나 이어지는 말이 있었다.

"사랑받고 싶은 기분에 갇혀 있어, 나는."

아이는 담뱃재를 휴대용 재떨이에 한 번 털었다.

"그런 감각인가. 호감을 얻고 싶은 것 자체는 나쁘지 않겠지만. 갇혀 있는 건 괴로울 수 있겠다."

장단 맞추듯이 담배를 입에 물었다.

"……그게 끝?"

"응?"

아이는 연기를 내뿜으며 머릿속에서 아카네가 요구하는 어떤 말을 뒤져본다.

"……응. 미안한데 지금은 이게 끝이야. 느낀 적 없는 기분을 바로 이해하긴 힘드네. 지금부터 생각할게."

소설 등장인물이라면 이쯤에서 친구의 마음을 구원해줄 말 한마디쯤은 했을지도 모른다. 그러나 자신은 그렇지 않으니까.

아카네는 지그시 눈 안의 공간을 바라본다.

"또 있어?"

몇 초 후, 이번에는 비교적 부드럽게 답이 돌아왔다.

"진정한 모습으로 살자고 말하는 소설, 노래. 그럴 수 있으면 이미 했지."

"소설가는 몰라도 뮤지션은 제법 있지. 나는 제대로 된 열량이 담겨 있다면 좋지만. 그 밖에는?"

"속은 전혀 다르면서 깨끗한 척하는 거. 아이돌이나, 원작을 휘황찬란하게 가공한 영화나 광고나, 전에 말한 상이나 이외에도 많아. 비슷해서 싫어."

"……뭐랑?"

아카네는 그보다 전에 한 질문의 답을 이어갔다.

"친구가 절친이라고 말해줬는데 사실은 그렇게 생각하지 않으면서 타산으로 받아들이는 녀석."

독해력을 키워오지 않았다고 자부하는 아이도 이윽고 알아차렸다.

"주변의 시선이나 이미지로 연인을 선택해놓고 자길 위해서 헤어지는 녀석."

아카네가 싫어하는 것은 크게 보면 하나뿐.

"가족에게도 아양을 떨지 않으면 성에 안 차는, 나 같은 녀석."

자기 자신에 불과하리라. 자신이 지닌 욕망이나 내면을 호의적으로 받아들이지 못하고 그 부담감을 타인에게 투영해 불필요한 강도로 공격하는 것 같다.

성실하기 때문일지도 모르겠다고 생각하는데, 갑자기 종류가 다른 답변이 날아왔다.

"그리고 진정한 모습으로 친구가 되자느니, 이토바야시 아카네는 이토바야시 아카네라느니, 아는 것도 쥐뿔 없는 주제에 자기는 거짓말 따위 안 하는 대단하신 인간이라고 건방지게 과시하는 여장한 녀석."

연기를 새로 빨아들인 타이밍에 그 말을 들어서 평소보다 많이 내뱉었다.

"나냐. 갑자기 되게 구체적이네. 괜찮긴 하지만."

"멍청이라고 했고."

여간 기분이 상한 게 아닌지, 아카네는 대놓고 화제로 삼으면서 아이의 얼굴을 보려 하지 않았다.

아이는 아카네에게 미안하다고 생각하면서 웃고 말았다.

비웃음이 아니라 자기 자신을 향한 웃음이었다.

"다른 건 어디까지가 진짜인지 모르지만, 나에 관해서는 잘못 알고 있어."

아이는 계단 아래를 내려다본다. 뭔가 켕기는 게 있었을지도 모르고, 어쩌다 보니 그랬을지도 모르고, 아이 자신도 잘 몰랐다.

"아까, 거짓말했어."

"……."

"너랑 만나기 전에. 이토바야시 아카네 말처럼, 나는 진심을 말하는 게 당연히 좋다고 생각해왔어. 그걸 잘났다는 듯이 과시할 생각은 없었지만."

무시해도 계속했다.

"느낀 그대로, 생각한 그대로, 하고 싶은 걸 선택하는 게 내게도, 주변에도 좋다고 믿었어. 그래도 오늘, 그런 기준으로는 선택하지 못하는 일이 있어서. 거짓말했어."

거짓말을 한다는, 자신에게는 비상식적이고 비일상적인 일과 대면한 지금 기분을 아이는 바라보았다. 냉정해

지니 설명하기 어려웠던 안개 그 너머가 조금은 보였다.

"그래서 잘 생각해봤는데, 거짓말을 한 내가 생각보다 싫진 않았어. 멋있어 보이려고 한 건 나고, 아마 상대방의 마음도 조금은 가볍게 해줄 수 있었을 거야. 늦지 않게 너를 막을 수 있었고."

말이 부족하다. 그렇게 자각하며 아이는 생각했던 것보다 훨씬 막연한 감각을 입에 담았다. 상대가 말하지 않는 상황에 기대어 자기 머릿속을 정리하고자 말했다.

"이런 게 이유가 될지는 모르겠지만, 만약 이토바야시 아카네가 지금까지 계속 거짓말을 했더라도 나는 즐거웠으니까 그거면 된다고 생각해."

그저 마음을 목소리로 바꿨을 뿐이니까 상대가 대답하지 않아도 된다.

"너의 그 갇혀버린 괴로움을 어떻게든 해줄 수 있다면 좋겠는데, 뭘 어떻게 하면 좋을까. 네 배를 갈라봤자 안에서 진짜 네가 나오는 것도 아니니까. 인형 탈도 아니고."

아이는 아카네 옆에 놓인 가방을 힐끔 보고 담배로 가리킨다.

"그 앙만만 안에도 솜이나 통팥? 그런 것만 들은 거랑 같지."

아카네가 말없이 앙만만을 가방 뒤로 쓱 감췄다. 담배로 가리킨 게 싫었을지도 모른다. 만약을 위해 사과했다.

"미안."

"……저기."

아카네가 뭔가 말하려고 하다가 다시 입을 다물었다.

더는 말할 생각이 없거나 혹은 생각하는 도중일지도 몰라서 아이는 기다렸다. 아카네가 언제 뭐라고 의사를 표명해도 좋도록 담배를 다 피운 후에도 스마트폰 따위를 보지 않았다.

잠시 후 슬슬 임파첸스 라이브가 끝나겠다고 아이가 생각했을 무렵, 드디어 목소리가 들렸다.

"……있잖아."

"응."

"어떻게 살면 될까?"

오랜만에 시선이 마주쳤다. 아카네의 질문을 잘 생각하고 대답했다.

"몰라."

"뭐야."

"네 괴로움도 이해하지 못하는데 사는 방식을 알려달라니 그렇게 어려운 걸 할 수 있겠냐."

아이는 거짓말을 하지 않았다.

"그래도 내 일방적인 기분을 말해도 된다면, 자기 성격이나 느끼는 방식을 죽고 싶을 만큼 신경 쓰는 네가 살아 주었으면 좋겠고, 가능하면 행복해지면 좋겠어. 널 불쌍하다고 위로하려는 게 아니야. 이건 자랑인데, 내 친구 중에 인간성이 완벽한 녀석은 없거든. 너도 그런 소중한 한 사람이야. 겉과 속에 두 명이 있다면 두 사람 다."

말하면서 어쩌지 못할 부분을 지닌 수많은 친구들이 머릿속을 스쳐 흐뭇해졌다.

"물론 나도 완벽하지 않아. 그러니까 내 기분을 조금 더 말할게. 내가 단순하고 섬세하지 못하고 거짓말하는 놈이란 걸 알고도 여전히 친구로 지내고 싶다고 생각한다면, 마음 내킬 때 또 만나자."

자기 마음대로 미래를 생각한다.

"그러다가 네가 스무 살을 넘으면 같이 술 마시고, 세월이 더 지나면 일하기 싫다고 불평도 하고, 그래도 최악은 아니라고 같이 생각하고 싶다. 이토바야시 아카네와 그렇게 지내는 게 지금 내 소망이야. 그래도 네 표현을 빌리면 이건 친구라는 존재에 대한 내 해석이니까. 당연히 소설에 적혀 있는 것도 아니고. 마음에 안 들면 무시해도 돼."

숨김없는 정직한 생각이었다.

그러나 솔직함이 화가 되어 결과적으로 아무런 해결책

도 제시하지 못했고 마지막에는 독선적인 냉랭한 말투가 되고 말았다. 이런 상황에야말로 조금은 멋있게 굴면 좋았을 텐데, 자신은 변함없이 다정함이 부족한 인간이라고 아이는 생각했다.

아무래도 객관적으로도 그 평가가 타당했는지 아카네는 다시 딴 곳을 보고 침묵했다. 다정하지 않은 데다 더는 그녀를 기운 차리게 할 말이 떠오르지 않았던 아이는 그저 곁에 앉아 있었다.

한동안 이쪽을 봐줄 것 같지 않아서 아이는 세 개비째 담배에 불을 붙여 아카네에게서 먼 쪽 손에 쥐었다.

그러면서 그녀에게 가까운 쪽 손으로 무심하게 등을 쓰다듬어주었다.

그러자 아카네가 미끄러지듯 계단 하나를 내려왔다. 아이의 몸을 더듬더니 목에 두 팔을 감았다. 자칫 담뱃불이 아카네의 옷에 닿을 뻔해 급하게 콘크리트에 짓뭉갰다.

"어이."

대답이 없다. 그녀가 숨 쉬는 소리만 귓가에 울렸다.

왜 이러는지 생각하다가 동료가 여고생에게 손대지 말라고 엄포를 놓았던 그날이 생각났다.

그럴 리는 없다고 생각하면서도 일단 중요한 사항이니까 말해두었다.

"미안한데 좋아하는 사람 있어."

"그런 거 아니야."

곧바로 부정해서 아이는 가볍게 웃었다. 그런 걱정을 안 해도 된다면 친구로서 아카네의 마음이 풀릴 때까지 움직이지 않을 정도의 다정함은 갖췄다.

그러다가 상당한 시간이 지났다.

슬슬 자세가 불편해졌을 즈음 말을 걸자 어느새 아카네의 호흡이 새근새근 잠든 숨결로 바뀌어 있었다.

아무리 흔들고 이름을 불러도 일어나지 않는다. 아이는 또 가볍게 웃고, 어쩔 수 없이 주머니에서 오랜만에 스마트폰을 꺼내 터치했다.

이토바야시 아카네

※

_(   )

정신을 차리자 아카네는 익숙한 방에 있었다.

하얗고 네모난 그곳이다.

신기했다.

이 방에서 바람을 느낀다.

앞을 보자 창문이 열려 있었다.

이런 곳에 창문이 있었다니 몰랐다.

창문 너머로 붉은 하늘이 펼쳐져 있다. 아침놀일까, 저녁놀일까, 어느 쪽이든 찬란했다.

한참 경치에 넋을 잃었다가 방 중앙에, 역시 지금까지는 분명 없었을 붉은 소파가 존재하고 자신이 거기에 앉아 있다는 것도 알아차렸다.

소파는 1인용이 아니다. 몸 오른쪽이 소파 팔걸이에 닿았는데 왼편에 아직 공간이 있었다.

그쪽으로 고개를 돌리고서야 비로소 자신 이외에 누군가가 있는 걸 알았다.

그녀는 언짢은 표정으로 거기 앉아 있었다.

아카네와 같은 교복을 입었고 머리 모양도 똑같다.

무엇보다 얼굴이 같았다.

그러나 아카네에게는 그녀가 다른 사람처럼 보였다.

눈이 나쁘지도 않은데 쓴 안경, 자연스러운 느낌보다 조금 과한 화장, 취향에 안 맞는 귀걸이, 아카네가 원하는 것보다 짧은 스커트 길이.

무엇보다 자신과 비교해 조금 높은 목소리.

"가둬둘 생각은 없었거든?"

그 한마디로 그녀가 누구인지 생각났다.

그러자 갑자기 불쾌해져서 아카네는 그녀에게서 시선을 뗐다.

"시끄러워."

"죽어버리라니, 사람한테 그런 말은 하면 안 돼."

"입 닥쳐."

"애초에 사랑받고 싶은 건 내가 아니라 너잖아."

노려봐도 그녀는 빤히 이쪽을 바라보았다. 또 아카네가 시선을 피하고 말았다.

다른 한 명이 입을 다물어서 아카네도 아무 말도 하지 않았다. 대신 창밖을 보며 왜 이런 곳에 창문이 생겼을지 생각했다.

"처음부터 있었어."

아무 말도 안 했는데 아카네의 마음을 읽은 것처럼 그녀가 말했다.

"그야 그렇지. 같은 마음속에 있으니까."

묘하게 납득한 자신이 싫어서 아카네는 최대한 아무 생각도 안 하려고 노력했다. 그것조차 알아차린 듯, 옆에 앉은 그녀가 "모처럼 대화하러 왔는데 말이지" 하고 가볍게 중얼거렸다.

한동안 둘이서 창밖을 바라보는데 옆에 앉은 그녀에게서 또 목소리가 들렸다.

"언제까지 그러고 있을 거야?"

아카네는 대답하지 않았다. 그저 하늘을 바라보았다.

"기뻤잖아?"

"……뭐가?"

물어봤지만, 어차피 마음 하나를 함께 보유했다.

"우리를 이해도 공감도 못 하면서 살아달라잖아."

아카네는 조금 전까지 있었던 곳을 떠올렸다. 두둥실 떠올라버린 감정은 이름 붙일 것도 없이 들켰을 것이다.

"알고 있었어?"

그 증거로, 질문의 대답을 기다리지 않고 그녀가 말을 이었다.

"처음부터 있었는데 깨닫지 못한 거, 이것만이 아니야."

그러더니 그녀가 일어나 소파 뒤로 걸어갔다. 이 방이 궁금했으니까 고개를 돌려 그 모습을 바라보았다.

방 한쪽에 본 적 없는 작은 선반이 놓여 있었다.

"이리 와봐."

저 선반이 뭔지 아무래도 궁금해서 아니꼽지만 그녀가 시키는 대로 일어났다.

다가가자 유리문이 달린 선반 안은 아무것도 없이 텅비어 있었다. 대신 제일 위에 물건이 몇 개 놓여 있어서 살펴보았다.

《소녀의 행진》 단행본과 문고본을 포함한 몇 권의 책.

앙만만 인형.

매니큐어.

말라버렸을 터인 거베라.

친구들과 촬영한 스티커 사진이 붙어 있는 작은 코르크 보드.

"그리고 이거."

그녀가 교복 주머니에서 심플한 목걸이를 꺼내 선반

위에 놓았다.

연인이었던 남자애가 생일 때 준 것이다.

"우리, 신을 제법 좋아했었지. 그런데 헤어지다니."

"행동한 건 그쪽이야."

"정한 건 그쪽이잖아."

유난스럽게 한숨을 쉬며 그녀는 또 주머니에서 뭔가를 뒤졌다.

"아, 더 없네."

"뭔데, 이게."

"알고 있으면서."

의미심장하게 말하며 그녀가 앙만만의 몸통을 움켜쥐었다.

"아직은 이거밖에 없어. 얼마 없지만 앞으로 늘려가면 되니까."

"어떻게?"

"그것도 알고 있잖아? 나는 다른 역할이 있으니까."

그녀는 몸 정면을 이쪽으로 향하지 않았다. 분명 쑥스러워서 그런 걸 거다.

"내가 밖에서 지켜줄게."

얼굴만 이쪽으로 돌려 본 적 있는 미소를 지었다. 귀엽게 보이도록 계산하면서 동시에 다른 사람의 질투를 사지 않으려고 고안한, 사랑받기 위한 미소.

"그러니까 여기를 좋아할 수 있는 장소로 만드는 건 맡길게."

빙그르르 스커트를 펄럭이며 돌아선 그녀가 선반이 놓인 곳과 정반대의 벽을 향해 걸어갔다. 잘 보니 그 앞에는 문이 있고 문고리까지 있었다. 그녀가 그걸 잡았다.

"그럼 또 보자."

그녀는 대답을 기다리지 않고 나가버렸다. 이 정도가 딱 좋은 거라고 혼자 이해한다.

아카네는 혼자 남은 방에서 "또 보자"라고 중얼거리고 선반 위에 올라간 것들을 한 번 더 순서대로 바라보았다. 어느새 적개심이나 증오를 잊은 자신이 있었다.

정신을 차리자 아카네는 본 적 없는 방에 있었다.

벽지가 모르는 색이었다.

몸에 닿는 감촉으로 침대에 누워 있다는 걸 이해하고 상체를 일으켰다. 원룸에 낮은 테이블과 소파가 있었고 바닥에는 다 마신 술 캔이 굴러다녔다.

소파에 금발 여성이 몸을 웅크리고 자고 있었다. 잠시 바라보다가 아는 얼굴인 걸 깨달았다.

기억을 발굴하려 해도 어렴풋해서, 계단에 앉아 있었던

것까지만 기억났다.

어떻게 이곳까지 왔을까.

생각하는 도중 현관문이 열리는 소리가 나 경계했다.

그런 보람도 없이 복도를 걸어 들어온 사람은 우카와 아이였다.

"일어났네."

"여기……"

"거기서 자는 후지노 집. 네가 전혀 일어나질 않아서 가까운 여기로 데리고 왔어."

"이동한 기억이……"

"둘이 같이 옮겼어."

말을 듣다 보니 문득 지금 몇 시인지 걱정되었다. 쳐놓은 커튼 틈새로 보이는 밖은 어둡다.

아이는 아카네의 생각을 짐작했는지 "새벽 4시"라고 알려줬다. 그는 바닥에 놓인 쿠션 위에 책상다리하고 앉았다.

"무단으로 재웠다고 후지노가 부모님에게 무릎 꿇고 사과하러 가겠다고 했는데, 직접 솔직하게 보고하고 죽을 만큼 혼나고 와라."

"……싫다."

솔직하게 말하며 아카네는 손바닥을 봤다. 조금 전에 두 개로 나뉘어 있던 자신이 지금은 완벽하게 하나의 육

체로 돌아왔다.

"다친 데 없어?"

질문을 듣고 그를 바라보았다.

아카네는 잘 생각한 후에 대답했다.

"……잘은 모르겠는데, 조금은 더 같이 있어도 좋겠다고 생각했어."

아이가 웃었다. 착각에서 나온 웃음이라는 걸 금방 알았다.

"그거 고맙네."

"아이랑이 아니야. 아이랑도지만."

분명 그 말의 의미도 깨닫지 못할 아이는 "그래" 하고 고개를 끄덕이고 손에 든 캔 커피를 한 모금 마셨다.

"혹시 또 죽고 싶어지면 우리 라이브하우스에 와. 내가 있으니까. 대체로는. 내가 없어도 후지노가 있고."

아이는 여전히 아름답고 조금 난폭하고 과보호한다.

"응."

그는 아이와는 다르다. 자신도 주인공과는 다를 텐데 이 관계성을 아직 끝내기 싫다고, 아카네 안의 두 사람 모두 생각했다.

"죽기 전에 아이 씨랑 어디든 놀러 갈까 봐. 전에 말한 것처럼 스카이다이빙이나 하러 갈까?"

"그때 말 안 했는데 고소공포증이 있어서 안 돼."

"진짜? 그런 것도 끼 부리는 거 같다니까."

상대를 놀리는 표정을 지으며 애교 섞인 목소리와 반말을 써서 관대한 연상에게 장난을 친다. 그러면 상대는 귀여운 연하에게 쓴소리를 하면서도 호의적으로 받아주고, 나이 차이에 따른 입장 차가 줄어든다.

"시끄러워, 멍청이."

아카네는 잘 알고서 그렇게 행동했고, 아이의 반응도 대체로 기대한 그대로였다.

사랑받고 싶은 자신에게 순종해 아이와 함께 웃은 아카네의 마음은 아직 아프다.

그 아픔을 나누며 살아봐도 괜찮겠다고, 지금은 생각했다.

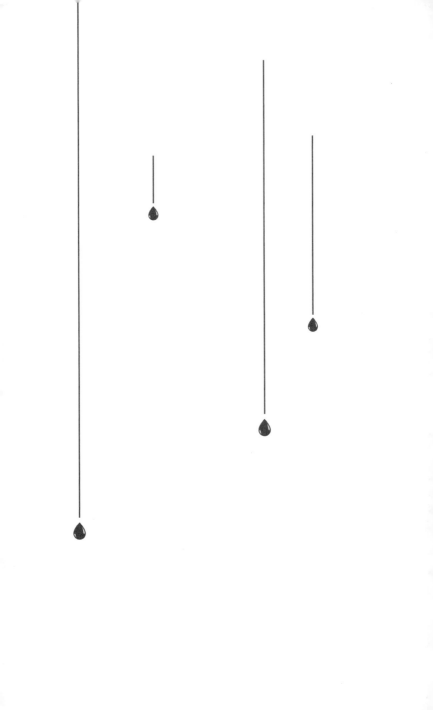

Special Thanks

취재 협력

아야나 씨 for 고토 주리아
　의류 브랜드 STINGRAY 멤버
　록밴드 KASVE 멤버

다카이 쓰키나 씨 for 다카쓰키 사쿠나
　아이돌 그룹 simpαtix 멤버 겸 프로듀서

다케다 유키 씨
　(주)기노쿠니야서점 점장

구보타 유키 씨
　라이브하우스 Shibuya eggman 매니저

우정 출연
앙만만

오구스 나노카

❀

"오구스 씨, 앞으로 이 세상이 이런 식으로 변하면 좋겠다고 바라는 점이 있나요?"

"글쎄요, 또 한 번의 기회가 허용되는 세상을 바랍니다. 분기점에서 다른 쪽을 한 번 더 선택하거나, 부족하다고 느낀 점이 있으면 몇 살이든 다시 걸어볼 수 있는 세상이기를 바라요. 그런 관용성이 세대 차이나 성별 차이, 환경차이로 인한 분단을 조금이라도 회복해준다고 생각하고, 제 작품에서 그린 세계에 관해서도 같은 생각입니다."

"아주 멋진 세상이네요. 네. 자, 마지막으로 독자 여러분에게 메시지를 부탁드립니다."

"진부한 말이지만, 여러분의 건강과 행복을 진심으로 기원합니다."

"고맙습니다. 자, 이것으로 인터뷰를 마무리하겠습니다. 바쁘신 와중 오늘 이렇게 시간을 내주셔서 다시 한번 감사합니다."

남성 인터뷰어가 꾸벅 고개를 숙여서 오구스 나노카 역시 테이블을 사이에 둔 자리에서 인사했다.

"저야말로 집에 있으면 소설을 쓰거나 산책 정도만 해서 즐거웠어요."

"그러고 보니 다른 기사에서 읽었는데 고양이를 키우신다면서요. 같이 산책도 하시나요?"

"키운다고요? 음, 그걸 키운다고 해도 좋을까. 자기 마음대로 들락거리며 먹이를 먹고 잠을 자는 아이가 있는 정도예요."

"반쯤은 길고양이군요. 그래도 사람 손을 타지 않는 면이 또 귀엽죠."

아무래도 애묘가인 듯한 그와 조금 더 대화를 즐겨도 좋았으나 동석했던 담당 편집자가 명함 교환을 부탁하는 바람에 대화가 중단되어버렸다.

그들이 펼치는 의식이 시시해 보여서 고층의 창문 너머로 혼자 거리를 내다보았다.

지상에서는 사람과 차가 저마다의 목적을 위해 돌아다닌다.

"오구스 씨, 뭘 보고 계세요?"

지루한 의식을 마친 듯한 담당자인 여성 편집자가 창가 앞에 선 나노카에게 다가왔다. 이번엔 창작 활동 전반을 다루는 취재였고 잡지사에서 편집자의 출판사로 연락했기에 참석을 부탁했다.

"아니요. 그저 저렇게 사람이 많은 길가라면 몰라도 이 방 안에서 좋아하는 고양이 이야기를 나누고 있었는데 고쿠보 씨한테는 안 들렸을까 생각했어요."

"그건 죄송해요. 그나저나 여전히 말투가 얄밉네요."

황당해하는 담당 편집자를 보며 나노카가 후후후 웃었다.

이 방은 출판사가 준비해주었다. 애묘가인 남성 인터뷰어가 정중하게 인사하고 조용히 방에서 나갔다.

나노카는 기지개를 한껏 켜며 자리에 있던 사진작가와 출판사 영업부 사원에게 고생했다고 말을 걸었다.

"고쿠보 씨도 고생했어요. 오늘 하루, 뭔가 걸리는 점이 있었나요?"

만약을 위해 담당 편집자에게 반성할 점을 확인하는 것도 늘 하는 일이다.

"아니요, 특별히 없었어요. 굳이 말하자면 오구스 씨의 심술궂은 면이 세상 사람에게 더 알려지길 바랐는데, 그 점은 괜찮을까요?"

"이미 알려졌을걸요. 심술궂은 면이 아니라 감성이라는 형태로."

두 사람의 대화에 긴장한 듯한 영업부 사원에게 "동갑이어서요" 하고 대충 설명했다.

"오구스 씨, 이다음에 어떻게 하실 거예요? 혹시 점심 괜찮으시면."

"아, 그러고 보니 배가 고프네요."

"양식도 괜찮으시면 근처에 아는 가게가 있으니까 연락해둘게요."

"그러면 부탁해도 될까요? 말해두겠는데 일 이야기는 배부르니까 안 할 거예요."

"그건 암묵적으로 합의된 거니 말씀 안 하셔도 돼요."

고쿠보는 사진작가와 영업부 사원에게도 이후 예정을 확인했다. 둘 다 다른 일이 있다고 해서 식사는 고쿠보와 나노카 둘이 하기로 했다.

넓은 방을 나란히 나와 엘리베이터를 탔다. 높낮이 차로 인한 기압의 영향을 받은 나노카는 코를 쥐어 숨을 분출하며 막힌 귀를 뚫었다.

지상에 내려와 고쿠보와 함께 간 곳은 빈티지 옷 가게 같은 분위기인 건물이었다. 안으로 들어가자 푹신푹신한 소파 자리로 안내받았다. 사람에 따라 허리가 아플 수도 있겠다고 나노카는 괜한 걱정을 했다.

"매번 생각하는데, 편집자는 작가보다 훨씬 화려한 걸 먹는 것 같아요."

"회식 때만요. 평소에는 밥을 물에 말아 먹어요."

"그래도 어지간한 작가보다 월급을 많이 받잖아요?"

"적어도 그 어지간한 작가에 들어가지 않는 오구스 씨가 하실 말씀은 아니죠?"

점원이 건넨 메뉴를 보고 나노카는 바로 오므라이스를 주문했다. 메뉴 소개에 보들보들하고 말랑말랑하다고 적혀 있었기 때문이다.

고쿠보는 파스타를 주문하고 둘 다 오렌지주스도 추가했다. 나노카는 원래 좋아했고, 고쿠보도 그 영향을 받아요 몇 달간 푹 빠졌다고 한다.

"그러고 보니 고토 주리아 씨 이야기, 들으셨어요?"

"무슨 이야기요? 집에서 노래는 자주 듣는데."

"라이브에 지각한 페널티로 여기저기 현장에서 CD를 직접 판매하고 있대요. CD숍이나 라이브하우스 공간을 빌려서."

"오, 다음에 기회가 있으면 사러 가볼까. 서점에 인사하러 가는 것보다 더 어려운 일이겠네. 힘들겠어요."

"오구스 씨, 서점에 인사하러 안 가시면서."

"그렇죠, 갈 필요성을 별로 못 느껴서요. 내가 인사를 하러 가느냐 마느냐, 인간성이 호감을 사느냐 마느냐는 책의 가치와 전혀 관계없는걸요. 서점에는 더 좋은 작품을 만드는 것으로 감사를 표할 생각이에요."

"뭔가 표현이 어울리는지 모르겠는데, 폭력적이네요."

"청렴하다는 의미로 받아들이죠."

오렌지주스 두 잔이 나오고 잠시 후 각자의 요리가 나왔다. 테이블 위의 광경을 보고 채소가 없는 걸 알아차렸으나 샐러드를 기다리면 요리도 기분도 식어버린다. 추가로 주문하진 않았다.

식전 기도로 손을 모으고 나노카는 입을 크게 벌려 어린애처럼 오므라이스를 먹었다.

"그러고 보니 한 가지 궁금한 게 있어요. 취재 중 《소녀의 행진》에 관해 생각한 점이 있는데, 괜찮을까요?"

"네, 물론이죠. 파스타가 식어도 괜찮다면."

"감사합니다. 음, 인터뷰 중에 독자가 주인공을 통해 자기 이야기를 겹쳐 본다는 말이 나왔는데요. 이 이야기의 주인공이 정말 소녀일까 생각했을 뿐이에요. 소녀 이외의 인물을 주인공으로 여겨 자신을 투영하는 독자도 있을 것 같다고요."

"우훗."

나노카는 담당 편집자의 질문을 받고 수상쩍은 미소를 지었다. 대답하기 전에 오므라이스를 한 입 더 먹었다. 입 안에서 자리를 차지한 달걀과 소스와 쌀, 그리고 약간의 버섯과 양파를 잘 씹어 삼켰다.

"그러면 달리 누가 주인공이라고 생각해요?"

"소녀가 아닐 경우 순서대로 따지면 아이겠죠. 기록을 남기는 동료라는 견해도 있겠지만."

"그렇군요."

나노카는 몇 번 고개를 끄덕이고 오렌지주스로 입을 축였다.

"고쿠보 씨 말대로 이번에는 우연히 시점과 시간을 그녀에게 맞췄을 뿐이에요."

"시점과 시간."

"네. 만약 시점이나 시간이 이동하면 다른 등장인물들도 충분히 이야기의 주인공다운 부분을 지니고 있죠. 예를 들어 이름조차 나오지 않은 인물이라도."

"아하, 즉 모두가 주인공이라는 거군요."

"아니요, 그 누구도 주인공이 아니라는 거예요."

"오구스 씨, 뺨에 소스가 잔뜩."

"어머."

"반대쪽이요."

나노카는 고쿠보가 가리킨 쪽의 뺨을 물수건으로 닦았다. 하얀 천을 더럽힌 적갈색이 사람의 마음을 습격한 악의처럼 보여서 움켜쥐어 접시 밑에 감췄다.

"레이디에게 지적할 때는 좀 더 조심스럽게 할 수 없을까요?"

"걸리시하게 드시길래요."

시치미를 뚝 뗀 얼굴로 말한 고쿠보는 파스타를 멋지게 말아 입에 얌전히 넣었다.

"그렇게 불린 건 오랜만이야. 귀중한 기회, 고마워요."

"아니요, 별말씀을. 그나저나 오구스 씨의 초등학생 같은 식사법은 됐고요. 그 누구도 주인공이 아니라니요?"

"어머, 그 얘길 아직 기억하고 있네. 네, 맞아요. 나는 작중에서도 취재에서도 특정 등장인물이 주인공이라는 말은 하지 않았어요."

이번에는 오므라이스를 숟가락으로 조금만 퍼서 입 안에 살그머니 내려놓았다. 보들보들하고 말랑말랑하다는 형용사가 과장은 아닌 듯, 달걀이 나노카의 혀 위에서 스르륵 도망쳤다.

"누구에게나 우연히 좋은 일이나 나쁜 일, 화려한 일이나 평범한 일이 생기는 것일 뿐이에요. 만약 모든 사람이 주인공이라면 너무도 불행한 결말을 맞이한 사람은 어떻게 생각하면 되죠? 그 세계의 주인공이니까 받아들여야 하나요? 만약 고등학생 때 부당한 취급을 받은 끝에 스스로 목숨을 끊었다고 한다면, 고쿠보 씨는 본인이 그런 이야기의 주인공이라고 받아들이겠어요?"

"아니요, 못 하죠."

"그렇죠. 나나 당신을 포함해 모든 사람이 주인공이었을지도 모르는 그저 흔한 존재예요. 그와 마찬가지로 소설은 등장인물들의 일부분에 초점을 맞춰 잘라낸 것뿐이니까, 누군가를 주인공 삼아 좋은 방향으로 끌고 갈 수는 없어요. 운이나 환경, 고를 수 없는 선택지에 쉽게 좌우되는 이 세상에서 지금 여기 고쿠보 씨가 살아 있어서 나는 기뻐요."

"급선회해서 구애하지 말아주실래요? 곤란하니까."

"구애할 생각은 없지만, 그렇게 말한다면 호된 말만 할 거예요. 애초에 주인공이라는 단어가 작중에 나오지 않는다는 사실을 인제 와서 지적하다니. 인터넷에 감상을 쓰는 독자분들이 훨씬 더 열심히 읽어주시는 것 같은데, 이 문제에 대해서는 어떻게 생각해요?"

"단맛과 쓴맛을 조절하는 방법, 안 배우셨나요?"

"걸리시해서요."

조금 과도하게 벌레 씹은 듯한 표정을 지은 담당 편집

자를 보며 나노카는 딴전 피우는 얼굴로 우후후 웃는다.

걸리시하니까, 라고 거듭 말하며 고쿠보의 파스타를 한 입 요구하자 그녀는 덜어 먹을 접시와 포크를 점원에게 부탁했다. 조심스럽게 말아서 먹을 생각이었는데 포크에 달라붙지 않은 면 하나가 입에 들어가기 직전 늘어져서 나노카의 입가를 더럽혔다. 한편 고쿠보는 오므라이스를 한 입, 매우 아름답게 맛봤다.

일 이야기는 하지 않을 예정이었지만 나노카가 머릿속에 있는 다음 작품의 착상을 술술 늘어놓다가 순식간에 시간이 흘렀다. 푹신푹신한 소파가 취향에 맞은 것도 원인으로 들 수 있을 것이다.

가게를 나서자 계절의 입자가 춤추는 것 같았다.

"아직 해도 높이 떠 있고, 모처럼 나왔으니 쇼핑하고 가야겠어요. 돌아가서 일 열심히 해요."

"네, 그럼 여기에서 인사드리겠습니다. 오늘 고생하셨습니다."

정중하게 고개를 숙인 고쿠보는 나노카에게 등을 보이고 역으로 걸어갔다.

아무리 즐겁게 서로 비꼬고 농담을 주고받으며 동급생 같은 시간을 보내도 두 사람의 관계가 업무적으로 얽혀 있다는 것을 나노카는 고쿠보의 등을 볼 때마다 느낀다.

그렇게 작별하는 순간이면 남몰래 고독을 느끼고, 동시에 자신의 처지를 자각해 등을 반듯하게 편다.

가끔은 도시에서 산책하는 것도 좋지. 이렇게 사람 많은 거리에 데리고 오면 아무리 원래 길고양이라도 당황하려나.

자유롭게 들락거리는 까만 고양이를 생각하며, 나노카는 여기보다 해가 잘 드는 곳을 찾으려고 거리의 완만한 언덕을 올라간다. 걸음을 옮길수록 점점 사람이 줄어들어 모두 태양을 싫어하나 보다고 생각했다. 단순히 이 거리가 중심을 향해 움푹 파인 모양일 뿐임을 금방 알아차렸다.

흠흠흠, 흠흠흠.

나노카는 마음과 몸의 딱 경계쯤에서 자주 콧노래를 흥얼거린다. 그러면 이 세계 어딘가에서 이야기를 발견할 수 있을 것만 같다.

만약 콧노래가 불필요하게 컸거나, 이어폰을 끼고 음악을 들었거나, 혹은 고쿠보와 같이 수다를 떨었다면 알아차리지 못했을지도 모른다.

"오구스 나노카 선생님이세요?"

이름이 불렸으니까.

지극히 단순한 이유로 나노카는 돌아봤다.

눈이 마주친 것은 교복을 입고 혼자 선 여자애였다.

귀여우면서도 어른다운 표정으로 단단히 성장해가는, 그런 불안정함이 생김새를 더욱 아름답게 보이게 하는 그런 애.

"네, 내가 오구스 나노카긴 한데 만난 적은 없는 것 같네요. 혹시 독자분인가요?"

상황 판단한 바를 고스란히 말로 표현했다. 정답이라면 소녀 또한 자기소개를 하고 무언가 감상을 말해주지 않을까 예상했다.

차분해 보이는 소녀였다. 안경도 썼으니까.

그런 적당한 분석이 완전히 빗나간 것을 나노카는 머지않아 알았다.

"저, 저기, 저기……."

소녀는 의미 있는 말을 하기 전에 어깨에 멘 학생 가방을 난폭하게 열어 손을 쑤셔 넣었다. 그리고 책 한 권을 꺼냈다.

뭔지 들여다볼 것도 없이 그것은 나노카가 쓴 소설의 문고판이었다.

"저는, 저기 저, 저기, 오구스 나노카 선생님의 이 책."

두 손으로 내민 문고판 너머로 나노카는 호흡이 가빠진 소녀의 얼굴을 바라보았다.

"이 책이 구해줘서, 저기, 구해줘서……."

흥분한 듯한 소녀의 눈에서 눈물까지 흘러내렸다.

그 반짝임을 나노카는 눈 한 번 깜박이지 않고 바라보았다.

소녀에게 어떻게 응답할지 생각했다.

어떻게 할까.

소녀에게 흔해빠진 감사 인사를 하는 건 간단했다.

눈물의 의미를 오만하게 말로 표현하는 것도 가능했다.

그렇게 하면 소녀가 행복한 기분을 품으리라는 것도 알고 있었다.

"마치, 정말로 제 이야기가, 적혀 있는 것 같아서, 아닐지도 모르고, 불편하실지도 모르지만, 정말 그렇게 생각해서……."

모아두었던 생각이, 품어주었던 마음이, 흘러넘치는 말과 눈물을 형성하지 않았을까. 나노카는 이야기 속 세계에서만 보고 들을 그런 서정적인 생각을 떠올린다.

불안정한 소녀의 어깨에서 가방끈이 주르륵 흘러내려 중량감 있는 소리를 내며 지면과 부딪쳤다.

가방이 제자리를 유지하지 못할 때까지의 그 잠깐은 나노카가 앞에 선 소녀에게 무엇을 돌려주면 좋을지 사색한 시간이었다.

주고 싶은 것은 많았다. 감사나 감격 같은 것은 손바닥에서 넘칠 정도다. 그러나 그 어느 것도 그녀의 반짝임에 어울리지 않는 것 같아 머뭇거렸다.

"소원을 빌었어요, 계속, 이 이야기처럼."

펜이나 키보드가 없으면, 아니, 있어봤자 아무것도 못 하는 소설가.

한심한 어른의 침묵을 채워준 소녀의 말을 듣고, 나노카는 간신히 그 마음에 어떻게 응답할지 정했다. 전해줄 수 있는 마음을 찾았다.

"고마워요, 학생."

"아, 아니요, 그런."

"있잖아요, 나는."

소녀에게 한 걸음 다가가 문고본을 쥔 손에 자기 손을 살포시 겹친다.

"나는 이야기가, 소설이 누군가를 구하는 일은 없다고 생각해요."

젖은 눈동자에 살포시 자신의 지금을 겹친다.

소녀의 눈이 경악과 실망으로 물들어도 그 마음을 전부 제대로 받아들일 생각이었다.

"소설은 밥을 먹여주지 않아요. 마른 목을 축여주지도 않고 병을 치료해주지도 않죠."

초등학생도 아는 당연한 사실을 다시금 말한다.

"전쟁을 막지도 못하고 어리석은 폭력에서 지켜주지도 않아요."

중고생이라면 언젠가 깨달을 사실을 지금 이렇게 확인한다.

"당신 주변에서 일어나는 불행을 종이 위에서 벌어지는 스토리로는 제거하지 못해요."

어른이라면 누구나 포기하는 사실을 그저 복창한다.

"그런 걸 무시하고 소설이 누군가를 구한다고, 나는 말할 수 없어요."

나노카는 마치 소녀처럼 믿고 있었다.

몸에 영양가를 주지 못해도, 불운이나 바이러스를 쓰러뜨리지 못해도.

사람이 사람에게 상처 주는 것을 막을 힘이, 사람이 사람을 경멸하는 것을 막을 힘이.

소설이나 이야기에 있다고, 한때는 믿었을 것이다.

자신의 존재나 창작물에 누군가가 무력감을 포갠다는 사실을 그때는 상상도 못 했다. 무수한 이야기가 자아낸 상상력을 단 하나의 악의가 엉망으로 망쳐버리는 허무감을, 그때는 존재조차 몰랐다.

어른이 된 후 품고 말았다.

"······그래도."

나노카는 소녀의 손을 자기 두 손으로 감싸 쥐었다.

"그래도 만약 내가 쓴 소설로 당신이 구원받았다면, 그런 기적과도 같고 마법과도 같은 일이 일어났다고 말해 준다면."

소녀의 눈물은 이미 멈췄다. 처음 마주쳤을 때보다 훨씬 더 아름답게 보이는 건 소녀 안에 반짝임이 분명히 존재한다는 사실을 나노카가 알았기 때문이다.

세상에 둘도 없는 감정을 받았다.

소녀는 소원이라고 말했다.

그에 대한 답례는, 한 명의 소설가로서 빈 절박한 소원이어야만 한다.

"부디 이 이야기가 당신만을 위한 것이기를."

옮긴이의 말

거짓으로 꾸며낸 나와 내면의 진정한 나. 주변에 호감을 사고 세상에 녹아들기 위한 나와 그런 자신을 지긋지긋하게 여기는 나. 이 작품《배를 가르면 피가 나올 뿐이야》는 겉으로 드러난 나와 속에 감춰진 나의 격차로 고민하는 청춘들의 이야기다.

소설 속 소설과 긴밀한 관계를 맺으며 진행되는 이 작품은 작가의 여타 작품과 비교해 등장인물이 많은 것이 특징이다. 등장인물 소개에 나오는 인물만도 상당수다. 다양한 인물을 활용해 핵심 인물의 시점을 계속 바꾸고, 소설 속 소설인《소녀의 행진》을 인물에 따라 다르게 해석하는 장면을 그려 개개인이 세상을 얼마나 다르게 인식하는지 보여준다. 소설 속 소설은 등장인물의 서술과 말을 통해서만 언급되기에 실제로 어떤 내용인지 알 수 없다. 등장인물의 상상을 넘어 이 소설을 읽는 독자의 상상에도 맡겨졌다. 작품은 무엇이 진실인지 명확하게 알 수 없는 다중적인 구조로 소설 속 소설과 본 소설을 촘촘히 엮는다. 꾸며낸 자신을 혐오하는 이토바야시 아카네와 과거를 버리고 아이돌로 살아가는 고토 주리아는 소녀. 현실을 버티기 위해 그릇된 행동에서 정당성을 찾는 우에무라 다쓰아키는 기록을 남기는 동료. 우카와 아이는 아이. 이렇게 매치되는 인물들이 얽히며 이야기는 클라이맥스로 달려간다.

'배를 가르면'이라고 번역한 원제는 '腹を割ったら'로, '腹を割る(하라오와루)'는 본심을 털어놓는다는 관용어다. 본심을 내보이는 것을 배를 가른다고 표현하다니 강렬한데, 제 팔자를 스스로 꼬는 것 같은 이 청춘들의 이야기를 따라가면 자기가 생각하는 진정한 나를 드러내는 것은 배를 가를 정도로 고통스러운 일이겠다고 생각하게 된다. 물리적으로 배를 갈라도 제일 먼저 나오는 것은 피다. 우카와 아이의 대사 "네 배를 갈라봤자 안에서 진짜 네가 나오는 것도 아니니까"에서도 알 수 있듯이 설령 내장이 쏟아질 정도로 깊이 갈라도 그 안에 본심은 없다. 아마도 생각하는 만큼 겉으로 드러난 모습과 진정한 나는 구분되지 않을 것이다. 이토바야시 아카네가 사랑받고 싶어서 꾸며낸 모습도 자기 선택인 것처럼, 고토 주리아의 미소에 스토리와 진실의 차이가 없는 것처럼. 우리

는 그렇게 그러데이션을 이루며 나 자신으로 살아간다.

처음 제목을 보고 작가의 데뷔작 《너의 췌장을 먹고 싶어》를 접했을 때처럼 그로테스크한 인상을 받았는데, 번역을 마치면서 이보다 적합한 제목은 없겠다고 생각했다. 작가 인터뷰를 보면, 집필 초기 단계에 제목을 떠올렸으나 본인도 그로테스크하다고 판단해 편집자에게 말하지 않았다고 한다. 그러다가 좋아하는 아티스트의 라이브 공연을 보고 '자신들이 얼마나 멋진지 굳게 믿고 있구나!' 하고 감동해서 주변 평가에 의지하지 않고 본인의 감성에 따르기 위해 제목을 정했다는 비화가 있다. 자기 감성을 따른 결과, 작품의 의미도 잘 드러내고 데뷔작과도 연결되는 좋은 제목이 탄생했다.

작품에 등장하는 아이돌 그룹 임파첸스. 그중 비중 있게 다뤄지는 두 멤버 고토 주리아와 다카쓰키 사쿠나에게는 책 후반 'Special Thanks' 형태로 소개된 것처럼 모델이 있다. 이미 해체한 BiS라는 그룹의 2기 멤버였던 아야나와 simpatix라는 그룹의 멤버 겸 프로듀서인 다카이쓰키나다. 이 두 사람과 작가가 나눈 대담이 있는데, 작가는 이런 말을 한다.

"이 작품을 집필하던 중에 소설을 대하는 에너지를 전부 잃어버린 시기가 있었습니다. 쓰는 것은 물론, 다른 소설을 읽는 것도 어려웠어요. 그때, 선배 작가가 이렇게 조언해주셨습니다. 당신 자신을 위해 쓰는 게 좋아요, 라고요. 저는 아무래도 '나를 위해서 쓴다'라는 대전제를 잃어버렸었나 봅니다. 나를 우선시하자 다시 소설을 써야겠다는 생각이 들었어요. 저에게 '나를 위해서'는 등장인물을 향한 사랑입니다. 사쿠나와 주리아를 좋아하니까, 그들의 이야기를 보여주고 싶으니까 소설을 쓰고 싶었어요."

음악을 좋아하고 라이브하우스를 좋아하는 스미노 요루. 지금 작가의 최애 아이돌은 다름 아닌 임파첸스라고 한다. 최애의 팬을 더 늘리고 싶어서 앞으로 임파첸스의 결성부터 해체까지를 다룬 소설을 써보고 싶다는 계획까지 밝혔다. 자폭해서 공연에 지각한 주리아가 앞으로 어떤 모습을 보여줄지, 임파첸스가 어떤 활동을 하며 자신들의 세계를 넓혀갈지, 또 이번에 조명되지 않은 다른 멤버들의 눈에 보이는 세상은 어떨지, 이들의 이야기도 무궁무진할 것이다. 그 모습을 지켜보고 싶은 개인적인 욕망으로 작가의 바람이 이루어지기를 간절히 응원한다.

이소담

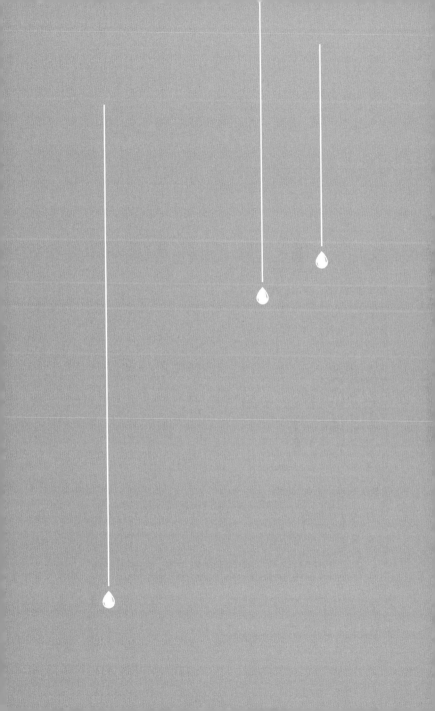

배를 가르면 피가 나올 뿐이야

2023년 7월 27일 1판 1쇄 발행

저　　　자 스미노 요루
옮 긴 이 이소담
발 행 인 유재옥

본 부 장 조병권
담 당 편 집 김혜연
편 집 1 팀 김준규 김혜연
편 집 2 팀 정영길 조찬희 박치우 정지원
편 집 3 팀 오준영 이해빈 이소의
편 집 4 팀 전태영 박소연
디 자 인 김보라 박민솔
라 이 츠 김정미 맹미영 이윤서
디 지 털 박상섭 김지연 윤희진
발 행 처 (주)소미미디어
발 행 등 록 제2015-000008호
주　　　소 서울시 마포구 토정로 222, 403호(신수동, 한국출판콘텐츠센터)
제 작 처 코리아피앤피
영　　　업 박종욱
마 케 팅 한민지 최원석 박수진 최정연
물　　　류 허석용 백철기
전　　　화 편집부 (070)4164-3960, (070)8822-2302 기획실 (02)567-3388
　　　　　　판매 및 마케팅 (070)4165-6888, Fax (02)322-7665

ISBN 979-11-384-1972-7 (03830)